立調査船、進撃！

1

　クリス・ロングナイフ大尉は先週からずっと戦う相手を探していた。ところが獲物の海賊が姿を見せないばかりか、人類宇宙のだれもなにも仕掛けてこない。だから剣をまじえたり、レーザーを撃ちあったり、砲撃しあったりできない。口喧嘩すらできない。

　こんなことは初めてだ。

　クリスは船内服を着ると、アビーのほうにむいた。ところがこの専任メイドさえもクリスの隣室に急ぎ足で退却しようとする。それを制止した。

「話があるわ」

　アビーとの会話は必然的に悪口の応酬になる。ときにはナイフをまじえ、場合によっては銃撃戦もありえる。

　アビーは足を止めると、まっすぐな背筋を一インチもたわめることなく、肩ごしに振り返った。

「お嬢さまがこれほど無口でいらっしゃるのは前例がありません。おとなしくする理由がなにか？」

「おとなしくなんかしてないわ」

クリスは弁解的に反論した。アビーはクリスの攻撃を予期して、逆に先制攻撃してきたのだ。

「着付けのあいだじゅう、大尉、あるいは殿下、あるいはロングナイフお嬢さまは、銅像なみに黙然としていらっしゃいました」

クリスの反論は自分でも弱々しく聞こえた。

「考えごとをしてたのよ」

「ともあれ、お帰りのさいはお呼びください。わたしは隣の部屋でキャラの宿題を見ていますので」

「キャラはよく勉強しています」クリスの首のつけ根に装着されたネリーが口をはさんだ。

いま自分たちが乗っている船の価格に迫る大金を最新アップグレードに費やしたこの秘書コンピュータが、その能力の多くを十二歳の少女の学習支援に割いているというのは、クリスとしてはあまり愉快ではなかった。

「ありがとう、ネリー」アビーが言った。

「いいえ、ありがたくないわ、ネリー。まさにそのことで話があるのよ。軍艦は十二歳の女の子を育てる場所じゃない」

「ワスプ号は軍艦ではありません」アビーはふんと鼻を鳴らした。

「軍艦よ」クリスは腰に両手をあてて反論する。「二十四インチ・パルスレーザー砲とスマートメタル装甲を艤装している」

「関係ありません」アビーも腰に両手をあてた。そのうえで植民宇宙の外に出て海賊狩りをしている」

「わたしは契約代理人です。契約に署名するのが仕事であり、ウォードヘブン星の代理としてこのワスプ号に乗り組んでいます。この商船を軍艦にする契約はどこにもありません」

「海兵隊の残余中隊が乗っているじゃない」

「多数の科学者とその実験機材も乗っています。本船は輸送用コンテナを積載しています」

クリスは声を荒らげた。

「商船と見せかけ、海賊をおびきよせるためよ。すこしでも頭の働く海賊は、軍艦があらわれたらさっさと逃げていくでしょう」

「いかにもロングナイフの発言ですね。クロッセンシルド中将が直属の契約代理人としてわたしをワスプ号に乗せたのは当然です。またドラゴ船長と乗組員の半分は、指揮命令系統の上位者がお嬢さまではないことに胸をなでおろしているでしょう」

ドラゴたちはいうまでもなく民間人であり、海軍大尉の指揮命令系統には属さない。すくなくとも普通のまともな海軍にそんな指揮命令系統はない。

そのことを指摘してやろうとしていると、クリスとアビーの船室を分けるドアが小さくきしんで開いた。黒い髪と大きな丸い瞳がこちらをのぞく。

最初に紹介されたときのキャラは八歳か九歳くらいにしか見えなかった。その後は船内食が口にあったようだが、まだ十二歳の体つきではない。

　ただし、澄んだ黒い瞳は例外だ。多くを見て、さらに多くを失った目。幼い子にはふさわしくない老成した目だ。

「アビーおばさん、あたしのことで喧嘩してるの？」

「いいえ、かわいい子。アビーおばさんとプリンセスは定期的にこういうお話をするのよ」

「まさか馘にならないわよね？　あたしといっしょに船を下りることにならないわよね？」

　キャラはなるべく冷静に話そうとしたが、語尾が震えた。アビーは答えた。

「キャラ、そんなことにはならないわ。心配無用よ。このお姫さまはわたしを解雇できない。わたしを雇っているのは彼女のお母さまだから、解雇できるのもお母さまだけ」ニタリと意地悪く笑って、「そしてこのお姫さまはご自分の母上と口をききたがらない。あなたとガナおばあちゃんが口をきかないのとおなじか、それ以上にね」

　十二歳の丸い目がさらに丸くなった。

「ほんとに？」

「ほんとにほんとよ。わかったら部屋にもどって、ネリーといっしょに宿題をやりなさい」

「ネリーのおかげでお勉強が楽しいわ」キャラはドアを閉めた。

　すると、ネリーはコンピュータらしからぬ得意げな声をあげた。

「わたしのおかげで勉強が楽しいそうです。ふふーん」

クリスは机の椅子にどさりとすわった。しかし意図したような迫力はなかった。ワスプ号は商船らしく経済加速度の〇・八五Gしか出しておらず、クリスの体は反動ですこし浮いてしまった。

アビーは部屋の反対側にあるクリスの狭いベッドに腰を下ろした。いくらクリスがヌー・エンタープライズ社の大株主でも、実質的な軍艦であるワスプ号の設備は必要最小限だ。船内区画においては。

科学者の居住環境は別扱いだった。ムフンボ教授はみずからの裁量でコンテナ内のレイアウトを決めた。科学機器、個室、終身在職権を持つ教授たち専用のレクリエーション施設、技術サポート施設を詰めこんでいる。スポーツジムやスパまである。

運動用の施設は海兵隊に好評だった。弱すぎて体がなまる〇・八五G環境では必須だ。

「さきほどの話を続けましょうか……低い叫び声で」アビーがささやき声よりすこし大きな声で話した。「ようするに、いまの状況がご不満なのですね」

「レイおじいさまからワスプ号の話をもらったときは……夢のようだと思ったわ。人類宇宙の辺境のさらにむこうを探険する船。みつけたものを調査する科学チーム。武力行使が必要になったときのための海兵隊と二十四インチ・パルスレーザー砲。これ以上は望むべくもないわ、女にとって」

アビーは乾いた笑いを漏らした。

「そのとおりに探険できればよかったのですけどね」

クリスも笑おうとしたが、むしろ鼻を鳴らしたようだった。

「地球と他の人類は、勢力拡大か、異星人から隠れてひきこもるかで論争している状況なのに、じつはリム星域のネズミどもがすでに勝手に外で縄張りを広げているなんて、だれも思わないわ」

ワスプ号は三回目のジャンプで到達した星系で、未報告の植民惑星を発見した。さらに同様の例を三カ所みつけた。噂では他に十カ所以上あるという。

「お嬢さまのレポートを読んだ王やお父上が返事をくださるのはいつになるでしょうか」

クリスは肩をすくめた。植民地の立ち上げにはコストがかかる。莫大な資金が必要だ。つまり人類の新たな前哨地を築くために、だれかが巨額の無担保ローンを引き受けている。居住可能な惑星の探査計画に資金提供しているわけだ。

大きな疑問として浮かび上がるのは、それはだれか、目的はなにかだ。クリスの曾祖父で王でもあるレイも、父親のウォードヘブン首相も、その疑問の答えを持っていない。

厄介なのは〝早乗り組〟を自称する彼らだけではない。海賊も集まっている。

地球とリム星域が人類協会の存続をあきらめた一、二年前から、早乗り組のあいだを不定期に巡回する商船が行方不明になりはじめた。過去三カ月でも二隻が失踪している。

早乗り組はウォードヘブン海軍の軍人に好感を持っておらず、ロングナイフ家の出身者など蛇蝎《だかつ》のごとく嫌うが、ワスプ号の登場にはわりと好意的だった。この問題では法の秩序が自分たちの利益になると期待しているのだ。

クリスにはそれが重荷だった。

歓迎されるのはうれしい。たとえそれが、そこにいるべきでない早乗り組であっても。しかしそのせいで探査を一時棚上げにされ、不満をつのらせる科学者グループがいる。海賊が出現するのをえんえんと待たされる乗組員がいる。

「なにに苛立っておられるのですか?」アビーが尋ねた。

「なんでもないってば」

クリスは断言してから、自分の右足がこつこつと早いリズムで床を叩いているのに気づいた。それを無理やり止めると、今度は胃が苦しくなってきた。

「嘘はいけませんよ。わたしはアビー。かわいいお嬢さまのことはなんでもわかるんですから ね」メイドはクリスを横目で見た。「海賊たちが出てきていっしょに遊んでくれないから、苛々しているのでしょう?」

「ちがうわ」

「かれこれ一、二カ月でしょうか、前回命を狙われてから。最後に悪党どもを叩きのめしてから」

「それくらいね」クリスは力なく認めた。

「そういう命がけの騒動を、しだいに楽しみはじめているようですね、お嬢さま」

そうだ。ベテラン警官や年輩の一等軍曹から警告された。戦闘の興奮は麻薬的な中毒性を持つと。殺したり殺されかけたりすることに自分は中毒してしまったのか。クリスは真剣に悩んだ。

アビーは首を振った。

「お嬢さま、冷静に考えてください。ワスプ号に乗っていればなにも心配はありません。王が曾孫娘の安全のために用意した仕掛けはだれの目にもあきらかです。たしかにわたしは軍と民間企業のあいだをとりもつ契約担当官代理という立場です。しかしドラゴ船長は、いざというときにはお嬢さまの命令を聞くでしょう。その状況にいっしょに立ちむかう人物は他にいませんから。わたしですか？　さっさとベッドの下に隠れますとも。キャラをしっかり抱いて」

クリスは思わず苦笑した。アビーはこうしていつも無害さ、憶病さを強調する。しかし危急の際には先陣を切って銃撃戦に飛びこんでいくはずだ。

「ではメイドはそろそろ退がらせていただきます。少女の遅れた学習を手伝わなくてはなりませんから。エデン星の学校は勉強をこれっぽっちも教えていなかったようです」

「あなたの通った時代のほうがましだった？」

アビーの返事はいまいましげに鼻を鳴らしただけだった。

「ネリーにわたしの感謝を伝えてください。とてもいい教師です」

（とてもいい教師ですとも！）ネリーがクリスの頭のなかで声高らかに言った。

（ええ、あなたはとてもいい教師ね）

（クリスは頭を冷やすべきです）

(さっさと家庭教師にもどりなさい。心理カウンセラーの真似事はやめて)

ネリーの新しいアップグレードをその都度適用するのはやめたほうがいいかもしれない。更新内容とは関係なく、だんだん生意気な性格になっていく。

(聞こえてますよ。最近は、〝傲慢かます〟というんですよ。キャラもそう言ってます)

やれやれ、このコンピュータに本物の十代の少女がよけいな知識を吹きこむようになってしまった。この先どうなることか。

クリスはブリッジにむかった。多少なりと敬意を払ってくれる人々がそこにいるはずだ。

2

ところが途中でムフンボ教授につかまってしまった。

「われわれはいつになったら科学の仕事をさせてもらえるのでしょうかね」

その声は豊かな低音で隔壁を震わせそうだ。

クリスは明白な事実を述べる口調で言った。

「海賊は捕獲した船の乗組員をしばしば奴隷にしたり、殺したりするらしいわ。ものの本によると。トラブルおじいさまもかつて何度も海賊に遭遇し、実際に奴隷にされたことがあったそうよ」

ムフンボは顎を掻きながら言った。

「そういうことが二度あったようですな。そんな過ちを二度もくりかえす輩《やから》は頭の出来を疑わねばならない」婉曲に言って、にやりとしてから、より明確に意見を述べた。「多少なりと教育を受けた者なら、海兵隊を奴隷にすることの困難さにすぐ気づくでしょう」

つまりだれの頭の出来が疑問だと言っているかがはっきりしたところで、クリスは微笑んだ。

「そこまで理解しているなら、わたしが海賊退治を重視している理由がわかるでしょう。宇宙の秘密の解明をすこしばかり延期してでも」

「残念だ。しごく残念だ」

クリスはブリッジのほうへ三歩進んだ。しかしムフンボはぴったりついてくる。

「例のぼやけたジャンプポイントが、なぜ最近まで発見されなかったのかと、疑問に思いませんか？」

クリスが歩みを止めると、ムフンボは眉を上げげた。クリスは認めた。

「多少は不思議に思うわね」

「とても不思議に思いますね」ネリーが口をはさんだ。

「さすがはミス・ネリー」

ムフンボは、ネリーが乗っているクリスの首のつけ根にむかって軽く会釈した。王女たるクリスへのお辞儀よりも深い。

「サンタマリア星で発見された異星人技術の研究が実を結んで、原子レーザーが改良されたのは、ほんの五年前です」

「異星人の技術を解明できたとは聞いていないけど」

「解明できたわけではありません。解明しようと努力する過程で独自に発見したものです。とにかく、重力波の新しいハーモニクスを発見し、新型の原子レーザーでそれを探知することが可能になりました。この技術による原子レーザーの製造コストはいずれ下がるでしょうが、いまはまだきわめて高価です」

「レゾリュート号はたまたまそれを積んでいた……」

クリスはチャンス星周辺での砲撃戦を思い出しながら、ゆっくりと言った。ムフンボは答えた。

「そうです。興味深いことに」

クリスはじわじわと笑みを浮かべた。

「つまり、もしパットン号の原子レーザーを使っていたら、ぼやけたジャンプポイントは発見できなかったかもしれないというわけね」

ムフンボはうなずいた。

「あれはイティーチ戦争時代の古い軽巡洋艦ですからね。まず無理でしょう」

(ということは、賭けはわたしの負けです。あなたの勝ち。やれやれ)

ネリーがクリスだけに聞こえるように言った。なんの賭けだろう。そうだ、十二歳のやせっぽちの少女の乗船の是非をめぐって賭けたのか。クリスの要求は少女を下ろすことだった。しかしネリーは続けて主張した。

(キャラは下ろさせませんよ。彼女はもうわたしの友人です。わたしが乗っているかぎりキャラも同乗します)

これは脅しか。クリスはネリーに伝わらないように抑えて考えた。

しかしクリスが沈黙しているうちに、ムフンボ教授は話題を次へ移すことにしたようだ。

「ぼやけたジャンプポイントについて興味深いことを発見したのですよ」

「あらそう」とクリス。

「なんですか？」とネリー。

「他のジャンプポイントにくらべて浮動性が低い。ある重力波ハーモニクスの特性のせいで、ひとりでに一点にとどまろうとするのです。また周囲のぼやけのおかげで追尾もしやすい」

「つまりジャンプの失敗率は減るはずね」とクリス。

「そのはずです」

ネリーが考えをめぐらせた。

「とすると、これらのジャンプポイントのむこうにはなにがあるのでしょう。三種族時代の末期に開かれた新領域か。はたまた最新のジャンプポイント技術が採用された彼らの文明の中心地か」

それに対してムフンボが言った。

「よい問いですな。しかしこのお姫さまが悪党狩りに精をだしているうちは答えを得られない。いや、調べる方法はないでもないが」

「ないでもない、というと？」クリスは言葉の罠に用心しながら訊いた。

「ジャンプポイントの安定性が高いので、無人プローブを送ってむこう側を予備調査させることが可能です。この星系にもぼやけたジャンプポイントが一個あるでしょう」

そのとおりだとクリスは認めた。

「遠隔操作のプローブがむこうの星系を調べ、自動的にこちらの星系にもどって本船の帰りを待つようにすればいい。われわれにとっては時間の節約になる」

「でも商船はプローブなど使わないわ。海賊船がこの星系にやってきて、この船とプローブをみつけたら、偽装船だとばれてしまう」

「たしかに。ではよその星系へジャンプする直前にプローブを打ち出すようにすれば……」

「きっとそのプローブは用意ずみなのでしょうね」

「ええ、いずれお話しするつもりだったのですよ」

ムフンボは認めた。両手を上にむけて広げ、クリスに礼儀正しく訴える。

「ドラゴ船長に話しておくわ。あなたがプローブを射出したがっていると」

「ありがとうございます」

ムフンボ教授は言って、クリスとは反対方向へ歩いていった。

クリスはその背中を見送った。新技術か。しかしジャンプポイントを建設した三種族の秘密を解き明かしたわけではない。未知の知識が詰まった彼らの金庫に頭を打ちつけているうちに、独自にひらめいたいくつかの技術にすぎない。人類もいろいろな方法で学ぶものだ。いや、学ぶのは科学者だ。悪党はその成果を利用して機器をアップグレードするだけ。海賊は海賊であり、古代ローマ人が地中海で戦った殺し屋たちと変わりはない。

クリスがブリッジにはいると、ワスプ号の船内放送が流れた。

「ゼロGまであと二分」

「おはようさん、大尉」ドラゴ船長が言った。

「おはよう、船長。星系内でなにか変わったことは？」

「答えは二日前とおなじさ。なにもねえよ、大尉。まあ、一時間前に星系の反対側のジャンプポイントから敵が侵入してる可能性はある。こっちにそれがわかるのは三十分後だ」

クリスは手垢のついたジョークに乗ってみせた。

「光速のタイムラグをどうにか解消しなさい、船長」

ドラゴはいつもどおりに答えた。

「暇そうな科学者どもにぴったりの仕事じゃねえか？　おれたちみたいな更生なかばの元海賊じゃなくてよ」

たしかにワスプ号のブリッジは、まじめな宇宙船員の仕事場というより、斜にかまえた海賊のたまり場の雰囲気だった。船長からして金のイヤリングに紫の上着と白のベルボトムという格好だ。航法士はカットオフ・パンツにタンクトップ。他の乗組員も陽気で気ままな服装をしている。

そもそもワスプ号は元海賊船だ。船内の悪臭は当時よりだいぶましになった。乗組員は遊び人だが、掃除は毎日やっている。ウォードヘブン星の情報部が過去に契約したなかでもっとも優秀な船員たちだ。業務には裏も表も精通している。とりわけワスプ号がおもてむき搭載していないはずの二十四インチ・パルスレーザー砲については。

「でもムフンボ教授から、無意味な研究だと拒否されたわ。相対論がどうとかって。ああ、教授といえば、プローブを打ち出したいと言ってたわよ」

「もう聞いてる。大尉がよけりゃ、こっちゃかまわねえと言っといたよ」

「あら、わたしもおなじことを言ったんだけど。船長に話したとは聞いてないわ」

航法士席からスルワン・カンがつぶやいた。

「あのおっさん、昔は親泣かせのめんどくさいガキだったんじゃないの」

「親がいたんならな。その点は未確認だ」と船長。

「ジャンプ直前にプローブを打ち出すことになにか問題がある？」

クリスは話題をもどした。ムフンボの許可のとり方はともかく、危険がないなら科学者たちに多少の調査はさせてやりたい。

ドラゴ船長はうなずいた。

「プローブは乗組員に点検させた。切り離しは問題なさそうだ。こっちがよその星系へジャンプしたあとに起動する。大丈夫だろ」

「十秒後に無重力」スルワンが警告した。

クリスは船長席から左に離れた自席へ急いだ。敵の兵器とセンサーを監視する席だ。

カウント・ゼロでワスプ号は全推力を停止した。反転してブリッジを進行方向にむける。しばらく惰性で進んで、ジャンプポイントの歪んだ空間から千メートル手前で静止した。肉眼では見えない。宇宙の一角で星の光がややおかしいだけだ。

「スルワン、航法ブイは積んでる？」

「投下ベイの三番に。科学者チームのプローブは四番」

一番と二番の投下ベイについてはあえて訊かない。ジャックが期待どおりの海兵隊員なら、二隻の攻撃舟艇がおさまっているはずだ。海兵隊は全員が戦闘装備で乗船し、いつでも発進できる態勢だろう。

「ブイ射出」ドラゴ船長が命じた。

船体に鈍い振動があって、ジャンプポイントの方向へ漂流していくブイが視界にはいってきた。政府仕様のビーコンより大きく、ごつい。五十年前の製品だろう。商船の船長が微々たる収益マージン内で、見かけないジャンプポイントを調べるのに投入するものとしてふさわしい。

ブイはジャンプポイントの手前でしばらく停止して、数種類の試験をした。それから移動を開始し、ジャンプポイントにはいって姿を消した。スルワンはタイマーをスタートさせた。ワスプ号をジャンプポイントにいれるのは二分後。それまでにブイはむこう側で、船舶の進入予定を周囲に放送している。

二隻の船がおなじジャンプポイントを両方向から同時に使おうとした事故は、この四百年弱のあいだにわずかに一件だ。しかしその悲惨な結果から、人類は同様のことが二度と起きないように対策を講じた。

人類宇宙のあらゆるジャンプポイントには、通常両側に二個のブイが設置されている。だがその外であるこの星域では、クリスとドラゴ船長はその場その場の判断で慎重に進むしかなかった。

「船のジャンプまであと十秒」スルワンがカウントする。

そのとき、送り出したブイがふたたびこちら側にあらわれた。そして放送する。

「十五秒後に船がこちらへジャンプしてきます」

「ブイにプログラムしたメッセージじゃないわ」スルワンが言った。

「航法士、後進エンジンを最大出力」

「後進エンジン、最大出力にします、船長」

スルワンは答えて、後進エンジンのレバーを大きく引いた。

「航法士、面舵十五度、下げ舵三十度」

「面舵十五度、下げ舵三十度です、船長」

クリスの内耳が旋回し、内臓がシートベルトのバックルに強く押しつけられる。ワスプ号は前進の慣性をすべて捨てて、勢いよく後退しはじめた。命令どおりの角度で体をねじられながらも、クリスは前方のスクリーンから目を離さなかった。

スクリーンにはいつまでもなにも映らない。しかしついに、一隻の船があらわれた。ワスプ号の二倍の船体がどこからともなくあらわれ、迫ってきた。

3

ドラゴは通信リンクにむかって命じた。

「機関、全出力を後進に突っこめ。航法、後退を続けろ。ただし反転するな。エンジンを撃たれたくねえ」

「了解、エンジンを守りつつ後退します」

クリスは船の指揮をドラゴにまかせて、自分は相手を観察した。スクリーン上では中型の商船に見える。リム星域とその外の小さな寄港地を往復して、いきあたりばったりの商売をする不定期貨物船にしては、やや大きすぎる。とはいえ長い中軸シャフトのまわりにはコンテナがずらりと固定されている。前端は大きく広がって、ブリッジと乗組員の居住施設になっている。中央にある回転ディスクは、無重力を嫌う貨物と一定の旅客を乗せる場所だ。ワスプ号はここに二十四インチ・パルスレーザー砲を隠している。後端は機関区だ。反応炉をおさめた四角い巨大な箱は、電磁流体ジェネレータの走路が這い、プラズマエンジンの巨大なベル形ノズルが突き出ている。

「センサー担当、むこうの反応炉は一基なの？」

クリスは直属の部下であるベニ兵曹長に尋ねた。いまはセンサー観測席についている。

「表面上はそうっすね」ベニは答えてから、コンソール上でなにかいじった。「でももうすこし調べてみます」

クリスは自分のコンソールをそちらと同期させた。ベニは普段はだらしないが、電子機器を扱わせたら天才的だ。いまもパッシブセンサーだけを使い、よけいなノイズは出さずに聞き耳を立てている。無害な積荷と紳士の船員を乗せた無防備な商船というワスプ号の偽装をなるべく崩さないようにしている。

しかしどの海賊船もそういう羊の皮をかぶっているものだ。その下には狼が隠れている。いまはおたがいに羊に化けている。あるいは一方は本物の羊なのか。

「うーん、この船体にウェスティングハウス1500シリーズの反応炉一基ってのは、ちょっと非力すぎるな」ベニ兵曹長は声に出して考えながら、近距離センサーを二つほどいじって入力感度を上げた。「やっぱり反応炉一基にしては漏出ニュートリノが多すぎる。位置的にも広範囲から出てる。そもそもお釜一個をおさめるのに、あの機関区はでかすぎるな。船長、やっぱりウェスティングハウスの反応炉を二基積んでるよ。それも2200シリーズだ。もこもこの毛皮の下に、筋肉質の狼が隠れてる」

「やっぱり」とドラゴ船長。

「そうね」とクリス。

「ご命令を、殿下」

つまり、この人々が多少なりと親しみを感じているのは、レイ王ではなくクリスなのだ。そしてロングナイフ家出身者とともに地獄の淵に飛びこむ気でいる。この差し迫った状況で、ドラゴはアビーではなく、クリスの指示をあおいだ。

最初に頭に浮かんだセリフは、〝海賊を叩きつぶせ〟だったが……ぐっとこらえて穏便な指示にとどめた。

「ヘルベチカ連盟などが同様の海賊狩りをやっている可能性もあるわ。正義の味方同士が撃ちあったら、レイおじいさまはメディアの集中砲火を浴びるはめになる」

ブリッジのだれかがくすりと笑った。知性連合のレイモンド王として知られる人物を、クリスが家族として親しげに呼んだからだ。

さらに船内ネットワークでだれかが言った。聞き覚えのある声だ。

「おやおや、あのロングナイフがまるで大人のようなセリフを」

「あなたなの、ジャック？」

王立知性連合海兵隊のジャック・モントーヤ大尉に問いかけた。ジャックはこの船の残余中隊の指揮官におさまっている。

「いいえ、殿下。空耳でしょう。しかしいまのだれかの発言にはおおいに共感します」

口論している暇はない。接近してくる船が通信チャンネルを開いた。

「やあ、そこの見知らぬ船。こちらはオラマ星のコンプトン丸《マル》だ。そっちはどこから来たどんな船で、どこへ行くんだ？」

ドラゴ船長が通信リンクのマイクを握った。

「ハンプトン星のラッキーセブンホース号だ。そっちがどこから来たか教えてくれれば、こっちがどこへ行く予定か教えてやるよ」

予想どおりに笑い声が漏れた。薄利の商売しか望めないこの宙域で、他の船とおなじコースをたどるのは破産への一直線コースだ。需要が満たされた市場で積荷の売却に苦労し、在庫が払底した市場で交易品の仕入れに四苦八苦するはめになる。クリスは海軍軍人で、ドラゴは……胡乱《うろん》な稼業の船乗りだが、商船長が集まる酒場に通ったおかげで商売のイロハは身につけている。

相手は笑い声からまじめな口調に変わった。

「じゃあ、おもしろい話を聞かせてくれよ。そうしたらこっちもおもしろい話を教える」

「いいだろう。おれたちがこないだ寄港したのはマグダズハイダウェイ星だ」これは嘘ではない。「そこでは積荷の農機具が全部はけて、まだたりないくらいだった。かわりに工業機械は需要ゼロだ。商売は早い者勝ちだぜ」

「あのしょぼい星は経済成長が遅すぎて、コロニー創設時の期待値にぜんぜん届いてない。用心しないとたちまち債務超過におちいるな」

中型貨物船の声は見解を述べた。

二人の会話のあいだに、クリスは相手の船をさらに調べていた。パッシブセンサーで可能なかぎり各層を見ていく。レーザー砲を積んでいるとしても、キャパシタには充電されていない。船は停止しているので、エンジンにプラズマは送られていない。唯一の動力源から電磁流体走路へ高温のプラズマを少しだけ流して、船のメインバッテリーを充電している。

クリスは兵曹長に訊いてみた。

「メインバッテリーからレーザー砲にじかに給電するのは可能？」

予想どおりの答えが返ってきた。

「普通は無理ですよ。送電ケーブルはそんな大電力に耐えられる設計じゃない。でも小口径の三インチ砲ならなんとかなるかもしれませんね。氷装甲を貫通する威力はないけど、まあ、こっちは商船で船体は紙みたいに薄いってことになってるから」

皮肉っぽい笑みをつけ加える。

ナイフは中途半端な武器だ。素手の殴りあいに持ちこめば主導権を握れるが、銃撃戦で使うとしたら奇襲しかない。それもかなりの大胆さが必要だ。

「そっちはどこへ行ってきたんだ？」ドラゴ船長は訊いた。

「ザナドゥ星からの帰りだ」

「あのとち狂った連中と取り引きしてるのか？」

ザナドゥ星については聞いている。放棄派の拠点らしい。一種の狂信者集団で、人類は地球にひきこもって異星人の群れから隠れるべきだと主張する。でないと滅亡させられると信じている。

彼らは四十年ほどまえに活発だったが、しだいに勢力を減らしておとなしくなった。その理由がわかった。導師団と呼ばれる放棄派の指導層は、そのおかしな理屈にもとづいて、信者を率いてリム星系の外に拠点を移していたのだ。異星人から隠れているつもりなのだろう。かつての主張もかなり奇妙だったから、半世紀たったいまではどんな奇怪な思想に変わっているかわからない。

「とち狂ってても、金は持ってるやつらだ。積荷は全部さばけたぜ。帰りのコンテナは空っぽだ。買い取ったワインや医薬材料がいくらかはいってるだけだ。長距離飛ぶならいい寄港先だぜ。そっちはどこへ行く予定だ？」

しかしそう言いながら、世間話でラッキーセブンホース号の船長の注意をそらすのはもう充分と判断したようだ。クリスのコンソール上にふいにキャパシタの反応が出た。緑から黄、さらに赤へと表示が変化している。メインバッテリーから急速に電力を吸い上げている。

「回避！」

クリスは怒鳴った。しかしそれより早く、ネリーが回避機動パターンを操舵系に入力した。ワスプ号は上下左右、ランダムに位置を動かしはじめる。微弱な三インチ・レーザーは的をはずした。

「くそ！」切り忘れたむこうのマイクに声がはいったが、その音声もすぐに消えた。

画像の機関区が真っ赤になっていく。むこうの船が偽装を捨て、隠していた反応炉を全力運転させはじめたのだ。ジャンプポイントから急速に離れていく。コースはジグザグで、エンジンをワスプ号からの射線上に出したり隠したりする。

レーザー砲用の六個のキャパシタがセンサー画面上に忽然とあらわれた。充電されて黄色から赤へ変わっていく。

そのセンサー画面が急にぼやけた。

「ジャミングをかけてきました」

ベニは言ってから、コンソール上でなにかいじった。するとジャミングが一部解除された。

「シールド……」

クリスは次の命令を言いかけた。この命令はやや気恥ずかしい。

ワスプ号の二つの新兵器のひとつは、船首の小さな突起に隠されている。命令によってそこからスマートメタルの巨大な傘が回転しながら広がるのだ。背後の船体を隠しつつ、レーザー砲撃への盾になる。

初期の訓練では、クリスは、「メタル立ち上げ」とか、「防御立ち上げ」と命じていた。ところがブリッジの奥のだれかが、長寿スペースオペラ・シリーズのセリフを真似て、「シールド展開」とささやいた。ブリッジの乗組員たちは大笑いして、それ以後クリスがどう命じても、防御システムについては「シールド展開」と復唱するようになった。

「シールド……展開！」

クリスはこの実戦で自分からそう命じた。もうだれも笑わなかった。

ドラゴ船長は部下たちに指示した。

「後退を続けろ。砲術、フル充電できたら教えろ」

ワスプ号の第二の秘密はここだ。核融合反応炉の三百年来変わらぬ仕事は、船を推進するロケットエンジンのプラズマ噴流をつくることだ。プラズマはエンジンに流れこむ手前で電磁流体力学コイルを通過し、船と兵装が使う電力を発生させる。コンプトン丸は飛行しながら、脆弱なエンジンをこちらの射線にさらしている。そうしないとレーザー砲を充電できないからだ。

しかしワスプ号は姿勢制御スラスタだけを使って後退している。通常はこのスラスタに流れる程度のプラズマでは、パルスレーザー砲の巨大なキャパシタはとうてい充電できない。しかしクリスのコンソール上では、レーザー砲用の四個のキャパシタは、表示が緑から黄、さらに赤へと急速に変わっている。最新科学と近代化改修のおかげで、ワスプ号は反応炉内のプラズマ流からじかに電力を取り出す仕組みをそなえているのだ。

時代は変わりつつある。そのことをこの海賊に教えてやる。

ところが、逆にクリスが驚かされることが起きた。コンプトン丸の船首からも防御用の傘が開いたのだ。そこには跳躍する虎が描かれている。口を大きくあけ、爪からは血をしたたらせている。

「あらまあ、凶暴ね」スルワンが評した。

「こけおどしかどうか、見てやりましょう」クリスは通信リンクのボタンを押した。「そこのコンプトン丸に告げる。こちらは知性連合所属艦ワスプ号。わたしはウォードヘブン海軍のロングナイフ大尉である。こちらへの発砲をみとめた。反応炉の炉心材料を捨てて、臨検を受けなさい」

「地獄に堕ちろ」相手は怒鳴り返してきた。

しかしその背景から、「ロングナイフだと！」という悲鳴が聞こえた。すぐに「黙れ」と制止される。

二隻は相手の背後にまわりこもうと旋回しはじめた。ドラゴは船体を長軸で回転させつつ、船首をつねにコンプトン丸にむけている。海賊のほうは、エンジンを隠しながら距離を開くのに四苦八苦している。実際には二隻は至近距離だ。いわゆる、ロッカーのなかで手榴弾《グレネード》を使うという状況だ。

ワスプ号はジャンプポイントと海賊船のあいだに割りこんだ。こうなると海賊には不利な選択肢しか残らない。ひとつは星系の反対側にあるべつのジャンプポイントへ逃げるという手。しかしそうすると、反応炉をこちらから簡単に狙い撃たれる。もうひとつはワスプ号へ突進する手。脇をすり抜けてジャンプポイントへ行くか、それとも砲撃戦で決着をつけるか。

「敵のレーザー砲が充電完了」ベニ兵曹長が教えた。

「口径の見当はつくか？」ドラゴ船長が尋ねた。

「たぶん五インチ。弱いやつだよ」

「殿下、ご命令を」

クリスはまる一秒考えた。

「敵は逃げる気はないようね。踊りたいなら踊ってあげる。でも逃がしはしないわ、船長」

「了解。全兵装、準備完了。あとはご自由に、殿下」

ワスプ号の船籍は本質的にあいまいだ。ドラゴ船長とクリスは兵装の取り扱いについてはじめに合意をかわした。照準と発射ボタンの操作はウォードヘブンの現役士官が担当する。そこは国際法遵守……形だけでも。

というわけでウォードヘブン海軍クリス・ロングナイフ大尉は、一番砲で敵の虎口を狙った。シールドに描かれた虎の口だ。船首中心からのずれが、ブリッジの位置とおなじなのだ。もちろん、ドラゴ船長がワスプ号を回転させているように、敵がシールドの裏で船体を回転させていたら、シールドを貫いたレーザーはべつのところにあたるだろう。あるいはなにもあたらないか。

「海賊船コンプトン丸へ、一回だけ警告する。反応炉の炉心材料を投棄せよ。やらないなら砲撃する」

クリスは冷徹な声で呼びかけた。相手は沈黙する。クリスは船内にむけて言った。

「回避パターン変更を準備。総員、急激な回避機動にそなえよ」

ブリッジの乗組員たちは、すでに固く締めてあるシートベルトに手をかけた。だれかが言った。

「痛快な一発をお見舞いしてやるぜ」

クリスは通信リンクにむかって言った。

「海賊船コンプトン丸へ、三つかぞえて砲撃する」

返ってきたのは罵詈雑言だ。

「一……」クリスはカウントしながら、脳裏で考えた。（ネリー、わたしの合図で急激回避機動を実行して）

（準備よし、クリス）

「二……」（開始！）

ワスプ号は右上への弱い移動から、左下への急激な移動に切り替えた。クリスは自分の胃が十数キロ離れた冷たい宇宙空間に取り残されたように感じた。

その空間を敵の三本のレーザービームが通過した。

「一番発射」

ワスプ号のパルスレーザー砲の一番砲の発射スイッチを、クリスは押した。

虎の口が赤熱し、煙を噴いて、大きな穴に変わった。ワスプ号のレーザーがシールドを貫通したのだ。そのむこうには……なにもない。やはり敵の船は回転している。さらに回避機動もはじめていた。

（ネリー、機動パターンを推測して）

（基本パターンの一番です。予測して調べていました）

二番砲は、シールドの中心をはさんで穴の反対側にむけた。最初の穴は徐々にふさがり、むこう側にある船体ないし虚空を隠しはじめている。

直前にクリスは勘で虎の右足に照準を変えた。そして発射。

ペンキは瞬時に蒸発し、焼けてへこんだシールドがむきだしになった。さっきの命中でメタルを失い、さらに穴をふさいだために、シールドは肉厚が減っている。短時間で貫通した。

そして出力が途切れるまえに、レーザーはむこう側の船体の一部をかすめた。

「コンプトン丸、命中したわよ。そちらのシールドは壊れかけている。反応炉の炉心材料を投棄しなさい。移乗して救助してやる」クリスは言った。

「無用だ」返事は一言だけ。

小破した海賊船からは六発のレーザーが飛んできた。こちらの二十四インチ・パルスレーザー砲にくらべれば威力は低いが、この至近距離なら命中すればワスプ号を両断できる。最初の四発は回避した。五発目はシールドにあたって、スマートメタルを数キログラム蒸発させた。六発目はワスプ号の船体中央部うしろ寄りをかすめた。機関区に損害はない。すくなくとも照明が暗くなったり、一番砲のキャパシタ再充電が遅くなったりはしない。黄色から赤へすみやかに変化している。

「被害報告!」ドラゴ船長は質問した。

「コンテナ複数が与圧漏れ。対策中です」

ドラゴ船長はクリスにむきなおり、眉をひそめて言った。

「早めに決着つけてもらえんかな。この船を穴だらけにしたくねえ」

「三番砲発射」

クリスは命じた。あらかじめネリーに二十四インチ・レーザーの焦点を拡大させていた。

シールドの広範囲にあてるためだ。これまでの損傷でスマートメタルの厚みは減り、船首を防御するのが精いっぱいのはずだ。ブリッジの後部をかろうじて隠しているにすぎない。

三番砲の光が消えると、シールドは大部分が消滅していた。海賊船は長軸での回転が丸見えになっている。それでもまだ降伏しない。敵のキャパシタが再充電をはじめた。シールドはわずかに再生して船首をおおった。虎の姿ももどった。前足を上げ、中指を立てている。宇宙共通の不服従のサインだ。

「往生際が悪いわね」クリスは言った。

通信リンクから大きな声が伝わった。

「やめろ。退がれ。でないと多数の死者が出るぞ」

「死ぬのはそっちよ」

「こっちは捕獲した二つの船の乗組員を乗せてる。次に撃ってきたら、そいつらを真空試験にかけるぞ」

「なに……」クリスとドラゴ船長は同時に漏らした。

ネリーが口をはさんだ。

「クリス、敵のブリッジの位置が推定できました。回転を変えていなければ確実です」

「照準を」

赤い十字の照準マークが薄いシールドの上で円を描きはじめた。意外にも虎の立てた指ではなく、爪先のあたりにある。時間が経過するほど船体の回転が変わる確率が高まる。クリスは四番砲の発射ボタンを押した。

レーザーは回転するシールドにあたり、一部を吹き飛ばした。そのむこうにはたしかにブリッジが姿をあらわした。しかし見えたのは一瞬だ。二十四インチ・レーザーがブリッジを破り、人体や電子機器や装備を切り裂いた。

「降伏しなさい。でないと次は反応炉の閉じこめ場を壊すわよ」

だれが聞いているのかわからないが、とにかくクリスは命令した。スルワンが尋ねる。

「囚人の話は無視するの？」

「本当に乗せているという証拠はないわ」クリスは敵船をにらんだまま答えた。

「強気なお姫さまだ。そのとおりだといいがね」とドラゴ。

クリスもそうであることを願った。

まもなく、コンプトン丸の二基の反応炉から炉心材料が投棄された。船体は最後のベクトルのまま漂流しはじめた。

「降伏する。移乗を受けいれる。抵抗しない」新しい声が言った。

「そのほうが身のためよ。こちらには暴れたくてうずうずしている海兵隊の一個中隊が乗っているから」クリスは言った。

返事はない。

「モントーヤ大尉」クリスは呼んだ。

「準備はできています」ジャックの声が返ってきた。

「海賊船に並んで速度とベクトルをあわせたら、移乗しなさい」

「わかりました、殿下」

「ドラゴ船長、あの放置船に横づけしなさい」

「はい、殿下」

ブリッジの奥からひょうきん者が声をあげた。

「やったぜ。また賞金がもらえる」

4

ワスプ号が海賊船に追いついて並走するまで三十分かかった。ジャックは海兵隊二個分隊をそれぞれ軽強襲上陸艇《LAC》に乗せ、発進させた。一隻は船首に、もう一隻は船尾につく。残りの海兵隊は連絡チューブを通って船体中央部に突撃する。

これがいちおうの作戦だ。

ドラゴ船長が双方の中央部ハッチを完璧にむかいあわせたのを確認すると、クリスは持ち場の席を蹴って離れ、ハッチをくぐった。海兵隊の移乗班に加わるために後部へむかう。そこをアビーにさえぎられた。フルセットの戦闘装備を背後に引っぱってきている。

「お召し物が必要でしょう。王女さまが恥ずかしい格好ではいけませんよ」メイドは不気味な口調で言った。

「ベッドの下に隠れてるんじゃなかったの？」

「一人で退屈だったので」

「キャラはどうしたの？」

「コンピュータでくだらないゲームを」

クリスは小うるさいメイドをかわそうともう一度試みた。

「聞こえなかったの？　敵は降伏したのよ」

「ええ、そのようですね」

アビーは答えながら、機敏にクリスの行く手をさえぎる。結局クリスは降参し、戦闘装備をつけるための最初のアーマーを受けとった。

「信じないの？」クリスは下を穿《は》きながら訊いた。

「すこしも。どこかのお姫さまとちがって最悪の経験から学んでいますから」

クリスが全身のアーマーをつけているあいだに、海兵隊はワスプ号とおとなしくなった海賊船のあいだに連絡チューブを伸ばしていった。これが正面ルートになる。

ところが、海賊船のメインエアロックが開かない。クリスが現場についたとき、ちょうどジャックが──中隊にとってはモントーヤ大尉が──状況評価を話しているところだった。

「コンプトン丸の装備が動かないのはとても奇妙だな。よほど楽観的なやつでないかぎり、ここは罠があるとみるべきだろう。一等軍曹、きみの意見は？」

「海賊はスケジュールどおりの整備などしません。だらしない船ではありがちです」

「それもそうだ。では中隊、やつらのたるんだ生活に活をいれてやろう。ＬＡＣは船の前部と後部を押さえろ。われわれは中央からはいる。突撃は六十秒後だ」

「ええと、こちらスー二等軍曹です。残念ながらＬＡＣ１はご期待にそえません」

「どうした」

「前部の二つの進入経路を確認したのですが、一方はブリッジ経由で、そこに大穴が開いてます。だれかさんがレーザー砲の照準を誤ったせいで」

「言葉に気をつけろ、二等軍曹。そのだれかさんはわたしの隣に浮いている」

「撃った時点では正確にそこを狙ったのよ」クリスはジャックのマイクにはいるように大きな声で言った。

「まあ、撃った時点ではともかく、現時点ではこちらにとって問題です。たとえハッチが開いても、その先は真空のブリッジ。そもそもハッチなど開かなくても穴から出入り自由です。もっと問題なのはもうひとつの経路、下の非常エアロックで、内扉が開けっぱなしです。外扉を開けたら、前部区画の与圧がすべて抜けてしまう」

「ということは、今日の計画はバージョン２に変更だな」ジャックはややくだけた口調で言った。検察局警護班長として某クリスティン・ロングナイフ王女のそばに長年ついていた影響だ。「ＬＡＣは二隻とも後部から進入しろ。前部は、われわれが中央部を制圧したのちに対応する。ＬＡＣ２、そちらの状況は？」

「いつでも行けます」

「六十秒後に作戦開始する」

クリスと海兵隊がいるワスプ号の巨大な中央貨物ベイはすでに閉鎖されている。海兵隊の一個分隊が早くも連絡チューブを渡り、コンプトン丸のエアロックの外で配置についた。ジャックもさらに二個分隊を率いて狭いチューブに飛びこんでいく。

クリスも続こうとすると、一等軍曹とアビーに行く手をさえぎられた。一等軍曹が言う。

「ここでお待ちください、殿下。この先は空気が悪いですから」

悪いもなにも、ジャックに率いられた二個分隊はフルアーマーの宇宙服で、フェースプレートを下ろしてタンクの空気を吸っているではないか。しかしクリスは一等軍曹に逆らわないことにしていた。士官学校時代の指導教官から、一等軍曹は別名を神と綴るのだと教えられた。そしてこの教義が真実である証拠を三年間でたっぷり経験した。ゆえにクリスは前進をやめた。

「進入した」ジャックがネットワークごしに宣言した。

まもなく二等兵が船内空気の確認を命じられた。

「臭いです」という報告のみ。

クリスの過去の経験では、海賊船の臭気はずさんな設備運用と、不適切な調理と、不潔な乗組員が原因だ。しかし今回、連絡チューブをつたって流れこんでくる臭さは種類が異なった。汚物と糞尿と死臭だ。

クリスはとどまっていた壁を蹴って、チューブに頭から飛びこんだ。アビーと一等軍曹もついてくる。

コンプトン丸のエアロックに近づくにつれて臭気は強まった。エアロックを抜けると貨物ベイだ。さっきまでいた場所と構造は同様だが、はるかに雑然としている。ジャックと三個分隊はここにとどまり、罠の有無を確認している。しかしとくにないようだ。海兵隊の多くはフェースプレートを上げ、タンクの空気を節約している。しかし数人はタンクの空気を吸っている。

「このにおいはどこから?」クリスは訊いた。

ジャックは首を振った。

「生命維持系は最小限の運用。換気はろくにまわってませんが、それにしても臭すぎますね」

「後部は?」

ネットワークごしに三等軍曹が答えた。

「制圧しました。抵抗なし。こいつらはお釜の管理をしてるだけで、ブリッジがなにを考えているのかぜんぜん知らないと言っています」

「その言いわけが裁判で通用するかしらね」クリスは冷ややかに言った。

ジャックは見まわして、特定のなにかではなく臭気全般に顔をしかめた。

「一等軍曹、二個分隊を率いて、ここから機関区までの後部シャフトを確認してこい」

「わかりました、大尉」

一等軍曹は、先発の分隊と後発の一方の分隊を集めて、後部へむかった。バディを組んで警戒させ、ゆっくりと進んでいく。そして一分もたたないうちにネットワークごしに呼んだ。

「大尉、殿下。ちょっと見てほしいものが」

クリスは銃をかまえて後部へむかった。ジャックが先に立つ。貨物ベイを出るとすぐに臭気がきつくなった。

　貨物船の中軸シャフトには航行時用の階段がかならず設置されている。全体はいくつかの区画に分かれている場合もあれば、コスト削減のために一個の細長い空間になっている場合もある。コンプトン丸のシャフトは四角断面で、いくつかの区画に分かれていた。

　最初の区画はよくある光景だ。壁に配管とダクトが這いまわり、中心からやや離れて螺旋階段がある。区画の床の中心には頑丈そうな気密ハッチがある。

　そこを抜けた二番目の区画が悪臭の出所だった。

　多くの男女が、梯子をつたって下りてくるクリスを驚いた顔で見上げた。みんな骸骨に汚れたボロ布を巻きつけたような格好だ。多くは外側の隔壁に溶接された三つ目滑車に縛られている。船がゆっくりと回転するなかでもの憂げに浮いている。雲のように漂っているのは彼ら自身の糞尿だ。

　縛られていない者も何人かいて、仲間の世話をしている。とはいえできることは少ない。素手を使うしかなく、あとははげます声をかけるだけだ。水の出るところはなさそうだ。バケツが一個あり、それが便所がわりだったらしい。いまはその中身がそこらじゅうに散乱している。一人の女が空中を泳ぎながら、飛び散ったものを集めようとしている。

　クリスは息を詰まらせながら訊いた。

「だれの仕業？」

　海兵隊の一個分隊が警戒にあたり、あとの分隊は区画のなかにはいって囚人たちの縛《いまし》めを切っていった。制服の残骸から商船の高級船員と思われる男が、クリスのほうへやってきた。体を曲げて左足を弱々しくさすっている。縛られていたその部位は黒く醜く変色している。

「自分はダン・オリゾウスキです。ジュネーブ星船籍の貨物船ジャンピングジル号の二等航法士です」

「きみがこのなかの最上級船員か？」ジャックが訊いた。

男は薄汚れた顔で見まわした。

「ジル号の船員のなかでは、そうです」

「他の上級船員たちは？」クリスは訊いた。

「抵抗したせいで殺されました」

「ここにいるのはおなじ船の乗組員？」

白髪まじりの年輩の男が加わってきた。

「いいや。おれはオナリー・マートム、アウトサイドストレート号の機関助手だ。船籍は知らん。船長は脅されてすぐに降伏したんだが、他の高級船員たちといっしょにすぐに殺された」

「やったのはだれ？」

クリスは低い声で訊いた。自分でも殺気立っているのがわかる。ジャックも唇を引き結び、クリスを止めようとしない。

機関助手は答えた。

「名前は知らねえ。しかし顔を見りゃわかる」

「では大尉、彼を連れていって何人か面通しさせるというのはどうかしら」

「同意見です」ジャックは一等軍曹にむきなおって指示した。「全中隊をこちらによこせ。ワスプ号の総務当直は最少に減らす。残りは戦闘装備に実包装填で来い」

クリスはドラゴ船長に連絡した。

「海兵隊をネズミ狩りに総動員するわ。そちらは乗組員を使って監視の目を光らせて。ネズミが逃げたり、そっちへ逃げこんだりしないように」

「中継映像でおなじものを見てるよ。生命維持系をフル回転させてんのに、それでも悪臭が流れこんできやがる。乗組員を武装させて、そっちが取り逃がしたやつをつかまえる」

「解放した人々の世話をできるかしら」

「いま厨房でオートミールをつくって、いちばんデカいコーヒーメーカーを動かしてる。武装チーム以外の乗組員は、救助した船員の世話にあたらせるよ。科学者も何人か手伝ってくれるそうだ」

「人道的な仕事はまかせるわ。非人道的な仕事はこっちでやる」

「痛いめにあわせてやってくれ」

クリスは話したことをジャックに伝えた。大尉はうなずいた。

「五分で全員を準備させます。悪者は待たせてやりましょう。自暴自棄の連中のために部下を危険な目にあわせたくない。やつらが何人死のうとかまいませんが、海兵隊が命を賭けるような価値はない」

クリスは親指を立てて承認した。

乗組員と科学者のチームがやってきて、元囚人たちを保護して連れていった。

機関区の分隊はしっかり仕事をして報告してきた。つかまえた機関員たちを縛って連行した。機関員たちは無実を叫んでいるが、耳を貸す者はいない。

二隻のLACはドッキングを解除した。

コンプトン丸には救命ポッドが積まれている。現在位置から多少なりと居住可能な惑星へたどり着くには、丸四年は漂流しなくてはならない。つまり脱出しても長くゆるやかな死が待っているだけだ。それでもその道を選ぶ者がいるかもしれない。そのときはLACが救命ポッドを捕獲し、海賊の首根っこをつかまえて法廷と絞首台へ送る。

ジャックの命令で、海兵隊はハッチを開けた。そしてコンプトン丸の前部シャフトにはいっていった。

5

前部シャフトの最初の区画は、全長約百二十メートルある。もし一G環境なら登るのはかなり大変だろう。しかし自由落下状態なので、手で壁をたぐっていくだけでよかった。クリスの前方には海兵隊がすでに展開し、五つあるうちの二番目の区画の安全を確保していた。いまのところ一発の発砲もない。仕掛け爆弾もない。海賊は自船に敵が突入してくることを想定していないのか。

前部シャフトの突きあたりの区画をまえにして最初の抵抗にあった。ハッチがむこう側から閉鎖され、ロックされている。

「爆破しますか？」

一等軍曹が訊く。ジャックはその質問を目でクリスに中継した。

クリスはしばし考えた。ちょうどそこへ、海兵隊のしんがりにまじってベニ兵曹長がやってきた。いつもは最前線に出たがらないベニだが、今回は商船の囚人たちにひどい扱いをした海賊への怒りが上まわったようだ。

クリスは彼を手招きした。ベニはだれのことかときょろきょろするが、他にいない。クリスは首を振って、もう一度手招きした。ベニは観念してやってきた。

「この隔壁のむこう側にいる連中と話したいの。船内ネットワークにつないで」

クリスが言うと、ベニはよけいな危険なしに悪者をこらしめる手伝いができると目を輝かせた。まもなく弱電ケーブルのダクトをみつけてカバーをはずし、内部の配線を探った。

「つなぎましたよ、殿下」すぐに笑顔で教えた。

クリスは一拍おいて言うべきことを考えたが、単純明快にいくことにした。

「こちらはクリス・ロングナイフ大尉。お迎えにきたわ、紳士淑女の諸君。これから数時間でそちらが何人死ぬかわからない。わたしと海兵隊は手加減というものを知らないから」

クリスのまわりでは海兵隊の数人が、「そうだ《ウーラー》」と気勢をあげた。

ベニはむこう側のスイッチのはいったマイクにつないだらしい。あるいは海兵隊が暴れたおかげですべてのマイクがオンになっているのか。クリスの発言に対する返事がいっぺんに聞こえた。ほとんどは悪態とこちらの出生にまつわる悪口だ。そのなかで一人がおなじセリフをくりかえしていた。

「おれたちのことはほっといてくれよ」

「ほっとく選択肢も考えたわ」クリスは答えた。

うれしそうな声がむこう側からあがった。

「でもこんな巨大な廃棄物は航法上の危険だから、放置できない」

ワスプ号の乗組員に捕獲賞金を分配するという目的もあるが、その話をしても海賊は悔い改めたりしないだろう。

「なんなら船首区画を爆破、切断してここに放置してもいいわよ。残りの船体を港まで曳航していく」

長い沈黙があった。クリスのまわりでは海兵隊員たちがその場合について考え、当然の結論ににやりとした。

隔壁の反対側ではそこまで考えが至るのにやや長くかかった。ようやくだれかが訊いた。

「そしたら、おれたちはどうなるんだ？」

「もちろん置き去りよ」

「だれかがみつけて救助してくれるか、みつけてもらえずに死ぬか……」

クリスはいっしょに考えてやった。

「こんな辺鄙《へんぴ》な宙域では、発見されるころには全員が死体に変わってるでしょうね」

「連行されたって結局は絞首刑だろう」

そうしてやりたいのはやまやまだが、人類宇宙の法律はそうなっていない。

「死刑制度を廃止している惑星もいくつかあるのよ」

クリスが指摘すると、海兵隊員たちは不愉快そうに眉をひそめた。

「そこへ連れてってくれるのか？」

「まともな司法制度を持つ直近の惑星に連行することになるわね。たしかクスコ星よ」

「そこには死刑制度はあるのか、ないのか？」

「正直に言うけど、知らないわ」（ネリー、教えてくれなくていいから）

（わかりました、クリス）

そんな調子で一時間にわたって交渉した。そしてとうとう一発の銃声もなく、全員が投降した。

「海兵隊から怪我人を出したくなかったんでしょ」

クリスはジャックに指摘した。ジャックはうなずいて、首を振った。

「創造主のお膝元に何人か送ってやりたかったんですがね」

「悪の親玉は抹殺ずみよ。戦闘の初期段階でブリッジには十五人いたんだから」

その廃墟からはちぎれた体が三人分みつかっただけだった。機関士以外の高級船員はみんな二十四インチ・レーザーの直撃で最悪の結末を迎えたわけだ。

そのあとは若い海軍大尉にとっての、いわゆる〝リーダーシップ問題〟になった。

まず、健康状態がかなり悪い元囚人が四十七人いる。医学的治療が必要だ。それも早めに。

次に、新たな囚人が三十二人いる。ワスプ号内で急遽拡張された拘禁室に閉じこめられている。全員が声高に無実を訴えているが……だれも聞く耳を持たない。

さらに、船は大きく損傷していた。しかも高価な積荷が満載されていることがわかった。となるとこの船がどこから来たのかが疑問だ。

最初の二つの問題は、ここではどうしようもない。三番目の問題から、この船を放棄することはためらわれた。そもそもコンプトン丸は重大犯罪の現場でもあり、調査が必要だ。

第一の問題はひとりでに解決してくれた。船医の努力のおかげで元囚人たちの健康状態は改善した。ワスプ号の船医は、もとは正真正銘の医師免許を持っていたが、酒癖のせいで剝奪されたのだと噂されていた。しかし飲んでいなければ腕はたしかだ。そして切除寸前の脚を保存治療でいくつも救い、好評価を重ねた。タフな古参船員たちは驚くほど早く回復した。

そうすると次の課題が浮かび上がってくる。予想すべきだった。

オナリー・マートムが食堂から肉切り包丁を持ち出して、拘禁室の囚人の頭をかち割ろうとしたのだ。

さいわいにも海兵隊員が割ってはいった。

クリスはジャックのすぐあとから現場に駆けつけた。意外なほど腕力があって興奮した船員は、まだ海兵隊員と争っていた。

「こいつがおれの船長を殺したんだ」マートムは怒りに満ちた声で言った。

「裁きは受けさせる」ジャックはなだめた。

数でも力でも劣勢をさとったマートムは、おいおいと泣きだした。それでもまだあきらめず、船長の仇《かたき》とのあいだに立つ者をだれかれかまわず罵倒した。

そこへ一等軍曹がやってきて、連れ去った。

「船医が隠匿している酒を飲ませておきます。そうすればすこしは落ち着くはずだ。酔いがさめたら自分は殺人犯になってなくてよかったと思うでしょう。悪いやつじゃない」

「すくなくとも、彼は固い意志でもって思うところを実行しようとしたわけね」

クリスは意見を述べた。マートムの悪態をすべて聞いたが、その言いまわしはあまりに難解でよくわからなかった。

ジャックが言った。

「警備を倍にしましょう。拘禁室の見張りの人数はそのままで、隣の部屋にべつの班を常駐させる。見物人や野次馬が集まらないようにします」

これをきっかけに、海賊たちの処分をさっさと決めるべきだという考えにクリスは傾いた。レイ王は、ウォードヘブンの引退した判事をワスプ号の乗組員に加えていた。天体観測が趣味の彼女はよろこんで乗り組んだ。クリスとしては、船上の即決裁判で迅速に処理するのは一部の軽犯罪のつもりだった。重大な海賊行為や、殺人や、奴隷化の犯罪まで裁くことになるとは想定していなかった。

ウォードヘブン星の統治下の法廷には制約がある。すでに消滅した人類協会の基礎的法典のひとつである人権法令に従わなくてはならない。その中心的規約が、死刑制度の廃止だ。もちろん、人権法令に署名していない惑星もある。ウォードヘブン首相であるクリスの父親は、失職の危険をおかしながらもさまざまな政治的トリックを使って、人権法令の効力を停止させようと試みたことがある。なにも恒久的に停止しようというのではない。クリスの弟のエディを誤って死なせた誘拐犯たちを極刑にできればそれでよかったのだ。ロングナイフは誘拐犯が嫌いなのだ。もしかしたらこの近くに人権法令に署名していない惑星があるかもしれない。

船医が解放された人々を治療し、ジャックが処刑を待つ罪人を守っているあいだに、クリスは壊れたコンプトン丸の修復をはじめた。修理サルベージ班は寄せ集めだ。ワスプ号の乗組員が大半だが、科学部門からは一部の技術者が派遣された。海兵隊は電子工学専門の工兵を出した。クリスはネリーの処理能力の多くを提供した。クリスが破壊したものを組み立てることに、ネリーが意欲をしめしたからだ。

二十四インチ砲の直撃を受けたコンプトン丸のブリッジは被害甚大だった。穴をふさいで、ブリッジの外側を気密シートでおおっても、まだ仮設照明が必要だ。電力で動くものは小さな電球一個にいたるまですべて焼け焦げていた。

散乱した部品が見えてくると、ネリーは言った。

「ふーむ、船のコンピュータはどれでしょうかね」

「こんなガラクタからなにか読み出せると思ってるの？」

「船の乗組員はそれぞれ趣味を持っています。科学者たちはジグソーパズルに熱心です。わたしにいわせればくだらない遊びですけどね。でもこれならやりがいがありそうだ」

クリスは全員に指示した。

「ばらばらの部品を残らず集めて、電子工作ラボに持っていきなさい。ネリーかムフンボのところの技術者がつなぎあわせてくれるかもしれないわ」

「ついでに調子の悪い腕時計もなおしてもらおうかな」

ベニ兵曹長は冗談を言いながら、ちらばった破片を集めて箱にいれていった。

ふたたび問題が厄介になったのは、船のコンテナを調べはじめたときだった。どれも満載なのだ。

積荷の書類はコンピュータとともに破壊されたので、海賊船がコンテナを満載している理由は不明だ。

「捕獲した船からコンテナを移したとか？」スルワンが考えた。

ジャックは首を振った。

「ゼロGで、まにあわせの設備でわざわざ？　普通は積んだままにして、捕獲した船ごと売り飛ばす」

ドラゴ船長もうなずいた。

「海賊ってのは、もとは反乱を起こした乗組員だ。こいつらの高級船員たちはどうなったのかな」

「捕獲した船の高級船員をさっさと殺すような連中よ」クリスは指摘した。

「疑問はともかく、なにか答えは？」とジャック。

しかしどの疑問にも沈黙しか返ってこない。反応炉の機関助手も急に爪が気になりだしたようだ。

一等軍曹は囚人たちの扱いについて提案した。どうせゼロGで運動させようがないのだから、それぞれの寝台に手錠でつないでおくのが安全ではないか。反対意見はなかった。元海賊たちは宇宙弁護士に変身したように人権を主張しはじめたが、海兵隊に尻を叩かれるとおとなしくなった。

「さっさと移動するのが賢明ね」クリスは結論を出した。

コンプトン丸のブリッジはもはやブリッジとしての用をなさないので、技術者たちは予備の設備を探しはじめた。すると予想どおり、中軸シャフトの先頭区画に非常ブリッジを設置するためのケーブル差し込み口が用意されていた。しかし、たいていの商船とおなじく、予備のコンソールがどこにもない。本来なら備品ロッカーにいくつかあるべきだが、見あたらない。しかたなく、四・七インチ・レーザー砲の管制室から六基を剝ぎ取ってきて、中身を再プログラムした。残り三基はワスプ号の備品ロッカーから運んだ。

ようやく一週間後に、ワスプ号からの出張組と元虜《とらわれびと》囚の混成チームで、二隻の出発準備が整った。

時間がかかったのは無駄ではなかった。ムフンボ教授以下の科学者チームは、コンプトン丸が登場したときの緊迫した状況のためにプローブの打ち出しを控えていた。状況が落ち着いたあとに、高加速モードに設定して二Gで打ち出した。それが次の星系へジャンプして、六時間後に報告を返してきたのだ。

それによると、次の星系には従来型のジャンプポイントが二カ所と、ぼやけたタイプのジャンプポイントが三カ所あるという。さらにハビタブルゾーン内に惑星が二個ある。

科学者チームで反乱も辞さずという空気が高まったが、クリスはこう約束して抑えこんだ。

「かならずここにもどってくるから」

6

一週間後、ワスプ号はコンプトン丸をともなって、クスコ星軌道上の宇宙ステーションに到着した。ドラゴ船長がクリスに報告した。

「港長によると、残念ながらドックは二カ所しか空いてないらしいぜ。そのうちコンテナの積み降ろしができるのは片方だけだから、コンプトン丸はそっちで決まり。てことは、この船がはいるドックはもう一カ所になる」

「それがなぜ残念なの？」

ドラゴがいかにも訊いてほしそうな顔なので、訊いてやった。

「むかいにグリーンフェルド星の軽巡洋艦がドッキングしてるってよ」

ジャックがにやりとして口をはさんだ。

「グリーンフェルド星の軽巡洋艦がいるのか。われわれはおじゃまかもしれない」

本心とは反対のことをわざと言う。

「艦名は？」クリスは訊いた。

「軽巡洋艦サプライズ号だ」ドラゴはその艦名にあわせて驚《サプライズ》いた顔をしてみせた。

「ゲオルク・クレッツ艦長がまだ指揮しているのかしら」

スルワンがコンソールから顔を上げた。

「港長の公開記録によるとそうらしいわね」

クリスは快活な笑みを浮かべてみせた。

「なるほど。彼とは舞踏会でダンスしたことがあるわ。娘が何人かいて、そろって父親とおなじ海軍勤務を希望しているという話だった。それならグリーンフェルド星の息のかかった海軍よりも、ウォードヘブン海軍にはいったほうがはるかに充実したキャリアを積めるだろうと助言してあげたんだけど。その後の経過を聞くのが楽しみね」

ジャックはあきれて目をぐるりとまわした。クリスは鼻を鳴らした。

「海兵隊の考えでは、戦争とは他の手段をもってする政治の延長なんでしょう。だったら王女は戦争のかわりに社交をもってしてもいいはずね」

社交、あるいは政治、あるいはごく小規模な戦争の機会は、翌日訪れた。

美形の——見る人によっては眉目秀麗と形容しそうな——若いグリーンフェルド海軍大尉がワスプ号の後甲板を訪問して、艦長からの挨拶とともに、今晩のディナーにクリスティン・ロングナイフ王女殿下のご臨席をたまわれば恐悦至極との伝言を述べた。

招待先がもしサプライズ号の士官食堂だったら、危険で断らざるをえなかっただろう。しかしクレッツはそれを考慮して、宇宙ステーションでもっとも高価で……中立なレストランをディナーの席に選んでいた。ジャックとの短いやりとりのあとに、クリスは受諾の意を副直士官に伝えた。これで決まりだ。

「お供しますよ」ジャックは小声で言った。

「わかってるわ、ジャック。せいぜいダンスで彼と張りあってちょうだい」

その返事をわざわざ聞くほど野暮ではない。

「王女らしいお支度になさいますか？」アビーの問いはそれだ。

「いいえ。海軍の晩餐会用礼装で行くわ。勲章は小さなものだけで、戦傷獅子章はなし。相手もこちらも略綬をすでに見せあっている。知らない仲ではないのよ」クリスは微笑んだ。

「浮かれすぎないようにジャックに釘を刺しておきましょう」

アビーは準備のために退がった。

四時間後、クリスは海軍礼装を選んだことを悔やみかけていた。海軍がその女性士官に着せるイブニングドレスはどこをとっても醜い。スカートは麻袋のようだし、ブラウスは着心地最悪だ。

かたわらでジャックがささやいた。

「やはりペティコートでふわふわのスカートがよかったと思っているでしょう」

「警護官が人の心を読むのは違法よ。最近の法律はどうあれ」

クリスは言い返して、足を進めた。ジャックがドアを開ける。彼は赤と青のさっそうとした礼装軍服だ。腰からは剣と拳銃を吊っている。女性士官の礼装では許されないので、クリスはいつもの場所に自動拳銃を忍ばせていた。

レストランにはいって三歩で、テーブルから立ち上がったクレッツ艦長に気づいた。隣に若い女性少尉が従っている。彼女もグリーンフェルド海軍礼装のイブニングドレスだ。それは不可能を可能にしていた。なんとクリスより醜いのだ。グリーンフェルド軍の女性嫌いは、ウォードヘブン軍の同族を上まわっているらしい。

軍服に気をとられて、それを着ている相手の顔に気づくのが遅れた。

クリスはつまずきそうになった。隣のジャックは鼻腔をふくらませた。しかし鼻を鳴らすのはなんとかこらえた。

クリスはさっと店内を見まわした。まだ早い時間なので照明は明るく、客は少ない。それでも艦長のテーブルをかこむ四つのテーブルは埋まっている。着席している者たちは私服だが、服の下の筋肉質の体と、短く刈った髪と、鋭い目つきは見まちがえようがない。

そのなかにこちらの者はいるだろうか。女性海兵隊員を二人みつけた。お手洗いに同行する警備担当なので、顔をよく知っている。ウォードヘブン海兵隊が四人。むこうの海兵隊が四人。クレッツは細かいところまで気を配っている。

クリスはもう一度店内に目をやった。見るのは高価な内装ではない。右の隅では一般客が食事中だ。左の客のほうはわざと見ないようにしている。彼らにとってはとても静かなディナーになるだろう。いや、メインテーブルの花火を、固唾を飲んで待つディナーか。

背後の安全を確認したクリスは、ようやくメインテーブルに注意をむけた。

クレッツはこめかみのあたりに灰色のものがまざっているが、にもかかわらず――あるいはそれゆえに——青と白の礼装姿に風格があった。

隣には、グリーンフェルド海軍礼装のディナードレスのせいでやや野暮ったく見える、ビクトリア・ピーターウォルド少尉が立っている。

少尉だと！

つっこみどころが満載でどこから訊けばいいかわからない。

まずクレッツがお手本を見せた。クリスにむかって深く腰を折るお辞儀をする。隣の若い女はためらっている。するとクレッツはその肘を軽くつついた。無言で伝えている。相手は王女、きみはちがう。ここは海軍の行事の場であり、われわれに従ってもらう。

ビッキーは短く浅いお辞儀をして、顔を上げた。

しかし艦長は深いお辞儀をやめない。

ビッキーは顔をしかめて、もう一度お辞儀をした。さっきより少し深い。しかしまだならない。さらに深く下げた。もっと深く。やっと頭の位置が艦長とそろった。

そこでようやくクリスは微笑み、王族らしく鷹揚《おうよう》にうなずいてみせた。

「ありがとう、艦長と少尉。でもここはクスコ星の主権地域です。ここの政府が知性連合の王権を認めるとは思えません」

艦長はお辞儀からなおった。

「しかし礼節は人類宇宙共通のマナーですから。殿下、わが艦で当直中の新任副通信士官、ビクトリア・スマイズ - ピーターウォルド少尉をお見知りおきください」

「ようやく正式に紹介していただいてうれしく思います」

数回にわたって非公式におたがいの命を狙ったことは、この場ではふれないことにした。

「お会いできて光栄です」

少尉のその言葉は、口から蛇や蜘蛛を吐くようなというお伽噺《とぎばなし》の形容そのものだった。

ジャックはクリスのために椅子を引いた。艦長は若い少尉のためにおなじことをした。女性への礼儀に彼女はややとまどった顔をした。

それを見てクリスは思った。まだまだお勉強がたりないようね、ミス・ビッキー。その点ではわたしもそうだけど、すくなくとも自分になにがたりないかは知っているわ。

クリスは会話の口火を切った。

「サプライズ号が隣の桟橋にいると知って少々驚きましたわ。もし国家機密でなければ、なんのご用事か教えていただけませんか？」

「それは国家機密にあたるかもしれませんな」クレッツ艦長は軽く笑って、エスコートしている若い女性少尉を一瞥した。「しかしそちらが同伴してきた貨物船を見ると、おたがいの惑星の懸念は共通のようです。あの船はどんないきさつでひどい砲撃を受けたのですか？」

「撃ったのはわたしです」

クリスは恥じらいの表情をうまくできなかった。しかし艦長も少尉も眉を上げただけだ。

クリスは事務的な報告口調になった。

「非武装の商船の姿をしていたワスプ号に対して、むこうから撃ってきたのです。そのとき射撃管制席にすわっていたのはわたしでしたので、返礼をしました。二十四インチ・パルスレーザー砲でブリッジを撃ち抜いた。それで終わりです」

「わたしの兄にやったようにね」ビクトリア・ピーターウォルドが攻撃してきた。

「少尉、その話はしたはずだ」艦長がたしなめる。

クリスは首を振った。

「失礼をお許しいただければ、艦長、ピーターウォルド少尉とわたしはこの件について腹蔵のない話をしておきたいと思います。たとえ同意できなくても、おたがいの立場に耳を傾けるのは有益でしょう」

クリスがビクトリアにむきなおると、むこうが先制攻撃をかけてきた。

「あなたは貨物船の乗組員を殺したのとおなじように、わたしの兄を殺したのよ」

「たしかにわたしは、あなたの兄上の死に関与しています。しかし海賊船のブリッジにいた海賊たちと〝おなじように〟ではありません」

ビッキーは反論しようと口を開きかけた。しかし艦長からにらまれると、口を閉じて黙った。

「わたしの艦は兄上のために窮地に追いつめられました。彼の艦と乗組員がやられるか、わたしの艦と乗組員がやられるか、どちらかという状況でした。わたしはブリッジではなくエンジンを狙って六インチ・レーザー砲を撃ちました。しかし彼の回避行動のせいか、あるいは純粋な不運で、ブリッジにあたってしまった。彼の艦では乗組員全員の席に救命ポッドが用意されていました。海賊船にはそれはなかった。ブリッジに大穴があくとそれまでです。乗組員の大半は宇宙に吸い出されていった。兄上の艦では全員が救命ポッドを作動させました。ただし、彼のだけは作動しなかった。他の乗組員は全員助かったけれども、彼だけは助からなかった。そういうことです」

　クリスはそこで口を閉じた。相手の美しい青い瞳を見て、了解や理解の気配を探す。わずかだがそれは浮かんだようだ。

「関連してもう一点お話ししたいことがあります。わたしの政府は認めないでしょうけれど」

「なんですかな」クレッツ艦長が訊いた。

「もし国家機密でないならお教えください。あのインクレディブル号に搭載されていた救命ポッドのシリアル番号は何番ですか？」

「インクレディブル号とサプライズ号は同時期に建造されました。搭載している救命ポッドは68000番台です」

　クリスはうなずいた。

「わたしたちがウォードヘブン近傍で戦った戦艦に搭載され、正常に作動しなかった救命ポッドは、すべて90000番台のバッジがついていました。ハンクのポッドが何番だったかご存じですか？」

　クレッツもビッキーも無言で首を振る。

「ポッドの写真があります。この場でお見せすることもできますが、やめておきましょう」

ハンクの遺体が乗ったままの写真だからだ。ビッキーには見せにくい。クリスもエディの誘拐事件の写真で見ていないものがある。将来も見ないつもりだ。

「それで、ハンクの救命ポッドの番号は？」ビッキーが訊いた。

「97512番でした」

「なんてことだ」クレッツ艦長はつぶやいた。

「ありえないわ」とビッキー。

クリスはテーブルで手のひらをおもてに返した。

「兄上のポッドを宇宙ステーションで撮影した写真がわたしのコンピュータにはいっています。ポッドの開封前後をふくめて。その一部に番号がはっきりと映っています。少尉はご自分の戦闘配置のポッド番号をご存じでしょうか？」

「ええ、もちろん」ビッキーは隣の艦長のほうを見た。

「わたしも知っている。90000番台ではない」とクレッツ。

「これは初耳です」ビッキーは言った。

今度は艦長が手のひらを上にする番だった。

「信じますか？」ビッキーは上官に尋ねた。

クレッツはしばらく黙りこんでから、ゆっくりと話しはじめた。

「話として聞いたことはある。深夜に、会員制クラブの奥の部屋でかわされる話題だ。海軍の者は不可解に思っている。ラルフ・バハとブッタ・セイリスを憶えている者は、あの二人はどこへ消えたのだろうと首をひねっている。海軍は狭い世界だ。六隻の超巨大戦艦相当の乗組員が忽然と消えて、だれも気づかないわけはない。つまりそういうことだ、少尉。海賊船のブリッジを撃ち抜ける冷静な女性の言葉と、政治委員の空疎な言葉のどちらを信じるか、という問題だ」

ウェイターがあらわれたが、やや距離をおいて待った。両方の警護担当者が手を振ってからようやく近づき、クリスたちのテーブルだけで注文をとった。事情をよくわかっているようすで、すぐに去った。

ウェイターが充分に遠ざかってから、ビッキーは小声で言った。

「わたしは信じないわ」

「そのわけを聞かせてもらえるかしら」とクリス。

「かりに、父の海軍があなたの母星を攻撃したということにしましょう。あなたはそれを阻止して勲章をもらったと。その戦いであなたは友人を何人失ったの？」

「かぞえきれないほど」クリスは抑揚なく答えた。

「なのにここへ来て、わたしとこんなふうに話し、艦長とこんなふうに話している。ディナーの招待に応じて。ありえないわ。あなたは嘘をついている」

クリスはゆっくりとうなずいた。

「歴史はどれくらい勉強なさった？」

「かなりよ」ビッキーは主張した。

「勢力が拮抗した二つの国が戦争すると、どうなるかしら」

ビッキーはその問いに困惑したようすで、艦長に目をやった。グリーンフェルド海軍の高級士官はかわりに答えた。

「勢力の拮抗した二つの国が戦争という手段で相違を解決しようとすると、たいていは双方にとって悲劇になる。戦争は長く、痛ましく、決着がつかない。どちらも勝てず、どちらもあきらめない。膨大な数の人々が犠牲になり、莫大な国費が消尽されながら、結論は出ない。ということをおっしゃりたいのでしょう、殿下」

「父の最高司令部の賢明な人々からそう諭されました。わたしが死者のために激怒している

「われわれの軍司令委員会の賢明な人々もおなじように言っています。いまのところは彼らが多数派です」クレッツ艦長は言った。

「どうしてそんなことを話すんですか?」ビッキーは自分の艦長に問うた。

「その質問は彼女にもあてはまるな」

ビッキーはクリスにむきなおり、もの問いたげな目をむけた。クリスは肩をすくめた。

「一たす一は二というくらいに単純な話ですよ。九十の惑星連合と百の惑星連盟による戦争は、はてしなく血を流す病根になる。この事実は国家機密でもなんでもない。試すのは愚か者。わたしはグリーンフェルド星で建造中の戦艦の数を質問しているわけではないし、艦長

はウォードヘブン星やピッツホープ星についてその質問をしているわけではありません。艦長は艦長なりに推測しているでしょうし、わたしはわたしなりに推測していて、どちらも当たらずとも遠からずのはず。でもそんなことはこの場では重要ではない。本当に知りたいことを質問させてください」

クリスは艦長にむきなおって言った。クレッツは大きな笑みを浮かべた。

「わたしの背後には武装した警護担当者が四人いる。彼らに聞こえるところで反逆罪にあたる答えを求めないでほしいな」

「彼らもわたしの海兵隊警護班とおなじようにユーモアを理解しないと推察しますわ」

それを聞いて両方の警護グループから苦笑が漏れた。

ちょうどサラダが運ばれてきたので、話はいったん止まった。クリスは醜いイブニングドレスをわざわざ保護するナプキンを広げ、フォークを手にした。二人もならったが、クリスがシーザーサラダの上でフォークの先端を止めると、彼らも手を止めた。

「あなたはなぜここに?」クリスはビッキーに訊いた。

「徴兵制によって入隊し、サプライズ号に配属されました。あとは艦の行くままに」

もの憂げに艦長を顔でしめす。

ビッキーは質問に答えたが、クリスにも経験があるように、答えは一部分のみだ。全体をビッキー自身が知っているかどうかはわからない。

そこでクリスは王族の特権を行使した。

「ゲオルク」下級士官の立場ではとうてい不可能な親しい呼びかけをする。「グリーンフェルド海軍の士官でも、あなたほどご息女たちを愛する方は少ないでしょうね」

艦長はそのくだけた呼びかけに渋面になりかけた。彼は隣にいるもう一人の大富豪の娘を下級士官の立場に抑えこもうとしていて、そのためにクリスの協力を期待していた。じゃまされるのは想定外だろう。しかし結局、クレッツは苦笑した。

「わたしのように女ばかりの家庭を楽しんでいる——あるいはそこで生き延びることを楽しんでいると認める艦長は、わが艦隊でも少ないでしょうな」

「ご長女はもう大学を卒業なさったころですね。ご希望どおりに海軍へ？」

今度は艦長が憂鬱そうに首を振る番だった。

「卒業と同時に軍看護科に配属されました」

「サプライズ号で乗務を？」

「もしそうなら歓迎ですが、娘にはボーイフレンドがいましてね」

「よくある話ですね」

「残念ながらそのとおり。良家の子息で、戦艦に乗務している。娘はおなじ艦での乗務を希望しました」

「そのボーイフレンドを信用していますか？」

艦長の表情は謎めいていて、クリスには推し量れなかった。クレッツはなんとか笑顔にもどって答えた。

「国家機密を教えましょう、ロングナイフのお嬢さん。グリーンフェルド星の誠実な妻は、富める場合も貧しい場合も、健康な赤ん坊を夫の腕に抱かせるまでに九カ月かかるものだ。しかし慎み深い新妻たちは、意欲的すぎて六、七カ月でそれを達成してしまう。奇妙なことだ」

艦長の背後の警護担当者たちがそれぞれの席で緊張を解くのがわかった。艦長が技術方面の話をはじめたら、たちまち引きずっていかれただろう。警護担当者たちのにやにや笑いからすると、彼らの一部は既婚で、その新妻の奇跡を実際に経験しているらしい。

「娘さんは？」

「求婚されて六カ月後に。そしていまは務めをはたしている」

クリスが意味がわからずに眉をひそめると、ビッキーが冷ややかに教えた。

「つまり妊娠、除隊になったということ」

「そんな中世のような」

ビッキーはきわめて無関心な口調で話した。

「父に話したわ。意見の相違を確認したというところね。わたしは避妊手段を入手できるからかまわないけど」

「わたしの艦では無理だぞ」艦長は釘を刺した。

少尉は表情を隠すようにサラダを頬張った。

クリスは会話を引きもどそうと口を出した。

「ビッキー、あなたになぜここにいるのかと訊いたのは、海軍にという意味ではありません。グリーンフェルド星になぜもどっていないのかという意味。あなたをエデン星に送るのには大変な費用がかかっているはずです。海軍にいれても経費はさして変わらないでしょう」クレッツ艦長が目をぐるりとまわしたのを見て、クリスは確信を深めた。「でも女同士の話として訊きたいことがあります。お家《うち》で静かに編み物をしていないのはなぜ？」

ビッキーは言い返した。

「編み物なんか趣味じゃないし、静かにしているのなんてまっぴらよ。むしろおなじ質問を返したいわね。なぜあなたはそうしないの――」言葉を探して、次の表現に落ち着いた。

「――美しい故郷のウォードヘブン星で」

クリスは、美味なかわりに肥満の原因のクルトンを、サラダから取って一列に並べはじめた。

「なぜわたしが美しい故郷のウォードヘブン星でおとなしくしていないか？　それは父や母のそばにいたくないからよ」

ビッキーは鼻を鳴らした。クレッツは考え深い表情になった。クリスは続けた。

「わたしは海軍士官になった。するとどういうわけか、海軍本部はわたしを父親である首相のそばの勤務地に配属しなくなった」

三個目のクルトンが列に並ぶ。少尉は皮肉っぽく苦笑した。クリスは言った。

「わたしは政治にはかかわらないようにしている。なのに、ウォードヘブン星に近づくたびに騒動に巻きこまれ、父親はさらに怒る。わたしにいったいどうしろと？」

ビッキーはとうとうナプキンで笑いを隠した。

クレッツ艦長はジャックに目をやる。警護担当の大尉は真剣な顔でうなずいて、その話が真実であることを認めた。クレッツは首を振った。

「あなたの資料の謎がしだいに解けてきた気がする」

「この話を詳しく報告したら、そちらの情報分析官は納得するでしょうか？」

「一言も信じないだろうね」

「ではもうひとつ明かしておきましょう。わたしがエデン星送りになったのは、人類宇宙で安全なのはそこだけだと考えられたからです」

「わたしがそれをじゃましてやったわ」ビッキーは自慢げに言った。

「次はもっと優秀な暗殺者を雇うことね。あの程度の連中では張り合いがないわ」

「あなたのおばあさんを誘拐してやったけど」ビッキーは指摘した。

「失策よ。そのせいで海兵隊を怒らせた。海兵隊中隊を敵にまわすのは賢明ではないわ」

「彼女はきみを批評しているのだ」クレッツは少尉に言った。

「空自慢《からじまん》だと思っていました」

「話を聞けば勉強になるはずだ。お父上や取り巻き連中は長いことこのお嬢さまの命を狙っているが、彼女はその計画を阻止しつづけている」

「わたしがだれかの計画のじゃまをするのは、わたしがだれかにじゃまされるからです」クリスはため息をついた。「ほうっておいてほしいものです」

「だからここに？」ビッキーは訊いた。

「リム星系の外に出れば、多少なりと平穏な生活が送れると考えたのよ。あなたが来た理由もそう？」

ビッキーは自分の艦長のほうをむき、もの言いたげに眉を上げた。艦長がかわりに言った。

「家にいるより海賊狩りをしているほうが安全というのは、なんともおかしな話だ」

するとビッキーが口を出す。

「わたしたちがやっているのは海賊狩りでしたか？　それともサプライズ号はそのふりを？」

クレッツ艦長は肩をすくめた。そしてクリスに訊く。

「海賊船への砲撃はどんないきさつで？」

「ワスプ号が普通の商船の姿をしているのはごらんになりましたね？」二人はうなずき、クリスは続けた。「彼らが最初の一発を撃ってきた。わたしが最後の一発を撃った。それだけです」

ステーキが付け合わせとともに運ばれてきた。しばらくクリスたちは料理に適切な敬意を払った。それからクリスは次の質問に移った。

「グリーンフェルド海軍の新任少尉はどんな不愉快な経験をするものかしら。わたし自身が最下級士官として艦上任務についたときの記憶は、すみやかに遠ざかることでようやくいい思い出と呼べるようになったけど」

「あなたも少尉から？」ビッキーは訊いた。

「ええ。当時の艦長から受けたいじめにくらべたら、クレッツ艦長の部下の扱いははるかにいいでしょうね」

ビッキーは疑わしげに眉を上げた。クレッツ艦長は言った。

「新任少尉をいじめるのは艦長の特権のひとつだ。そう思わないかね、大尉？」

クレッツは最後をジャックにむけて訊いた。ジャックは答えた。

「その件につきましては黙秘権を行使させていただきます。さもないと、そちらの海軍への移籍を願い出るはめになりそうなので」

「優秀な軍人はいつでも歓迎するぞ」

するとビッキーが怒りだした。

「どうして男の場合はそうなのですか？　わたしは少尉からのスタート。兄は最初から代将で、クレッツ艦長に命令する立場だったのに。わたしはほとんど全員から命令される立場。不公平です」

自分の艦長をにらむ。

クレッツはすぐには答えなかった。ステーキを切って口に運び、しばらく咀嚼《そしやく》する。それからフォークをクリスのほうに軽く上げた。

「底辺の少尉から二階級昇進して大尉になったあなたなら、うちの下級士官にいい助言をできるでしょう」

クリスはしばらく考えて、肩をすくめた。

「賢明な兵曹長からこんなふうに言われたわ。海軍にいたくないなら、出ていけばいいと」

ビッキーは眉をひそめて、隣の上官に顔をむけた。クレッツは首を振った。

「当面その選択肢はない」

「なるほど」クリスはさらにすこし考えた。「兄上は代将から海軍キャリアをはじめたのね？」

ビッキーは強くうなずいた。クリスは続けた。

「わたしに言わせれば、それが彼の死を招いたのよ」

「なんですって！」ビッキーは声を大きくした。

「否定なさいますか、クレッツ艦長？」

艦長は白いナプキンで口もとを軽く叩き、テーブルにおいた。

「否定はできないな」

ビッキーは二人をじっと見た。クリスは沈黙を引き延ばした。言葉から伝わることより、言葉のあいだの沈黙から学ぶことのほうが多いと最近わかってきたからだ。さて、このピーターウォルド家の子女はなにを学んだか、あるいは学べないのか。

ビッキーは言った。

「説明してください。わたしは代将のほうが安全で、権力があると思います」しばし間をおいて、「少尉であるわたしには権力がない。安全でもない」

クリスはクレッツを見た。艦長は首を振って言った。

「わたしは助言しかできない。しかしあなたは彼女とおなじ道を歩んで生き延びた。その経験から話せるでしょう」

クリスはナプキンをおいて、テーブルから椅子を引いた。隣でジャックもそうした。周囲では警護担当者たちが椅子をまわし、顔をむけた。それぞれの立ち位置と危険要素を考慮すると、許されるプライバシーはこの程度だ。

「代将は大きな権力を持っているように見えるでしょうね……その使い方をわかっていれば。艦長、ハンクは代将としての権力の使い方を知っていましたか?」

クレッツは首を振った。

「残念ながら、ノーだ。彼は権力をもてあそぶだけで、理解していなかった。権力をふるう方法もわかっていなかった」

「わたしが見たところでもそうでした。艦長、あなたが軽巡洋艦の指揮官になるまでの準備期間はどれくらいでしたか?」

「少尉から艦長まで二十年だ。そこには駆逐艦を指揮した二年間もふくみますがね、殿下」

「ハンクが軍服を着ていた期間は」

「死亡した時点で四ヵ月」

「それがあなたの兄上の死を招いたのよ、ビッキー。使い方を知らない権力が。あなたは少尉ね。なにか権力はある？」

「きわめてわずかです」

「それを適切に行使できる？」

ビッキーは顔を自分の指揮官にむけた。

「よい副通信士官になろうと勉強中です」

「そうだな」艦長は認めた。

ビッキーはクリスにむきなおった。

「できない仕事を無理にやるより、身の丈にあった仕事をやれということ？」

「まあそうね」

「かなりの費用を払ってあなたの資料を手にいれたわ。口で言うことと過去の経歴は一致していないように思えるけど」

クリスの隣でジャックが鼻を鳴らした。

「同感ですね」

「あなたはどっちの味方なの？」クリスは肘でジャックをつついた。

「勝つほうの」

クリスはまじめな顔になって少尉にむきなおった。

「わたしの資料を買って、目を通したのね。情報分析官による説明は受けましたか？」

「資料を手にいれただけよ」

「艦長、彼女にひとつひとつ解説してあげてくれませんか。わたしが幸運だった場面や、仲間に助けられた場面を」

「よろしくお願いします、艦長」

ビッキーは今晩初めて新任少尉が上官に話すときの態度になった。クレッツは答えた。

「わたしはきみの教育係を命じられている。きみを生き延びさせ、学ばせること。それが職務の一部だ。ただし警告しておくが、お父上は娘がクリス・ロングナイフをお手本にすることを適切とはみなされないだろう」

「どんな父親でもわたしをいい手本とはみなさないでしょう」クリスは皮肉っぽく言った。

「もちろんわたしの娘たちの手本にもふさわしくない」クレッツ艦長は同意した。「しかし、いいかね、ピーター-ウォルド少尉、ロングナイフのような途方もない幸運を持たない者があの資料に書いてあることをやろうとしたら、十回死んでもまだたりないだろう。そしてきみが自分の過ちのつけを払っているあいだ、そんな幸運は訪れないはずだ」

ビッキーは残りの食事のあいだ考えこんだ顔をしていた。

ディナーが終わると、クレッツ艦長は立ち上がった。しかし去るまえに、クリスに打ち解けたようすでうなずいた。

「資料によると、あなたの最初の艦長はソープ艦長だったとか」

「そうです」肯定だけで、よけいなことは言わない。

「ウォードヘブン海軍からはすでに退役されているのだな」

「そのはずです」話題を避けていると思われないようにした。

「最近、彼に出くわした。貨物船会社に雇われて、リム星域の外の惑星へ不定期に荷を運んでいた。あのあたりの違法な植民惑星についてはご存じかな？」

「何カ所か訪れたことがあります。ソープ……船長には遭遇しませんでしたが」

「そのような貨物航路は海賊の格好の的になっている。あなたの元上官に不運が起きないことを願っている」

「わたしもです」

クリスは答えたが、その話の意味も、自分の感想も、まだはっきりと感じられなかった。

レストランを出ると、ジャックが耳打ちした。

「あの小娘に生き延びる秘訣を伝授したことを、将来後悔するかどうか、賭けませんか？」

負けそうな賭けには乗らないことにしていた。

7

クスコ星の現代的かつ最新の法制度に精通しているという弁護士から四時間にわたって解説を聞いたクリスは、チャンス星のいい意味でいいかげんな司法を懐かしく思いはじめていた。

コンプトン丸のブリッジと当直船員たちを天国へ吹き飛ばし、その船舶書類一式も消滅させたにもかかわらず、船体には手がかりが残っていた。反応炉はウェスティングハウス社のシリアル番号が刻印されている。製造元のデータベースによると、搭載された船はビッグバッドバスタード号のはずだ。最新の船籍はロルナドゥ星。記録にある最後の寄港地はノーベルプライド星で、日付は六カ月前だ。

港湾当局に問い合わせると、船荷目録が送られてきた。おかげでコンテナの調査が進んだ。積荷は……一部が目録に一致した。消えているコンテナも、新しく積まれているコンテナもあった。もちろんノーベルプライド星が最後の寄港地ではなかっただろう。

普通ならさして興味深い事件ではなかったはずだ。しかし船主は複数の保険会社からなるコンソーシアムを通じて船と積荷に保険をかけていた。その保険会社が弁護団を送ってきた。

コンプトン丸を乗っ取った海賊と人類の係争は、大法廷に舞台を移した。

クリスはといえば、痩せたスーツ姿の弁護士五、六人に脇の小部屋へ連れていかれて、彼女と乗組員のための発見者報酬も用意されていると告げられた。海軍はでしゃばらず、普段どおりに市民の目にはいらないところで働いていろというわけだ。

その発見者報酬とやらの理不尽な少額さを見せられたクリスは、こぎれいな格好の彼らに拳を叩きこんでしまわないうちに、さっさとその場をあとにした。

ワスプ号の乗組員は、海賊からいまの船を捕獲して、チャンス星の法廷のはからいで高額の報奨金をもらった経験が記憶に焼きついている。海賊船はクリスが買い取って名を変え、ワスプ号になった。この二週間、ワスプ号内のさまざまなグループは、分配金の使い道の話題で持ちきりだった。

船の乗組員は、自分たちこそ最大の分け前を得るべきだと主張した。コンプトン丸と真正面から戦い、捕獲したのだからと。

海兵隊は、海賊の捕獲にあたって自分たちの働きも評価されるべきだと指摘した。乗組員たちは、海兵隊の主張も一理あると認めた。いうまでもなく、海兵隊に逆らうのは愚の骨頂だ。

ところが科学者グループまでもが分け前を要求してきたせいで、話は紛糾した。乗組員や海兵隊は当然のように指摘した。

「おれたちが撃たれてるときに、あんたらはどこにいたんだ?」

科学者たちは次のように主張した。

「海賊船の砲撃を浴びたとき、自分たちもまったく同様に生命の危険にさらされた」

「砲撃で損害をこうむったのは科学者のコンテナだ」

「船の識別と照準に使われているのは自分たちが開発したセンサーである」

これは、〝寝台の下に隠れていたくせに〟という指摘に釣りあう反論だった。

ワスプ号内の空気は冷えきった。いくつかの混成作業チームでは喧嘩騒ぎが起きかけた。

とうとうクリスは、全体集会を開いて、それぞれのグループから出した四人ずつの論者に討論させることにした。収拾がつかなくなる可能性を考えて、ドラゴ船長とムフンボ教授もその四人に加えた。さらに論者たちとはあらかじめ面接した。ある種の事前調整だ。

船長も教授もそれぞれ熱心な論客を出し、火花を散らせた。論争はさまざまに展開され、最後はそれなりに理にかなった結論にいたった。

コンプトン丸が攻撃してきたときに、ワスプ号の乗組員と海兵隊が危険を冒して戦ったのは事実だ。戦いつづけて相手を黙らせ、降伏させた。そして、コンプトン丸が撃ってきたときに科学者たちが一蓮托生《いちれんたくしょう》だったのもたしかだ。予測不能の状況というわけではない。ロングナイフ家の出身者が船長ではないとはいえ、彼女とおなじ船に乗る契約をしたのだ。そして実際に危険なめにあった。

報酬の分配について最終合意がなされた。海賊船と戦った乗組員と海兵隊は、船内で危険なめにあった者の倍の配当を受けとる。それぞれのグループ内での分配は伝統的な海事法に従う。

船内は楽観的な雰囲気に包まれた。アビーとキャラとともに自室にもどったクリスは、楽観的な雰囲気が少々ゆきすぎだと感じた。

「あなたもお金をもらえるのよ」アビーはキャラに教えた。

「あたしまで？　なにもしてないのに」十二歳の少女は首をかしげた。

「昔の帆船でも、食堂のボーイにまで分け前が配られたわ」アビーは明言した。

「お金をもらえるの？」キャラは歓声をあげた。

「大学への進学資金としてね」

「あたし、大学行くの？」

「当然よ。わたしも行ったんだから」

クリスは聞き耳を立てた。クリスのところへ来るまえのアビーの謎の生活をうかがわせる話は、どんな断片でも貴重だ。

「でもガナおばあちゃんは、女はあんまり勉強しても無駄だって――」

「いまあなたを育ててるのはガナおばあちゃんじゃない。そしてそんな生き方をしたママとガナがどんな最期を迎えたか、わかってるでしょう」

少女は黙った。アビーは続けた。

「わたしは大学の夜間部に通ったわ。昼は働いてお金を稼ぎ、夜は精いっぱい勉強した。あなたはもっと普通に、王女さまが通うように大学に行ける。このお金はそのための準備資金よ」

心温まる話だが、保険会社の弁護士の通告は冷徹だ。彼らの提案どおりの発見者報酬では、キャラは教科書も買えないだろう。

「ネリー、クスコ星にヌー・エンタープライズの支社はある?」

「あります」

「支社長に連絡をとって」

支社長はすぐ、海事法分野ではクスコ星でいちばんやり手の法律事務所を紹介してくれた。弁護士たちはコンプトン丸に関する司法手続きに注目しながら、自分たちが関与できないことを悔しく思っていた。そこへクリスから連絡がはいったのだから歓喜する。電話に出た共同経営者の首席弁護士は、クリスに尋ねた。

「コンプトン丸のどの部分が望みですか?」

「わたしとワスプ号の乗組員は海賊船を捕獲した。伝統的な海事法に従えば、コンプトン丸と積荷はわたしたちのものであるはずよ」

「つまり全部?」

「妥協するつもりはないわ」

「ふーむ。少々調べ物が必要なようですね」

「存分に調べて。最新の判例はチャンス星にあるわ。連絡先が必要なら、ええと……」

(メイデル・オールグッドです)ネリーが脳裏で教えた。

「チャンス星最高裁判所のメイデル・オールグッド裁判官が最新の判例を教えてくれるわ」

「われわれの判例データベースには載っていないようですが」

「だったらなおのこと調査して」

「わかりました。では報酬についてですが、こちらは弁護依頼料をいただくことにしますか？　それとも成功報酬を？」

クリスは用心深い態度になった。海賊はワスプ号の拘禁室の外にもいるのだ。

「どんな条件の成功報酬？」

「さすがはクリス・ロングナイフですね。御社の支社からの依頼は何度もうけたまわっています。三分の一でいかがでしょうか。もし金を取れなかったら、こちらはびた一文いただきません」

「取れたらその三分の一ね。きっちり三分の一で、追加の費用請求などはなし」

「ふーむ、きびしい交渉をなさいますね。その条件でうけたまわりましょう」

「では、他の関係者と話してから決めるわ」

クリスは電話を切った。


「というわけなんだけど、どうする？」

クリスは船内放送を通じて全員にこれまでの事情を説明して、意見を求めた。通話システムは殺到する声であふれた。彼らの見方はクリスの感想とおなじだが、王女たる者が口にしていい表現ではなかった。

ドラゴ船長が通信リンクからそれらの声をなだめた。

「みんなでしばらく話しあって、それから返事するよ」

おりよくブリッジにやってきたムフンボ教授も、その方針に同意した。

「猶予は一日前後よ」クリスは念を押した。

「海賊を全員縛り首にできねえのが残念無念だぜ」ドラゴ船長はどちらが海賊だかわからない凶暴な笑みで言った。それからふいに話題を変えた。「ところで、お姫さまと教授がそろってるのは都合がいいや。船長公室にちょいとお運び願えませんかね。大尉、あんたもいっしょに来てくれ」

ドラゴはジャックのほうを見て言った。クリスは不審に思ったが、なにも言わなかった。

どういうわけかアビーも加わったクリス一行は、小さな会議テーブルをかこんで着席した。船長はドアを閉めた。

「これから先の話だが、どうしますかい？　裁判でもめてるあいだ、おれたちは足留めをくわなきゃならねえのか」

「弁護団を雇っているのだからその必要はあるまい」ムフンボが言った。

「むしろ長居しないほうがいいのよ。海軍の立場としてはね」クリスは同意した。

「じゃあ、次の行き先は？」

「調査だ」ムフンボが強く主張した。

「なるほどね」ドラゴ船長は、袖に大砲を隠した海賊の顔で答えた。「で、どこへ?」

ムフンボは不快げに言った。

「どうやらきみは自分の案を持っているようだな」

「まあ、契約の細目を調べてるってとこかな」

「アビー」クリスは険悪な声で呼んだ。

「こちらを見ないでください、船主殿下。わたしは初耳です」アビーは言った。

「はっきり言っとこう。こいつはわれらが契約担当官代理も初めて聞く話だ。おれは昨夜、バーである男に会った」

「×印いりの宝の地図をもらったのなら、それは死亡フラグだぞ」ムフンボは険悪な声で言った。

「いやいや、そんな地図はもらってねえよ。ある男と話しただけだ。そいつはいわゆる早乗り組の一人で、いまはリム星域の内側にもどってるが、本人は手配した貨物といっしょにリム星域の外にある自分の星へもどりたがってる。それができなくて往生してるんだ」

「植民地を立ち上げようという話なら、推奨できないわ」クリスはゆっくりと言った。

「いやいや、殿下、いまから植民地をつくる話じゃない。じいさんの代から所有権があるのか不法占拠してるのか、法的根拠はあやふやな場所に兄弟で住んでるんだそうだ。そこから物資の買い出しのために通りすがりの船に乗っけてもらってきたが、海賊被害やらなんやらで帰れなくなっちまったと言ってる」

「コンプトン丸あるいはビッグバッドなんとか号とその悪い乗組員は、ここのドックにおさまってるわ。べつのドックに。もう安心よ」

「海賊船がコンプトン丸だけなわけがねえだろう」

テーブルのだれもが肩をすくめ、そりゃそうだという顔になる。

「とにかく契約によると、おれは本来の任務に支障がないかぎり、旅客と貨物の運搬を請け負うことができる」

「その可否を決めるのは？」

船長の契約にそんな文言をもぐりこませたのはだれかとクリスは考えた。この調査行の行き先を操作したがっている者がレイ王の他にもいるらしい。

「われらが契約担当官代理様さ」ドラゴはいつも以上に海賊的な笑みで答えた。

「こちらの取り分は何割かしら」アビーは抜け目ない笑みで応じる。

「わたしと科学チームには無益な話だ」ムフンボは立ち上がって抗議をしめした。

クリスは首を振った。

「そしてわたしは新たにどんな重罪に問われるのかしら。だめよ、アビー。絶対に！」

「でもおれの契約じゃ……」ドラゴが声を荒らげる。

「いいえ！」クリスはくりかえす。

「だめだ、だめだ！」ムフンボはそれをかき消す胴間声《どうまごえ》で叫ぶ。

「なあ、せめて本人と話してみてくれよ」ドラゴは頼んだ。

「なんのために？」クリスばかりかテーブルじゅうから疑問の声。

「彼はとても長期間足留めされてて、本当に帰りたがってるんだ。その話を本人からじかに聞いたほうがいい。ああ、まあ、彼がここに来た他の事情も」

「どんな事情よ」クリスは訊く。

「なあ、本人は部屋の外で待ってるんだ」ドラゴは懇願口調になった。初めてのことだ。

「だめだ、だめだ！」ムフンボはまた言った。

「妻やまだ見ぬわが子に会えないでいるのを、ほっとくのか？」

「お涙ちょうだいか」ジャックが言った。

「とてもかわいそうなやつなんだ」

「だめだ、だめだ！」ムフンボはくりかえすが、あきらめ顔ですわりなおした。

アビーが冷静に提案した。

「三つの問題で多数決をとるのがいいと思います。第一は、その男に面会するかどうか。第二は、彼を旅客として乗せるかどうか」ふいにメイドは冷酷きわまりない笑みになった。

「そしてもし第二の投票でドラゴが負けたら、第三の議案として、われらが船長を船外投棄するかどうか」

船長は選択肢を考える顔になってから、うなずいた。

「リスクを引き受けよう。会ってもらえりゃお客のことがわかるはずだ」

沈黙した部屋に、船長は一人の若者を招きいれた。二十代で、ジーンズにネルシャツという労働者の格好だ。そして五歳児のような純粋無垢の笑顔。

「こんにちは。万魔殿《パンデモニウム》星のアンディ・フロノーです」

「それが星の名前か？」ムフンボが訊いた。

「祖父は、万人を歓迎しなくていいというのが口癖だったんだよ。怠け者を寄りつかせないためには、こんな名前のほうがいいと」

「実際にはどうだったんだい？」

「やってきたのは二十家族程度だったよ。二十年前までは」

「二十年前からどんな変化が？」

「たとえば、自分が十八歳や二十歳くらいの若者で、家族はみんな放棄派の熱心な信者だと考えてみてよ。そんなザナドゥ星から脱出したいと思ったら、どうする？」

「きみの故郷はザナドゥ星とおなじ星系にあるのかい？」

「いや、隣だよ。ジャンプ一回分。祖父は異なるコースでジャンプしてきて、人間のいる場所からジャンプ五回以上離れてるつもりだったんだけど、実際は三回分だった。しかも二回分のところにはおかしな宗教団体がやってきた」

「あなたたちが脱会者を受けいれていることを、彼らはどう思っているかしら」クリスは訊いた。

「べつに問題ないよ。他の人類と没交渉という点では彼らとおなじだから。おれたちは全体集会に欠席する連中がいても気にしない。全体集会なんていっても、土曜の夜のスクエアダンスの集まりみたいなもんだしね」

「あなたがここにいることは知られてるの？」

「いいや。乗せてもらった船ってのは、先にザナドゥ星に立ち寄って、冷たくあしらわれたらしいんだ。惑星に出した交易所を閉めようとしてるときに、二十人くらいの移民希望者があらわれて、パンデモニウム星へ乗せていってくれと頼まれたんだって。べつの市場が近くにあるのは船長にとっても好都合だし、案内人がいるのもいい。おれたちにとっても貨物船の来港はありがたい。人口が増えてて、彼の積荷は全部ほしいくらいだったからね」

「船長はその積荷を親切に譲ってくれたの？」

「まさか。おれたちだってそこまで田舎者じゃないよ。祖父は昔、惑星で採れる特殊な炭化水素の繊維を売って植民地の初期費用をまかなってたんだ。でも商船なんかめったに立ち寄らないから、在庫が積み上がってた。料理に混ぜるとうまいらしいよ」

異星のめずらしい生物資源からは、新たな香辛料や医薬品がしばしばもたらされる。しかしそんな産地を知っている商船の船長がなぜ寄港したがらないのだろう。

ドラゴ船長が口をはさんだ。

「彼が運びたいコンテナは五十個だ。この船は問題なく積めるぜ」

「積んだら、パンデモニウム星へ直行するの？　それともザナドゥ星経由？」クリスは訊いた。

「そりゃあんたが決めてくれ」

ドラゴの返事に、クリスは鼻を鳴らして不快をあらわした。

「変人どもはほっといていいのでは？」ムフンボが訊く。

クリスはゆっくりと答えた。

「それではわたしの曾祖父も父も納得しないと思うのよ。この頭のおかしい連中は、人類は安全な母星の地球にもどって隠れるべきで、そうしないと凶悪な異星人の群れに襲われると主張している。一人が生き残るために千人が犠牲になってもかまわないという態度。さらに、死ぬとよい異星人が迎えにくるとか、導師様の指示に従う過程で命を落とせば、その異星人によって王や王妃のように扱われるとか信じている」

クリスは首を振った。

「そんな連中の実態は五十年ごとに調査しておくべきよ」

ジャックが顔の一部をひきつらせながら言った。

「たいへん筋のとおったお話ですね。しかしそれは例のロングナイフの本能ではないでしょうか？　危険きわまりないことをみつけると、自分こそそれをやるべきだと思いこむ。ほとんど徒手空拳で」

「かもね。でも、たとえばあなたがお偉い導師様で、全人類を憎んでいると考えてみて。さまざまな害悪が詰まったそのパンドラの箱をこじ開けにだれかがやってくるとしたら、だれを望む？　平凡な商船長か、それとも呪われたロングナイフか」

すると若い農夫は船長を見た。

「この船がロングナイフがらみだなんて初耳だよ」

「訊かれなかったから言わなかった」

「かずある人類の船のなかで――」若い農夫はうめくように言った。「――よりによってこの船に乗ってしまうなんて」

「それが結論ね」

クリスは言った。ロングナイフの名は人々にいったいどう思われているのか！

8

クスコ星から出発するのにそれから三日を要した。クリスはかなり苛立ったが、ドラゴ船長はこれでも記録的な早さなのだと説明した。事情を考えれば、と。

その事情というのは、たとえば宣誓供述書だ。海賊船の捕獲にかかわった者は全員、海賊容疑者を拘束したときの状況を詳述させられた。さいわいにもワスプ号の乗組員たちは、すべての海賊について説明できた。

さらに、五十個以上のコンテナの積載作業があった。ワスプ号が貨物の積み降ろしをやることは本来ないのだが、今回はしかたない。ステーションのない惑星にどうやってコンテナを降ろすのかとクリスが尋ねると、ドラゴ船長はシャトルを二隻リースしたと答えた。コンテナを軌道から地表へ運ぶ専用の船だ。

それはぜひ見たいとクリスは思った。というより、自分で操縦したい。

ヌー・エンタープライズの支社からは、二重容器にいれた約五十キログラムのスマートメタルが届けられた。戦闘で失った分の補充とシールドの強化のためだ。二重容器は船首に引き上げられ、スマートメタルは全体に均一にいきわたるようにプログラムされた。その作業をした作業員たちも、施工場所を〝シールド〟と呼んだ。クリスはもうあきらめた。著作権問題が起きたら弁護士にまかせよう。

ハッチを閉鎖し、係留索を引きこみ、後進してドックから離れて、ようやくクリスはほっとした。それを見たジャックが言った。

「ほとんど危険のない環境で弁護士、港湾職員、警官などを相手に二、三日仕事をしただけなのに、終わるとまるでヘラクレスが十二の功業をなしとげたような安堵の息をつく。そして次の行き先は未知なる武器をかまえた狂信者の巣窟なのに、うきうきわくわくした顔になる。クリス、あなたは少々おかしい」

クリスはその指摘をしばらく考えると、アビーのように不快げに鼻を鳴らしてみせた。

「あら、どちらの頭がおかしいのかしら。危険に飛びこみたがるボス？　それともそれについていきたがる部下？」

ジャックはぶつぶつ言いながら背をむけた。

アビーはモニターごしに遠ざかるステーションを見ていた。

「サプライズ号はステーションのドックにはいったままですね。目的はなんなのでしょうか」

クリスは眼下の惑星と頭上の軽巡洋艦を見た。

「クスコ星は有力惑星よ。たしかイベリウム協会に加盟しているはず。軽巡洋艦一隻くらい恐れる必要はないわ」

「心配しているのはあの軽巡洋艦ではありません。あれに乗ってきた赤毛の女、ビッキー・ピーターウォルドです」

「ビッキー少尉ね。見たところでは通信担当士官の当直任務を勉強中だったわ。新任少尉は忙しいのよ。ビッキーも睡眠時間の捻出にさえ苦労しているはずで、宇宙を征服する暇はとてもないはずよ」

「さて」アビーはそう言っただけだった。

クリスはそれを聞き流した。睡眠不足の新任少尉の経験がない者にはわからないだろう。些末でどうでもいい案件を、〝遅滞なく処理すべし〟として山ほど上官から押しつけられるあわれな下級士官の大変さを。

それから三日後、クリスは二回目のジャンプを終えたブリッジにいた。星系の初期観測レポートではすべての項目が検出なしだった。

「あの農夫はどこ？　フロノーだったかしら」

二分後にブリッジに上がってきた本人に、クリスは訊いた。

「ここがザナドゥ星のある星系なの？」

「無線電波かなにか検出できますか？」

「なんにも」センサー席からベニ兵曹長が答えた。

「だったらたぶんまちがいない。おれが乗せてもらった商船の船長は、人が住んでる惑星なのに信じられないほど静かだって言ってたから」

「おばけが怖くて声をひそめてるってわけか」とジャック。

「ハビタブルゾーンに惑星が一個あるわね」スルワンが教えた。

「近づいて眺めてみるか」ドラゴ船長が指示した。

一・五Gでも近づくのに二日かかった。周回軌道にはいっても未盗掘の墓場さながらに静まりかえっている。

「なーんにもひっかかりませんね」ベニ兵曹長が報告する。「ほんとにだれもいないのか、こっちのセンサーがひとつ残らず故障してるのか。それとも――」ベニは眉をひそめてしばし計器を見つめた。「――惑星にとんでもなく深い穴を掘って、おれの親父でさえ想像できないほどうまく隠れてるのか」

クリスは通信リンクを握った。

「ムフンボ教授、軌道を二周するあいだに、この惑星の住民が隠れている場所を探し出して。わかったらすぐ連絡を」

「いまのところこちらでも未発見です。なにかみつけたら連絡しましょう」

「ありがとう」通話を切って、ブリッジの乗組員たちにむきなおる。「科学者グループが放棄派住民を発見するまでの時間を賭けない？　わたしはまる三時間」

「先を越されたな。わたしも三時間だと思ったのに」とジャック。

「おれも三時間だ」とドラゴ。

「ずいぶん信頼がないんだね」スルワンが航法画面を見ながら言った。「宇宙で活動してなくたって、川や海で船を運航するのにもナビゲーション衛星を使うもんだよ。地上の貨物輸送だって」画面を調べた。さらにじっくり調べる。「他の惑星では使うんだけどね」とうとうスルワンはコンソールから顔を上げた。「こりゃ三時間後になにかしら手がかりが得られてたら御《おん》の字だね」


三時間半後、ムフンボ教授は船長公室で説明会を開き、ため息とともに認めた。

「放棄派はかくれんぼをしてるようだ」

「んなこた予想ずみだろうよ」ドラゴ船長は言った。「つまり発見できなかったってことか？」

「そうは言っていない。われわれほど高度な機器を持っているチームでなければ、いまだに捜索中だっただろう」

ドラゴ船長は眉を上げたが、なにも言わなかった。じつはスルワンがブリッジ要員とベニ兵曹長の協力のもとに、放棄派をなんとかみつけていた。

しかしクリスは大事な二つの頭脳集団を喧嘩させたくなかった。話を進めるために訊いた。

「どうやってみつけたの？」

「姿は隠せても、熱は隠せない。導師様でも熱力学の法則からは逃げられない」

スルワンがみつけた彼らのアキレス腱もそれだった。

「放棄派がいたのは北半球で、たまたま冬だったのが彼らに不利だった」ムフンボはそう言いながら、スクリーンを起動した。「通常、人が住む惑星は広い農地や休耕地からわかる。しかしここはちがう。トウモロコシ畑も、ジャガイモ畑も、麦畑もない。実態はわからないが、なんらかの多年生植物を栽培しているのだろう。カロリーを調達できて、根は張ったままにしておける」

クリスは同意した。

「聞いたことがあるわ。ウォードヘブン星の乾燥地帯では土壌保全のためにそういう植物を植えているはずよ」

「しかし三度の食事をパンだけでがまんできるのか」ムフンボはみずから疑問を呈した。

「おなじ根から異なる作物を採れるように遺伝子改造したのかもしれない」ジャックが言った。

「農業はともかく、農場はどうやってみつけたの？」クリスは訊いた。

「母屋は芝生におおわれ、地面になかば埋まっています。納屋やその他の作業小屋も同様の半地下構造。しかし芝生をかぶっていても母屋は熱を出すので、赤外線で見るとわかる。トラックが最近とおった道もおなじようにわかりました。通り道の草は耕作エリアと異なる反射像になる。さらに後背地の中央で、いかにも都市がありそうなところに、その気配がある。全体がぼんやりと温かい。草におおわれた道路も多い」

ムフンボの口調はしだいに誇らしげになってきた。

「建物は草におおわれた小丘になっている。大きいのも小さいのもある。さらに山もある。突き出した岩峰がちょうど塔のようだ。とても目立つ。導師団の所在はたぶんここだ」

「同様の都市は他にも？」クリスの情報将校であるペニー・パスリー大尉が尋ねた。

「他は規模が小さい。ああ、中心に大きめの丘があるところは共通していますよ。しかしこれほど高い山はない。市街地面積も四分の一以下だ」

「シャトルが着水できそうな大きな川もあるわね。おあつらえむきだわ」クリスは言った。

ジャックが首を振った。

「ここの住民はセキュリティ意識が高いらしい。そんな人々が、コミュニティの要人をもっとも目立つ場所に住まわせるでしょうか」

クリスはその背中を軽く叩いた。

「あなたの警戒心は頼りにしているわ、警護班長。でも最高権力を握った政治家の思考にはうといようね。最高権力者は、権力の象徴を握ってはじめて権力者たりえるのよ。有事のさいの避難場所はどこかに確保しているでしょうけど、普段は支配者らしいところを下層民に見せつけているはず」

「それはお父上から学んだ哲学ですか？」アビーが訊く。

「いいえ、最初の乳母からよ」クリスはすまし顔で答えた。

ペニーは話を引きもどした。

「そこまでわかったのなら、そろそろコンタクトをとってもいいのでは？」

「知るべきことはだいたいわかったようね。教授の話が熱反応ばかりだということは、ニュース放送やその他の電磁波による放送チャンネルは発見できなかったのでしょう」クリスは言った。

「発電所も送電線も発見できませんでした。完全にシールドされているらしい」ムフンボは答えた。

「では防衛チャンネルにだれかいるか、試してみましょう」クリスは通信リンクを手にした。

「ベニ兵曹長、これから言うことを、できるだけ広い周波数帯で放送して。〝こんにちは、こちらは惑星軌道にいる知性連合船ワスプ号です。わたしはクリスティン・ロングナイフ王女で、みなさんと連絡をとる権限をあたえられています〟」

ベニ兵曹長は指示どおりにした。メッセージを送信したあとは、沈黙が長く続いた。

クリスは肩をすくめて、ふたたびマイクを取った。

「〝こんにちは、わたしは——〟」

スピーカーから突然、とても耳ざわりな若者の声が流れた。

「最初の放送で聞こえている。黙って立ち去りたまえ。われわれ選ばれた民は、おまえたち愚民とはちがう。異星人に目玉をえぐり出されて焼かれたくないんだ」

「異星人が目玉をえぐって焼く連中だとしたら、その行為をどうして目撃できたのかしらね」アビーがつぶやいた。

「しっ、狂信者相手に神学論争やイデオロギー論争をしかけるものじゃないわよ」クリスはたしなめてから、通信リンクのボタンを押した。「わたしたちは導師団と話すためにきました」

「彼らは懐疑主義の愚民とは話されない。立ち去れ」

「そうはいきません」

「警告はした。これ以上の電波使用は異星人を招き寄せる危険がある。これで終わる」

「着陸して、海兵隊を導師団のところへ進軍させるわよ」

「場所を知らないくせに」

「見当はついています」

「ひねりつぶしてやる」

「人類宇宙の最新兵器で武装した海兵隊中隊を相手に、勝ちめがあるとでも？」

がさがさという雑音がはいった。古い形式のマイクを隣のだれかが奪いとったような感じだ。そして、年長で思慮深そうな声に代わった。

「ミス・ロングナイフ。あなたはあのロングナイフ家の方かな？」

「レイ・ロングナイフの曾孫であることを誇らしく思っています」

「つまり王女か。人類宇宙はその古臭くて欠陥のある支配制度に回帰しているのかね？」

「古いものの見方に新たな視点をつけ加えているつもりです」

「とにかく、われわれの若い平和の守護者が心の平穏を失ってしまったことを謝りたい。しかし彼の主張は本当だ。導師団は世間話などなさらない」

「ロングナイフはただの世間話のために人類植民地の合意された境界の外へ出てきたのではありません」

「ならばいいだろう。あなたと適切な護衛隊の着陸を許可しよう。行き先は自信あるようだが、念のために合図のかがり火をたいておく」

「無線のビーコンではなく？」

「ご存じのとおり、われわれは電波の発信を嫌っている」

「ではかがり火をよろしく。次の周回で降下します」クリスは話を終えると、通信リンクのボタンが完全に赤になるまで待った。「兵曹長、接続は切れた？」

その問いに兵曹長がなにも答えないところをみると、たしかに切れたのだろう。

ジャックが言った。

「さて、適切な護衛隊とはどれくらいの規模でしょうか、危険好きの王女さま？　海兵隊は何人準備すれば？」

「全員よ」

警護班長はその返事で満面の笑みになった。

六十四分後、四隻のシャトルすべてがワスプ号から切り離され、降下をはじめた。戦闘装備の海兵隊中隊ほぼ全員が分乗している。海兵隊員でフルアーマーをつけていないのはジャックだけだ。赤と青の礼装で、スパイダーシルク地の下着で防護している。クリス、ペニー、アビーも礼装軍服で、防護も同様だ。ベニ兵曹長は電子機器をありったけ携行している。

キャラも来たがった。「見知らぬ新しい文化と出会うのはいい教育機会なのに」という訴えは、クリス、アビー、ネリーの順で却下された。少女はふてくされて部屋に閉じこもった。

クリスは、放棄派の導師がこの十二歳児より交渉しやすいことを心から願った。

かがり火で着陸地点がしめされた場所は、たしかにあの大都市だった。岩山をまわりこむ川の右岸でかがり火が燃えている。

シャトル編隊は先頭から二隻としんがりの一隻がすべて海兵隊。クリスたちは三隻目に乗った。

クリスは操縦をまかせて、放棄派についての情報整理に専念した。彼らは教義の宣伝に熱心だが、自分たちの計画については秘密主義であることが知られている。

(リム星域の外へ植民した理由はなにか、すこしはわかる?）クリスはネリーに訊いた。

(当時のメディア報道に手がかりはありません。基本的に厄介者扱いされていました。死と破壊の未来をしばらく街頭で訴えて、まもなく姿を消した。平穏がもどってよかったという報道がほとんどです）

(彼らの行き先はだれも知らず、気にしなかったの?）

(そのようですね。その後のメディアはいつもどおりです。有名人の殺人やドラッグ使用者や奇妙な出来事を報道し、税金、予算、拡大について議論していました）

(導師団の写真を見せて）

ネリーは表示した。十二人全員が男で、全員が中年。そして全員がきびしい顔をしている。

なにを言われても耳を貸しそうにない。

シャトルはきれいに着水し、自力で川岸に乗り上げた。ジャックが先に下りて、クリスに手をさしのべた。王女が水辺の泥にころげ落ちず、乾いた岸に下りられるようにするためだ。おなじシャトルの海兵隊員たちは小走りに二人を追い越し、残りの中隊に加わって整列した。ただし全員が列に並んでいるわけではない。それではいい的になってしまう。有資格者の射撃手十数人が周辺を歩きながら警戒している。群衆を押し返す役割だ。ただし群衆は……いない。

クリスのところから見える街路には五、六人の女たちが歩いていた。それぞれ用事があるようすで、川岸の騒ぎは無視している。

例外もあった。大型のオープンカーが待っていた。運転席に一人、後席にもう一人乗っている。クリスとジャックと、二歩うしろからついてくるアビーとペニーは、第一小隊と第二小隊のあいだから出て、その車に近づいた。後席の男が立ち上がった。

「クリスティン王女です」クリスはその男に言った。

「わたしはプロメテウス、さきほどお話しした者です。運転手はルシファー。最初に通話に応じた者です」

悪魔の名前を子どもにつけるとはどんな親か。

通りに立って気づいたこともあった。歩いているのは女ばかりではなかった。男もいる。どちらも長髪なのだ。男女ともにシーツのような一枚布の服を着ている。車の二人もおなじだ。

（トーガという服では？）ネリーが示唆した。

トーガ、プロメテウス、ルシファーと来ると、ここは古代ギリシアか。だからこそ彼らは自分たちの植民地を築いて、自分たち好みの世界をつくったのだろう。もっととんでもない組み合わせが出ても驚かないようにしようと、クリスは思った。

プロメテウスがドアを開けて下りてきた。

「車をご用意しました。火ではなく。しかしこのようすからすると、トラックが何台も必要なようですね。しかしあいにくトラックはそう何台もありません。殿下だけお乗りになりますか？　それとも……お味方といっしょに徒歩で？」

〝お味方〟のところでプロメテウスはわずかに微笑んだ。クリスはその意味がわからなかった。

「行き先はあそこですか？」

クリスは訊いて、通りのつきあたりにある大きな岩山をしめした。二つの岩の塔が立っている。一方は白地に金の装飾、もう一方は灰青色の石に銀の装飾がはいっている。片方がよい異星人で、もう片方が目玉を焼いて食う異星人の象徴だろうとクリスは想像した。

プロメテウスは行き先の質問に答えた。

「そうです。導師団はあそこでお会いになられます。今日は光栄にも面会を了承していただきました」

「導師団にご迷惑でなければ、徒歩で行きたいと思います。なにしろ恒星船に長く閉じこめられていましたから。海兵隊も歩きたがっているはずです」

「無理もない。こちらも面会の準備を整える時間がとれます。少々急なご来訪でしたから」

「たいていの星系ではジャンプポイントのブイに、船の到着を通知する機能があるはずですが」

「わたしたちがそのような機能を忌避しているのはご存じでしょう」

一等軍曹は中隊を指揮して、ジャックが命じた方向へ行進させた。射撃手が前衛として広がって歩いているが、残りはまとまり、物量と火力を誇示している。

クリスと側近たちは第一小隊と第二小隊のあいだにもどった。プロメテウスはクリスの左側をつかず離れず歩いた。ルシファーは車を返しにいかされた。客の送迎用に借りたものらしい。

クリスはプロメテウスとの会話を試みた。

「大きな塔ですね。それぞれ一個の岩ですか？」

プロメテウスは誇らしげに答えた。

「自然の岩塊から大きな塊として切り出して、人力で運び上げたものです。このような大事業はあらゆるものに対する団結力を養うというのが導師団の考えで、実際にそうでした。この石運びから逃げ出した者は一人もいません。ルシファーは、自分たちの世代でも石運びをやる機会がほしいと言っています。裏口に新しく二個の岩を立ててもいいかもしれませんね。

どう思われますか？」

「コミュニティ精神を鍛えるのはいいことですね」

クリスはそう答えて、パンデモニウム星の話は持ち出さなかった。石運びから脱走した者がいないと主張するということは、すくなくとも本当に逃げなかった者も一部にいたらしい。やはりこの植民地はどこかがおかしい。

プロメテウスは慎重な口調で訊いてきた。

「わたしたちをどうやって発見したのか、よければ教えていただけませんか？　ジャンプポイントにはなにもなかったはずです。わたしたちは到着したときに光ファイバー方式のハブを設置しました。電波を飛ばさないように」

「わたしたちは、ここに寄港した商人から話を聞いてきました」実際には海賊だったが。

「なるほど」

「軌道からは、熱反応と人造の山をみつけました」

この話を明かすと、地元の農夫が真冬に暖をとることを禁じられるのではないか。しかしよけいな心配よりも、相手との会話を続けることを優先した。

プロメテウスはうなずいた。

「ふーむ。前回やってきた船は、ジャンプポイントから電力線を観測したと言っていました。そこで彼の船からありったけの材料を買い、超伝導ケーブルをつくって、電力網を再構築したのです。地下埋設方式で。しかしあなたのお話を聞くと、家屋と公共施設をさらに深く埋めて、環境温度に近づける必要がありそうですね」

「本当に異星人の群れが攻めてくると考えていらっしゃるのですか？」

プロメテウスは返事をしようと口を開きかけたが、やめて、前方を顔でしめした。

中隊は大きな交差点にさしかかっていた。これまでの道とおなじく芝でおおわれていて、交差点であることをしめすような石や標識はない。しかし一メートルほど脇に大きな青みがかった石があり、その上に男が一人立っていた。腰布以外は裸で、演説をぶっている。こちらに背をむけていて、二、三十人の聴衆の一部が背後にちらちらと目をやりはじめたので、いぶかしんでいるようすだ。

それでもかまわず男は演説を続けた。陶酔しているのは自分の声にか、演説内容か、あるいは両方か。

「不信心者は呪われ、みずからの血で煮られるのです。選別者が彼らを十人、百人の単位で連れ去り、煮て、焼いて、揚げて、切り刻みます。光の天使の声を聞いたわたしたちの警告を無視したゆえの災いです。わたしたちに従わなかった報いです。しかし選別者に看過された者たちにはよろこびが待っています。光の天使のもとへ運ばれ、第九天へ昇るのです。そこは最高位の天使たちが司《つかさど》る場所です。求められたことを実行した者には報奨があるのです」

説教師は聴衆の視線を追って振り返り、クリスと海兵隊を見た。しかし話しかけた相手はクリスたちではなかった。

「また災難か、プロメテウス。きみが運んでくるのは温もりの火でも導きの光でもない。いつもよそ者だ。悪魔に食われるのがふさわしい呪われた者だ。心がこわばり聞く耳を持たぬそんな者たちに、なぜ時間と品物を浪費するのか。打ち倒せばいい。きみは富と安楽の生活を捨て、来たるべき真実のみを説く仲間に加わるべきだ」

「修道士ヨナ、わたしは光の天使に従っており、きみも同様だ。どうか日課を続けたまえ。わたしは導師団の叡知のもとへ案内するこの人々の耳を開かせるために、天使から授けられたあらゆる力を使うつもりだ」

それを聞いた聴衆がざわめいた。〝導師団〟という言葉が何度かくりかえされた。

「きみの努力にこれまで以上の祝福があらんことを」

ヨナは言うと、プロメテウスの返事は聞かずに背をむけた。

海兵隊は行進を続けた。ヨナは説教の声を抑えたのか、その声は背後に小さく遠ざかっていった。

クリスはしばらくしてプロメテウスに耳打ちした。

「みなさんが神を信じているとは存じませんでした」

「信じてはいません。しかし導師団は三十年前に、光の異星人は内々にみずからを天使と称し、母星系を天国と称していると宣言したのです。するとヨナのような単純な思考の持ち主は、導師団が指摘した細かい区別を忘れて、両者を混同してしまったのです」

「ということは、思想の一致しない人々もいるのですね」

「ヨナの息子は去り、彼とわたしは険悪な関係になりました。わたしの息子のルシファーは、新たな石運びをやるべきだと若者たちに説いています。ヨナの息子は、わたしが商取引をした商船に乗りこみ、行方知れずになりました」

「ヨナは苦しみを背負ったわけですね」

そのあとクリスは黙って歩きつづけた。

9

巨大建築物なら、クリスは人間がつくったものも異星人がつくったものもはいったことがある。しかし導師団の建築物はそのどれとも似ていなかった。

外観は草におおわれた大きな塚――あるいは円丘というほうが近い。内部は巨大な円形劇場になっている。ただし天井が低い。圧迫感があって閉所恐怖症になりそうだ。広さと狭さという矛盾する感覚が同時にあって混乱する。もちろん計算ずくの効果だろう。

クリスは意識的にそれらの感覚を振り払った。わたしはロングナイフ。海軍士官。プリンセス。天井がなんだ、こちらには海兵隊がついている……。そう考えると口もとに笑みが浮かんだ。

しかし最後の最後はどうしても考えてしまう。とても不愉快な考えだ。導師団が擁する建築家は、その神学者と同様に優秀なのだろうか。もし強度計算に誤りがあって天井が重力に屈したら、悲惨なことが起きる。

クリスのまえに海兵隊はいなかった。相手を威圧しないためか、散開させる必要からか、ジャックと一等軍曹はすり鉢状の客席の最上段に海兵隊を並べていた。中央にむかって進んでいるのはクリスとジャック、アビー、ペニーだけだ。中央の内陣は充分に大きい。ベニ兵曹長は海兵隊の位置にとどまった。電子的な計測ならそこからで充分だと言いわけして。

円形劇場の底に近づいて、クリスは歩調をゆるめた。内陣は実際には床より二メートル近く高くなっていた。上り口が見あたらない。と思っていると、いきなりそれがあらわれた。幅の広い階段が出現したのだ。

プロメテウスが言った。

「とても名誉なことです。導師団のお招きです」

名誉はうれしいとクリスは思った……が、そこで感情を操作されている気がした。耳をすますとかすかに音楽が鳴っている。

(ネリー、兵曹長に訊いて。幸福感や信じやすさを誘導するガスが散布されてないか)

(ベニ兵曹長によると、どちらのガスも微量に検出されるそうです。その効果を高める音響も小音量で流れています)

クリスは手首の内側に貼った薬剤パッチを軽く叩いた。両方のガスに対する解毒剤が血中に投与される。クリスの右に並ぶチームはそれにならった。左にいるプロメテウスは階段を上っていく。表情には恍惚感があふれている。

階段を上がってすこし進むと、床から手すりが立ち上がってきた。名誉はここまで。近づけるのもここまでらしい。クリスはその手すりで立ち止まり、見まわした。しかし白い大理石の面が広がっているだけ。この星の指導者を求めて円形劇場全体を眺めた。

階段状に並ぶ座席は厚手の絨緞でおおわれている。長い説教や演説でも尻が痛くならないようにとの配慮だろう。海兵隊は最上段で、五メートル間隔で並んでいる。五人に一人がうしろをむき、背後を警戒している。一等軍曹や二等軍曹がその列にそって歩き、なにも起きそうになくても兵士たちの集中力が途切れないようにしている。

「ベニ、なにかあったら助言を」クリスは言った。

「このおかしな劇場は電子的活動がどこからも検出できません。油圧装置とか機械的に動くモーターとかはあるんですけどね。こいつら本気で時代に逆行してますよ」

とはいえ、いまのクリスに役立つ情報ではない。

シューシューという空気音を聞いて、クリスは正面にむきなおった。天井から蒸気が噴き出している。音楽が大きくなり、低音が腹に響く。

こういう安っぽいロックコンサートには大学時代に何度か行ったことがある。当時のクリスはドラッグをやっていなかった。普通にドラッグをやった友人たちはもっと楽しんでいたようだ。そういうことか。

まず、黒大理石の大きなブロックが天井から下りてきた。さらに十二個の白い玉座が続く。スポットライト照明が蒸気をつらぬき、黒いブロックと白い玉座をきらめかせる。玉座には十人がすわっている。二つは空席。わりといいかげんなところがある。

クリスは降りてくる導師たちを観察した。

（ネリー、放棄派が人類宇宙から出ていくまえの指導層の顔ぶれと、いまの導師団を比較して）

（一致しません。この十人は、当時の十二人にふくまれていません）

欠席の二人が一致する可能性が残っているが、おそらくそれはないだろう。よい異星人は天使だと主張しはじめたのはどちらのグループか。そのような教義の転換にともなってどれだけ血が流れたのか。

政治はしばしば血の闘争になる。クリスの父親はそれを防いでいるが……防ぎきれないときもある。天使の声などが聞こえるとろくなことはない。

黒大理石のブロック——あるいはそのように見えるものは、クリスから二十メートルむこうの床に下ろされた。十二の玉座も続いてくる。蒸気が消え、ブロックと玉座を吊っているケーブルが見えた。一本あたりの耐荷重はせいぜい百二十五キログラムとネリーは見積もった。ただし中央にすわった太った男のはべつだ。その玉座だけは二本のケーブルで吊られている。

すべてが着地するのを待たずに、クリスはしゃべりはじめた。

「こんにちは、みなさん。お忙しいなかをわざわざありがとう。わたしは、百十二の惑星を統《す》べる王、レイモンド一世の代理です。ザナドゥ星との交流を開くために来ました」

優雅なプリンセスの笑みを浮かべる。

反応はないまま、はりぼての大理石のむこうに玉座が横一列に着地した。中央の太った男は小さな目でクリスをしばらく無言で見つめた。

「そなたからは話すな。こちらから話す。そなたは許されたときだけ答えよ」

「この内陣が海兵隊に包囲されているのはご存じ？」

「去れと命じれば彼らは従うはずだ」

「それはどうだか確認すべきね。〝われ信ずれば叶《かな》う〟なんてたわ言は時代遅れですよ」

男はジャックを手でしめした。

「そこのおまえ。立ち去れ」

ジャックは右手を銃のホルスターにかけて、首を振った。

「残念ながら、そうはいきません」

クリスは手すりに横座りした。

「これからなにが起きるか教えてあげるわ。人類はまもなく拡大を再開する。ここはクスコ星からジャンプ二回分しか離れていない。この星系は恒星船の主要航路になる。かくれんぼはもう無理よ」

「だからもっと遠くに植民すべきだと言ったのに」中央の男から三つへだてた席の女が言った。

「われわれがここに来たときには、すでにクスコ星の人口は雑草のように増えはじめていたんだ」反対側の男が言う。

「彼らが入植したのは八十年もまえだ。いまさら言っても遅い」その隣のべつの男が口をはさんだ。

「静粛に！」小さな目の太った男が声を荒らげた。

静かになったところで、クリスはふたたび話した。

「選択肢は二つよ。星系のジャンプポイントを通過する航路からは普通に利益を上げることができる。反応材や食料を供給するとか、宇宙ステーションを早期に建設して倉庫業をいとなむとか」

「もうひとつは？」太った男が訊いた。

「他人が宇宙ステーションを建設して貿易で利益を上げるのを、横で指をくわえて眺める」

「おまえたちと貿易などしないと言ったら？」

「現実的な選択肢ではないわね」クリスは抑揚なしに言った。

女性の導師が訊いた。

「王の百十二惑星の連合に参加しろと要求しているのですか？」

「いいえ、誤解よ」クリスはすぐに誤りを訂正した。「いかなる惑星も、ほかのすべての惑星の承認なしに知性連合への加入はできません。また、民主的な政府をもたぬいかなる惑星も、参加を要請されることはありません。みなさんがレイモンド王の知性連合に加入するのは問題ないでしょう。ならず者惑星や、人類に害をなす海賊に物資を提供しないかぎり」

「人類とかかわらない道を選んだら？」

「それは無理でしょう」

ザナドゥ星への入植は八十年前だと明かした男が言った。

「しばらく考えさせてほしい」

「一カ月待ちますわ」クリスは答えた。

「では一カ月後に返事をしよう」

クリスは立ち上がり、王族の会釈をすると、チームとともに引き揚げた。海兵隊も整然と退出した。数分後にはクリスはさきほど通った屋外の道を逆方向に歩いていた。プロメテウスはいつのまにかいなくなっていた。人々がベッドシーツをかぶって走りまわっている理由を尋ねられずじまいだ。

海賊船コンプトン丸はつい最近ザナドゥ星に寄港したと主張していた。つまりそういうレベルでの外部との接触は続けていいと導師団は考えているのか。今回の訪問でその答えはわからなかった。そしてここでのんびりしている暇もない。


ヘラクレスは他の導師たちに発言を禁じて、玉座が内陣の下に引きこまれるのを待った。人類宇宙でしばしば使われる極小の盗聴器について彼らは苦労して学んでいた。もっと早く宇宙船乗りを一人酔いつぶれさせていれば、最近寄港した数隻の恒星船を相手にもっと有利な立場で取り引きできたはずだ。

ヘラクレスと他の導師たちは、ローブを脱いでセキュリティ担当者に渡し、全身をよく洗った。それから電子機器の専門技術者によってスキャンを受けた。

「道をしめす導師様、ナノバグの反応はありません」

「議場のほうはどうだ？」

「なにもみつかりませんでした」

「おかしいな」レオニデスが言った。「彼らはいつでもナノバグを使うものだ。発見できないということは、また相手が優位性を得たということではないか」

「そのクリスという女があえて盗聴しなかったのだとしたら？　そもそも盗聴されていない証拠を探すのは無理よ、愚かなあなた」ゴルゴは濡れた髪を軽く振った。

「どうでもいい。とにかく新しいローブをくれ。そしてルシファーを連れてこい」ヘラクレスは言った。

ローブを着替えた十人は、さまざまな決議をする部屋へ移動した。

議場の丘の地下深くにあるこの部屋には、温泉が湧いて流れている。その大地の裂けめからは未来を告げる蒸気が立ち昇っている。しかし今日のヘラクレスは蒸気を嗅ぎにきたのではないし、聖なるキノコをかじりにきたのでもない。同僚たちの先頭に立って玉座にすわった。

部屋にはいってきたルシファーは、玉座にずらりと並んだ導師団のまえですぐに膝を折った。ここの玉座は宙吊りにする必要がないので、本物の大理石製だ。現在と未来をつかさどる権威者たちが快適に着座できるように、クッションが敷かれている。

ヘラクレスは言った。

「若者よ、われわれ十二人はそなたと仲間たちに任務をあたえる」

「準備と覚悟はできています」若いルシファーは答えた。

「そなたは光の導き手になると誕生時に予言されているな。不信心者に天罰を下すことを命じる」

「どうすればよいでしょうか、未来の先見者さま」

「あの侵入者たちがこの星系から出ていったら、そなたと仲間たちは四日以内にザナドゥ星から遠くへ出発する。光の天使たちに迎えられたら王や王妃のような待遇を受けるぞ」

若者は驚いて息をのんだが、立ち上がって答えた。

「仲間を集めます。ご命令の件、けして失敗しません」

ルシファーはきびすを返して退室した。

10

「ジャンプポイントにブイを残すかい？」

ドラゴ船長が訊いた。船はザナドゥ星からパンデモニウム星へ飛ぶジャンプポイントの手前で停止している。

「クスコ星からジャンプしてきたときにもブイは設置しなかったでしょう」クリスは言った。交渉前から導師たちを怒らせたくなかったからだ。それは正解だった。「一カ月の猶予をあたえたのよ。待ってあげましょう。船長、このまま通って」

「了解、殿下。スルワン、やれ」

姿勢制御ジェットを軽く噴射する。あっというまに次の星系にはいった。ドラゴはさっさと一Gで恒星方向へ加速しはじめた。

地元住民が略してパンダ星と呼ぶ惑星の観測データは遅れてはいってきた。不審な点がみつかったのはパッシブセンサーのデータだ。ベニ兵曹長が眉をひそめて報告した。

「通信チャンネルが静まりかえってますね。そしてニュートリノ放出で見ると、パンダ星周回軌道に船が二隻います」

ブリッジの補助席にすわっているアンディ・フロノーが言った。

「貨物船が年に一回来るかどうかって星なのに、なんでいま二隻も？」

「通信回線が確立するまで待ちましょう」クリスは言った。「この距離では、こちらの問い合わせに答えが返ってくるまでにタイムラグが一時間もあるわ」

しかし問い合わせるまでもなく、三十分後にブリッジのメインスクリーンに画像入りの通信画面が開いた。クリスはひとめ見て悪い予感に襲われた。映し出されたのは商船長の制服をすきなく着こんだ、ウィリアム・タコマ・ソープ船長。急襲コルベット艦タイフーン号の元艦長であり、ウォードヘブン海軍の正式な軍法会議か、あるいは早期退役かを選ばされた人物だ。

「こんなところでなにしてるのかしら」

それがクリスに最初に浮かんだ疑問だ。もちろん、いい目的ではあるまい。

「正体不明の貨物船に告げる。ここは貴船の来る場所ではない。転針せよ。プレスリーズプライド星に近づくな」

クリスは画面を消すボタンを叩いた。

補助席のフロノーが飛んできた。

「プレスリーズプライド星だって？　うちの惑星にプレスリーなんて名前のやつはいないよ」

「いまはいるんでしょう」

クリスは、警告してきた人物について説明した。しかしドラゴ船長は驚いた様子がなく、逆に確認の質問をした。

「あれが、あんたが海軍でつかえた最初の艦長なのか?」

クリスはそうだと認めた。

「海軍の正式な軍法会議を避けるために退役したって?」

クリスはそうだと認めた。ドラゴは顎を掻きながら言った。

「これでわかったよ。バーであんたの船の船長をやってるって話したときに、ずいぶんじろじろ見られたわけがさ」

「敵か味方かは慎重に見定めるのが身のためよ」

「なにがあったんだ?」ドラゴがまじめな顔で訊いてきた。

「その話は機密情報にふれる」ジャックが口をはさんだ。

「わたしは聞きたいわ」アビーも口をはさむ。

「万一彼女が話したら、聞いたきみを消さねばならない」

「あら、どこの軍隊を率いてやるつもり?」アビーは歯をむいて笑った。

「海兵隊を率いてだ」

「いい勝負になりそうね」

クリスは割りこんだ。

「やめなさい。今日は忙しいのよ。愉快な内部抗争はもっと暇なときにして」

「暇な時間がすこしでもほしいものです」アビーは苦情を述べた。

「暇な時間があるとあなたはろくなことをしないからよ」

ドラゴが割りこんだ。

「ああ、ところでみなさんがた、このプリンセスの昔のお知り合いにどう返事するんだい？　一時間後には新しいメッセージが来る。そして忘れがたい昔の部下とのふたたびの邂逅《かいこう》に驚きをしめすはずだぜ」

「船長におまかせするわ」クリスは判断をゆだねた。

「うう、急に喉頭炎の症状が」ドラゴは喉を押さえる。

「はい、薬」

ドラゴは首を振った。

「悪いが、プリンセス、こんなのは契約にふくまれてない。おれも乗組員も全面的にあんたを応援するぜ。しかしこいつは——」大げさに肩をすくめて、「——いわゆる〝ロングナイフ家出身者の厄介事〟ってやつだ」

そのときクリスの脳裏では、小さな声がささやいた。

——あら、クリス、派手に暴れて楽しみたいんじゃなかったの？

そうよ。でも楽しみにしてたのは、探険。ソープに出くわすなんて思わなかった。

——昔の艦長と対決するのが怖い？　昔のようにいじめられると思うの？

クリスは深呼吸した。たしかに、かつてソープにはひどいめにあわされた。しかしクリスは耐えしのんで……のちに状況を一変させた。その結果、クリスは軍に残り、ソープは出ていった。

クリスは座席のベルトをはずして立ち上がり、メインスクリーンの正面に立った。

「兵曹長、ソープからの返信が来るとしたらいつごろ？」

「早くて五分後。たぶん十分後でしょう」

「スクリーンに出すまえに教えなさい」

ソープ船長は待たせなかった。五分後にベニ兵曹長は通知した。

「新しいメッセージがはいってきます」

クリスは背筋を伸ばし、表情を消した。

「メインスクリーンに表示」

そしてソープ船長の自信たっぷりの笑みを受けとめた。

「ひさしぶりだな、少尉。ああ、いまは大尉か。こんなところでいったいなにをしているのだ？　社交界デビューにふさわしい舞踏会はこのへんではないぞ。どうぞ」

通話の発言権を渡す身ぶりをする。クリスは口を開いた。

「わたしはクリスティン・ロングナイフ王女。知性連合船ワスプ号にて調査任務を指揮しています。リム星域の外を調査中で、パンデモニウム星には生鮮野菜その他の仕入れのために寄港を希望します。どうぞ、ソープ船長」

つとめて平板な口調で話した。〝ソープ〟でも〝船長〟でもおかしな抑揚にならないように気をつけた。頭のなかで何度も練習したとおりだ。通話をベニ兵曹長が切った。

「さて、どうしますか？」ジャックが訊いた。

「相手の出方を見ましょう。むこうはプレスリーズプライド星と言った。こちらはパンデモニウム星と言った。この不一致について彼が説明してくれればありがたいわね。さて、ミスター・フロノー、ベニ兵曹長の協力をあおいで家族と連絡をとってみて。ソープからの返信は一時間近く待たなくてはいけないから、そのあいだに地上のようすをすこしでも知りたいのよ」

そこにベニ兵曹長が口をはさんだ。

「大尉、問題の軌道の船の片方から、なにか出てるんですが」

「なにかって、なに？」

兵曹長の丸顔が難しい表情になった。

「かなり絞ったタイトビーム通信が地上にむけて発信されているらしくて、その後方散乱が検出されるんです。ネリー、解析できるか？」

ベニがクリスの秘書コンピュータに助けを求めるのは、かつてないことだ。

「とても微弱で、かなり散乱していますね。読みとれるのはメッセージの一部分だけ。しかも強力な暗号がかかっている。解読するにはメッセージの例を蓄積しないと」

ネリーの返事を聞いて、クリスは言った。

「調べなさい。べつに忙しいわけじゃないでしょ。兵曹長、あなたには他の質問があるわ。

惑星からはどんなノイズが出てる?」

　べニは首を振った。

「地上はなにもないみたいに静かです。発電所も、ネットもない。せいぜい十ワットの無線機くらい」

「まるでザナドゥ星ね」クリスは言って、フロノーのほうを見た。

「そんなはずないよ。二年前にはダムと水力発電所があって、家々に送電してた。ネットも完備してたし、音声電話もビデオ電話もあった。どこへ消えたんだろう」

　フロノーは声を震わせている。ジャックがつぶやいた。

「だれかがブレーカーを落としたとか」

　きわめて穏やかな表現だと、クリスは思った。たんにブレーカーが落とされているだけ。ブレーカーを上げればもとにもどり、若者は妻と赤ん坊に会えるとでもいうようだ。

「ジャック、海兵隊を待機させなさい。パンデモニウム星の人々の活動を再開させるのに手助けが必要かもしれない」

「わかりました、大尉」ジャックはきびきびと敬礼して、すばやくまわれ右をした。「ミスター・フロノー、いっしょに来てもらいたい。ここからの映像は解像度が不充分だ。地上の配置を知るためにきみの助言がほしい」

　農夫はジャックについていった。手伝う意欲にあふれている。海兵隊との打ち合わせに忙しくしていれば、母星が沈黙している理由について悪い想像をせずにすむだろう。

クリスはドラゴ船長にむきなおった。

「レーザー砲を点検。接近時はキャパシタを満充電に。スルワン、軌道への最終アプローチでは、パンデモニウム星の最大の月の裏になるべく隠れるコースを設定しなさい」

「こっちもおなじ命令を考えてた。やれ、スルワン」ドラゴが言った。

スルワンは短い笑い声をたてた。

「元コルベット艦長の正体不明船が軌道にいるんでしょ。他にどんなアプローチのしかたがあるってのよ。うちの乗組員はそのへん心得てるわ」

ブリッジにはくすくす笑いが広がり、緊張が和らいだ。

「さて、兵曹長、ようすはどうなの？　行く手の船とそれがまわっている惑星について、わかることを報告しなさい。黙りこんでいて、いつもらしくないわよ」

クリスは座席をベニの隣へ引っぱっていった。しかしベニの返事はかんばしくない。

「それが、大尉、残念ながら報告できることがあまりないんですよ」

それから三十分後、兵曹長の口数は増えないまま、通信リンクが赤く点滅しはじめた。

クリスはすぐには取らなかった。メインスクリーンのまえに立ち、略装制服に乱れがなく、中心線がまっすぐ通っていることを確認した。部下たちの面前で昔の艦長に叱責されるのは願い下げだ。満足してから、兵曹長に手で合図した。

「つないで」

ふたたびソープ船長の顔がスクリーンいっぱいに映し出された。しかしクリスが注目したのは背景のブリッジと、そこにいる人々のようすだ。

ソープの商船制服は非の打ちどころがない。しかし背後の男たちはみんなふぞろいな民間人の服装だった。海軍服の者も二人いるが、組み合わせがばらばらだ。一人は高級士官の記章がついた帽子で、もう一人は兵曹長のだ。

ブリッジの構成はこちらとよく似ている。つまり海軍的だ。見ためだけか、それとも……実体がそうなのか。重要なポイントだが、見て判別するのは簡単ではない。

ひとつだけあきらかなところがあった。ソープの右側には二つの席がある。これは航法と操舵だろう。左側にさらに二つある。これは防御と攻撃の兵装管制席ではないか。まちがいない。まっとうな貨物船のブリッジにしてはコンソール席が多すぎる。

そしてソープもクリスの背景に映るブリッジを見まわして、ただの調査船にしてはコンソール席が多すぎると判断したようだ。

「さて、プリンセス」ソープはクリスの肩書きを罪名かなにかのように呼んだ。「見てのとおり、ここはきみの探しているパンデモニウム星ではない。新規に開拓された植民惑星、プレスリーズプライド星だ。イベリウム協会所属としてクスコ星で正式登録されている。貴船の立ち入りは断る。針路反転して星系から出ていくのに反応材が不足なら、近傍のガス惑星に立ち寄って補給すればいい。もし惑星へ接近を試みるなら、貴船を敵性とみなしてそれなりの対応をとる。本船は非武装ではないことを警告しておく」

そして艦長時代のままのけわしい表情をクリスにむけた。

話し方からすると、ワスプ号で起動しているレーザー砲の口径をむこうのセンサーはまだ割り出していないらしい。その報告を受けたときの顔を見てやりたいと思ったが、この断続的な会話の合間になるだろう。ベニ兵曹長のほうもコンソールで忙しく調べているので、ソープの搭載兵装についてまもなく結論を出すはずだ。待つ時間はある。

(ネリー、プレスリーズプライド星という主張の裏付けはあるの?)

(クスコ星でダウンロードしたデータをいま調べているところです。ふむ、たしかにプレスリーズプライド星は存在します。いや、待って。その名で登録された星系があるのはイベリウム協会星域のむこう側です。このへんではありません)

ネリーはメインスクリーンに小さなウィンドウを開いた。そこには船の現在地と、イベリウム協会に所属する六個の惑星が描かれている。そこでのプレスリーズプライド星は、パンデモニウム星から五十光年ほど離れている。

クリスは思いきり不快げな顔をしてやった。

「ソープ船長、真実からかけ離れた話をなさるのはあいかわらずですね。いまの乗組員にもそんな話を信じこませているのでしょうか。プレスリーズプライド星はクスコ星の反対側のはるか遠くではありませんか」

クリスは、ソープのそばで声が届く範囲にいる部下たちがその指摘を理解するのを期待して、しばし間をあけた。

「ワスプ号は、パンデモニウム星の植民地創設者の孫と、彼が惑星のために購入した五十個の貨物コンテナを乗せています。わたしたちの目的はその配送です。この合法的業務を妨害なさらないように助言します」

言い放って、通信リンクを切った。

船内時間は正午。腹ごしらえにちょうどいい。

「わたしはお昼を食べてくるわ。いまの古い友人から新たなメッセージがはいってきたら呼んで。ベニ兵曹長、士官食堂での食事につきあいなさい」

にっこり微笑むと、食堂へむかった。

11

ドラゴ船長はワスプ号の設備を厨房一ヵ所、食堂一ヵ所にしたかったはずだ。しかし一等軍曹は、船内の適切な区画割りについて確固たる考えを持っていた。

「本船には下士官用食堂が必要であります」と彼が言ったら、それに逆らうような愚かなまちがいをクリスは犯さなかった。

しかしそこで譲歩したせいで、ムフンボ教授が科学部門にも教授専用ラウンジと技術者専用パブが必要だと主張してきたときに、反論する根拠がなくなった。

というわけで、ワスプ号にはハンバーガーを食べられる場所がいくつもあった。

クリスは士官食堂の空いたテーブルに軽い昼食を運んだ。空いたテーブルはまもなく埋まった。むかいの席にはドラゴ船長がすわった。

「下でなにが起きてると思うかい？」

クリスはまずサラダを口に運んだ。レタスがしなびている。ザナドゥ星での購入はあえて避けたので、ここではぜひとも新鮮な肉と野菜を仕入れよう。クリスは質問に答えた。

「まだ推測しかできないわ。〝構え、狙え、撃て〟と叫ぶのはしばらく後まわしでいいんじゃないかしら」

「聞いて安心したよ。ロングナイフの答えとしちゃ意外だが、悪くない考えだ」

　ネリーが口をはさんだ。

「クリス、これは〝フィリバスター〟による軍事探険ですか？」

　クリスは苦笑した。

「それがどういうものかわからないから、なんとも言えないわね」

「検索していてみつけました。不法戦士《フィリバスター》は十九世紀の地球にいたならず者のことです。略奪者や傭兵が武装探険隊を組んで豊かな地域にはいりこみ、そこを貧乏にして、乗っ取り、略奪する。そして去る場合もあれば、残って経営を続ける場合もある。ソープ船長とその仲間たちも、ここでそれをやっているのでしょうか」

「なかなかいい検索ね」

というよりも、普通のコンピュータがやるレベルの検索ではない。そもそも検索条件を自分で設定している。ネリーは成長している。驚くほどに。

十二歳の子に勉強を教えているせいだろうか。わからない。

　ドラゴ船長が言った。

「指揮をとってるのは元海軍の船長。地上へのタイトビーム通信はおそらく前線の兵士への指示だ。これらからすると、それっぽいな」

　クリスはうなずいて、ジグソーパズルと化したパンデモニウム星のピースがはまっていくのを認めた。

「ベニ兵曹長もソープの船が完全武装しているという報告をいずれ持ってきそうね」

「そのとおりっすよ」

そのベニが、クリスの左隣の席に山盛りのトレイをおいた。まず特大のハンバーガーに大口でかぶりつく。それからようやく報告をはじめた。

「あっちの船は推力ゼロで軌道をまわってます。反応炉はアイドリング状態。でも、隠そうとしたってわかる。反応炉は二基積んでますよ」

「兵装は？」ドラゴ船長とクリスは待ちかねたように同時に訊いた。さらにクリスだけが続ける。「充電はしてる？」

「兵装は十八インチ・パルスレーザー砲二門と副砲二門。いずれもキャパシタは満充電です。口径はどちらも不明」

ドラゴが低く口笛を吹いた。

「あんたの前の艦長は、やられるまえにやれって考えの持ち主らしいな」

「当時からそうよ」クリスは小さく息を吐いた。

「軌道進入じゃ戦闘になるかね？」

「そう考えるのはまだ早いわ。とりあえず、船長、プローブを二機射出して。一機はこの星系からザナドゥ星へのジャンプポイントに、もう一機はべつのジャンプポイントに」

「こっちの状況報告を載せてな」

「でも、メッセージを受信するためのブイがむこう側にありませんよ」兵曹長が指摘した。

「ないかどうか、ソープは知らないでしょ」とクリス。

「ずる賢いやり口だな。ロングナイフらしいぜ」ドラゴは言うと、通信リンクを手にして小声で指示を飛ばしはじめた。

そこへジャックがやってきた。

「われらのずる賢いプリンセスがなにをたくらんでいると？」

ジャックはクリスの右隣の席にすわった。さらに右に客のアンディ・フロノーがすわる。

クリスはソープの兵装についての最新情報を手短に教えた。ジャックは言った。

「つまり相手は大砲を並べて待っている。ならばこちらはいったん引き返して、そう、巡洋艦を五、六隻ばかり連れて数週間後に再訪する……というつもりはないんでしょうね」

「ネリーが耳慣れない言葉をみつけてきたのよ。〝フィリバスター〟と聞いて、どんな意味だかわかる？」

ジャックはクラブサンドイッチを一口かじって、しばし天井を見上げた。

「政治用語としては、野党が牛歩戦術や長時間演説で与党の議事を妨害すること。地球の歴史用語なら、暇と武力と楽天的な考えでもってよその土地へ乗りこんで貧乏人を収奪してまわった迷惑な連中のこと」咀嚼《そしゃく》したぶんを飲みこんで、「ここであてはまるのは後者でしょうね」

「もちろんよ」

ドラゴが首を振った。

「プレスリーズプライド星のこともある。その名前の惑星はイベリウム協会の正反対の場所にある。ここの入植者をさらって、むこうへ連れてくつもりなのかな」

「地球のマサチューセッツ州プリマスに入植した清教徒たちは、もともとバージニアへ行くつもりでした」ネリーが教えた。

クリスは肩をすくめた。

「パンダ星をプレスリー星に改名して、〝あら、まちがえちゃったわ〟と言うつもりなのか、それともここの全員をむこうへ移住させるつもりなのか。いずれにしてもパンダ星の住民にとっては迷惑千万だわ」

フロノーは、皿にのせたわずかな料理にすら手をつけずに訊いた。

「それで、どうするの？」

「慎重に検討しなくてはいけないわね、接近するあいだに。でもあなたがいるから、ソープのはったりにまどわされずに充分な選択肢を持てる。最大の問題は、多数の犠牲者を出さずに目的を達成するにはどうすればいいかよ」

フロノーは声を震わせた。

「でも援軍を呼びにいったら、もどってきたときにはここは全滅してるかもしれない」

「たしかに」ジャックは小声で答えて、クリスを見た。

クリスはこれまでにわかったことを検討した。さらに自分の元艦長の戦術を攪乱《かくらん》する方法を織りこんで、出した結論は……まだ結論を出すのは早すぎるということだった。

「パンダ星はどんなところ？　兵曹長、惑星の姿ははっきり映ってきたかしら」

「そろそろ見えてきましたけど、まだぼやけてます。ネリー、現状の映像を出して」

秘書コンピュータはテーブルクロスに地表の図を投影した。しかしまだ粗い。これは地形なのか、それとも昨夜のディナーでこぼれたスープのしみかと思って指でこすってみると……本当にスープのしみだった。それがわかっても、頭のなかでしみとそれ以外を区別するのは難しい状態だ。

そこでドラゴ船長は、士官食堂のソファの隣に積まれたリーダーの山の脇から、丸めたプラスチックシートを取って広げた。一メートル四方のそれに惑星全体の地図が表示された。

「人口が集中しているのは？」

アンディが指さしたところを、ネリーは拡大した。北半球の温帯にある大きな海に面した湾の奥で、内陸から一本の川が流れこんでいる。それ以上詳しいようすはまだ見てとれない。

かわりにアンディが説明した。

「おれたちの入植地には、箒木《ブルームツリー》って呼ばれてる木がいっぱいはえてるんだ。高さ五十メートルから百メートルもある高木で、幹は太くて途中に枝がなくて、葉は全部てっぺんについてる。利用法はない。幹は鉄より堅くて製材できない。葉にあたるところは食べられない。しょうがないから燃やしてる。下生えは湿地の低木で、それもいっしょに焼き畑にする。まず木イチゴを植えるんだ。棘《とげ》があるから原産の動物は食わない。でも持ちこんだ山羊は平気で食う。そうやって木イチゴと山羊で数年放牧すると、人間が使える表土になってくる。そこで微生物やミミズみたいな土壌生物を導入して、ザナドゥ星とおなじように基本的な農作物を植えるんだ」

ネリーが応じた。

「ではその話を参考に見てみましょう。この緑がかった紫の影がそのブルームツリーですね」

内陸の山沿いの広い範囲が明るい斜線で塗りつぶされた。それ以外の土地を拡大する。着陸地点の湾から川をさかのぼると、いくつもの支流に枝分かれする。斜線で塗りつぶされた地帯に黒い穴のようなものがいくつもある。それははっきり見える。まわりには短い黒い線が出ている。

アンディが説明した。

「これらはブルームツリーの焼け残った幹だよ。午後の遅い時間みたいで、影が長く伸びてる」

ジャックは唇を固く結んでうなずいた。

「着陸船を下ろすにはあまりふさわしくないな」

「家屋は切り開かれた場所にあるんだ」アンディは平地の中心を指さした。

「町は?」クリスは訊いた。

「あまりない。着陸地点はそれほど繁栄しなかった。みんな離れた土地へ移住していったからね。じいさんは入植以来、三回引っ越してる。金はあるけど開拓する忍耐がない人たちに土地を売ってね。いまフロノー家の人々はこのへんに集まって住んでる」

北東から流れこむ支流の一本を指さした。パンデモニウム星の穏やかな人口密集地とのあいだは低い山地でさえぎられている。北の境界からは煙の帯が一本長く出ている。

「農地はまだ広げてるの？」クリスは訊いた。

「そうみたいだね。うちだけじゃない」

アンディの指は西と南の境界もなぞった。そこでも点々と火が燃えている。切り開かれた地域に取り残されたブルームツリーの大きな林がいくつかあり、そこも同様に燃えている。

「秋だから、ちょうど焼き畑の季節だ」

「火はどれくらい燃えつづけるの？　つまり、点火してから燃えつきるまで」

質問するクリスの背後でジャックがうなずく。火の線を指でたどり、そのむこうの地形を見る。フロノー家の土地の北、数キロメートルのところにある小さな湖でその指は止まった。

アンディはまばたきしながら考え、ゆっくりと話した。

「ブルームツリーは幹に水分をたくさんふくんでるんだ。だからその下の藪に火をつける。幅十メートルから二十メートル、長さ二、三キロの帯状にね。あとは火の強さを見る。普通の乾燥した日なら火は四、五十メートル広がって自然におさまる。そうやって帯状に二、三回焼いたところで雨期になって自然に鎮火するんだ」

「点火する間隔は？」クリスは訊き方を変えておなじ質問をした。

「三、四日だよ」アンディはようやくクリスの質問の意味がわかったようだ。「三、四日前までパンデモニウム星は正常で、人々は焼き畑に精をだしてたってことだね」

「つまり」ドラゴ船長がゆっくりと言う。「四、五日前におれたちが来てたら、近づいてくるソープ船長をこっちのレーザー砲で迎え撃てたわけだな」

「でも彼の目的はわからなかったはずよ。砲撃戦の準備なんてしないわ」

「そりゃそうか」

「なんとかしてくれる?」アンディが懇願した。

クリスは部下たちを見た。

「この映像からさらにわかることを調べなさい。海兵隊を地上に送りこんだら、そこはあっというまに地獄の入り口になる。悪者だけを冥府に送りこめるように」

アンディはジャックを見て、クリスを見た。彼らがしめす冷えきった熱意を感じて、みずからも青ざめた。口ごもりながら言う。

「そう思ってたよ。きっと力になってくれるって」

「力になるわ、ミスター・フロノー。ただしわたしたちが貸す力は、安くないわよ」

アンディは自分の求めが引き寄せたものの意味を噛みしめた。

クリスは昼食の終わりを宣言し、ナプキンをたたんで立ち上がった。残りの疑問への答えはブリッジで探すしかない。

12

ブリッジではうれしい驚きが待っていた。昼食のあいだに航法士のスルワンが一級品の仕事をしていたのだ。パンデモニウム星には比較的大きな月がある。ワスプ号のコースをすこし調整するだけで、パンダ星へのアプローチの大半においてその月を厄介なソープ船長とのあいだにはさめるとわかったのだ。

「最終アプローチまで盾になってくれるはずです」

「こっちの観測にじゃまだよ」ベニ兵曹長が不満を述べた。

そこで無人観測機が大急ぎで組み立てられ、数時間後に打ち出された。ワスプ号の左舷前方約百キロメートルを飛びながら、急速に迫ってくる惑星についてデータを送ってよこした。うるさいソープは通信妨害をしかけてきたが、予想の範囲だ。観測機はワスプ号に近いところを飛んでいるおかげで通信を維持できた。また暗号も定期的に切り替えた。

その暗号はクリスがアビーに軽く圧力をかけて提供させた。メイドは言った。

「これは個人資産です」

「ええ、そうよね。どうせたくさんの暗号を隠し持ってるんでしょう。そして見えないところでとっかえひっかえして、だれもが忘れたころに引っぱり出す。それをひとつよこしなさい」

アビーは愚痴《ぐち》りながら提供した。そしてキャラの教育係にもどると宣言した。

ところが、キャラはブリッジのあわただしい人の動きや接近する月を眺めて、大人たちのじゃまをするのが楽しくなったようだ。クリスの視界の隅にはメイドと十二歳の子どもの姿がいつもあって、わずらわしいことこのうえない。もうすぐ重大な決断をしなくてはいけないのに。

惑星は沈黙したままだ。占領地域は夕方をすぎて完全な夜へ移行している。無線電波はあいかわらず出していない。荒涼とした土地を照らすキャンプファイアの輝きさえ見えない。

ソープ船長も沈黙している。クリスが接近コースから船を反転させないことをはっきりしめして以後は無反応だ。惑星の低高度軌道から船を動かさない。接近するなと警告してこないのはなぜか。その答えは、その五十キロメートル後方をついてくるものにあるのかもしれない。

「低出力の商船ですね。積んでる反応炉からすると加速力はせいぜい〇・八五G。あのタンク容量ではジャンプ二回が限度です」

ベニ兵曹長は、船の中身が見ためどおりで不愉快というようすで報告した。

クリスの兄のホノビは、議会でウォードヘブン商船団の新しい安全基準を策定するのに妹の助言を求めてきたことがあった。商船の場合は、船体に対して運ぶ貨物が大きいほど利益率はよくなる。過度に強力なエンジンや大量の反応材を積むと採算割れに近づく。祖父のアルは切り詰めた基準を採用して、寄港地から寄港地までぎりぎりの航続距離の船を使うことで事業利益を稼ぎ出していた。

「反応材はステーションで売っている。ただの水をステーションからステーションへ運ぶのは無駄だ」

「お忘れのようだけど、リム星系ではすべての惑星が軌道ステーションを持っているわけではないのよ」

クリスが冗談めかして反論すると、アルは声を荒らげた。

「ビジネスの専門家によけいなお説教だ。短距離航路には短距離船、長距離航路には長距離船。それが利益を上げるための賢明なやり方なんだ!」

そのときはアルに勝ちを譲った。しかしいま目のまえには、主要航路から遠く離れたところに短距離船がいる。ソープの問題だが、いずれソープの問題はクリス自身の問題になる。パンダ星からプレスリー星へ強制移住者を乗せていくつもりなのか。それとも流刑囚を満載してきて、パンダ星をプレスリー星に改名し、入植者たちに現在の所有者の力を誇示しているのか。

ソープの頭にどんな狂気が巣くっているのかわからないが、二種類の戦闘が目前に近づいているのはあきらかだ。地上での海兵隊の戦いと、軌道上でのワスプ号の戦いだ。

そこで問題がある。ロングナイフが前線指揮をとるべきなのはどちらか?

数十人の科学者と一人の十二歳の少女をどこにいさせるべきか？

簡単な答えはみつからない。そこで質問する側にまわった。

「スルワン、最終アプローチはどうなりそう？」

航法士はうれしそうな顔で答えた。

「訊いてくれるのを待ってたわ。妙案ができてるのよ」

クリスが見せてと言うまえに、スルワンはメインスクリーンに図を表示していた。

「元艦長が現状の軌道をいじらないと仮定すると、彼がちょうどパンダ星の裏側にはいったときに、こっちは月の裏から出る」図でもそうなった。「そのままばか正直に減速していったら、一周してきた相手に軌道上で完全に背後をとられる位置関係になる。これで撃たないやつはよほどの聖人だね。大尉の元ボスは聖人？」

クリスは顔をしかめて首を振った。スルワンは続ける。

「やっぱり。そこで提案なんだけど、全員が耐G座席にはいって二・二四Gの大減速をかけて、月周回軌道にはいっちまうんだ。ソープがパンダ星の裏側から出てくるときには、こっちはすでに月の表をまわって裏側の長楕円軌道にはいってる。ちらっと姿が見えても、すぐに隠れられる。といってもこの軌道に長居はしない。途中でまた高G加速をかけて軌道離脱し、やっこさんがパンダ星の裏にまわったときにダッシュでパンダ星にアプローチする」

図上では、ワスプ号はソープの死角で急速に移動していった。軌道に近づくと急制動をかけて、元艦長とおなじ軌道にはいる。ただし惑星をはさんで百八十度反対側。惑星の昼と夜の関係だ。

「そいつは急いでやらなくちゃいかんのか？」ドラゴ船長が訊いた。

「いいえ」と航法士。

「すぐよ」とクリス。

船長はため息をついた。

「なるほど。スルワンは急がなくていいと言ってて、おれの考えもおなじ。しかしプリンセスは、ソープ船長に対応させないために急ぎたいみたいだな」

「とはいえ、一部の者に仮眠をとらせるつもりはあるわよ」クリスはジャックに顔をむけて、

「パンダ星のわたしたちが降下する場所は夜だから」

「わたしたち？」海兵隊大尉は訊いた。

「わたしたちよ」

ドラゴ船長は息をついた。

「ありがたや。今度の戦闘は自分で指揮できそうだ」

「いいえ、あなたの肩ごしに指示を出すわ。文字どおり地に足をつけて」クリスは主張した。

「戦闘情報のやりとりはだれが？」アビーが訊いた。

「ペニーを地上へ連れていくわ。あなたは船に残ってキャラを守りなさい。ペニーとの連絡役として」

「ぼくはどうするんすか？」ペニ兵曹長が訊いた。

「ここに残留。わたしの技術サポートは海兵隊に頼むわ。あなたはムフンボ教授と科学者チームに協力して」

その指示のせいで、クリスの仮眠時間は三十分削られてしまった。クリスの広い個室のドアが、ノックもなしに乱暴に開かれ、ムフンボ教授の胴間声が響いた。

「いったいどういうことですか！　わたしと科学者たちを銃撃戦に巻きこむとは！」

クリスは仮眠をとるにあたって略装制服を乱さないよう注意深く横になっていた。なにがあっても驚いたり怒ったりすまいと決めている自分の一部は、この闖入者《ちんにゅうしゃ》を予想していたのかもしれない。

体をひねって関節を鳴らしながら寝台にすわり、怒った科学者にむきなおった。

「海賊狩りに行くと宣言したときはあまり反対しなかったわよね」

「海賊ならたいしたことない。危険はないとみんな思ってますよ。科学チームではいろんな賭けをしてるんです。戦闘に巻きこまれると予想した者はたった二人。それも単数形の戦闘だ。なのにあなたは二度目の戦闘に突き進もうとしてる。しかも相手は元海軍で、船にはレーザー砲を隠している」

「敵のレーザー砲を技術者は確認したの？」

「いいえ、まだ」

「ベニ兵曹長といっしょにやっているはずよね」

「競争してます」

「いい心意気ね」クリスはなんとか小さな笑みを浮かべた。

「しかしこれは困る。こんな話は聞いてない。科学の仕事はまだろくにさせてもらってないのに」

「ドラゴ船長がコンテナを積みこんだときには反対しなかったじゃないの」

「そりゃ、裏で得た利益でわれわれの部屋を改装してくれるという約束があって……」

ムフンボはクッキーの瓶に片手を突っこんだ三歳児のように目を泳がせてつぶやいた。

クリスは笑みをこらえた。見上げるほど長身の黒人の教授が、こんなにおどおどするとは意外だ。こんな会話なら続けたいが、あいにくあくびを嚙み殺している。眠い。

ムフンボは、険悪ではないが従順でもない顔になった。

「大尉、乗船前に記入した書類を他の事務スタッフといっしょに見なおしてください。それによれば、わたしはいま〝大尉〟のはずだ」

「部下の科学者たちは少尉や准士官ね、ウォードヘブン海軍予備役の。書類の記載どおりの義務があり、保護があり、楽しみがある。そのなかには新任少尉いじめが大好きなわたしの元艦長との対決もふくまれるのよ」

教授であり、ウォードヘブン議会の辞令を受けた軍人であり、紳士であるムフンボは、大きく息を吸って、次に深いため息をついた。

「リムリン博士が言っていたな。ロングナイフが乗っている以上、あれは形式的な書類ではないと。しかしその忠告を無視してしまった。今夜の夕食では彼女からこっぴどく言われるだろう。わたしは恥じいり、宇宙生物学者より社会学者が賢い場合があると認めなくてはならない。なんてことだ」

「では、わたしは仮眠にもどっていいかしら」クリスはまた慎重に横になった。

「もちろんですとも。負けを認めて撤退します」ムフンボ教授は部屋の明かりを消してドアを開けた。「しかしわたしだったら眠れないな。あの小さな女の子は、海軍に入隊する書類にサインしていないでしょう」

ドアは閉まり、部屋は闇に包まれた。クリスは眠いのに、ムフンボの最後の言葉のせいで眠れなくなった。

惑星の状況はわからないことだらけだ。ソープ船長がかかわっているとしたら、その狙いを探り出すのも、露呈するようにしむけるのも簡単ではないだろう。この難問に集中して取り組まなくてはならない。

しかしクリスが抱えた問題は他にもあった。

クリスの手にある死者のリストはすでに長く、これからも伸びるだろう。それが悪者のリストで、正義のために誅殺《ちゅうさつ》されたのならクリスは心安らかに眠れる。しかし、クリスがこれまでに指揮したさまざまな部隊での犠牲者のリストもあるのだ。そのリストはすでに不愉快なほど長く、今後も伸びていきそうだ。そこに慰めがあるとすれば、彼らが志願者であり、他の人々の自由と生命を守るためにみずから犠牲になったというところだ。

しかし十二歳の子はどうか。志願者とみなすには、十二歳はさすがに幼すぎる。

13

目を覚ましても疑問はすこしも答えに近づいていなかった。軽く顔を洗い、ブリッジへむかう。

月周回軌道にはいるまであと二時間。ソープを驚かせ、ゲームの主導権を奪ってやるつもりだった。ところがクリスの予定どおりには進まなかった。

「住民はみつかったの？」

「いいえ、殿下」

ベニが答えた。兵曹長が〝殿下〟と呼びはじめるのは厄介な状況の証拠だ。

「気配がないの？」

「ゼロ、皆無、なにもなしです」

今度はジャックが答える。海兵隊大尉は兵曹長の隣に立っておなじセンサー画面をのぞきこんでいる。ムフンボ教授もいる。教授は自身の結論を述べた。

「ぜんぜんだめだな」

「もっと高性能のセンサー群を打ち出すべき？」

兵曹長が低い声で答える。

「もうやりましたよ。殿下が美容のための睡眠をとっているあいだに。ご心配なく。センサーに関しちゃ、ぼくと教授のチームは素人じゃないですから」

「失礼」

クリスは謝った。ベニがこれほど不機嫌なのは初めてだ。

「みんなかくれんぼしてるな」とジャック。

「無理もない」とムフンボ。

クリスはうなずいて、問題を概観した。

「住民にしてみれば、空にはセンサーをどっさり積んだ戦艦がいる。地上にも悪者が降りてる。だから住民たちは身を隠している。もちろんこちらにも姿を見せない。あたりまえのことに気づかないなんて、鈍いわね」

しばらくだれも答えない。ようやくベニが口を開いた。

「いいえ、殿下が鈍いんじゃない。ぼくとチームは、普通だったらすでになにかとらえて、他の連中よりもましな情報を流せてるはずです。でも今回にかぎっては結果を出せない」

「もっと近づいたらわかるようになるかもしれない」ジャックが慰めた。

「とはかぎらないわよ」

そう言ってブリッジにはいってきたのはペニーだ。すぐうしろにはアンディ・フロノーがついてくる。クリスは応じた。

「有能な情報部長、貴重な答えを持ってきてくれたのかしら？」

「そのような悪口を浴びるようなら、情報は隠したほうがよさそうです」

ムフンボが白い歯をむいてにやりとした。

「やれやれ、今日の戦士たちはみんな怒りっぽいな」

クリスは穏やかに答えた。

「無理もないわよ。五里霧中のところへ軌道降下させられるのは彼らなんだから。ペニー、わたしたちがまだ知らないことがあったら教えて」

ペニーはまだもったいぶって、問い返した。

「地表の土質はなんでしょうか？」

それにはムフンボ教授が答えた。

「沖積土だよ。土壌の専門家が詳しく調べた。だからといってとくになにもわからないが」

「いいえ、わかりますよ。気づこうとすれば。わたしはこのアンディから報告を受けていて気づきました」

「沖積土……ね」クリスは考えながら言った。

「簡単に掘れる土です」ネリーがクリスの肩から答えた。

「子どものころ、夏の暑い日によく小山や堤防を掘って遊んだわ。おじいさまは自前の冷蔵小屋をつくって氷を貯蔵していたわね」

ペニーはさらに解説した。

「掘った土は簡単に運び出せます。数日空気に触れさせると、穴の壁は乾いてコンクリートのように硬くなる」

ネリーが注釈をいれた。

「わたしのデータベースによると、地球の血塗られた二十世紀にベトナムという場所で起きた戦争では、抵抗勢力の兵士が地下にトンネルを掘って潜伏したとのことです。その土壌も沖積土でした」

「つまり、アンディの仲間たちは文字どおり地下に潜ったわけね」クリスは言った。

「たぶんそうだと思うよ」とアンディ。

「悪者たちは？」ジャックはまだ疑問を残していた。

「わたしが強い部下を引き連れてジャンプポイントから出てきたのを見た友人ソープは、地上部隊に姿を隠せと緊急メッセージを流したにちがいないわ」

「やれやれ、まるで目隠し遊びですね。現代的な装備を使わせてほしいものです。海兵隊なみに狡猾な敵との戦闘に、目隠しされたまま飛びこむのは気が進みません」

クリスはジャックの返事をしばらく頭のなかで反芻《はんすう》し、その意見を考慮した。強力な男女の部隊を銃撃戦に投入するには情報がまだ不充分だ。しかし逃げるわけにいかない。これはクリスが望んではじめたことなのだ。

「上等兵、地上の攻撃車両、トラック、自動車などを探しなさい。なにかしら輸送手段があるはずよ。昼の日差しの下に死体がころがっていないのなら、それを輸送中のトラックがあるはず。パンダ星の入植地は広いから攻撃部隊は徒歩では行動できない。車両を持ちこむか、奪うかするはず。車両があれば、周囲に兵士がいる」

「ただちに、殿下」上等兵がにやりとして答えた。

「パンダ星では穴を掘って隠れられる。それはしかたないわ。だから、猫の頭は探さない。頭を隠して尻を隠し忘れた猫の尻尾を探すのよ。みんな、よく目をこらして」

14

パンダ星の月をまわるための軌道変更は、二・五五Gの大制動になった。ソープ船長の船がパンダ星の地平線のむこうに隠れる瞬間まで待って、スルワンが急ブレーキをかけたからだ。

ソープはワスプ号が急に針路変更したのを一瞬だけ見たかもしれない。見えたとしても、惑星大気を通してぼやけていたはずだ。クリスがなにをしたのかはっきりとわからず、歯がみしているだろう。

クリスも新しい知識をいくつか得た。耐G座席は兵士の戦闘装備に対応していないということだ。

海兵隊中隊が攻撃舟艇に乗りこむ数分前まで、ワスプ号は高G制動をやっている予定だ。つまりクリス自身も通常の二・五倍の重さになったアーマーや装備品に押しつぶされることになる。この〝通常〟の装備重量を決めたやつの顔を見てみたい。自分でかついだことがあるのか？

二・五Gでのそれは耐えられる限度を少々超えていた。これでもまだスルワンとしては手加減しているのだ。クリスは歯を食いしばり、うめき声を漏らさないようにした。すくなくともマイクのスイッチは切っておいた。

メインスクリーンにはワスプ号とソープの船のおもな軌道情報が刻々と表示されている。ソープは現在パンダ星の裏側にいる。一周してきたときには、惑星周回軌道にはいるための最終噴射を終えたワスプ号の後部エンジンを狙える位置につけるつもりでいる。

しかし実際には、遠い月の裏側に隠れる寸前のワスプ号の前面を見るはずだ。軌道計算を大あわてでやりなおすソープの顔を見てやりたいと、クリスは思った。

ソープ船長は顔をこわばらせていた。この三日間に立てた計画が水泡に帰して、疑問符の状態にもどったからだ。

「あのロングナイフの娘はいったいどういうつもりなんだ?」

叫んだのはホワイトブレッド氏だ。この調査船の出資者の一人だという理由で、だれでも怒鳴りちらしていいと思っている。そのスリーピースのスーツを少尉の軍服と交換してやりたいとソープは思った。自分の指揮下に十五分ほどはいれば、ここのリーダーがだれか、しっかりと学ばせてやれる。

しかし残念ながら、ホワイトブレッド氏はすでに自分がリーダーだと思いこんでいる。金を出すからには口も出すというわけだ。ソープは今回の仕事を引き受けたことを何度も悔やんでいた。

しかしそのおかげで、十八インチ・パルスレーザー砲の照準にいまいましいロングナイフの娘をとらえることができる。そのための代償であればがまんしよう。

「ロングナイフがどういうつもりかは、まもなくわかるでしょう」

ソープは抑えた冷静な口調で答えた。ブリッジ要員たちはその口調と命令に従って動いている。怒鳴る男は相手にしない。

「むこうは二・五Gを出しています」センサー長が報告した。

「減速と新しいコースを計算します」攻撃兵装担当が言った。

メインスクリーンには月が中央に表示された。明滅する赤い点がロングナイフの船をしめしている。パンデモニウム星へのコースの途中で減速し、月の数百キロ脇をかすめて、長い放物線軌道に移っている。その軌道はおおむねジャンプポイントの方向へ伸びている。

「ようやく常識的なことをしたのか？　引き返したのか？」ホワイトブレッドが訊いた。

愚かな民間人が言い終えるまえから、ソープは首を振っていた。

「ロングナイフが逃げるものか」鋭く返事をする。「兵装担当、再反転するコースを計算しろ。最大三Gまでの連続減速を考慮。月の裏側での時間つぶしを途中で切り上げる可能性があるか？」

「計算中です。お待ちください」兵装担当は答えた。

「センサー担当、探せと指示したものはみつかったか？」

ソープは注目を他へ移した。兵装担当の若い女は優秀だ。海軍士官にくらべると訓練不足だが、信頼できるという点ではロングナイフよりましだ。コース計算に集中して、答えが出たら報告するだろう。

センサー担当は答えた。

「はい、船長。低レベルの揺らぎが観測されます。スマートメタルを使っている証拠です」

「よろしい」ソープは笑みを浮かべた。「とてもいいぞ」

「どういう意味だ？」ホワイトブレッドが訊いた。

「まあ、お待ちください。スポンサー殿」

ホワイトブレッドはそう呼ばれてまんざらでもない顔になった。しかし乗組員の大半はその本当の意味を知っている。真の戦士から金持ちへの悪態だ。戦士が金の力で動かされると思っている愚か者への嘲笑なのだ。

「兵装担当？」ソープはふたたび声をかけた。

「計算結果がもうすぐ……出ました。スクリーンに映します」

高く上昇する放物線は消えて、新しい軌道が描画された。月からすこし離れたところで再反転し、さきほどよりさらに月面に近づく。

「今度は月面までどれくらいだ？」

「高度五十キロメートル以下です。運が悪ければ、立ちふさがる山脈のどてっ腹に穴をあけるかもしれません」

兵装担当は自分の冗談でにやりとして、犬歯をのぞかせた。

ソープもおなじ笑みを返した。

「ロングナイフの悪運もいずれ尽きるだろう。あいつは運を使いすぎた。しかし、今回はまた悪魔と取り引きして次の軌道にはいれると想定しよう。最終アプローチによってわれわれの大砲のまえに出てくるのはいつだ？」

「月軌道からの離脱と惑星軌道への進入の加減速を何Gでやるかによります」

「三Gが上限と考えろ」ソープは助言した。

「それ以下ということもないでしょう」

兵装担当ははっきりと笑みを浮かべて計算作業にはいった。ソープの側の頬にえくぼができている。美人で、若く、楽観的だ。ソープはうらやましく思った。やるべき仕事をうまくやる。

ソープはホワイトブレッドにむきなおった。ぶつぶつ言っているからだ。

「三G以上を本当に出せないのか？」

「わたしがよく知り、尊敬する人々が高い代償を払って、カミカゼ級のスマートメタル船は三G以上の加速度に耐えられないことを確認ずみです」ソープは辛辣な口調で言った。

「しかしピーターウォルド家はその問題を解決したと、どこかで読んだぞ」

ホワイトブレッドは軍事専門家のふりをしたがるが、その根拠はいつも〝どこかで読んだ〟なのだ。

ソープはそっけなく首を振った。

「あのロングナイフの娘は、わたしのコルベット艦や、ちゃちな高速パトロール艦に乗務しました。いずれもスマートメタル艦です。ヌー・エンタープライズ社がピーターウォルド家から技術供与を受けてハイブリッド製品をつくったという噂は寡聞《かぶん》にして知りません。今回あらわれたのはウォードヘブン船。わたしはウォードヘブンの船のことなら表から裏まで知っています」

ホワイトブレッドはメインスクリーンの左上に目をやった。そこには、接近時の相手の船をおおむね鮮明にとらえたときの画像が、常時表示されている。敵の姿を見て記憶しておけと、ソープは全員に命じていた。ホワイトブレッドもいやおうなく見ている。そして指摘した。

「商船のように見えるけどなあ。船首区画と後部機関区をつなぐ長い中軸シャフト。そこに固定されているのはあきらかにコンテナだ。おかげで全体はずんぐりして見える」

ソープは歯を食いしばって言った。

「ホワイトブレッド、ちょっとこちらへ」

ホワイトブレッドは夜道でヘッドライトを浴びた鹿のようにきょとんとした顔だ。ソープはブリッジ脇の仮眠用船長室をしめした。ホワイトブレッドは素直にそちらへ足を運んだ。なかにはいると、ソープの憤激の炎を感じたらしく身を縮めた。ソープは氷河のように冷たく低い声でビジネスマンを威圧した。

「ブリッジの船員たちのまえでわたしに口出しするな。わたしの命令にけちをつけるな。わかったか?」

ホワイトブレッドはあとずさりしようとして、船長用ベッドにへたりこんだ。ソープはそれを見下ろす。ホワイトブレッドは立ち上がろうとするが、できない。

「わたしに命令はできないぞ。船員じゃないんだから」

「そのとおりだ。料理長の下っ端の助手よりも使えない。他の出資者はみな安全で……快適な場所にとどまっている。なのにあんたはなにをしにきたんだ、ホワイトブレッド?」

「投資した資金の管理者が必要だからさ」

「わたしが管理できないとでも? あんたが見張っていないと、コルテス大佐が無駄遣いするとでも?」

「そういうわけじゃないさ、船長」

ソープは首を振って、雇用主の言葉をすこしも信じていない態度をあらわした。

「ホワイトブレッド、よく聞け。さっきのような態度をくりかえしたら、あんたを特別船室に放りこんで監禁する。わかったか?」

「そんなことはできないぞ。乗組員が雇用主に逆らえるものか」

ソープは嘲笑的に鼻を鳴らした。そして伝統的な笑い顔をホワイトブレッドにむけた。虎が獲物の喉笛を嚙み切るまえにその獲物に見せる笑みだ。出資者は思わず自分の喉を両手でかばった。

「ホワイトブレッド、この船の男女はわたしといっしょに地獄まで突撃する。わたしの下なら地獄からでも生還できると信じているからだ。あんたは安全地帯から出てきてしまったな。なまっちろい手とふやけた腹の民間人は、真の戦士の仕事場に足を踏みいれるべきではない。クリス・ロングナイフとの戦闘中にあんたは残念ながら死亡したと、安全な星にいるお仲間に報告することになるかもしれない。それでいいのか？」

そしてソープは背をむけて去ろうとした。しかし途中で振り返る。

「もうひとつ、今後はブリッジへの立ち入りを禁じる。非武装の農民を追いまわしているときなら、あんたの妄言も耐えられた。ロングナイフは甘やかされて育った金持ちの子だが、愚かではない。殺すときは戦闘になる。本物の戦闘ではあんたはじゃまだ。わかったか？」

ホワイトブレッドは、ソープとは一生わかりあえないし、わかりあいたくもないと思った。しかし生まれついての民間人でも、威圧的で直接的な命令はすぐに通じる。

「ああ、わかったよ」

ソープはドアを開けてブリッジにもどった。ホワイトブレッドは立ち上がり、スーツの皺をなおして、後部にある自分の船室へむかった。

「軌道にはいるのにどれくらいのGをかける必要がある？」

クリスは訊いた。というより、うめいた。スルワンの返事も苦しそうで、その内容は予想どおりだった。

「ソープの船と正反対の位置でおなじ軌道に乗りたければ、この三・五Gをあと一時間近く続ける必要があるわ、殿下」

「やりなさい」クリスは命じた。そして冗談めかして状況を述べた。「三百キロ以上の体重に一時間耐える経験は、これから食事管理や定期的な運動にはげむ動機になるはずよ」

「その言葉を記録しておきます、殿下」ネリーが言った。この秘書コンピュータもやはりスルワンの操船のせいで普段の三・五倍である一・五キログラムになっている。「メディアに提供して著作権料を取れば、ひと儲けできそうです」

金儲けに精をだすというあまりに人間くさいネリーの言葉だったが、クリスはあきれて目をまわす余裕もなかった。

「たとえ儲かるとしても、そのファイルは消去しなさい、ネリー。レイおじいさまの王室規則は知らないけど、王女の発言がメディアの広告コピーに使われるのは不適切とみなすはずよ」

「わかりました」ネリーの返事は無念さと一攫千金の機会をのがした失望がまざっていた。

するとネットワークごしにアビーの声がした。

「消去しないで、ネリー。ファイルは保持しなさい。いつか役に立つかもしれない。将来そのおかげで難局を乗り切れるかもしれないのよ」

ブリッジでは乗組員たちのくすくす笑いが漏れた。もちろん普段の体重の三・五倍になっているので、小声の笑いだ。それでも王女と秘書コンピュータとメイドの掛け合いは、船内ネットワークで聞ける最高の娯楽なのだ。

「アビー、そんな言葉で乗り切るような難局は想像したくないわ。ネリー、ファイルを消しなさい」

「わかりました。そのファイルを消去中です」ネリーは答えた。

「よろしい」

クリスは言って、うなずこうとした。しかし現在の体重を考えて、うなずくのはやめた。さらに考えてみて、〝よろしい〟と認めたのはよくなかったと思いなおした。ネリーはそのファイルを消去すると言った。〝該当する〟ファイルとは言っていない。もちろんバックアップファイルについては一言もふれていない。さらに、やりとりに微妙なタイムラグがあった。裏であの子と会話していたのだろうか。十二歳児の悪知恵を吹きこまれたのか。

クリスはため息をついた。トムのアイルランド系の祖先のような大きなため息ではない。犬の吐息のような小さなため息だ。やはり十二歳の少女がこの船に乗っているのはまちがっている！

それでも先に片付けるべき問題がある。

「ソープの船はパンダ星の裏側よ。こちらの動きは一瞬だけ見ているはず。それでも、こちらは王女一人と海兵隊中隊を狙いの場所に下ろすことに集中して取り組むのよ」

15

ソープ船長は憤慨していた。レーザー砲はフル充電なのに、穴だらけにしてやる相手がいないからだ。

「目標はどこだ？」

兵装担当が報告した。

「月とこちらの軌道のあいだに船影はありません。目標がいません」

「いるはずだ。どこかに」

ソープは荒々しく言って、メインスクリーンに目を凝らした。兵装担当は訊いた。

「船長、敵がエンジンを再噴射してふたたび月の裏にまわったということはないでしょうか。あるいは、三G以上を出して一息にこちらの惑星周回軌道に飛びこんできたということは」

「不可能だ。すくなくとも、ありそうにない」ソープは目のまえの状況に追いつこうと思考をめぐらせた。

「船長、センサー担当です。急速に拡散中の反応材の噴射雲を発見しました」

「見せろ」ソープは殺気立った声で言った。

月からパンデモニウム星に伸びる一筋の黄色く輝く雲が、メインスクリーンに映し出された。

「この反応材の雲から、あの大きさの船がどれだけの加速をしたか推定しろ」

「そうですね。こちらに後ろ姿も見せずに月から惑星軌道まで移動したことを考えると……三・五G以上は出したはずです。ついでにいうと、むこうの船の質量はこちらの五十パーセント増です」

ブリッジのだれかが低く口笛を吹いた。ソープがさっとそちらに顔をむけると、口笛はやんだ。

「やつらはこんな辺境の宙域に貨物コンテナを運んできたと言っていたな。つまり重いだろう。兵装重量はいうまでもない。こちらは十八インチ・レーザー砲二門と、四・七インチ副砲二門をそなえている。むこうは調査船だ。本来ならさっさと反転しているはずだが」

ブリッジ要員たちがあちこちでうなずく。

「センサー担当、地表をもう一度詳しくスキャンしろ。次の周回でクリス・ロングナイフ王女はどこかに降下しているはずだ。美容院を探してよたよた歩いているだろう。ご希望どおりの爆発頭にしてやれ」

「はい、船長」

クリスは全身の筋肉が痛かった。

「戦うまえからこれではね」

小声で愚痴りながら、ワスプ号の降下ベイの手前で戦闘装備を着こんだ。

ワスプ号の船医であるドクターは、降下ベイのハッチのすぐ外にテーブルを出していた。クリスが通りかかると、錠剤を二個渡した。

「これは？」

クリスは訊いた。もらったものをなんでも口にいれるのは十二歳でやめている。それはいい判断だった。

「鎮痛剤ですよ。スルワンのジェットコースターのおかげで全身の骨が痛いでしょう、プリンセス」

クリスは宇宙服の再生水でその錠剤を飲みくだした。そして降下ベイの整然たる混乱状態とでもいうべきものを眺めた。ジャックは四隻の軽強襲上陸艇《LAC》に加えて、ドラゴが借り上げた二隻の貨物シャトルも調達していた。シャトルは空のコンテナを積み、欲をいわない海兵隊がなかに乗っている。体の固定はありあわせの手段だ。

「先頭のＬＡＣを操縦なさいますか？」ジャックが尋ねてきた。

「北側小隊のをね」

クリスはすばやく返して、目前の戦闘で王女にふさわしい居場所についての議論を封じた。

ジャックはあきらめたようだ。

「殿下のほうには一等軍曹と、さらにトロイ中尉をおつけしました。では、小隊を率いることについてお気が変わらないうちに、自分の小隊の点検をしたいので失礼します」

返事を待たず、ぞんざいな敬礼をしてジャックは立ち去った。アーマー付き宇宙服は閲兵式や儀式むけではないので、いまのは反抗的な態度ではなく、装備の制約によるものだと思うことにした。もちろんクリスは、反抗的態度について他人をとがめられるような経歴の持ち主ではない。

一等軍曹にむきなおった。

「地上部隊を降下させる」

「はい、大尉」一等軍曹は答えたが、敬礼すらしなかった。かわりにクリスの宇宙服に手を伸ばして、あっちを締めたり、こっちを正しい位置になおしたりしはじめる。「再突入時に耐G戦闘用ベストがゆるむといけませんから」

クリスはじっと立って一等軍曹による点検と装備修正を受けた。正しくはクリスも相手におなじことをしなくてはならない。目視で点検したが、思ったとおり、一等軍曹の戦闘装備は非の打ちどころがなかった。そうでないはずがない。

一等軍曹の完璧さを目に焼きつけたまま、クリスはいっしょに降下する四人の海兵隊分隊にむきなおった。一等軍曹はまだ若い中尉にむきなおり、見守っている。クリスの分隊のほうは、一等軍曹が点検ずみなのか、それともブルース軍曹が一等軍曹の観察眼を受け継いでいるおかげか、クリスの目で装備の乱れはひとつもみつけられなかった。

点検を終えたクリスは、軍曹に尋ねた。

「あなたがわたしといっしょに降下することを、アビーは知っているの？」

「おや、自分が陸軍中尉を、しかも情報部のなまっちろい事務職などを気にする必要があるのでしょうか？」

　しかし答える顔には笑みがある。最近の二人はジムでよくいっしょにトレーニングしている。実際にはキャラがうろちょろしているので三人だ。この即席の家族でブルースは父親役をやっているのだろうか。

　クリスは個人的な意見を述べたくなったが、あえて封じた。

「軍曹、兵士たちを艇内へ」

　海兵隊はきびきびと、順番に命令に従った。ブルース軍曹は部下たちを点検し、最後尾の席にすわった。クリスもあらためて点検して、操縦席におさまった。

　船は海兵隊の楽観主義によって軽強襲上陸艇《LAC》と名付けられている。クリスは、軌道から炎の大気圏再突入をへて惑星に着陸できる最小限の乗り物は、レース用スキッフだと思っていた。しかしのちにＬＡＣを知った。この上陸艇はまさに〝最小限〟だ。減速し、地上まで飛行するための最小限の翼。目標地点までなんとか誘導するための最小限の操舵系。他はなにもない。乗員の頭上にかぶさるキャノピーは紙のように薄い。レーダーの目を攪乱するだけの役割だ。酸素、冷却、水……それらは海兵隊員の自前の宇宙服から供給される。それでも快適性に不満を述べる海兵隊員には会ったことがない。

　スルワンの切り離し操作によってＬＡＣが宇宙に浮かぶと、クリスの背後の海兵隊は、

「よし《ウーラー》」と力強く声をあげた。クリスは笑みを浮かべた。

作戦は簡潔に指示されている。やるせないほど簡潔だ。任務はいわば干し草の山から針を探すこと。しかもその針は逃げ隠れする。さらに軌道には軍艦がいて、海兵隊をみつけしだい砲撃してくる。残党を掃討しようと、規模不明の地上部隊も待ちかまえている。

海兵隊はこの指示を聞いて、肩をすくめただけだった。一人の兵士が状況を要約した。

「船のなかで毎日無駄飯食いの列に並んでるよりましさ」

最前線の兵士の心意気だと、クリスは思った。

16

クリスの仕事は、背後にすわった海兵隊よりいくらか複雑だった。

まず、フロノーの家族が最近まで住んでいた農場から十五キロメートル北にある小さな湖に、LACを着水させる。

ソープの船が地平線から上がってくるまえにそれを完了する。

さらに、LACの艇体をなるべく加熱せずに実行する。よけいな熱を持つと、レーザー砲をかまえた軌道上の敵に位置を教えてしまうからだ。

川ぞいの大きな二つの町には敵のレーダーがあるかもしれない。あくまで、かもしれないという話だ。この惑星ではすべてそうだが、レーダーも存在を隠して運用されているはずだ。しかしクリスが地上部隊の指揮官なら、どちらの町にも一個小隊以上を送って、レーダーと対着陸船ロケット砲を配備するだろう。

被害妄想がすぎると思われるかもしれない。しかし同業者ならだれでもそうするはずだ。

ウィリアム・タコマ・ソープ船長はその同業者の一人だ。

クリスは最初の進入角度を強めにとり、そのあとゆるやかなS字飛行で艇体の熱エネルギーを捨てていった。そのあいだ、危険性のある町とのあいだには内陸の山地をはさむようにコースを選んだ。敵のレーダーはぎりぎりまで沈黙していたが、LACが山陰に飛びこむ直前に、計器盤にクリスがテープ留めしていた安物のレーダー探知機がビープ音を鳴らした。つまりこちらのソニックブームに注意を惹かれただれかが、リスクを承知でレーダーを使ってきたわけだ。

クリスはこの情報をジャックに伝えた。ジャックが操縦する後続のLACはまだ高空にいる。しかも着水予定地点はレーダー設置点のそばの川だ。

ただし、そちらのLACは改造によって対レーダー・ミサイルを二発搭載している。クリスがなにかを発見したら、ジャックはかならずミサイルを撃ちこむことになっている。確認はこない。

この計画が成功するか、失敗するか、あるいは想定外の事態を惹き起こすか、クリスはじりじりしながら結果を待つしかなかった。戦闘は楽しいことばかりではない。

山々をかすめ、速度と高度を均衡させながら、再突入で蓄積した熱を放出していった。尻の下の感覚では、座面はいつもより冷えている。これもクリスの計測機器のひとつだ。

そうやって温度を下げながら最後の尾根を越えると、目標の湖が視界にはいった。LACをゆっくりと旋回させ、真っ青な水面へ下ろしていく。水飛沫《しぶき》を上げて着水。そのまま舳先《へさき》を上げて水面を滑走し、翼や胴体に水をかけた。大量の湖水に熱を捨てていく。

かくれんぼで負けるのは悔しい。今度はこちらが隠れる側だ。相手よりうまく痕跡を消してやる。もちろん、それに命がかかっている。

LACの速度が充分に落ちたところで、岸にむかわせた。湖岸は砂地で、その先に草におおわれた谷の斜面が広がっている。湖岸まで数メートルのところでLACの底が砂に乗り上げた。

クリスはキャノピーを跳ね上げたが、しばらくすわったまま待った。まず上級工兵が外に出る。水と空気を検査し、LACの艇体を温度スキャンする。女性工兵は首を振った。

「上面の温度はまだ周囲より五度高いですね、大尉」

LACは片道専用とはいえ、失うのは惜しかった。クリスは跳び下りた。ブルース軍曹と長身の女性隊員が胸くらいの水深のところまで艇体を引いていく。ブルースは片側のパネルを開いて浸水させ、LACを沈めた。

工兵はふたたび温度スキャンした。

「ここの水は湖全体より水温が高めです。でも数キロ先に川の流入口があります。たとえ温度差に気づかれても、浅瀬の水が日射で温まったとみなされるでしょう」

二隻目のLACが二十メートルほど脇でおなじく湖岸に近づいた。指揮官の軍曹は状況をすぐに理解し、おなじ手順で艇を沈めた。

大型コンテナを積んだ貨物シャトルはそう簡単ではなかった。着水した時点でもまだかなり熱かった。湖岸まで二百メートルを残してシャトルの行き足が止まると、ブルース軍曹は救命索を発射して渡した。一部の海兵隊員はそれをたぐって湖岸へたどり着いた。残りはそれぞれの命綱を救命索に固定したうえで、シャトルの船尾側に集合した。重量がかたよって船首が上がり、船尾が沈む。コンテナが浸水してやがて全体が水没した。

五分後には全員が岸に上がり、整列した。一部の者は泥だらけでびしょ濡れだ。

一等軍曹が少人数のチームとともにしんがりを受け持ち、隊が通った痕跡を消していくことになった。クリスは一列縦隊を命じ、先頭に地雷探知係を配置した。そうやってフロノー農場の北側にある新しい焼き畑をめざして駆け足行進をはじめた。

急げば体温が上がる。戦闘用宇宙服はその熱も処理するようになっている。機械の発熱も人体の発熱もいったん中央蓄熱装置に集められ、それから排熱ユニットが働く。宇宙服メーカーがこのユニットにつけた正式名はだれも憶えておらず、兵士たちは〝ホッパー〟と呼んでいる。

このホッパーをときどき排出して、広いエリアに熱を拡散させるのが設計の狙いだ。しかし、一列縦隊の海兵隊がなるべく痕跡を残さずに移動しようとしているときに、ホッパーを落としていったら、熱の矢印で居場所を敵に教えているようなものだ。そこでクリスは命令した。

「焼き畑地帯にさしかかるまでホッパーの排出を控えるように。この命令をうしろに伝えろ」

なんとも原始的だ。命令は口伝え。地図はろくにない。この惑星には馬はいるのだろうか。騎乗して戦うはめになるかもしれない。いや、テラフォームに利用されるのは山羊だ。クリスも海兵隊も山羊にはさすがに乗れない。

しかしまずアンディの仲間を探すことだ。このあたりのどこかに隠れているはずだ。自分たちの農場に近すぎず、遠すぎないあたりに。問題は探し出す方法だ。

うしろにいるブルース軍曹が工兵に空気を検査させた。そして地元の消費資源を活用することをクリスに進言した。

「タンクの空気がいつまた必要になるかわかりませんから」

クリスはその命令を列の後方へ伝言させた。

そして自分の主問題にもどった。挨拶してくる気がない相手にどうやって接触するか。彼らは地下にもぐっているはずだ。しかしモグラでも空気は吸う。空気は地下生活者の弱みだ。いや、人を探して挨拶するまえに、ソープの船が次に上空を通過する時間をやりすごさなくてはならない。

この戦いはまるで昔のチェスだ。一手を打ったら、ソープの次の一手から安全に隠れられる場所に逃げこまなくてはならない。

まだくすぶっている焼き畑の横を海兵隊の縦隊は通りはじめた。

「ホッパーを左に捨てろ」クリスは命じて、自分も熱源を排出した。

前方の草原に山羊が点々と立っている。獰猛そうな雄山羊が二匹ほど、群れのテリトリーへの侵入者を調べようと近づいてきた。

「こいつら、危険でしょうか?」

ブルース軍曹がクリスに訊いた。尋ねる相手がまちがっている。アンディ・フロノーを呼んだ。

「場合によっちゃ有害だよ」

アンディは答えて、近寄ってきた一匹を蹴った。雄山羊は逃げていき、安全な距離をおいた群れにもどって草を食《は》みはじめた。目は海兵隊をじっと見ている。

「一週間戦場《フィールド》にいた海兵隊員より臭いやつは初めてだな」ブルースが評した。

「こいつらは年がら年中、野原《フィールド》にいるけどね」アンディは自分の農場の家畜を弁護した。弱々しい弁護だが。

「場所はちょうどよさそうだわ」クリスは小隊に命じた。「蚊帳を広げろ。お昼寝の時間だ」

海兵隊は声を出さず、唇だけ動かして、「はい、殿下」と答えた。いい小隊だ。

五分後もこの全員が生きていればいいのだが。

「あいつはどこだ？」

ソープは自分が指揮する船、ゴールデンハインド号がパンデモニウム星の入植エリアから見て地平線上に出ると、すぐに訊いた。

「たんなる示威行動としてこちらの通信衛星や観測衛星を撃ち落としたりはしていないな。ロングナイフはもっと派手に動くはずだ。それも早い段階で」

「ブルーバード着陸地点《ランディング》のレーダーがやられました」センサー担当が報告した。

「やった相手をとらえているか？」

「北西からなにかが飛んできました。しかし一秒前まで山陰に隠れていました。コルテス大佐はミサイル二発を目視と報告したきり、沈黙しています。たぶん撃ち放し式の対レーダー・ミサイルでしょう。レーダー波の発信源にまっすぐ飛んできています」

「出資者たちがもっとましな装備をくれればな」

ソープがしかめ面をむけたのは、当然ながらホワイトブレッド氏だ。スーツの紳士はまたブリッジに来ていたが、態度はおとなしくなっていた。猟銃を持った農夫に対抗することしか想定しなかった楽観的すぎる出資者の一人だ。恥じいって口を閉じているとすれば、立場をわきまえているのだろう。

「レーダーにミサイルを撃ちこんできたやつの後ろには、兵員輸送艇がいたはずだ。センサー担当、着陸地点を探せ。この出しゃばりの王女を軌道から狙撃してやれば、コルテス大佐と地上部隊もよろこぶだろう。急げ」

二分後、ゴールデンハインド号から入植エリアへの射線がもうすぐ通らなくなるという状況で、ソープは髪を掻きむしらんばかりに苛立っていた。

「地上のどこかにいるはずだ」ソープはセンサー担当と兵装担当をにらんだ。

「それはそうです。問題は農民の場合とおなじで、それがどこかです」

「農民たちはこちらの到着を予想していたのではないか？」

「人質にした数人は、事前警告などなかったと証言しています。船の来訪そのものがほとんど一年ぶりだと」

「その話はあとにしよう。まずロングナイフだ。船で着陸したはずだ。どこだ？」

「入植地はくまなく探しました。道路にあたるところには着陸していません。畑にも着陸痕はありません。森には無理です。突っこんだのなら破片が散乱しているはずです。兵員だけ下ろして、シャトルは軌道の母船にもどったということはないでしょうか？」

センサー担当の若者が述べた仮説を、兵装担当は否定した。

「それにあたるようなソニックブームはコルテス大佐から報告がないわ。再突入の騒音だけ。離昇の騒音はない」

「ありそうなところから考えよう」ソープは言った。「ロングナイフはＬＡＣを着水させたがる。わたしが知っている時代はそうだった。川ぞいや湖に不審なところはないか？」

「とくにありません」センサー担当は報告した。「ああいう着陸船は安物のピストルのように熱くなるはずです。しかし湖岸や水面に目立った赤外線反応はありません。冷却したのだとしても、光学観測でも見あたりません。まるで着陸して、地面に飲みこまれたかのようです」

「他の住民のようにな」ソープは聞きあきたフレーズをつぶやいた。

「ひとつ考えがあります」兵装担当が言った。

「なんだ？」ソープは訊く。

「再突入で船が高熱を帯びるのはだれでも避けられません。たとえロングナイフでも、再突入のあとは〝クール〟ではいられない……」

兵装担当は自分の冗談ににやりとした。ソープは笑みを返して、先をうながした。この女性船員はたしかに柔軟な頭を持っている。

「温度の異常は二ヵ所に見られます」

センサー担当が口をはさんだ。

「ちょっとした異常は不思議じゃない。自然現象として説明できる」

「二ヵ所だぞ」ソープは言った。

「二手に分かれたと考えれば辻褄があいます」兵装担当は言った。「一方は湖岸。もう一方は中心地のそばですが、分散しています。攻撃部隊とその控えかもしれません」

「日差しで温まった湖を見て、案山子《かかし》を敵だと思いこんでるだけさ」とセンサー担当。

「場所は？」ソープは訊いた。

メインスクリーンが入植地の地図に切り替わった。兵装担当はその一角を強調表示にした。

「川の水温がここで急に上がって、五キロ下流ではまた冷えています。湖のほうは雪解け水で低温ですが、川の流入口に近いここだけ温まっています」

「コンマ何度かのちがいじゃないか。浅瀬の水が日差しで温められただけだろう」

センサー担当が反論したが、兵装担当は穏やかに続けた。

「レーダーではこの湖は水深百メートル以上で、湖岸からすぐに深くなっています」

「近くの農場はだれの所有だ？」ソープは質問した。

「ええと、お待ちください」センサー担当は調べた。「ロバート・フロノーという農夫ですね」

兵装担当は声のトーンを上げた。

「この惑星の初期入植者の一人ではなかったかしら？　たしかロングナイフの娘は、植民地創設者の家族の一人を乗せていて、その貨物を運んでいると言っていたのでは？」

「まさしくそうだ」ソープは、撃つべき場所はここだと瞬時に判断した。「兵装担当、目標は二カ所だ。フロノーの農場を十八インチ・レーザー砲一門で、湖の温まったところをもう一門で撃て。地上の泥に隠れたやつをあぶり出せ」

「目標座標を入力します」兵装担当は船長の椅子を押して離れ、自席にまっすぐ飛んでもどった。片手で座席のストラップをかけながら、反対の手で射撃管制データに最終調整を入力する。「あと五秒で射線が通らなくなります」

「三秒後に発射」

ソープは命じた。三カウントは短かったが、無事に発射できた。

船の電力が二本分の死のコヒーレント光に食われて、ブリッジがつかのま暗くなる。あの生意気な娘を倒したかどうか、結果がわかるまで一時間待たなくてはならないのがソープは残念だった。

17

軌道から地上部隊へのレーザー砲撃は、あまり有効でないと一般に考えられている。軌道の軍が地上の敵対勢力に打撃を加えたければ、バールや石などを落とすほうがましだと教科書にある。もちろん、時速二万五千キロメートルの高速で飛ぶバールや石を敵に命中させられればの話だ。

軌道からのレーザー砲撃を低評価した頭でっかちの教科書執筆者は、本物のレーザーで狙われたことがないのだろうとクリスは思った。

海兵隊の前方約十キロメートルにある農場の母屋が、いきなり爆発した。突然の疾風と閃光と破壊だ。燃える破片が四方に飛び、納屋などの周辺の建物は爆風で倒壊した。

クリスのまわりの空気も爆発した。

軌道からのレーザー砲撃の欠点は、通過する大気を加熱してしまうことだ。そのためレーザーのコヒーレンスが劣化してしまう。たしかにレーザーは発射時点にくらべて位相がばらけているだろう。しかしそれを浴びた家屋を見ると大差ないようだ。

そして空気――クリスのまわりの空気にもそれが起きた。レーザーの射線上では空気が急激に押しのけられ、その真空を埋めようとまわりの空気が殺到する。その急激な気圧変化がクリスの鼓膜を叩いた。それでもバイザーを完全に閉じていたクリスはましだった。隣の女性隊員はわずかに開けていたバイザーが粉々に砕け、顔が血まみれになった。

目標にされたのは農場だけかと思ったところに、雨が降ってきた。雨と、死んだ魚と、泥と、ひれのない醜い生き物がばらばらと降りそそいだ。

「湖にも一発砲撃が行ったようですね」ブルース軍曹が言った。「たしか敵は十八インチ・パルスレーザー砲を二門積んでいるとか」

「兵曹長はそう言ってたわね」クリスは認めた。

「ということは二門とも地上を狙ったわけだ。敵の注意をすべて惹きつけたことを、船長に感謝してもらいたいものですね」

ネリーが割りこんだ。

「クリス、ソープの船はすでに地平線の下です。反対の空に上がってくるまで八十五分間あります」

「時間を有効利用しなくてはね。全員、立て」

「次は応射できますかね、殿下」一人が訊いた。

「射程内に目標をとらえたら、好きに撃っていいわよ」クリスは聞こえる範囲の兵士たちに言った。

クリスは仮眠時間を利用して、浮遊型のナノバグを設計していた。もし住民たちが地下に隠れていても、呼吸はする。空気を地中に吸いこんでいる穴と、吹き出している穴が付近にあるはずだ。軌道からの観察ではわからない穏やかな空気の流れだろう。近づいて静かに調べればわかるにちがいない。

ところが、だれかさんが農場をレーザー砲撃したせいで、はげしい火災が周囲の酸素を急激に消費していた。浮遊型のナノバグはあっというまに吸いこまれて燃えた。

となると、残った装備でやりくりしなくてはならない。

パンダ星の星系にジャンプしてきてからこんなことばかりだ。クリスは表情を消し、ゆっくり息を吐いて……プランBを検討した。あるいはプランGか、それとももはやZか。

ネリーがクリスの視野に投影するマップのなかで、一カ所に注意を惹かれた。フロノー家は土地を三列に分けて順番に焼き畑にしている。一列は幅約二十メートルの帯状だ。まだ燃えているのはいちばん奥の列だ。

ところが一列目で焼け残ったブルームツリーが、赤外線で見るとまだ明るく輝いているのだ。なぜだ。クリスは小走りにそちらへ行ってみた。ブルース軍曹とその分隊もついてきた。

ブルームツリーは幹だけのような大木だ。根回りは堅く締まった円形で、大人が三、四人も手をつないでやっと一周するほど太い。それが三十メートルから五十メートルも垂直に立ち上がっている。上部と下部の太さはほとんど変わらない。そのてっぺんでようやく無数の枝が出ている。まるで石柱の上に藪がはえたような姿だ。

しかしクリスがいま注目しているのは木の根もとだった。

地面から五十センチくらいの高さから無数の根が出ている。穴と土と……驚くほど細い根が複雑な構造をつくっている。ここに火が残っていて熱いのだ。

「鉄のように堅いという木を焼くにはこうするんでしょうね」クリスはつぶやいた。

「こんな木はデータベースにもありません」ネリーが言った。

クリスは根もとをまわって、まだ燃えている焼き畑の風上側に立った。

「ネリー、さっきの浮遊型ナノバグの一部を改良して。出力を上げて、この木の根のまわりを調べさせるのよ。燃えつづけている理由があるはず。地下から空気が吹き出しているのか、ここから吸いこまれているのか」

「実行中です、クリス。二個を放出しました。くそ、農場の火事で一個やられちまった」

「ネリー、秘書コンピュータのくせに汚い言葉を使わないで。口に気をつけなさい。王女の秘書らしく」

「わかりました。申しわけありません」ネリーはかしこまって答えた。コンピュータなりに神妙なようすだ。

「だんだん悪い癖がついてるわよ、ネリー。お友だちの影響ね。キャラとの交流を禁じられたくなかったら態度を改めなさい。キャラにも多少はお行儀よくするように指導して。いまは王女の隣で生活しているんだから」

うまくやれば問題の解決策になるかもしれない。秘書コンピュータと十二歳児がいっしょにいたいと願うのなら、それを条件にして子どもと大人の関係を正せるだろう。海賊やフィリバスターはささいな問題だ。ワスプ号の大人全員が一人の少女に振りまわされている。人の首にへばりついているくせに態度の大きいコンピュータも同様だ。

「クリス、わたしはもっとお上品になります。キャラはもっと行儀よくさせます。それはともかく、ナノバグの一個が空気の吹き出し口をみつけて、内部にはいりました。空気は地下から吹き上げています。追加のナノバグを送りますか？　いまのところ一本道ですが、枝分かれするかもしれないので」

自分たちの生死がかかった問題と、個人的に腹の立つ問題をまたしてもいっしょくたにされた。これはあとで熟慮すべき疑問だ。ネリーは主人の説教を避ける方法を、アビーから学んでいるのだろうか。

いまは仕事に専念しよう。

「トロイ中尉、一等軍曹、住民が地下にひそんでいる証拠をみつけたわ」

クリスは大声で言った。命令を肉声で言って、声の届く範囲の部下にしか伝わらないというのは奇妙な感じだ。しかしアレキサンダー大王もカエサルもこうやって軍を率いたのだ。プリンセス・クリスにできないわけがない。

「そちらに集合しますか？」中尉が訊いた。

「いいえ、散開したままでいい。いまはまだ通気口をたどっているだけで、どこに抜けるのかわからない。でも農場のそばのはずよ」

中尉と一等軍曹は隊列をふたたび進めた。広がったまま、まだ燃えている農場のほうへ移動する。

クリスは前方の地形をじっくりと観察した。おおむね平坦だ。軌道からはたしかに平坦に見えた。しかし湖から行進してきた土地はゆるやかな起伏があった。丘陵というほどではないが、下っていくと、五十メートル離れた兵士の足のほうが高くなる。いちばん低いところは小川などで五十センチも低くなっている。

待ち伏せ攻撃に最適な地形だ。

こんな土地で銃をかついで歩いたのはずいぶんひさしぶりの気がする。歯を食いしばって、めったに使わない作戦訓練の記憶を蘇らせた。もっと警戒すべきだった。こんなことでは生き残れない。

ネリーが報告した。

「クリス、ナノバグが枝道に分かれはじめました。それぞれ低出力のタイトビーム通信で連絡を維持しています。一個は折り返して地上へ近づいているようです」

「場所は？」クリスはすぐに訊いた。

「あの低い丘の地下です」ネリーは前方の盛り上がった地面をレーザーポインターでしめした。「むこう側に出てくるはずです」

「アンディ」クリスは大声で呼んだ。「そろそろ住民と接触する可能性があるわ。近くにいなさい」

それを聞いた若者はクリスのほうに駆けてきた。戦闘装備で動きづらそうだが、家族に会える期待があらわれている。

クリスは小高いところにいて農場がよく見渡せた。建物はほとんど燃えつき、くすぶっている。ネリーのレーザーポインターにそって斜面を下りていった。涸れ谷まで半分ほど下りたと思うと、ポインターは右に曲がり、低い岩のほうへ案内された。農場主たちが二人ほどすわって、自分たちの土地を誇らしく眺めながら夕涼みをするのによさそうだ。この岩が掘り起こされずに残っている理由がわかる気がした。

ネリーが報告した。

「岩の下にあるのぞき穴から、いまナノバグが出てきました。見張りがいるようです」

工兵を呼んで岩を掘り起こさせようかと考えたが、考えなおした。痕跡を隠すのに多くの時間がかかり、ソープの船がふたたび空に上がってくるまでにまにあわないだろう。

そこで地面に腹這いになり、眺めのいいその場所から監視することにした。この大岩の下を掘っていくわけにはいかない。よほどの石頭でなくては無理だ。岩の右側に草むらがある。そちらに両手を伸ばして、さっと左右にかきわけた。

すると、赤毛でそばかすだらけの顔の若者と鉢合わせした。自分とおなじくらいの年だろう。若者もクリスに驚いたようだが、反応はすばやかった。スラグ弾をこめた長銃身のライフルの銃口をクリスの顔に押しつけた。

「落ち着いて。わたしは正義の味方よ」クリスは古めかしい決まり文句を言った。「あなたの仲間を連れてきているわ。アンディ！　アンディ、ちょっと来て。わたしの左の鼻の穴にライフルを突っこんでいるこの怒れる赤毛の若者になにか言ってやって」

アンディはクリスの隣に滑りこんできた。クリスは視野が狭くてよく見えない。三つめの鼻の穴をあけられたくないのでむやみに動けないのだ。

「ジェイミー。ジェイミーじゃないか。おれだよ、アンディだ。そこにいるのか、ジェイミー？」

「アンディか？　このゲリラ兵どもといっしょなのか？　人質にされたのか？」

「ちがうって、ジェイミー。ゲリラ兵じゃない。この人はウォードヘブン星のクリス・ロングナイフ王女だ。おれたちを助けに来てくれたんだ」

ジェイミーはまったく納得していないようすで顔をしかめた。

「ロングナイフだって？　ふん、ロングナイフ家のやり口はじいさんからいろいろ聞いてるぜ」

「でもこの人は味方なんだ」

「口ではいつもそう言うらしいじゃないか」

ジェイミーは不審げに言いながらも、ライフルの銃口をクリスの顔から離した。つまりクリスの曾祖父のレイは、この一家の昔話において完全な悪役ではなかったらしい。

「ジェイミー、親父やじいさんと話がしたいんだ。二人は無事か？」

「ああ。グレンダ・スーとグレイシー・アンもな」

「グレイシー・アンて……」

「そうだ、まるまる太った赤ん坊さ。冷蔵室にまわれ。入り口を開けるように話してやる。おれはこの穴が崩れたのをなおすから。まったく見張り場をめちゃくちゃにしやがって」

若者は暗い穴の奥へ這いもどっていった。

クリスは、そんな狭いところを這いまわることを想像しただけで身震いした。気をとりなおして、倒れた草をもどし、荒らした地面を整えてから立ち上がった。はえている草は多年草で、雑草にも作物にも見える。実は収穫したばかりらしく、根もとばかり残っていた。

立ち上がったクリスは状況を再評価した。アンディは、焼け落ちた家屋から五十メートルほどのところにある低い丘を指さして、早くそちらへ行きたがっている。冷蔵室、あるいは冷蔵倉庫か。その冷たくほの暗い場所にひそんでいるものを早くたしかめたいのは、クリスもおなじだ。しかし交戦中の敵である軌道上のソープがいる。

「トロイ中尉、二個分隊を率いて全員のホッパーを集め、南へ移動したように見える跡をつけなさい。そうね、二手に分かれて、八人以上に見えるように」

「軌道のセンサーをここからだますわけですね」若い中尉は言った。

クリスは南の地形のマップを投影した。

「本物の目標はしめさないように。ソープの目が地平線から昇ってくる五分前には、安全な場所にひそんで結果を待ちなさい」

「わかりました、殿下。よければこの分隊を預かります。むこうへ行ったら、道路を見張れる場所に拠点をつくろうと思います。その方面から手応えのあるなにかがやってきたら、連絡します」

クリスは一等軍曹に目をやった。彼は父親のような笑みを浮かべて若い士官を見ている。そしてクリスに軽くうなずいてみせた。

「途中にタイトビーム通信中継器をいくつか設置して、連絡が通るようにしなさい」クリスは言った。

若い中尉は初めて指揮する部隊を率いていった。いや、二度目の指揮だ。エデン星の美しくも暴力的な夜に、前任の指揮官が退役寸前になる重傷を負ったあと、彼は人員を半分に減らした中隊の指揮を引き継いだのだ。中尉は軽く口笛を吹きながら任務にむかった。

クリスは一等軍曹にむきなおって、丘を指さした。

「あの丘の下に光り輝く宝物があって、行けば魔法の扉が開くのかしら」

「自分の友人は、なにかというと妖精にかけて誓ったり、妖精に悪態をついたりしますよ。妖精にはいいやつも悪いやつもいるらしい」一等軍曹は答えた。

「わたしにもそんな話をしてくれる親友がいたわ、昔ね。丘の下に住んでいる小人は人間の友人だと言っていた。いまもそうだといいわね。さあ、わかりやすい痕跡を残さないように気をつけて、兵をあそこへ前進させなさい」

クリスはそう指示して、アンディに案内するよう合図した。

背後では一等軍曹が大声で命令して、小隊を一列縦隊にした。最後尾の工兵が箒で足跡を消しながら進んだ。クリスは、曾祖父のレイに次に会ったときに、もし話をできる関係だったら話そうと思った。海兵隊の工兵が箒で足跡を消していくようすは、地球の昔のアパッチ族の戦士のやり方と似ている。戦いで不利にならないための用心だ。海兵隊は手の施しようのない石頭だが、賢いやり方は誇りを持って盗むのだ。

クリスは冷蔵室を近くから見て、ほっとした。丘に埋めこまれたドアはきちんと四角。これなら小人や妖精が出てくることはなさそうだ。歩きながらヘルメットやグローブをはずした。初対面が完全武装では、心から味方だと思ってもらえないだろう。

ところが最初にあらわれた男を見て、じつは丸いドアではないかと思わず見なおした。男は短身肥満の体型で、はげ頭に白い口髭。まるで異世界ファンタジーから出てきたようだ。もし隣の長身痩軀《そうく》の女がリンゴをくれても、絶対にかじらないぞとクリスは思った。

しかし女はクリスを大鍋かなにかのように一瞥して、無視した。

クリスはそのウサギの巣穴のようなところにはいったが、すぐに足を止めた。行く手のドアが開いて、ギンガム柄のスカートをひるがえした若い女が飛び出してきたからだ。まばゆい金髪に透きとおるような白い肌。地元に劇団があればすぐに白雪姫の役をあてられるだろう。

彼女はアンディめがけて突進し、ひるむことなく体当たりした。柔らかな人体が堅く強靱な戦闘装備にその速度で衝突したら、明日の朝には青痣がいくつもできているにちがいない。白雪姫の唇が衝突したのは、アンディの唇だった。そして漏れ聞こえるのは切々たる愛慕の言葉。

やっとわかった。アンディの妻か。もしそうでなければたいへん興味深いが。

「ママ」

冷蔵室のつきあたりのドアから声がした。見ると、灰色の髪を団子に結った祖母らしい老女が、幼児を抱いて土の階段を上がってきたところだった。

「ママ、ママ！」

人間の姿をしたかわいい小動物が大人の拘束から脱出に成功した。老女と重力に逆らって二本の足で立つと、ぷよぷよしたその足先を踏み出す。よろけながら一歩ずつ、ママのほうへ進んだ。

白雪姫は美しい金髪だが、その小型版の子は白に近い金髪だ。母親のスカートにたどりつくと、不思議そうに見上げた。なにしろ、母親の白い脚は宙に浮いているのだ。迷彩柄のアーマーをつけた男の腰に巻きついている。男はしっかりと抱きしめて離すようすがない。幼児はそんな母親のようすをまじまじと見ている。スカートと脚がこんなふうになっている光景がその幼い瞳に映るのは初めてだろう。頬をふくらませ、六本しかはえていない歯で憤然とした表情をつくると、届くかぎり高く手を上げて母親のスカートをつかみ、引っぱった。

「ママ！」

白雪姫はようやくわれに返ったようだ。そして二つのことを意識した。第一は、幼い娘が絶対的かつ個人的な要求をしていること。第二は、部屋のなかの他の大人たちの存在。夫婦和合のいとなみをはじめる寸前のような熱烈な再会の場面に、だれもがにやにや笑いを禁じえずにいる。クリスは自分もそれに伝染しているだろうかと思った。

母親は急に慎みをとりもどして足を下ろした。その瞬間によぎった表情からすると……脚と硬くとがった物体の衝突による痛みをさすがに感じはじめたようだ。

慎ましく自分の足で立った彼女はわが子に手を伸ばした。すると幼い娘は……空中浮遊してその腕に飛びこんだ……ように見えた。もちろん人間が空中浮遊などできるはずがない。ありえない。いくら二歳児でもそんな特殊能力はない。しかしクリスにはそう見えた。そろそろ眼鏡が必要なのか。それとも物理の教科書を書き替えるべきか。

あるいは人間の幸福の縮図を見せられて、自分にもこういうものがほしいと思ってしまったのか。

いやいや、まだ出産適齢期を気にする年ではないと、クリスは自分に言い聞かせた。歯を食いしばって小さな侵入者に耐える。

しかしまわりの強面《こわもて》の女性海兵隊員たちは、目を細めて親子を見守っている。鬼の一等軍曹さえおじいちゃんの笑顔になっている。

母親はわが子を抱え上げた。

「アンディ、紹介するわ。フロノー家の新しい一員で、あなたの娘のグレイシー・アンよ」

「グレンダ・スー、まさか」

「本当よ、あなたの子。すぐにわたしのおっぱいに飛びついてくるところは、父親そっくり」

地元住民からはほがらかな笑いが漏れた。クリスは赤面しないようにこらえた。農夫たちはあけっぴろげにこういう話をするのだ。

クリスはなにも教えられずに育った。十二歳で大人の体になった赤い証拠を見たのは、学校の女子トイレの個室だった。恐ろしい病気で死ぬわけではないと教えてくれたのは校長先生だ。母親の反応は、送迎の運転手が生理用ナプキンを用意しておくことを許可して、そろそろそういう年ねとつぶやいただけだった。体育館の裏での少女たちのひそひそ話から得た知識を正しく修正してくれたのは、ハーベイの妻のロッティだった。

グレンダ・スーはグレイシー・アンをアンディの腕に抱かせた。しかしアーマーの無骨な感触がいやだったのか、二歳児はすぐに母親の胸にもどった。それでも丸いお尻を母親にしっかり抱かれると、突然あらわれた見知らぬ男に手を伸ばして遊びはじめた。髪を引っぱり、ヘルメットの接続リングから突き出たマイクを引き抜く。アンディが取り返しても、すぐまた抜いてしまう。とうとう工兵が笑顔で近づいて、子どもの手が届かない肩のうしろに垂らしてやった。

白髭の男がアンディの横から話に加わった。

「この人数でここは狭い。じいさんが救援隊の責任者と話したいと言うとるぞ」

男は奥のドアを開けて、土の階段を先に下りていった。この星の土は空気にふれるとコンクリートのように硬くなるという話は正しかった。クリスは用心深く体重をかけてみたが、階段が崩れるようすはなかった。

むしろ用心すべきなのは身長だった。床も天井もでこぼこしている。足もとと頭上の両方に気を配って歩かなくてはならない。しかし上を見れば足がつまずき、下を見れば頭をぶつける。世の中は不公平だとクリスは思った。ロングナイフはいつもひどいめにあう。

さいわいにも、それほど長く歩かされずにすんだ。冷蔵室から階段を下りて、短い通路を歩いて、また梯子を下りる。一回、二回と曲がり、三回目の角では左右に短い廊下がある。そこを通って部屋に通された。荒削りのテーブルに椅子が二脚。両側の壁は階段状に削られ、そこに十人ほどがすわっていた。

テーブルの上座に長老らしい人物がこちらをむいてすわっている。曾祖父レイとおなじくらいに高齢だ。デスクワークではなく、日に焼かれる肉体労働をしてきた肌。テーブルにおいた両手を丸め、指の節は赤く腫れている。働き者も関節炎には勝てなかったか。しかし骨休めとよろこんでいるようすではない。隣にはおなじくらいの年の老婦人がすわっている。

クリスは立ったまま紹介されるのを待った。

電灯ひとつで薄暗い部屋に、さらに数人がはいってきた。長老は見まわして満足したらしく、顔の皺を深くした。

「なるほど、ロングナイフのお出ましか。あんたらを見るのは、ハムダンII星の戦いでレイの命令で死にかけたとき以来じゃな」

クリスは穏やかに言った。

「あなたとレイは人類を救いましたね。この八十年間、イティーチ族はあらわれていませんから」

長老は鼻を鳴らしたが、称賛にはまんざらでもないようすだ。

「ああ、おれたちはあの四つ目の怪物どもをやっつけたさ。そうだろう、ヒルダ？」

「生き残った者は大佐や提督に昇進したわよ」

老婦人が答えた。入れ歯らしく、話すと息が漏れる音がする。片目が白内障かなにかで濁っている。簡単な手術で治るはずだが。

クリスは穏やかな表情を維持して、話の行き先を見きわめようとした。

すると、壁の席にすわった男の一人が言った。

「この六十年間、あんたらの助けは必要なかったんだ」

壁の人々はうなずき、同意の声を漏らした。

「そのとおりだと思います」クリスはその自己主張の声の波にむけて言った。

人々の声はしばらくしてやんだ。長老は首を振ると、ふいに笑顔になってクリスを見た。

「わしらが穴ぐらに隠れているのを、まるでウサギの群れだと指摘せんのは、気を使ってるからか？」

「そちらから話題が出るのを待っていました。よければ質問させてください。かなり大がかりな備えですね。悪者がやってきてから掘りはじめたとは思えない。この周到な守備態勢は実際に敵の計画を大きくはばんでいます。どうやって準備を？」

長老の笑い皺が深くなった。称賛をそのまま受けとっている。よくやった、いい仕事だ、ただし、あくまで〝守備態勢〟だと。壁の席の人々はまるで戦争に勝ったようにたがいを祝福している。

「アンディから聞かなかったか？　あの子が小さいころは、〝イティーチ族と地球人〟が流行の遊びじゃった。トンネルや地下の砦を掘って、〝卑劣なイティーチ族〟を襲撃するんじゃ」

アンディが答えた。

「砦の話はしたよ。イティーチ族うんぬんは省略したけど。むこうでは四つ目の怪物なんて大昔の話はだれも憶えてないからね。すくなくともおれが行くところでは」

クリスも同意した。

「たしかに一部の星では人々の記憶から薄れていますね。曾祖父はこんなふうに言っていました。人類はあやうく絶滅種になって、五十万年後の四つ目の大学生が書く文化人類学レポートのテーマになるところだったって」

「あいつらに大学ってあるの？」アンディが訊いた。

「聞かんな。将軍らは下っ端の砲兵にはなにも教えてくれん」長老は答えた。

「わたしも知らないわ。彼らについてなにも学ばないうちに撃退してしまったから」クリスは言った。

「あたしらは四つ目の殺し方だけ知ってりゃよかったのよ」老婦人が言った。

クリスは昔話から話題を引きもどした。

「とにかく、ここを掘りはじめたのはいつですか？」

長老が答えた。

「アンディが出発した直後じゃよ。小さな商船が寄港してな。商売は低調じゃったが、十数組の夫婦者が下りてきた。フィニーズレインボウ星という小さな星から逃げてきたと言っていた。悪者たちに襲われたと。彼らは出荷目前の産物や家畜の多くを盗み、たわむれに農場をいくつか焼き払ったそうじゃ。商船は同情心と……血判入りの借用書で彼らを乗せてやったらしい」

老婦人が続けた。

「その人たちを受けいれて、働く場所も見つくろってやったわ。彼らの話から心配になって、このボビー・ジョーに言ってやったんだよ。リム星域は不穏な情勢になってる。野蛮な連中がこっちにも流れてきてるって。やがて一部の仲間が暇をみつけてここを掘りはじめたのさ。都市部の住民は鼻で笑ってなにもしなかった。いまごろ鋲打ちの軍靴に踏まれてるだろうね」

そう言うと、唾を吐いた。

クリスの隣に来て話を聞いていた一等軍曹が質問した。クリスのほうに飛んできたのは偶然だろうか。

「やつらが去るまで、ここにとどまるつもりですか？」

「あんたは軍曹さんかい？」長老が訊き返した。

「そうです」

「わしは戦場で、いい指揮官も悪い指揮官も見てきた。男も女もそれぞれいた。この子はどうだい?」

長老はクリスを顔でしめした。一等軍曹は答えた。

「彼女の指揮下にはいったのはつい二カ月ほどまえです。この期間に戦闘は数回。危険を冒すいわれもないのに戦いに出ることもしばしばでした。まあ、悪い指揮官ではないでしょう」

一等軍曹の低めの評価にクリスはなにか言いたくなった。しかし美辞麗句を並べてもこの長老たちには通じないだろう。

「悪くはない、と。ロングナイフの評価としては信じがたいな」長老は言った。

「ロングナイフは徹頭徹尾悪いものよ」隣で老婦人も言う。

一等軍曹は反論した。

「彼らになにを求めるかによるでしょう。助ける義理も義務もなくても、彼女は困っている人々を助けにいきました。最初は海賊船の捕虜。次は惑星全体。さっきもうかがいましたが、これからどうするつもりですか? 嵐が過ぎるのを待つと?」

「できればな」長老は認めた。

「敵は航続距離の短い船に兵員を満載してきています。自分は船乗りではありませんが、船で聞いたところでは、惑星の富を強奪するのに脚の短い船を使うことは、普通はないそうです。ということは、ここの害虫禍が短期的に終わることはない。しかし害虫駆除なら自分と海兵隊が得意です。そしてこの女性は――」顔でクリスをしめして、「――自分がやるべきことを知っている。こんな事態でこそ求められる人物です」

老婦人からボビー・ジョーと呼ばれた長老は、クリスを見た。そして沈黙のあとに言った。

「ロングナイフを見てうれしい日が来るとは思わなかったよ」

「あんたはそうでも、あたしはちがうわ」

隣のヒルダは言った。それ以上の説明はなく、立ち上がって急ぎ足に部屋から出ていった。

薄暗い部屋は沈黙に包まれた。ブーツの足音が遠ざかっていく。それが闇に消えるまで、だれも口を開かなかった。ようやくボビー・ジョーが小声で言った。

「妹の旦那はハムダンII星で戦死した。あいつは再婚しなかった。忘れず、許さず、生きてきた」

「残念に思います」

クリスは言った。そして、自分の指揮下で死んだ者の遺族からもおなじように長く、おなじように強く恨まれるのだろうかと思った。軍人の道を選んだ以上は引き受けねばならない伝統だろうか。時間のあるときに考えてみよう。

ボビー・ジョーは執拗な思い出を払うように首を振った。

「では、若いロングナイフ、わしらはなにをすればいい？　猟銃をかまえてあいつらに突進するのか？」

クリスはしかめ面をがまんした。思わず訊きたくなった。曾祖父はあなたたちにいったいなにをやらせたのか、と。しかしその問いをのみこんで、冷ややかな戦士の顔になった。

「まずはソープの出方を待ちましょう。彼の船はまもなく地平線から上がってくるはずです」

それを聞いて老ボビー・ジョーは眉を上げた。壁の席の野次馬たちも沈黙した。

一等軍曹はにやりとした。次の獲物をみつけた虎のように。

18

ソープ船長は、プレスリーズプライド星の入植地域から見た地平線の上にゴールデンハインド号が昇っても、十秒間待った。忍耐の権化になったつもりで、部下たちにデータ収集と分析の猶予をあたえた。

いや、充分な猶予ではない。それでもそろそろロングナイフの娘を発見できていいころだ。自分で決めた時間がすぎると、すぐに部下たちにむいた。よどみなく、はげますように、しかし殺意をみなぎらせて訊く。

「なにかわかったか？」

「いくつかあります」センサー担当の大尉が答えた。

「重要度の順に言え」

「湖を砲撃したレーザーはなにかに命中しました。まだ立ち昇っている蒸気には、複合素材とヒートシールドの痕跡が見られます」

「そうか。しかしミス・ロングナイフが湖の船を退却に使うつもりだったとは思えないが」

しばらくしてその意味に気づいた。「つまり、上陸艇をみずから沈めたのか！　くそ、その話をコルテス大佐に連絡したか？」

「しました。大笑いしておられます」兵装担当が答えた。

ソープは、ロングナイフを完全に葬って乾杯するときまで、笑いはとっておくつもりだ。

「他には？」

「もっとも明瞭にわかるデータは、歩いた痕跡です。レーザー砲撃した農場から南へ伸びています」

ソープは首を振った。

「もっとも明瞭だと？　無視しろ。陽動に決まってる」

「自分もそう思います。次はブルーバード着陸地点で、その北に多くの活動が見られます。レーダー反応や、前回の上空通過時にはなかったホットスポットなど。電子的背景ノイズも増えています。なにかが動いています」

ソープは唇を引き締めた。

「地元住民がとうとう反抗をはじめたか。あるいは……わたしのかつての弟子が部隊を無思慮に分散させたのか。そこまで愚かとは思わないが」

通信リンクを叩いて、コルテス大佐を呼んだ。

「エルナンド、きみはどう思う？」

「彼女はきみの弟子だった時代にもっとよく勉強しておくべきだったな、ウィリアム」

「部隊をずいぶん広く展開している。なにかの計略だろうか」ソープは考えながら訊いた。

「彼女が北に着陸したのはまちがいない。燃えた上陸艇からの煙が証拠だ。ふむ、自沈させたか。きみも遠くへ送るべきなのだ、おれたちを乗せてきたあの輸送船をな。部下の一部はしょっちゅう肩ごしに見上げては、いざというときに逃げこむ場所があるかどうかをたしかめてるぞ」

「あれをよそへやるわけにはいかない。出資者は短期的な利益を期待している。金塊やワインやその他の金目の物を満載して送り届けることになっている」

「なにがワインだ。この星のビールと称する液体を飲んだことがないだろう。このまずいものを船いっぱいに積んで送ってやればいい」

「まともな土産を持ち帰れたら、そのとき出資者と話しあえばいい」ソープは暗い調子で言った。「地上の状況はどうだ？」

「雲行きがあやしい。着陸してからずっとだ。ロングナイフの娘が地元住民の一部と連携して、攪乱のためにうろちょろさせてるのか。あるいは自分の着陸地点とこちらのあいだに一定の部隊を展開してるのか。おそらく両方だろう。川の下流のフレンドリー着陸地点から、こちらのブルーバード着陸地点へ増援の中隊を送らせた。ブルーバードからは一個小隊を出して、北行きの幹線道路にそって索敵殲滅作戦をやらせている。ああ、それから地元にはトラックが何台もあるが、動いてるのが不思議なくらいの代物だ。半分は一度壊れて修理したようだし、残りもかなりのポンコツだ」

「この星についての出資者の期待は過大だったようだな」

ソープはホワイトブレッド氏を横目で見た。ブリッジのハッチで宙に浮いてこちらを見ている。資金の管理者はブリッジにはいらないが、よそへ行く気もないようだ。

「エルナンド、レーザー砲撃すべき目標があるか？」

「いまはない。前回のはお見事だったな。おかげで敵の着陸地点について最初の明確なデータが得られた」

「ないのはけっこうだ。やるとしても低出力になる。軌道周回中に十八インチ・レーザー砲を再充電するのは何時間もかかるからな」

「そちらの敵もばかだな。おまえが撃った直後に攻撃をかければいいものを」

「ロングナイフはばかではないぞ。過小評価しないほうがいい」ソープは低く言った。

「わかってる。だが、きみの放浪の弟子がエルナンドおじさんとパイ投げ遊びをしようと惑星に下りてきたということは、軌道の母船はだれかが預かってるわけだ。おれは経験的に船長という人種をわかってる。ロングナイフが雇える船長とはどの程度のものかな。上官のきみに反旗をひるがえした過去をもつ女のもとで、まともな船長が働きたいと思うかね」

「興味深い問題だ。まあ、次の周回で地平線から上がってくるまでわたしの砲撃を知らないだけかもしれない」

「彼らのタイトビーム通信の後方散乱はまだとらえていない」

「おたがいに連絡はタイトビームか大声にかぎられるわけだ」

「そのとおりだ。声の大きさならまかせてくれ」

「冗談はそれくらいにしよう。上からはだいたい見えている。会敵をめざすきみの動きはいいと思う。くれぐれも用心してくれ。彼女がどんな仕掛けを用意しているかわからないぞ」

「気をつけるさ、船長《カピタン》。そっちもな。魔法使いのプリンセスの首級を持ち帰ってやる」

「以上だ」

ソープは通信を切って、椅子に背中を倒した。スクリーンを見て、センサー班の分析結果を見る。疑問符や推測や可能性ばかりが集まっている。これが古代人のいう戦場の霧というやつか。

こんなものはプロの戦争ではないとソープは思った。しかしやるしかない。モグラのように穴に隠れる民間人め。動物か！　好きにしていいならその隠れ穴を墓穴に変えてやるところだ。しかし出資者は投資にみあう利益を求めている。ホワイトブレッドがうるさい。まあ、気にすることはない。こちらは戦士だ。戦士は戦うものだ。

クリス・ロングナイフは戦士の名前を持っている。メディアの報道を話半分に聞くとしても、一定の才能があるのはたしかだ。

ニュース報道は鵜呑みにしない。メディアは金と権力を持つ者が牛耳《ぎゅうじ》って、大衆の考えをコントロールしている。ロングナイフを祭り上げ、あの卑劣な血統から新たな戦争の英雄が生まれたと思いこませたいなら、それにふさわしい台本を書くだろう。

やはりこのロングナイフの娘を試したい。かつては悪くない新任少尉だった。今度相まみえるとき、おまえはどれだけもちこたえられるかな？

19

ソープが上空にいるあいだ、クリスは長老のボビー・ジョーと地図を眺めた。土地を自分の足で歩いた人の話は驚くほど有益だ。やはり軌道からではわからないことが多い。たとえば、どの入植者は事前に避難壕を掘り、どの入植者は船があらわれてから掘りはじめたのか。おなじジャンプポイントから船が二隻同時にあらわれたらさすがに世間は注目する。一年に二隻の寄港は商売繁盛を意味するが、たてつづけに二隻あらわれると逆に商売は期待できない。一部の人々は穴掘りをはじめた。すでに掘っていた人々は仕上げ工事をして家族と家財道具を地下に運んだ。

クリスは準備万端だった人々を調べた。農場から農場へ八十五分間で移動することをくりかえして目的地にたどり着くのは、大変だが不可能ではない。鉄砲鍛冶、電子機器の専門家、化学者、医者、その他の有用な技能の持ち主がどの農場にいるかを聞いて、地図に書きこんだ。二十分もすると地図は書きこみだらけになった。

いまのクリスはパンダ星についておそらくソープより詳しい。年間の寄港船が一、二隻というのは、たんに訪問者が少ないだけではない。この星の情報がほとんど外部に出ていないということだ。思いつきにすぎず、はっきりした前提にはならないが……汝の敵を知れという鉄則を彼らは守っていないはずだ。

ソープは、実直な暮らしを営む非武装の農夫を脅して震えあがらせればいいと思っていたにちがいない。その点で、すでにここの住民をわかっていない。

たいへんな仕事になるのはわかっている。本格的な抵抗組織を築いて、完全武装の侵略者と戦うのだ。

いや……本当に完全武装なのだろうか。

「敵を見たいかね？」長老が訊いた。

「軌道の敵は見たわ」クリスは答えた。

「地上の敵のことじゃ」

部屋の隅に——上座の長老と正対しているクリスにとっては背後に——壁に埋めこまれた小さなモニターがあった。最初に見たときは青地に小さな白いロゴが表示されているだけだった。近づくと髑髏《どくろ》のマークだとわかったが、あとは無視していた。そこにいま、だれかがメモリーから呼び出した映像が流れはじめた。ぼやけて、すこしブレている。まず近づいてくる着陸船。次のカットは戦闘装備で下船してくる兵士たちだ。

「止めて」

クリスが言うと、動画は停止した。最初はぼやけていたが、処理が三回かけられて明瞭な静止画になった。クリスと一等軍曹は顔を近づけて映っているものを観察した。一等軍曹が言った。

「マークV改良二型の戦闘スーツですね。いや、三型だ。股当てがある。高級品だ。資金力があるらしい」

一等軍曹は長老を見た。しかし長老は皮肉っぽい笑みを返した。

「本当にそうかな。次のシャトルから下りてくる連中を見てみろ」

次の着陸船は一般用のシャトルだった。つまり装甲がない。行進して下りてきた兵士たちは、M‐6ライフル……あるいはその模造品をかついでいる。しかしブーツの底から白いベレー帽にいたるまで、アーマーは一片もない。

ボビー・ジョーは言う。

「大隊まるごとデパートの特売場で装備をそろえたようじゃ。練度はどの程度かの」

隊列で桟橋を行進してくる。橋のように振動に弱い構造物の上では足並みをそろえるのをあえて控えるという原則を、指揮官は知らないらしい。残念ながら桟橋は落ちなかった。しかし、見る者に恐怖心を植えつける目的の行進だとしても、クリスには通じなかった。

一等軍曹が不満げに述べた。

「頭がぴょんぴょん跳ねて、まるで女子高生の集団だな」すこし考えてから、「失礼な表現でした、殿下」

「いいえ。同意見よ、一等軍曹」クリスは答えた。「服装も装備もなってない。列の間隔もばらばら。これではまっすぐ撃てるかどうかすら疑問ね」

「同感です。長老、あなたの言うとおりですな。訓練不充分の新兵を集めてきたらしい。安上がりな方法だが、精鋭にこだわる王女のまえではものの数ではない」

一等軍曹は獰猛な笑みを浮かべた。

ボビー・ジョーはその隣にやってきた。

「わしもそう思う。わしらが日のあたる場所に出て戦うときは、真っ先にこいつらを叩くつもりじゃった。もちろん、あんたらと組んだからにはよろこんで分け前をやろう」

「この映像に指揮官が出てくるという話でしたが？」クリスは訊いた。

「このあとじゃ」

突然、映像がはげしく動いて、地面と空になった。さらにだれかの戦闘用ベスト。マークV戦闘スーツは本物らしい。映像はふたたび水平になり、男の顔を大写しにした。オリーブ色の肌に黒い瞳。強い視線でカメラを見る。男は尋ねた。

「生きてるか？」

「は……はい」声がどもりながら答えた。

「なら、見てるやつらに放送しろ。おれはエルナンド・コルテス大佐だ。おれと部隊はこのプレスリーズプライド星に秩序を回復するために来た。二十四時間以内に武器を提出したテロリストは放免する。二十四時間と一分後から、武器の所持者は発見しだい射殺する。その他の命令は追って出す。内容はおまえたちの協力しだいで変わる。送信したか？」

「はい」

「よこせ」

カメラはべつの手に移り、すぐ地面に落下した。踏みつぶそうとする靴底を最後に、映像は切れた。

「エルナンド・コルテス……」クリスはつぶやいた。

「エルナン・コルテスというのは、スペインの征服者《コンキスタドール》の一人です。メキシコのアステカ帝国を征服しました」ネリーは教えた。

「そいつは黄金を略奪し、住民を奴隷化した」ボビー・ジョーはつけ加えた。

「それと同名の地上部隊指揮官とは興味深い」と一等軍曹。

「たんなる偶然でしょう」クリスは言ってから、くすりと笑った。「たしかコルテスは、アステカ征服に出発するまえに、乗ってきた船を沈めて退路を断ったのよね。こちらのコルテスは、わたしたちがおなじように船を沈めたのを見てどう思ったかしら」

尋ねてみよう……捕虜にしたときに。

ブルース軍曹が部屋に来て報告した。

「ソープの船が地平線下に沈みました。ここには地下車庫があります。トラック五台をトレーラー付きで仕立てました。乗車して南下する時間です」

「トラックをお借りできるのかしら」クリスは長老に訊いた。

「ジェイミーがそのつもりで話したようじゃな」

ボビー・ジョー長老は言って、ブルース軍曹のうしろにいるジェイミーを見た。少年は言った。

「親父がトラックを準備したんだよ。猟銃を撃てる十人もいっしょだ。おれも行く」

アンディが迷う表情になった。自分も行きたい、もう仲間はずれはごめんだと思っている。

そのアンディにボビー・ジョーは手をかけた。

「よいか、おまえは長く不在じゃった。隣人たちはおまえの顔を見忘れとるかもしれん。ジェイミーと親父のビリーにまかせろ。優秀な射撃手はこっちにも必要だ」

アンディはようやく笑顔になり、長老を強く抱きしめた。

クリスは言った。

「わたしたちも出発します。道路を八十分進んだあたりに身を隠せる適当な場所がありますか？」

「ポルスカの農場にあたってみるといい。彼女のところはトラック修理小屋がある。隠れられるじゃろう」

クリスと海兵隊と十三人の地元住民は、戦闘を期して南へ出発した。

移動中にワスプ号が地平線の上に出てきた。クリスは現在の状況と地元住民から得た情報を、短いレポートにまとめてタイトビーム通信で送った。その末尾で、ジャックから連絡はあるかと質問した。

すぐにクリスの視野にドラゴ船長の姿が投影された。

「ジャックから連絡はねえよ。予定どおりだ。もちろん軌道から見てわかるような動きはない」


「敵のほうは動いてるの？」

「ようやく具体的なことを言えるぜ。このコルテス大佐ってやつ、前回の上空通過時にくらべてかなり派手に動いてる」

「行動を隠蔽していないということ？」

「アビーによると、隠してるつもりらしいんだがね。いろいろ予定どおりにいかないらしい。ランディングバーグの上流で一つ目の町から二つ目の町に北上する道路ぞいをとらえたこの映像を見てくれよ。車列全体が道路脇に停まってるだろう。兵士どもがタイヤを蹴ってる」

運転席のジェイミーが横目で映像を見はじめた。にもかかわらず、道路の穴ぼこや岩を器用に避けて運転している。

「こいつら、うちらのトラックの扱いがわかってねえんだよ」

「どういうことか説明して」クリスは言った。

するとと荷台に乗っているその父親が、運転台とのあいだを仕切る窓から顔をのぞかせた。

「王女さんよ、ここにあんのは古いのばっかりなんだよ。なかにはじいさんが着陸船から下ろしてきて、いまだに使ってるトラックもある。古いどころか、がたがただ。扱い方さえ心得てりゃそれでも動く。しかし、キーをひねってアクセルを踏めば行きたいとこへ行けると思ってるようなやつは、ひどいめにあうぜ。エンストするわ、プラグはかぶるわ、にっちもさっちもいかなくなる。農場のトラックは一台一台に癖があるんだ。なんでジェイミーにこれを運転させてるかわかるかい？　癖を知ってるからさ。おれ？　一年前に投げたよ」

「ペギーはそんな駄々っ子じゃねえよ、親父。扱い方しだいさ」

「言ってやがれ」

父親は荷台でのブルース軍曹との雑談にもどった。

クリスはその情報をドラゴ船長に送った。ドラゴは首を振った。

「あいつら、事前に用意してくりゃいいものを」

「現地調達できる装備はわざわざ用意しないものよ。とても低予算の計画みたいだから」

「低予算だから、ロングナイフがあらわれた場合の対応策を織りこんでないわけだ」ドラゴは皮肉っぽく言った。

「それはどうだかわからないわ。手札を見て勝負できないと悟ったのなら、わたしたちがあらわれた時点でさっさとジャンプポイントへ退却しているはず。ここまで粘っているということは、一戦交えずに帰るつもりはないのよ」

「あんたとしちゃ、望むところだろうな」

「ソープの船の軌道に変化はある？」

「こっちは軌道の前後に衛星を出したよ。むこうに気づかれない程度の小さなやつだ。しかし相手が動いたらすぐわかる。いまのところはメリーゴーラウンドみたいにおなじところでまわってる」

クリスはしばし考えた。

「ジャックの存在を隠すために通信を絶ってるのは、諸刃の剣なのよね」

「なにか策があるのかい？」

「いっそ広く送信してしまってはどうかと考えてるのよ。彼らの故障したトラックの映像を、入植地全域に放送するのよ。敵が問題をかかえていることをみんなに知らせる。あの侵略の映像も流せば人々は憎しみをつのらせる。ジャックもそれを見て敵が意外と軟弱だと知る。どうすればいいかもわかるはずよ」

さらに新たな考えが浮かんだ。

「それから、わたしとソープの会話をまとめて編集して。公開チャンネルで人々に聞かせて、変化の時であることをわからせるのよ」

「用意しよう。ムフンボの技術者の一人にまかせればいいな」

「ではわたしは沈黙した強い人々をどうするか考えるわ。クリスから通信終了」

クリスは前方の道路に目をもどした。装備といっしょに揺られながら……次の手を考えた。

最初の命令は白紙撤回した。たしかにパンダ星の住民は地下にもぐって沈黙することで時間を稼いだ。ソープとコルテスは虚を衝かれたはずだし、彼らの計画を混乱させたのはまちがいない。しかし現在、こちらの沈黙は侵略者を苦しめると同時に、彼らの有利にも働いている。抵抗組織が状況を把握できないのでは抵抗しようがない。すくなくとも有効な抗戦はできない。

ソープはいずれ潜伏している住民たちをいぶり出しはじめるだろう。そのとき抵抗する側が相互に支援できないのでは、順番にやられていってしまう。クリスと海兵隊はそのなかで想定外の要素だ。問題は、なにをやるか……そしていつやるかだ。

一部はひとりでに解決しつつある。クリスが南下する一方、コルテスは北上している。このまま行軍すればどこかで会敵となる。この流れなら最初にジャック隊、次にクリス隊がぶつかる。

理想的なのはジャックとクリスが合流してからコルテスとあたることだ。当然コルテスは阻止しようとする。クリスにはクリスのめざすものがあり、コルテスにはコルテスのめざすものがある。そんなときは戦闘になる。あるいは選挙に。クリスは戦闘のほうを職業にした。父親がなんといおうと、自分では賢明な選択をしたつもりだ。

ワスプ号が地平線に沈む直前に、ドラゴは約束した映像を放送した。不思議とコルテスの反応はなかった。衝動的に行動するタイプに思えたのだが、沈黙を守っている。

「ネリー、ドラゴが放送した時間を記録しておいて」

「はい。理由を訊いてもいいでしょうか?」

「これほどあからさまで無遠慮な宣言に対しては、いずれだれかがなにか言ってくるわ。それを測れば、相手の意思決定に要する時間がわかる」

「なるほど。今後こういう場合はタイマーをスタートさせておきましょう。訊かれたときにすぐ答えられるように」

首にかかった生意気なコンピュータが新たな教訓を得たようだ。

ポルスカ家が見えてきた。農場の母屋から一キロほどのところに、山腹を掘った〝巨大な車庫〟があった。

けげんな顔をしているクリスに、ジェイミーが軽い調子で言った。

「ここの冬は吹雪がすごいんだよ。だからどこの納屋もこういう構造さ。山羊の乳首や人間の指が凍傷になったら困るだろ。こういうつくりなら暑い季節は涼しく、寒い季節は暖かいからね。そして侵略者の季節には目標として狙いにくくなる」

少年は教えてにやりとした。

ポルスカ家のたくましい若者が二人、その納屋から出てきた。扉を大きく開け放ち、小編成の車列を招きいれる。ソープの船が地平線から上がってくる二分前に、上空の監視の目から逃れることができた。

20

「あれを公開チャンネルで流したというのか！　だれでも見られるように！」

ソープは声を抑えるのに懸命だった。コルテス大佐は答えた。

「そうだ。農業地帯の住民を蜂起させたいんだろう。本格的な反乱を起こしたいんだ。鎮圧するにはかなりの数の犠牲が必要だぞ。拘束した都市住民をあらかじめ十人ずつの組にしておくのはどうかな。こちらの兵士が一人やられるごとに、住民を十人殺すわけだ」

「だめだ！」音声チャンネルにだれかの声が響いた。

「だれの声だ？」ソープとコルテスは同時に言った。

「わたしだ、ベンジャミン・T・ホワイトブレッドだ。都市住民は職人階級だ。技術を持っている。彼らは金の成る木だ。兵士が農民に殺されたら、きみたちは農民を好きなだけ殺していい。しかしこの植民惑星が利益を上げるのに必要な人々を殺してもらっては困る」

「このチャンネルにどうやってアクセスしているんだ？」

ソープは低く冷たい声で訊いた。武器を持った兵士二人と通信員一人がブリッジの席を蹴って、船の後部にあるホワイトブレッド氏の特別船室にむかった。ソープは通信リンクのミミュートボタンを押して、兵士たちに指示した。

「怪我をさせるな。ここへ連れてこい。急げ」

ミュートボタンから指を離すと、コルテスとの会話にもどった。

「映像が加工されていたのを見たか？　われわれが着陸したときの最初の映像を。おい、再生してみろ」

通信員の席にかわりにすわった二等甲板員に指示した。

あらわれた映像は、白いベレー帽の隊列が行進して上陸するものだ。そこにテロップがかぶさる。

〈白帽たちはアーマーを装着していないことに注意〉

場面の最後にまたテロップ。

〈しかもまっすぐ行進できていない。これでまっすぐ撃てるのだろうか？〉

「どう見ても反乱教唆だな、エルナンド」ソープは言った。

「同感だ。こちらはトラックの半分が故障して充分に損害をこうむっているのに、そのことを全住民に暴露された。厄介だぞ、ウィリアム。トラックの運転もできないのかと笑われている。地元の子どもがパチンコで石を飛ばしてくるかもしれん。対応すべきだ」

「わかってる、エルナンド。どうにかする。ロングナイフの娘は戦士を怒らせたわけだ。相応に痛いめにあわせねばならない」

「ああ、高い木に絞首縄をかけてな」

二人は低く笑いあった。

そこに兵士がホワイトブレッドを引っ立ててブリッジにはいってきた。ソープはすぐに笑いを消した。

ホワイトブレッドは隔壁や天井や床にわざとぶつけられている。抵抗しても、左手首と右足首に拘束縄をつけられているので無力だ。兵士たちはあばれる船員を微小重力環境で引っ立てるのに慣れている。自分たちが手すりにつかまって体を固定し、縄を引いて囚人を前方に飛ばす。そのあと自分たちも次の手すりへ移動する。ホワイトブレッドは障害物にことごとくぶつかり、しかしどこにもつかまれない。大の大人がいいように扱われるさまはあわれだ。微小重力環境での活動訓練をしていないのか。宇宙に出てからなにをやっていたのか。

兵士たちはそれぞれ手すりにつかまった。一人は床、一人は天井だ。上下から引っぱられたホワイトブレッドは、空中で静止してゆっくりと回転した。ソープのほうにたまに体の正面がむく。どんな未熟な宇宙船乗りでも、回転を打ち消して艦長に正対し、軍人らしく姿勢を正せるものだが、ホワイトブレッドはできない。

「なんのためにわたしの司令チャンネルを聞いていたのだ？」ソープは問うた。

「わたしは資金の管理者だ。聞きたいものを聞くさ、ばか者め」

これがまっすぐな姿勢なら、いつものホワイトブレッドらしく高圧的に聞こえただろう。しかしいまは体が空中で回転し、ソープを見るために首をおかしな角度にねじまげている。情けない姿だとわかっているだろうか。空虚な主張を聞いたブリッジ要員たちがくすくす笑いを漏らしている。

ソープは乗組員のまえで罵《ののし》られて不愉快だった。さらに船長に対する民間人の反抗的な言動は許せない。ソープは兵士たちに命じた。

「この陸《おか》に上がった魚を固定しろ」

二人はそれぞれ拘束縄を引いた。ホワイトブレッドは殺される寸前の家畜のように手足を広げられた。片腕と片脚が対角線に引っぱられる。かなり痛そうな表情になっている。

ソープは自分のシートベルトをはずし、まっすぐな姿勢をたもったまま、鼻先をつきあわせる位置まで移動した。

「わたしの船に乗っているあいだは、わたしのルールに従ってもらう。わかったか?」鋭く、強く、しかし不気味に低い声で言った。

「きみがこの船の船長でいられるのは、わたしの管理する資金があってこそだぞ」

ビジネスマンは言った。しかし涙目で、声には力がない。泣き出しそうに口をへの字に曲げている。

ソープは兵士たちに目配せした。二人は縄をぐいと引く。ホワイトブレッドは情けない悲鳴をあげた。

「やめてくれ」

「これはわたしの船だ。きみはわたしの指揮下にある。きみときみの資金の利益を追求するために、わたしと乗組員と兵士はここに来た。きみが投資の根拠にしている想定は正しくない。わたしがいまやっているのは、その期待と現実の齟齬《そご》を解消することだ。この事態はコルテスとわたしのような軍人にしか扱えない。きみは仕事のじゃまだ」

足首で軽く蹴って、ソープはおなじ姿勢のまま船長席へもどった。ほとんど体を動かさずに席におさまる。ホワイトブレッドは空中で目を丸くしてその動きを見ている。

「さあ、自分の部屋にもどって、おとなしくしていろ。通信長、同行して違法な通信機器をみつけて撤去してこい」

「はい、船長」

「必要な人質を撃たないでくれよ」

ホワイトブレッドがあわれっぽく言った。人命のためではなく、自分の利益のための懇願だ。ソープは答えた。

「いまのところはな。ただしきみのためではない。わたしが好まないからだ。大佐、聞いているか？」

「すべて聞いた」

「泥んこの長靴をはいた田舎者を人質にしているか？」

「ああ、何人かいるぞ、船長」

「希望どおりに十人組をつくっていい。撃つときは農夫から撃て。地上のやつらにすこしでも頭があるなら、われわれの雇用主が葬式で泣くような連中を殺しはじめるまえに、降伏してくるはずだ」

「いい考えだな、ウィリアム。そうしよう」

「せっかく紛争地の二百キロ上空にいるんだ。戒厳令の発令を放送しよう」

「部下が作成した録画がある。そちらに送信する」

コルテスの戒厳令発令のビデオが届いたころに、通信長がもどってきた。通信機器をいくつも抱えている。再設置することは考えずにケーブル類を引きちぎってきたらしい。

「めそめそまだ泣いていたか?」

「いいえ、船長。いまは満足したようすでした。多少なりと自分の求める結果になると確信しているようです」

ソープは顔をしかめて首を振った。

「あんな愚か者がよく大人になるまで生き残れたものだな」

「なぜわたしたちに同行したがったのか不思議ですね」兵装担当が言った。

「コルテスの戒厳令ビデオを見せろ」

ソープは命じて、映像を確認した。住民たちは故障したトラックの映像や、〝アーマーをつけた兵士ではなく白帽の部隊を撃て〟と教えるビデオのほうが愉快だろう。しかし、兵士が一人倒れるごとに人質を十人撃つという脅迫ビデオも、相応の注目を集めるはずだ。

ソープは時計を見た。ふたたび地平線下にはいるまで猶予がない。ロングナイフの放送が流れたのは、彼らの船が入植地のほぼ真上にいる時間だった。あの娘とそのチームのほうが短時間でいい手を打ってくる。じゃまなホワイトブレッドがいないおかげだろう。

もちろん戦闘の口火が切られたら、こちらもよけいな口出しはさせない。ソープは首を振った。ロングナイフは勝った気でいるだろう。しかし銃弾が飛びはじめたら、こちらの意思決定はずっと早くなる。エルナンドも、彼女の昔の艦長も。

「ビデオを放送しろ」

ソープは命じた。そして船長席に背中をもたれてメインスクリーンを眺めた。今回の上空通過で得られた情報が表示されている。ブルーバード着陸地点の北には雲のようなものが立ちこめている。ソープがこの惑星の裏側をまわるあいだに、地上部隊はその雲に突っこんでいるはずだ。

レーザー砲撃で興味深い結果が出た湖から、南へ移動する三本の明瞭な線がある。三本か！　そのうち二本は、広めの小川の両岸を進んでいる。いや、あの太さなら立派な川だ。三本目の線は、レーザーで焼き払った農場から出て、べつの農場の手前で停まっている。

この農場も十八インチ・ビーム砲で砲撃すべきか。しかし、しばらく考えてやめた。ロングナイフの母船をあずかる船長には一杯くわされている。おなじ手は二度くわない。

出資者はひどい仕様の船を調達したものだ。貧弱な反応炉二基では、十八インチ・パルスレーザー砲二門の充電にばかげた長時間を要する。副砲二門では二百キロ下方の地表に土埃すらたてられない。

それでも自分はこの話に乗ったのだと、ソープは思い出した。文字どおり飛びついた。地上暮らしには耐えられなかった。どんな犠牲を払っても宇宙にもどりたかった。

入植地域が地平線のむこうに消えた。これから一時間以上、現地のようすを知るすべはない。

「センサー担当、例の小型衛星はまだうろちょろしてるのか？」

「はい、船長。軌道をちょこちょこ変えていて、姿を数秒あらわしたかと思うと、エンジンを噴射して隠れるということをくりかえしています。軌道を維持するのに苦労しているようです」

「そのようだな」

ソープは同意した。しかしそんなおもちゃを持っているところが、いかにも金持ちの子女のクリス・ロングナイフだ。ソープにはない。代用にできるものもない。腹の底で悪態をついた。それでも乗組員のまえでは自信ある態度を崩さない。そうやってロングナイフの娘を叩くチャンスを待つのだ。

クリスは戒厳令放送を、ポルスカ家の長老であるポルスカおばあさん《グランマ》とともに見た。この老婦人はルースおばあさんよりいくらか年上のようにも見えるが……はっきりとはわからない。この惑星は自然環境がきびしいのだ。

すくなくとも、グランマ・ポルスカはその気骨を失っていなかった。

「やつらが着陸してきたときに、うちの若い子の一人がデバートン星に行っててね。以来、連絡がないよ。やめとけと言ったんだがね。むこうに女がいるんだよ。ここに引っ越すように説得すると言ってたよ。ザナドゥ星出身の娘らしいから、引っ越しには慣れてるだろうさ」

「グランマ・ポルスカ、この星で血みどろの戦争を起こすつもりはありません」

クリスが言ったのは、なかば本心、なかば嘘だった。しかしこの老女のきびしい灰色の目はごまかせなかった。

「あんたたちロングナイフについてはいつも聞いてるよ。戦わないと言いつつ、結局は戦うことになる。うちの若い子たちが十人以上もあんたと海兵隊についていこうとしてるけど、この子たちをどうするつもりか教えてくれないかね」

クリスは首を振った。

「わかりません。だからなにも言えません。どんな展開になるかまったくわからないからです。敵の部隊は北上し、わたしたちは南下している。いずれどこかでぶつかるでしょう。戦闘では会敵がもっとも微妙であり、どうころがるかわからないのです」

「鶏が鳴きはじめるまで頭数はかぞえないってわけだね」

「ルースおばあさんからそう教わりました」

「賢明だよ。農家の出身かい？」

「もとはそうでした。その後に海兵隊員と結婚して」

「なるほどね。そしてあんたはうちの子や孫を……なんだったかしら、そう……大砲の餌食にしようってわけだ。イティーチ戦争のときに聞いたよ。あんたのじいさんのレイは多くの兵を大砲の餌食として使ったって」

歴史書にそんな記述はなかった。しかしいまのクリスは歴史学者やメディアの主張を信用していない。老婦人への返事をいくとおりか考えて、もっとも正直なものを選んだ。

「グランマ、約束したいのはやまやまですが、できません。息子さんたちを気持ちよく送り出していただくためなら、わたしはどんな誓いでも立てましょう。でも真実を言えば、目前の状況は容易ではなく、予測は困難です。だれかを大砲の餌食に使うつもりなど毛頭ありません。曾祖父のレイもそんな兵の使い方はしなかったはずです……噂話ほど頻繁には。とはいえ戦闘後に戦闘員が話すことと、司令官がそのとき意図していたこととは、かならずしも一致しないものです」

老婦人はふんと鼻を鳴らした。

「そういう対立には憶えがあるよ。人の話を聞いていると、本当におなじ星に住んでるのかと疑わしくなるときがあるね。同床異夢さ。あんたの正直さは気にいったよ。うちの若い子たちをあずけよう。ああ、それから、銃の扱いのうまい娘たちも何人かいるんだ。彼女たちがついていくのに異論があるかい？」

「わたしの母ならあるでしょうけれども、わたしはありません」

「戒厳令とやらにはどう対応するつもりだい？」ポルスカは急に話を変えた。

「あなたはどうなさいますか？」クリスは問い返した。

「まだ悪人を殺すなと、うちの者たちには言いつけるよ。時期が来るまではね。敵は早く開戦したがっているんだ。思いどおりにさせてはいけない。遅かれ早かれ戦いははじまる。そしてたくさんの人が殺される。あいつらが非武装の民間人を殺すことに飽きるまでね」農場の頭領である老婦人は首を振った。「あんたにとっちゃ都合の悪い話だろうさ。でもあたしは家族にそう指示するよ」

　クリスは自分の首もとに目をやって言った。

「ネリー、グランマ・ポルスカのいまの発言は記録した？」

「短期メモリーにはいっています、クリス」

「ワスプ号が地平線から上がってきたときにタイトビーム送信するファイルにこれをふくめておきなさい。そしてグランマ・ポルスカの映像に、わたしのこのコメントを重ねなさい——〝ウォードヘブン海軍のクリス・ロングナイフ王女です。みなさんにはグランマ・ポルスカの助言に従うことを強くお勧めします。決戦の時はいずれ来ますが、いまではありません。無法者にみなさんの仲間を殺す口実をあたえないでください〟」

「ワスプ号が上がってきたらすぐに送信します」

「いいわ。こちらの最初の放送からソープが対抗策をとるまで、どれくらいかかった？」

「九十二分です。戒厳令を発令したのは地平線に沈む直前でした」

「それに対するこちらの返事もなるべく早く放送するべきね」

「クリス、ソープの船はまもなく空から消えます。そろそろトラックにもどったほうがいいでしょう」

クリスはため息をついた。

「楽しい時間はあっというまね」

「あたしも納屋までいっしょに行くよ。あんたと並んでるところを見れば、うちの者たちも士気が上がるはずよ」

こうしてクリス隊は、食料と燃料を満タンにし、トラック二台を追加して、芝生でおおわれた大型の納屋から出発した。新たに加わったトラックの一台が次の農場への道に詳しかったので、先導をまかせた。

ワスプ号との通信は手早くおこなった。戒厳令への対応を教えるメッセージは、ドラゴ船長が一分もたたずに広く放送した。はいってくる情報はあいかわらず少ない。ジャック隊の斥候がコルテス大佐の部隊の先頭と接触したらしい。すくなくともコルテスの前衛はかならずしも急いで北上してはいないようだ。速度を落とし、歩兵に前面と側面を守らせている。

クリスにしてみれば、より遠くまで南下できるわけだ。

コルテスにとっては、部隊をまとめる時間を稼げるともいえる。どんなコインにも表と裏がある。

そして敵の前衛を押し包もうとする電子ノイズの雲の正体について、クリスが正しく理解しているなら、ジャックは待ち伏せ攻撃の罠に敵を引きこんでいるようだ。

そこに合流して二重の待ち伏せにしてやろう。二隊でやるほうが効果的だ。

クリスは、今回も運転台はジェイミーとその父親にまかせて、自分は荷台に乗った。なだらかに起伏する土地を眺め、さらにまわりのトラックの兵士たちを見た。

先頭はポルスカ家のトラックだ。茫漠たる草の海にどんな目印があるのかわからないが、勝手知ったるようすで案内していく。ところどころにブルームツリーの林が残っている。林は下生えが茂っているので、地元住民は迂回してトラックを走らせる。上空の監視者にはっきりとわかる轍《わだち》が残るだろう。

クリスが心配なのは兵士たちだ。海兵隊員が多い後方のトラックでは、見張りを一人立てて、他の兵士は仮眠をとっている。寸暇を惜しんで睡眠をとれというのがカエサル以前の時代からの老兵の教えだ。

クリスはその他のトラックを見て、心配していた。義勇兵たちは眠らずに景色を眺め、うれしそうにライフルをなでまわしている。銃を整備している者もいるが、そんな賢明な者はごく少数だ。彼らは狙った敵が倒れたときにどうするだろうか。自分の隣の男が頭を半分吹き飛ばされたときにどうするだろうか。素人にどこまで期待できるのか。

これは彼ら自身が生きるための戦いだ。彼らの自由がかかっている。しかしその本質を短い時間で理解しているだろうか。常識や人間性がすべて吹き飛んだ状況で、自分たちのやるべきことを本当にわかっているだろうか。

クリスはすわったままこの新たな問題を考えた。どうすれば短時間で民間人を戦闘員に訓練できるだろうか。猶予はあまりない。マップを呼び出すとすぐにわかった。軌道周回の一回半と少しのちには、ジャックの最初の罠が発動するはずだ。

21

　コルテス大佐は進路方向から漂ってくる匂いが気にいらなかった。土地は低く、沼地だらけだ。地球で消滅した湿地とはちがう。人類が昔からなじんだ普通の沼地の匂いではない。この水浸しの土地からは奇妙に甘い匂いがする。この呪われた惑星はどこもかしこもおかしい。

　兵士たちが、「腐った土地は腐った住民にくれてやればいい」という悪態をつくのを、コルテスは命令で禁じていた。しかしいまは自分がそう愚痴りたい気分だ。

　前方を双眼鏡で観察する。ソープから送られてきた画像マップによると、ブルームツリーの木立に視界がさえぎられるところまで、見渡すかぎりの土地が沼地だ。

　行く手には、草におおわれた細い尾根状の道が約三キロメートルまっすぐ続いている。道というのは正確ではない。地元住民がパンデモニウム星と呼ぶこの惑星は、どこをとっても普通ではない。砂利道もアスファルト道路もここの住民はつくらない。この土手道にも多年生の穀草が植えられていて、地元では農作物にあたる。切り株になっているので収穫直後らしい。道路としての交通量は多くないのだろう。

賛美歌屋と通称されるニューエルサレム星出身の士官が、地元住民の人質を二人引っぱってきて、土手道の両側の溝のなかを歩かせている。どちらも首あたりまで水に浸かっている。そのうちの一人がしゃべっている。聞きたくなくても聞こえる大声だ。

「深いのはあたりめえだよ。道路をつくるのには土が必要だろう。盛り土をするのに両脇を掘ったのさ。そしてライフルを持った見張りをずっと立てといたもんだ。この水のなかには人の爪先をかじる生き物が棲んでるんだよ」

最後の主張はどこまで信用できるかわからない。しかし白帽の多くは祈りの文句をつぶやきながら、こわごわと暗い水をのぞきこんでいる。濁った水は十五センチほどしか見通せない。

「この状況をどう思いますか?」

ジューコフ少佐が、コルテスの指揮車に乗りこみながら訊いてきた。この惑星で唯一、陸軍の緑の戦闘装備をまとった部隊の指揮官だ。

コルテスは首を振った。

「おれが敵なら、ここで待ち伏せをかける。まともな戦闘部隊を率いていればな。おまえたちフュージリア近衛隊なら、水中にひそんで水面を割って出て、この隊列を叩きつぶせるだろう」

「できますとも」

ジューコフは得意げな息を漏らした。

トルン星の指導者らは、そのフュージリア近衛隊から貸し出した一個中隊が最小限の損耗で帰還するように、賢明にも守り役をつけた。それがこのジューコフ少佐だ。他人の金で多少の戦闘経験を積ませる好機だが、大事な商品なので傷をつけるなというわけだ。

コルテスはフュージリア近衛隊から一個大隊を借りたいと希望した。しかしトルン星のケチな指導者らは渋った。ウォードヘブン星の艦隊がよそへ出かけているすきに母星が正体不明の戦艦隊に襲われた事例を見て、自分たちの惑星防衛を優先する考えになっているのだ。結局コルテスは一個中隊しか借りられず、あとはニューエルサレム星からの補充でなんとか大隊を編成した。

出資者にしてみれば予算を節約できて好都合だっただろう。

コルテス大佐は少佐にむきなおった。

「きみの近衛隊の工兵科は、泥水のなかにひそむ敵兵の体温や、八百メートルむこうのあの硬い木の陰に隠れた狙撃手の心臓の鼓動をとらえられるか？　そういうセンサーを持っているか？」

「もちろんです、大佐。優秀な工兵科の中隊はそうした装備を持っていますよ……トルン星には」少佐は冷ややかな笑みで答えた。「しかし、〝こんな田舎惑星を制圧するのに工兵科の中隊など必要ない〟と、そちらの出資者がおっしゃったのでしたね。あなたとソープが工兵科の貸与をトルン長老会に申しいれたときに」

「そっちの大蔵大臣が工兵科の派遣に、小隊規模ですらべらぼうな値段を要求したからだ」

ジューコフ少佐は不快げに鼻を鳴らした。

「工兵科の装備は高価なのですよ。予算をやりくりしてなんとか購入している。大臣が金にうるさいのはしかたない。歩兵の装備など十年物、二十年物です。もちろんこの惑星の住民に後れをとることはありませんが、大臣はもうすこし太っ腹になってほしいものです。ケチりすぎだ」

「ケチでも出してくれるだけありがたい。どんな敵が出てくるかわからんが、賛美歌屋より優秀なはずだ」

「彼らもばかにできませんよ。行進のようすは悪くなかった。ところで、ロングナイフの娘とやらはどの程度の相手でしょうか？」

「わからん。ソープからはろくな情報がこない。悪態をつくだけだ。ノイズの雲のせいで明確なデータがとれないらしい」

「ソープと彼女のあいだでなにがあったのか知りませんが、ニューエルサレム星の神の常勝軍の下級士官が兵士からこんなものを没収したそうです」

ジューコフはシャツのポケットから薄いプラスチックシートを取り出して広げた。巨乳の赤毛の女の写真が大きく載っている。白いドレスは豊満な体を申しわけ程度におおっているだけだ。

「これがロングナイフの娘か？」

「残念ながらちがいます、大佐。これはミス・ビクトリーとかなんとかいう女です。写真にはもともと彼女とクリス・ロングナイフが並んで写っていたようですが、この記事を持っていた兵士によると、もう一人の女は背が高いだけの貧相な体つきだったので、ピーターウォルドを残してロングナイフは切り取って捨てたと」

「あとさきを考えんやつだ」

「写真の女のどちらかと会うことになるとは、そのときは夢にも思わなかったのでしょう」

コルテスは本文に目をやった。

「〝この不行状な二人の女は、多くの罪を犯したゆえに地獄の業火に焼かれるだろう〟だと？　くだらん記事だな」

コルテスはそのプラスチックシートをまるめて捨てようとした。しかしジューコフは手をかけて止めた。

「ニューエルサレム星の新聞ですからしかたありませんよ。他の惑星とちがって、タブロイド紙の一面に肌を露出した若い女の写真を掲載するには、この女たちは地獄の業火に焼かれるという男性への警告文付きでないと無理なのです」

「それがおれとどういう関係があるんだ？」

ジューコフはシートを裏返した。二面のコラムを指でなぞり、ある箇所で止めた。

「この段落を読んでください」

「〝ミス・ロングナイフはニューエデン星で数々のふしだらなことをした。たとえば夫でも親族でもない男とおなじ車に乗り、兵士の服装をし、惑星データ検閲規則を破り、最低な部類のならず者と交流した〟か。べつに驚きはしないぞ、ジューコフ」

「その先を、大佐。最後の一文です」

コルテスは数行飛ばした。

「〝大きく治安を乱し、銃弾と爆発物で数千人の死者を出したミス・ロングナイフは、多数の罪を公正に裁かれるまえに、ウォードヘブン海兵隊に護衛されてニューエデン星を去った〟」

コルテス大佐は読み終えて顔を上げた。ジューコフは意味ありげに眉を上げた。

「良家の子女一人を護衛するために何人の海兵隊員が動いたのか。その装備はどの程度だったのか。彼らはいまも随行しているのか……」

コルテスは最後の一文をもう一度ゆっくり、慎重に読みなおした。しかし新たな情報は汲みとれなかった。

「さあな。この女が乗ってきた船の写真はソープから見せられた。小型貨物船だぞ」

「あのロングナイフ家の娘が、小型貨物船に乗っていったいなにを？」

「われわれがこの惑星を蹂躙《じゅうりん》し、略奪し、新しい経営体制と称する偽の支配を築くのをじゃましているな」

ジューコフはヘルメットを脱いで流れる汗をぬぐった。

「ロングナイフはここへなにをしにきたのか」ヘルメットをかぶりなおす。「そして、大佐、われわれはどう行動すべきなのか」

「おんぼろトラックの車列をこの土手道にいれたら、Uターンする場所がないな」

「徒歩で進みますか？」

「すると予備の弾薬や水、さらに重機関銃もおいていかねばならない。それはありえんぞ、少佐」

ジューコフ少佐は自問自答をやめた。期待の表情で口をつぐむ。トルン星の近衛隊の若い士官が早い段階で会得する方法だ。

とうとうコルテスが言った。

「おまえのフュージリア近衛隊が追いつくのを待とう。ソープの次の上空通過時に前方の状況変化がわかるだろう。そうしたらいっせいに大隊を進める。先頭に人質を多数立ててな」

「撃つのをためらうでしょうね」ジューコフ少佐は言った。

「それまでは、少佐、賛美歌屋に五体投地の礼拝をやらせてやれ……ナイフ片手にな」

22

ドラゴ船長が次の上空通過時に送信してきた衛星写真は、クリスにとって意外ではなかった。

敵勢は湿地を横断する手前で停止している。コルテスという大佐は、クリスと同程度には地形を読めるようだ。伏兵が予想されるのは明白。だから状況を精査し、長考にはいっている。唯一アーマーをつけている後衛部隊が追いつく時間もつくれる。賢明だ。クリスが期待したようながさつな愚か者ではない。

ただしネリーは、コルテスという名前で最近免職になった将校の情報をまだ発見できていなかった。

愚かでない証拠はまだある。時間を無駄にしていない。大佐は白いベレー帽の兵士を数人出して、土手道の先を匍匐《ほふく》前進させていた。クリスはその映像を拡大して詳しく調べた。そして、その一人の手のなかで午後の日差しを浴びてきらりと光るものをみつけた。クリスは苦笑した。どうやら予算節約で地雷探知機を買ってもらえなかったらしい。白帽たちはナイフで地雷探しをやらされているのだ。

ジャックには、土手道に地雷をしかけるなとは命じなかった。だからしかけている可能性はある。

クリスは笑いを消した。地雷除去の列でもっとも遅れているあたりに、十人の人質が立たされている。もしジャックが地雷を埋めていたら早々に流血の惨事になる。

この展開をクリスは部下の士官や下士官に話したかった。しかし中尉はトラックの別働隊を二隊率いて前進中だ。こちらの一等軍曹と他の軍曹たちは、民間人を乗せたトラックに移って、生き残るための最小限の知識を教えている。見れば農夫たちは下士官の話を真剣に聞いているようだ。

クリスは自分たちの前進状況を調べ、明日の夜明けの時点でどこにいるべきかを考えた。いいバランスのようだ。

いまは待つことが苛立たしい。


「きみの前方の状況は、九十分前と変わりない」

コルテス大佐のまえのなにもない空中から、ソープの映像がこちらを見つめている。歩兵のまえにある地図はひとりでに更新された。恒星船の船長は手短に命令した。

「無駄な時間つぶしはやめて、道路を進みたまえ」

命じるのは簡単だ。自分は待ち伏せにやられる危険はないのだから。

コルテスはこれまでにもソープと仕事をしたことはあった。このような通話が非公開でかかってくることがあるのも知っている。だからといって好ましくは思っていない。

「クリス・ロングナイフがニューエデン星を出発したときに率いていた海兵隊についての情報はないか？」

上空の船からの映像は、まるで停止したようだった。ソープの表情はぴくりとも動かない。息をしているようすすらない。

「海兵隊……？」ソープはようやく言った。

「クリス・ロングナイフがニューエデン星で事件を起こしたという情報を、士官の一人が持ってきた」

ソープはさえぎった。

「あの女が事件を起こすのはいつものことだ」

「それはそうだ」コルテスは同意したが、話の脱線でごまかされるつもりはなかった。「ミス・ロングナイフは司直の手が伸びるまえに、護衛付きで惑星から脱出したと報じられてる。しかし海兵隊の規模は書かれていない。海兵隊全軍なのか、偵察隊なのか、あるいは大使館付き武官だけなのか。いまも随行しているのか」

ソープはゆっくりと言った。

「ウォードヘブン海兵隊だ」

「わかっている」

「どう書かれていたのだ？」

「なにも書かれていない。ただのゴシップ記事で、たまたま近くにいた海兵隊という書き方だ」

「民間人は軍隊に無知だ」ソープは吐き捨てるように言った。

「それはそうだ。しかし、ことはロングナイフと海兵隊だ。両者はまだいっしょにいるのか」

「海兵隊があんな女に無駄にかかわるわけがない。そんなことはしないさ、大佐。海兵隊は彼女を救出して、さっさと離れたはずだ」

「おれもそう思う。その一方で、彼女がここでなにをしているのかが気になる。ロングナイフの登場など予想外だった。ここで遭遇するという情報はなかった。なのに彼女はあらわれた。しかもウォードヘブンの船を指揮しているという。船名はなんだったかな。スズメバチ《ワスプ》号か。あまり商船らしい名前ではない」

「この惑星の農夫に貨物を届けにきただけだ。わたしの反転命令を拒否したときにそう言っていた」

「そのとおりだ。たしかに混乱する」

「あの女はブロンズ像の頭さえ混乱させる」ソープは嘲笑的に鼻を鳴らして、コルテスを見た。「弱気になったのか、エルナンド？　混乱したから尻尾を巻くのか？　この……金持ちの女のまえから逃げるのか？」

「そんなわけがあるか」

コルテスは声を荒らげた。ここが将校クラブなら、表に出ろと騒ぎになるところだ。そして翌日はだれかが病欠届を出すことになる。そして誇り高いコルテスは病欠などしない。深呼吸して続けた。

「しかしながら、船長、わが軍は伏兵が充分予想される地形に近づいている。そこに足を踏みいれるまえに状況を精査しておきたい。これまでに得た情報は愉快ではない。他になにかわかっていることは……ありませんか？」

コルテスは努力して最後をていねいな疑問形にした。それでもウィリアム・タコマ・ソープはプライドを傷つけられたようだ。紅潮というほどではないが、顔色は変わった。コルテスの言葉を聞き終えてから、かなり長く沈黙する。ようやく返事をしたとき、口調は意外なほど穏やかだった。

「大佐、きみには命令したはずだ。ロングナイフの手勢は地元のテロリストを訓練し、装備をあたえたにすぎないと考える充分な理由がある。前進し、撃破したまえ」

コルテスは敬礼した。

「わかりました、船長」

ソープは返礼した。

「命令遂行を求める。ロングナイフを駆逐せよ」

映像はコルテスのまえから消えた。命令が下された。それを実行しなくてはならない。

コルテスは首を振った。

23

コルテス大佐はボディアーマーのゆがみをなおしてから、指揮車の統御センターを出た。ドアは自動的に閉まる。そこにジューコフ少佐が近づいてきた。しかし敬礼はしない。

正しい態度だ。

このあたりには狙撃手がいる。コルテスはうなじで感じた。若い少佐はよけいなメッセージを送ることを控えたのだ。敬礼は、〝こいつが標的だ。殺してくれれば自分が指揮官になれる〟と狙撃手に訴えていることになる。

しかし今日の日没までに、コルテス自身が指揮官を交代してほしいと思うはめになるかもしれない。いい結果で終わることを望みたい。

十歩ほど先に四人の中隊長が待っている。コルテスは彼らを手招きした。

アフォーニン大尉だけは完全な戦闘装備だ。彼はフュージリア近衛隊の中隊を率いている。経歴は完璧。実戦経験だけがない。今回の戦闘を生き延びれば、大将への昇進レースで同僚たちを大きく引き離すことになるだろう。笑顔から察するにそれを充分に理解し、待ちきれない気分のようだ。

あとの大尉たちは白いスモックに白いベレー帽だ。金色の階級章をはずした跡が目立つ。若いほうの二人がコルテスにむけた渋面からすると、階級章の件でまだ不満があるらしい。そんなに光り物をつけて敵の目標になりたいのか。

ニューエルサレム星の神の常勝軍では、軍事的能力と同様に教理問答の成績も昇進の条件になる。コルテス大佐に言わせれば、この二人は教理問答集を暗記するのに忙しくて、白いスモックを汚すような訓練を充分にしてこなかったようだ。

コルテスは常勝軍の三人目の大尉に注目した。他の二人の倍くらい年上だ。コルテスは常勝軍の中隊長をせめて一人は選ばせてほしいと強く主張した。そしてジョシュア・ソウヤー大尉に第三中隊をまかせた。今回の任務が過去のいい思い出になっても、彼は長く自分と歩むことになるだろう。

ただし、常勝軍の将校は母星の寺院前で毎月おこなわれる閲兵式に強いこだわりを持っている。ソウヤー大尉がその習慣を捨てなければ、四十歳で大尉のまま退役することになるかもしれない。

常勝軍の二人の大尉は、大佐のまえでブリキの兵隊のようにきれいに敬礼した。コルテスは怒鳴った。

「敬礼はやめろ」

二人はあわててその手を下ろした。ソウヤー大尉は所定の位置で立ち止まったが、敬礼はしていない。半歩遅れたのがさいわいしたのかもしれないが。

「そんなにおれに死んでほしいのか？」コルテスは険悪な声でささやいた。

後任の若い大尉は青白い顔をさらに青くして、背筋をぴんと伸ばした。もう一人の大尉は直立不動をゆるめないが、一瞬だけ表情にコルテスの未来への不健全な興味がよぎった。

コルテスは滑るようにその眼前に移動して、前方の沼地を指さした。

「ここは敵が待ち伏せをかけるのに最適の地形だ。わかるか？」

「はい、大佐」

二人の大尉は答えた。先任のほうがわずかに早い。ソウヤー大尉はまばたきして地形を眺め、かすかにうなずいている。

コルテスは続けた。

「いまこうして話しているおれたちを、狙撃手が見ている。八百メートル先からでもおまえの頭をライフル弾で撃ち抜ける。そんな狙撃手がいちばん撃ちたいのはだれの頭だ？」

若い大尉二人は言葉が出ない。この答えは教理問答集に書かれていない。

「士官であります」ソウヤー大尉が落ち着いて答えた。

「そいつに教えてもらいな、若いの」しゃがれた小声が割りこんできた。

見ると、銃をかまえた軍曹によって追加の十人の人質が先頭方向へ連れていかれているところだ。そのなかに白髪まじりの老婆がいた。戦場の基本をよく心得ているらしい。すくなくともこの二人の大尉よりも。老婆は通りすぎながら、さらに言った。

「よおく学んで、愚かなまちがいは二度としないことだね」

その灰色の瞳はまさに怒れる訓練教官だ。年老いて皺だらけでも迫力がある。この地元住民はどこから来たのかと、コルテスはあらためて頭をひねった。

しかしいまは下級士官の教育が先だ。怒りを持続しなくてはならない。

「天国の神にかけて――」コルテスは切り出した。賛美歌屋はこういう表現に抗議してきたことがある。しかしコルテスのスペイン系カトリックの伝統からすればただの平叙文であり、これが冒瀆的という賛美歌屋の意見にはまったく同意できない。今回は表現を強調するためにわざと使ってやった。「――今後、士官に敬礼したり、されたりしているのをみつけたら、敬礼した者を射殺する。狙撃手にやられなくても、このおれが殺す。わかったか？」

決まり文句の問いには決まり文句の答え。ニューエルサレム星の三人の大尉はいっせいに返事をした。

「はい、大佐」

「よろしい」コルテスはまず、自分を熱心に狙撃手に指しめした部下にむかった。「大尉、おまえの中隊を土手道の地雷除去班のところまで前進させろ。前衛を命じる。先行し、道路脇の水中や沼のむこうの木立を警戒しろ。わかったか？」

「はい、大佐！」

ニューエルサレム星出身の大尉は答えて……またしても敬礼しそうになった。

そのまま動かずにいるので、コルテスはにらみつけた。大尉は混乱と緊張でどもった。

「ええと、その……大佐……いますぐ行けということでしょうか？」

「明日やらせたいなら明日命じるさ」

「はい、大佐。わかりました」

大尉はまたしても敬礼しそうになりながら、自分の中隊のほうへ走っていった。

「彼はあたえられた命令を憶えていられるでしょうか？」ジューコフ少佐が訊いた。

「充分に単純な命令だ。優秀な副隊長がときどき巡回して思い出させるさ。そうだろう？」

「そのとおりです、大佐」

「第一および第三中隊は主力だ。兵士の半分を運用可能なトラックに乗せろ。銃をかまえて、水中と沼地周辺を警戒させろ。わかったな」

「はい、大佐」大尉二人は答えた。

「ソウヤー、おまえの第三中隊が前だ。わたしの指揮車が同行する」

「はい、大佐。わが隊は命をかけて指揮所の幕屋を守ります」

また教理問答のような決まり文句で答える。敗北主義的な言いまわしが気にいらないが、軽く手を振って行かせた。今日はもっと重要な教訓をこの男に教えるつもりだ。

「アフォーニン大尉、おまえの中隊は後衛だ。充分に後方に退がれ。万一待ち伏せ攻撃をかけられたときに囲まれたくない。伏兵がいたら、おまえは広がってその側面を衝け。本隊の通過後におまえたちが伏兵に襲われた場合は、われわれが敵の側面を衝く」

アフォーニン大尉は、ニューエルサレム星の二人の中隊長を見た。彼らの応援はほとんど期待できないと判断したようだ。しかしその結論は口に出さず、ただうなずいた。

「展開し、警戒し、ライフルをいつでも撃てるようにしておきます。ご安心ください」

「よろしい。行け」

フュージリア近衛隊の大尉はまわれ右をして任務につこうとした。ソウヤー大尉も同様だ。そのとき、もっとも若い大尉が思い出したような顔になった。

「締めの祈りはしないのでしょうか？」

口ごもりながら言う。ジューコフ少佐がそれに答えた。

「われわれに歯向かうような哀れな愚か者には、ちゃんと神のご加護がある。それで充分だ。よけいな時間はない」

若い大尉は目を丸くして、ソウヤー大尉のあとを追いかけていった。

士官たちが命令を受けて散っていくのを見て、コルテスは指揮車に乗った。座席で楽にして前方を眺める。しかしまるまる二分待ってみて、やはり無秩序な行動しかできない連中にまかせても満足な進展はありえないと判断した。そして先頭の賛美歌屋の中隊に、地雷除去班を手伝えと怒鳴った。

それから五分たってようやく、ソウヤーの中隊が動きはじめた。指揮車を運転するフュージリア近衛隊の伍長がトラック隊の先頭に立った。

コルテスはヘルメットを目深にかぶって、行く手に待ち受けるものに備えた。

24

王立知性連合海兵隊に入隊してまもないジャック・モントーヤ大尉は、箱に腰かけて、洞窟のひんやりとした闇をのぞきこんでいた。ここを教えてくれた十歳くらいの少年は、自慢の〝秘密基地〟だと紹介した。

これまでここは、子どもたちが昼の強い日差しから隠れ、また両親から急に命じられる昼間のさまざまな農作業から逃げるための場所だった。おもな利点は泳げる地下プールに近いことだ。洞窟の入り口がブルームツリーの大きな根鉢によって隠されていることは、とくに好都合ではなかった。

しかしいまはそれが好都合だ。

パンダ星の地表のあちこちに穴が掘られていることを、ジャックは不思議に思っていた。そんなとき義勇兵として参加した地元の若者が、足もとのあるものを指さし、蹴って掘り出してみせた。モグラや地リスに似た地中生活をするこの星の小動物が、土を掘ったあとに残すものらしい。この塊が小動物の汗か、吐きもどしたものか、それとも糞でできているのか、地元住民ははっきりと言いたがらない。とにかくこれが土壌のバクテリアかなにかと接触すると、悪臭を放つ醜悪な黒い塊になる。これを製薬会社や化粧品メーカーが高い値段で買い付ける。それがこの入植地の大きな収入源になっているらしい。

このような現金収入になることに加えて、焼き畑というのんびりした農法のせいもあって、大人たちは子どもが穴を掘って遊ぶことを黙認していた。それでなくても子どもは穴掘り遊びが好きなものだ。

ジャックが闇をのぞきこんでいるのは、眼球に直接投影される映像が見やすいからだ。沼地のむこうで一個のナノバグが飛び、映像をタイトビームで数回中継しながらここへ送っている。土手道の南端で停止している敵勢は、いまのところナノバグの存在に気づいていないようだ。

ウォードヘブン星のクリス王女は無数の欠点を持っているが、最新の電子ガジェット好きという悪癖は、今回にかぎっては役に立っていた。おかげでジャックは沼地のむこうの連中に一歩先んじることができる。敵が頼っているのは生身の目と耳だ。

ただしそれらは、きわめて狡猾な生身の脳に接続している。それがコルテス大佐だ。彼は伏兵の気配を嗅ぎつけ、全軍に待ったをかけている。

しかしそれ以上のことはしない。海兵隊の狙撃陣地にロケット弾を撃ちこむとか、義勇兵の予備隊を迫撃砲で攻撃するといった、ジャックの布陣に対抗する行動はとっていない。つまりコルテスの肉眼も、ソープの上空のセンサー群も、ジャックの守備陣形をとらえてはいないらしい。コルテスはこの地形の危険を本能的に嗅ぎとったが、具体的な目標をみつけられずにいる。また不審な目標を片っ端から叩いておくような弾薬の余裕もないようだ。ジャックの手勢にとってはそれも幸運だった。

この軍勢を送りこんだ首謀者が地元住民を甘く見てくれればいいと、ジャックは何度も心のなかで祈った。

ジャックが見るかぎり、地元住民はすこしも甘くはない。たとえ外部の手助けがなくても、コルテスやソープの宣伝文句にやすやすとは乗らなかっただろう。ジャックが着陸してから会った農夫も職人も、自助努力を好み、状況を回復させるための組織づくりもすでにはじめていた。空からやってきた海兵隊の協力は一部の人々から歓迎されなかった。ジャックは着陸船を係留した場所を思い出し、海兵隊をさっさと引き揚げようかと思ったほどだ。

クリスが予定変更していないことを願うしかなかった。彼女はこの二年間、さまざまな惑星で退場を求められたり、追い出されたり、みずから逃げ出したりしてきた。惑星の住民を助けたら、さっさと……きわめてすみやかに去るのが望ましいとわかっているはずだ。

おっと、むこうでようやく決定がなされたようだ。

最上級の将校らしい男に愚かな二人が敬礼した。しかしそれがなくてもジャックにはわかっていた。この男がうろついている車両だけが緑で、大きさから見ても指揮車らしい。まちがいなくこいつがコルテスだ。

ジャックは戦闘計画を変更しようかと真剣に考えた。なにしろコルテス大佐を確実にとらえているのだ。しかし、できれば流血を避けたいというのがクリスの意向だ。それには従わねばならない。コルテス大佐には今晩の夕日を見せてやろう。ころんで首の骨を折らなければ見られるはずだ。

ふいに彼らは走ったり、小走りになったり、足ばやになったりしはじめた。ジャックは息を詰めて観察した。コルテスはクリスの参謀会議の想定を超える行動をはじめるのだろうか。

中隊規模の人数が土手道を走っていき、原始的な方法で地雷除去作業をしている班の手前で停まった。さらに地元住民の人質が連れてこられ、その列のまえに出された。なるほど。地雷除去のもっとも古臭いやり方――すなわち人間の足でやるわけだ。一等軍曹が可能性を指摘していた。文明的な戦争のルールなどどこへやらだ。

ジャックは赤い押しボタンのついた小箱をジャケットのポケットから出した。いまはプラスチックの保護カバーで安全に守られている。ジャックはまだカバーを上げなかった。これが必要になるのは一時間ほどあとだろう。

トラックの車列が動き出した。白帽たちは荷台に乗ったり、横を歩いたりしている。視線とライフルの銃口は両側の水面にむけている。木立を見ている者もいる。発見を知らせる叫び声はない。気をゆるめた兵士を叱りつける下士官の怒鳴り声が聞こえるだけだ。

兵士の車両から民間人のトラックへ、ジャックは視線を移動させた。機関銃座と銃手が乗っている。機関銃はメーカーもモデルもばらばらだ。おなじものは三挺とない。これではスペア部品は膨大な種類になり、整備は大変だろう。必要なところに必要な部品が届くまで三十分くらいかかるはずだ。

十五分ほど待って、ようやく後衛がやってきた。十数台のトラックはすべて緑。完璧な陸軍のいでたちだ。ジャックは映像を拡大した。兵士たちは完全武装で、たっぷりと弾薬を持っている。ジャックの海兵隊と民間人の義勇兵たちがこの強力な中隊とぶつかったら、たちまち悲惨な状況になるだろう。

猫背で歩く前衛の人質たちから、土手道にはいったばかりの緑の車両の後衛まで、隊列の長さを目測した。約一キロメートルだ。

これをすべてジャックの手勢で包みこめとクリスから命令されなくてよかった。コルテスはここが待ち伏せ攻撃に最適の場所だとわかっている。素人の指揮官なら絶好の機会と見るだろう。その仕掛けを待っているのだ。

実際に、訓練不足で血気にはやる地元住民の二つのグループが動きかけて、海兵隊に制止されていた。数十人の彼らを分隊の半分でもって抑え、黙らせている。ジャックの〝秘密基地〟から一キロも離れていない場所だ。

土手道の人質たちが沼地の中間地点を通過した。みんな疲れきった表情だ。太陽は昼すぎの位置にある。湿気と暑さと虫が人質たちを疲労させている。

ジャックは白帽兵が中間地点を通過するまで待った。そこでプラスチックカバーを開けて、赤いボタンを押した。

25

「無線のノイズです！」指揮車の後ろの席から、工兵が叫んだ。

コルテスはあわてて立ち上がった。しかし運転手が急ブレーキを踏んだせいでよろめき、トラックの窓枠にしがみついた。

「停まるな、ばか者！　踏むのはアクセルだ」

コルテスは怒鳴った。指揮車は第三中隊の先頭にいる。前方の第二中隊とのあいだには約百メートルの空間がある。

トラックはタイヤを鳴らしながら急発進した。ところがその一秒後に、コルテスは運転手を手で制した。

「停まれ」

無線ノイズの飛んだ結果が前方にあらわれていた。

まず、ポンポンと破裂音がした。麻酔ダート弾の低出力の発射音よりさらに小さい。弱い風のなかに灰色の煙がいくつか上がる。

あっというまに、第二中隊の半分が網にとらえられた。兵士たちはもがいている。網には粘着性の物質が塗られていて、まるで生き物のように働いた。コルテスが、「近づくな」と怒鳴ったのに、白帽の兵士が二人ほど賛美歌屋の仲間を救い出そうとした。誤った行動だ。二人ともたちまち網にとりこまれてしまった。

コルテスは指揮車から跳び下りて、拳銃を抜いて振りまわした。

「退がれ、ばかどもめ！　次にそいつに引っかかったやつは、おれが射殺してやる。退がれといったら退がれ」

頭上に掲げた拳銃の効果か、口汚い言葉のためか、それともコルテスの形相のせいか、とにかく賛美歌屋の兵士たちは網にとらわれた仲間からいったん離れた。

コルテスは通信リンクのボタンを押した。

「ジューコフ、おまえの隊の工兵は剝離剤のスプレーを持ってないか？」

しかし少佐は、まるで出資者をまねたような冷静で計算高い声で答えた。話す内容もそっくり引用したかのようだ。

「必要ないでしょう、大佐。六時間もすれば接着剤は硬化して自然に剝がれます。そもそも剝離剤は携行していません。使う想定などありましたか？」

コルテスは両方に銃口をむけたくなった。軟弱な民間人の集団にまんまとやられたことを暗に強調するジューコフにも、その軟弱な民間人にも。

これから六時間、うごめく塊となっているはずの第二中隊から目を離して、沼地を見まわした。こんな土手道であと半日も立ち往生するのか。格好の標的ではないか。

それを裏付けるように、銃声が響いた。

よく聞く軍用M－6ダート弾のかん高い音ではない。もっと低い、大口径弾の風切り音だ。旧規格の四〇口径、あるいは五〇口径かもしれない。銃弾の前方で空気が圧縮され、後方で真空がつぶれる音から軌跡がわかる。しばらくまっすぐ飛び、やがて減速する。

コルテスは膝をついた。そのおかげでかろうじて射線からはずれたようだ。

草の土手道に伏せたのと同時に、狙われたのは自分ではないと気づいた。背後で金属のつぶれる反響音が聞こえ、続いて蒸気の噴き出す音がした。コルテスは伏せたまま見上げた。

そして銃弾による破壊のあとを見て、うめいた。

トラックのラジエターを保護する装甲鋼板には、放熱用のスリットが開けられているが、その幅は二十ミリ前後だ。コルテスの頭をかすめた銃弾は直径十ミリ以上あるだろう。名人級の狙撃手がこのスリットごしに目標を狙ったのだ。装甲鋼板のなかに飛びこんだ銃弾は、ラジエターを貫通して、エンジンブロックで跳ね返り、ふたたびラジエターに穴を開けて装甲鋼板にもどる。そこでまた跳ね返って、ラジエターに新たな穴を……。

コルテスの指揮車はラジエターを交換しないかぎり動けなくなった。

さらに右や左からも大口径弾の低い風切り音が聞こえた。隊列の車両が次々と蒸気を噴き出し、兵士たちはその高温の吐息から逃れようと跳び下りていく。

コルテスは敢然と立ち上がった。

「ラジエターのまえに立て、ばかども。体を張ってトラックを守れ。人間にあてる気はないんだ」

トラックの兵士たちは顔を見あわせた。大佐の奇妙な命令をどう解釈すべきか、同僚に目で尋ねている。トラックの横を歩いていた兵士たちの一部が、命令に従って動きはじめた。

しかしもう遅かった。一台、二台……四台、五台……。数秒のうちにどのトラックも前部をやられ、白い蒸気を噴出音とともに上げていった。

怒って苛立ったコルテスは、支離滅裂な命令をわめきはじめた。拳銃を捨て、そばで震えている一等兵の襟首をつかむと、車列のむこうへ押しやった。

「穴のあいてないラジエターを探して、空っぽの頭でそのまえを守れ」

コルテスはなんとか癇癪を抑えて、拳銃を拾おうとしゃがんだ。そのとき、M－6のかん高い銃声が鳴った。次々と、いっせいに聞こえてくる。

コルテスは立ち上がりながら、うなり声で言った。

「そんなばかな。人質を殺させないようにトラックの急所だけを正確に撃ったくせに、次はあっさり兵士を撃つのか。巧妙な策のあとに、なぜ愚策に走る？」

しかし見まわして、自分の指揮車が不自然に揺れているのに気づいた。タイヤが一本、二本、三本と次々にパンクしているのだ。隊列の他のトラックもタイヤが二本、三本と破裂し、地面にうずくまっていく。

さきほどは水蒸気を噴き出すエンジンのまえに立てと命じられた兵士たちは、今度はタイヤの横にしゃがみはじめた。しかしタイヤを狙っている狙撃手のほうが手早かった。

コルテスはあわてて見まわした。銃撃が増えている。間隔が短くなっている。つまり、多くの狙撃手が接近しているのだ。

「狙撃手を探せ。敵を探して撃て」

しかし命令を発しながら、これは失敗だとわかった。〝命令《オーダー》、取り消し《カウンターオーダー》、混乱《ディスオーダー》〟という警句がある。かつて士官学校で学んだ。下級士官時代には卒業したてのひよっこ士官が愚かにこれを立証するのを見てきた。それがいまになって自分の番がめぐってくるとは。

兵士たちは滑りこんだり、タイヤのまえでしゃがんだりして低い姿勢をとった。それから他へ意識をむけるために一秒ほど必要だった。

その一秒で充分だった。敵の一斉射撃が止まった。

不気味な静寂が訪れた。聞こえるのは木立や下生えを吹き抜ける風の音と、近くのラジエターから冷却水がしたたる音だけ。負傷者のうめきも、衛生兵を呼ぶ叫びも聞こえない。耳がしびれるような沈黙だ。

「撃て、ばか者！」コルテスは圧迫感のある沈黙に対して怒鳴った。

「なにを……でありますか？」だれかが勇気をふるって質問した。

コルテスは暗く濁った水にむかって拳銃を振った。

「むこうだ。敵はむこうへ逃げている。撃て。動くものを撃て。動いたり、動きそうに見えるものはなんでも撃て」

最初は散発的な銃声だった。やがてうつぶせや、立て膝や、直立した姿勢で撃ちはじめた。

鼓膜を圧するほどの一斉射撃になった。クリップの弾がなくなれば交換して撃ちつづける。狂気の一、二分がすぎた。木々や下生えが揺れ、粉砕される。水面もあちこちで白く乱れる。

コルテスは射撃方向を見た。なにかにあたっていないか。退却する敵に命中していないか。動いたようななにかに放ったダート弾が実際にあたって、水面に血が浮かんでいないか……。

しかし血は見えない。死体はない。戦果はない。コルテスは手を上げて叫んだ。

「撃ち方やめ」

上げた手に兵士たちが気づいて、意味を理解し、従うまでに、しばらく時間がかかった。最後の一人が怒鳴られて撃つのをやめるまで、まる一分を要した。

今度こそ本当に耳が痛くなるような沈黙だ。コルテスは耳の不快感をこらえて、土手道の左右を見まわした。あちこちで穴だらけになった木が重力に負けて傾き、倒れている。

コルテスは動くものを探した。左で鳥が鳴きながら水面で円を描いている。右の翼が赤く汚れている。

「殺せ」

命令に従って、だれかが一発で鳥をしとめた。

これで沈黙を乱すものはなくなった。鳥が蹴立てた波紋は消え、沼の水面は鏡のようになる。木が倒れたところを新たな風が抜けるだけ。

さっきまで狙撃手が隠れていたとしても、その痕跡はない。死体はなく、負傷者もいない。なにもない。

「ええと……だれかそろそろ助けてくれないか？」

それは第二中隊の大尉の声だった。中隊長は部下の大半とともに、からみつく網のなかで体を縮めてこの数分間を耐えていた。なるべく小さくなり、敵の弾にも味方の弾にもあたらないようにしていた。

コルテスは最初の問題にもどった。ずいぶん昔に思えるが……実際には五分前のことだ。それでも、あらためて見ても解決策は浮かばなかった。

「六時間後には自然に剝がれる。それまで動くな」

「息はしてもよいですか？」一等兵の一人が訊いた。

「したければしろ。必要最小限に」

コルテスは他の被害を調べはじめた。

コルテスは一分間の狂気を発した。というわけで、ジャックはクリスとの五ドルの賭けに勝った。

長い兵站線の先端にいて、さらに輸送手段を奪われた指揮官は、常識に従って弾薬を節約するとクリスは予想した。

ジャックは、こんな任務を引き受けるような愚かな指揮官は癇癪持ちだと踏んでいた。コルテスという名前の男が、自分の牧場の牛が襲われて殺されたようなときに理性的に行動するはずがない。

いかにも友人間の気軽な賭けだ。ロングナイフがやる銃撃戦のような気軽さだ。

狙撃手は、仕事が終わったら地面に伏せられるように準備させていた。撃ち終わっても退却させない。穴や、ブルームツリーの幹の裏や、水面すれすれの小島に隠れさせた。隠れやすいように多少は地面を掘ったが、目立たないようにした。

そのなかでじっと待った。待機は有益だった。

コルテス勢からはげしい応射を浴びたが、敵がこうむった損害にくらべると味方はほとんど無傷だった。コルテスの移動手段は徒歩だけになった。海兵隊にはまだ地元住民のトラックがある。コルテス麾下《きか》の一個中隊は情けない塊になって道路をふさぎ、午後いっぱいは動けない。ジャックは二時間かけて交戦場所から部隊を退却させた。あとは充分に北へ移動して野営すればいい。

うまくいけば、クリスと今夜じゅうに接触して情報交換をできるだろう。ドラゴは約九十分ごとに交信可能になるので、コルテスについて報告してやれる。

敵はこれに懲りて退却するだろうか。南下して着陸船に乗りこみ、尻尾を巻いて逃げ去るだろうか。それはないとクリスもジャックも考えていた。敵が背中を見せてくれれば楽だが、希望は希望であって戦略ではない。もし敵が転進するとしたら、防御態勢をつくってクリスをおびきよせ、戦術攻撃をしかけるためだろう。

ジャックは首を振った。クリスからあたえられたこの任務は興味深い。戦術防衛をやりながら攻撃戦略を実行するわけだ。コルテスに追いかけさせ、こちらの都合のいい場所に引きこむ。今回はうまくいった。クリスとともに二度目をやる機会があるだろうか。

移動の時間だ。通信リンクのボタンを押した。ただし有線ネットワークだけを使う。

「スー軍曹」

「はい、大尉」軍用ネットワークの標準より一拍遅れて返事があった。

「地元住民の縄をほどいて木から下ろしてやれ」

「みんなよろこぶでしょう」

「彼らにこう伝えろ。これで帰ってもいいし、さらに手伝ってくれるならそれでもいい。穴を掘る仕事がある。彼らがいっしょに掘ってくれるなら、よろこんで帯同し、最終決戦への参加を許す」

しばらく沈黙があった。

「略奪者どもを撃つ機会があるなら、事前の穴掘りくらいやると言っています」

「よろしい。では掘らせよう。西からやってくるべつの地元住民のグループは見えているか？」

「気づいてます」

「伍長にそこをまかせて、きみは西のグループのところへ行って参加を求めろ。やることはおなじだ。幹線道路沿いに穴を掘れ。敵が来たらそこから撃つが、まずは穴掘りだ」

「大尉、軽歩兵がいかにシャベル好きかを農夫たちに見せてやりますよ」

「シャベルへの欲望を教えるのに海兵隊軍曹は最適だな」

土手道のほうではときおり銃声がしじまを破り、水鳥がいっせいに飛び立つ。こちらに被害はなさそうだが、正確にはわからない。本来なら兵士全員のバイタル情報が作戦ボードに表示される。しかし今回それはない。集合地点に全員が集まるまでわからない。なんと原始的な戦争か。歴史上の戦争はほとんどがこうだったのだと思っても、ジャックは浮かない気分のままだった。

最後にもう一度、借り物の〝秘密基地〟から沼地を眺めた。そして仮設のネットワークからプラグを抜いて、洞窟の奥へ這いこんだ。新たに掘った通路を抜けると、ブルームツリーと下生えが生い茂った地上に出た。

ここからトラックまで徒歩三キロ。鼻歌まじりだ。

26

ソープの船が地平線から上がってきたら、コルテスはすぐに話をするつもりだった。しかし、へたりこんだ指揮車にもどるまえに、ソープの問いが飛んできた。

「土手道のまんなかで停車しているのはなんのつもりだ？」

屋外で通話を受けたので、まわりの参謀たちに聞こえている。コルテスは返事のしかたを迷った。〝眺めを楽しんでいる〟と答えてやるのがもっとも不遜だが、ぐっとこらえて、次のように言った。

「上空から一目瞭然だと思うが、第二中隊の半分に道をふさがれているんだ。そのからみ網が乾いてはずれるのを待っている」

「スプレーをかければいいではないか」

「予算外らしい」

聞いていたジューコフ少佐や、フュージリア近衛隊のアフォーニン大尉が苦笑を漏らした。

コルテスは続けた。

「そこのホワイトブレッドというやつに問題を訴えてくれ。おれがそばにいるならじかに言ってやるところだ」

　ソープはしばらくその考えを検討した。あるいは他のことに気をとられているのか。やがて新たな問いに移った。

「そちらの輸送車両が奇妙なデータをしめしているが」

「ああ、わかってる。攻撃を受けた」

「犠牲者は?」

　さすがのコルテスも今回は嘲笑的に鼻を鳴らした。

「人質の死体が転がっていないのは上から見てわかるだろう。犠牲者はゼロだ」

「襲撃者の死体も見あたらないな」

「そうなんだろうな。こちらには高性能のセンサー装備がない。というより、センサーがなにもない」

「なにかしら目視できただろう。攻撃を受けたのなら」

「そのとおりだ。狙撃兵の銃弾が二分間にわたって降りそそいだ」

「なのに、そちらはだれも死なず、敵のだれも殺せなかったというのか」ソープは信じられないという口調だ。

「なにもあたらなかったわけじゃない。そちらの奇妙なデータは車両のものだ」

「わかっている」

「トラックと軍用車が全部やられた」

「やられたとは？」

「すべての車両がラジエターを撃ち抜かれた。タイヤのほとんどがパンクした。おれたちが動けない理由は二つある。中隊の半分はからみ網が乾くのを待っているから。あとの者は徒歩以外の移動手段を奪われているから」

「だからタオルを投げたというのか！」

コルテスは衆人環視の場所でソープの通話を受けざるをえなかった不運を嘆いた。ジューコフ、アフォーニン、さらにトルン星フュージリア近衛隊の数人の士官から見られていては、癇癪を起こすわけにいかない。ただでさえ銃撃戦のあとの四十分は修羅場だったのに、さらに空の上のお偉い海軍司令官から憶病者呼ばわりされるとは。だれかに怒鳴り散らしたい気分だ。

コルテスは癇癪玉をぐっと抑えこみ、歯を食いしばって問い返した。

「おれがそんなことをしたと思うのか？」

ソープ船長は、軍人にとって越えてはならない一線にすれすれまで近づいているとようやく悟ったようだ。賢明にもそれ以上に露骨な発言はしなかった。

「それは……そちらの話を聞こう」

「では提案させてもらう。おれの部下ときみと出資者の代表で参謀会議を開くんだ。ホワイトブレッド氏は近くにいるのか？」

「呼んでこよう。すこし待て」

長い沈黙にはいった。厄介な事態だということをソープも理解したのか……あるいはわからないのか。

ホワイトブレッドのかん高い声が聞こえた。

「やあ。わたしに話って？」

コルテスは、前回の上空通過以後に地上部隊に起きたことを手短に説明した。そのあいだ、上からは相槌どころか質問すらない。ようやく最後にホワイトブレッドは言った。

「それはまずいね」

そんな過小評価の一言しか出てこないとは、こいつはばかなのか。コルテスは言った。

「絶望的な状況というわけじゃない。ただし大きな痛手をこうむったのはたしかだ」

「そちらの提案は？」

この通話が映像付きならよかったと、コルテスはふたたび思った。そうすれば、あえて沈黙を守るソープの表情を見てやれたはずだ。

「こちらの選択肢は明白なんだ、ホワイトブレッドさん。このまま前進を続ける。そしてロングナイフの娘が指揮する勢力を探して叩く。これまでの経過からすると、むこうは犠牲者を出さないように本格的な交戦を避けている」

「トラックだけを撃って、兵士には一人もあてなかったというのか？」ソープはいまだに信じられないようすで言った。

「かすめもしなかった。こちらは人質を五十人用意して、一人やられるごとに十人殺すつもりだった。しかし兵士に負傷者さえ出ないのでは、手の出しようがなかった。撃たれたら殺すという命令が、外向きにも公表されてたからな」

「その命令を変更するべきかな、ソープ船長？」ホワイトブレッドは訊いた。

「いま変えても利益はないだろう。しかし車両はすべてやられてしまった。ところでコルテス大佐、着陸船の警護のために残置した部隊を確認したのだが、いまのところ危険は迫っていないようだ。それどころか川岸のどちらの上陸地点でも地元住民の姿はない。あえて無視しているように思える」

「その連中はトラックを何台か持ってないかな。ラジエターの交換部品を山積みでこちらへ来させるとか」

「ラジエターだと？　笑わせるな」だれかが唾を吐いた。見ると、輪になってすわった人質十人組のなかの日焼けした年かさの男だ。「あのラジエターの交換部品がこのへんにあるかよ」また唾を吐く。「この先は全員歩きさ」

「聞こえたか？」コルテスは軌道上の二人に言った。

「ああ。きみは地上にしばらくいる。どこかで交換部品の倉庫を見たか？」

「通過した町にはなかったな。農家はどこも古い機械を使っている。交換部品の在庫も持っているだろう。しかしトラックを何台か出して集めようとしたら、また狙われて、穴あきラジエターが増えるのがおちだ」

人質たちはにやりとしてコルテスにうなずいた。コルテスはとうとう言った。

「提案を聞きたい」

「退却するとしても徒歩になる」言わずもがなのことをソープ船長は言った。

「前進するとしても徒歩だぞ」コルテスは指摘した。

「でも敵に近づいて戦端を開けるじゃないか」軍事に無知なホワイトブレッドが言った。

「そのとおりだ。ここまで来て敵に背中を見せるという手はないぞ、大佐」ソープは同意した。

「そもそも無理だろう、徒歩で逃げるのは」ホワイトブレッドは続けた。「ロングナイフの娘は車両を持っているかもしれない。そうしたら、借り物のトラックできみの……なんだっけ、そう、側面を衝いてくるだろう。あるいはきみがどちらへ進んでも正面にまわりこむ」

「つまりコルテス大佐は進もうが退こうが攻撃を受けるわけだ」

「しかし後退すれば防衛拠点に近づける。前進すれば遠ざかる」

コルテスは、本当はこう言いたかった。ばか野郎、拠点にもどらせろ。都市に立てこもって充分な守備隊を配置すれば、まだチャンスはある。こんなところでうろうろしていたら、麾下《きか》の部隊を全滅させた不名誉な将軍たちの仲間入りをしてしまう。

しかしそれを口に出したら、たちまち敗北主義者、憶病者、負け犬のレッテルを貼られるだろう。ソープはそれを狙っている。レッテルを貼ろうとしている。コルテスを解任し、ジューコフ少佐に指揮をとらせたいのだ。

コルテスはトルン星の少佐をにらみつけた。するとジューコフ少佐は首を振って一歩退がり、両手を振った。声はなく口だけを動かして、いいえ、こんな状況はごめんこうむります、と言った。

コルテスとしてはもっと強い信任表明がほしいところだ。しかし土手道を眺めても、信任にたる材料がない。

ホワイトブレッドが言った。

「このまま進むべきだと思うよ。現在位置から北は人口密度が低い地域じゃないか。ウォードヘブン星から来たじゃま者より三、四倍、もしかしたら五倍も優勢だろう。敵は一ヵ所に集まってるみたいだから、ひと揉みにしちゃえばいいじゃないの」

「よい案ですな」とソープ船長。

簡単に言うな、海軍め、とコルテスは思った。そちらは軌道、こちらは地上なんだぞ。

しかしホワイトブレッドの主張のようにうまくいく可能性もなくはない。これまでにコルテスの部隊は伏兵がいそうな地形をいくつも通過してきた。もしロングナイフと海兵隊がトラックを持っているなら、それらの場所で襲ってきたはずだ。

いずれロングナイフは人質をこちらから引き離す策をとってくるだろう。そのときが決戦だ。コルテスは前方の地面に地図を投影した。ここから北端の入植地までの距離は、第二都市へ帰る行程の四分の一にすぎない。もしロングナイフを発見して足留めできれば、四個中隊で包囲して袋叩きにできる。

「前進を続けよう。命令に従って」コルテスは言った。

「よろしい、大佐。次の上空通過時にまた話そう」ソープは答えた。

コルテスは通信リンクが完全に切れたのを確認してから言った。

「賽《さい》は投げられた。まだわからんぞ。勝てるかもしれん」

ジューコフが答えた。

「そうですね。しかし、予備弾薬と食料はどうしますか？　わたしの中隊ではかつげません。フュージリア近衛隊は自分たちの武器弾薬とアーマーで手いっぱいなので」

コルテスの参謀にもいかんともしがたい問題だ。

すると、さきほど自説を述べた人質が口をはさんだ。

「手押し車や荷車を使ったことはねえのかい？」

「おまえの名は？」コルテスは訊いた。

「エイブだ」年かさの男は立ち上がった。「家族からつけられたのはエイブ・リンカーン・コルミンスキーって長い名前だが、仲間内じゃエイブで通ってる」

人質のなかのおなじくらいの年の女に脚を蹴られた。

「ばかだね、エイブ。あんたはいつもしゃべりすぎなんだよ。こんな悪者たちに知恵を貸してどうするんだい」

「しかし彼らが早いとこ北へ行ってくれりゃ、敵対してる勢力とぶつかって白黒がつくじゃねえか。そしたらおまえを家に連れて帰れる」

女はまた男の脚を蹴って、〝石頭のばか親父〟というようなことを低くつぶやいた。

コルテスは男を手招きして、妻らしい女から蹴られずにすむようにしてやった。

「どんな手押し車や荷車のことだ?」

コルテスはやってきた男に訊いた。男は歯が黄色くて息が臭い。コルテスは用心深く一歩退がった。

「そのへんのトラックから車軸を一本はずすんだよ。ああ、左右がつながってるやつな。独立してるのじゃなくて。それに荷台を載っけて、把手かなにかをくっつけりゃ、牽《ひ》いていける。二輪だけでも人力でけっこうな荷物を運べるんだぜ」

男は荷運び能力を自慢するように、腕組みをして胸を張った。

コルテスは、フュージリア近衛隊の工兵科小隊を率いる中尉に目配せした。中尉はしゃがんで、近衛隊が乗っている戦闘車両の車台をのぞきこんだ。しかし立ち上がって首を振る。

「この車両に使える車軸はありませんね。車輪はどれも独立懸架《けんか》です」

六輪ないし八輪のトラックだが、タイヤがほぼすべてパンクしていることはあらためて指摘しなかった。しかしエイブは言った。

「そんな立派で高性能なやつでなくていいんだよ。毎日の労働をささえる単純な乗り物でいい。ああいうのさ」

男が指さしたのは土手道の先だ。第一および第三中隊のトラックが昼の日差しに焼かれ、埃をかぶっている。その最後尾のトラックには二本の車軸がある。それらはパンクした左右の車輪のあいだを一本の車軸が貫通しているように見える。

コルテスは参謀たちを連れて、トラックの車列がはじまる約一キロ先まで歩いていった。

たしかに地元のトラックは頑丈な固定車軸《リジッドアクスル》が後輪を保持していた。

ただし、タイヤはほとんどすべてパンクしている。

工兵科士官が訊いた。

「車軸をどうやってはずそうというんだ？　装備を載せられる荷台をどうやって仕立てるんだ？」

エイブは横目で若い士官を見て、皮肉っぽく言った。

「多少の工具は持ってるだろう？　あんたは工兵科なんだろう？」

中尉は顔を真っ赤にして、不穏なことを言いそうな表情になった。コルテスはあいだにはいった。

「まあ、荷車の組み立ては大学の卒業要件にはいってなかったんだろう」

地元の男はやれやれと首を振り、つぶやいた。

「学校なんざ役に立たねえな」

悪い雰囲気をますます悪くする発言だ。苛立たしそうな参謀たちを黙らせるために、コルテスは咳払いをした。

「中尉、工兵と工具を用意しろ。エイブ、きみは人質のなかから荷車の組み立てを実際にやれる者を探してきてくれないか？」

しかしエイブは動かない。

「親切心でやれってのかい？　おれたちゃ、だれかさんのせいで命の危険にさらされてるんだぜ」

農夫は腕組みをして仁王立ちする。

アフォーニン大尉が拳銃のホルスターのカバーを開けた。コルテス大佐は小さく首を振ってから、エイブの肩に腕をまわした。やはり息が臭い。

「きみと地元の友人たちがこちらの荷車問題に手を貸してくれるとしよう。そうしたら、手伝ってくれた者は、もと来たほうに帰っていい。そういう条件でどうだ？」

「それならいいぜ、旦那。ただ、一家の大黒柱が手伝うとなったら、その女房もいっしょに帰らせてもらわねえとおさまらんな」

コルテスは眉を上げた。足もとをみられた。

「あんながみがみ女を連れて帰りたいのか？　こっちの手で処分したほうがよくはないか？」

「うるさいときもあるけどな、男は慣れてるもんさ。予想の範囲内だ」

コルテスは息を止めて顔を近づけた。

「じゃあ、農夫の仲間を集めてくれ。うるさい女房はまだ撃たないでおいてやる」

話はついた。コルテスは男の背中を近くの人質の輪のほうに押した。エイブは振り返らずにそちらへ行った。いいことだ。これ以上がたがた言うなら、コルテスはこの場で農夫を射殺したくなっただろう。

人質が一人、二人と立った。他はすわったままで、立ったやつをののしっている。女の一人が結局すわった。

「アフォーニン大尉」コルテスは声をかけた。

中隊長は拳銃を抜いて、空にむかって一発撃った。人質たちの発言はぴたりとやんだ。アフォーニン大尉は立った数人をトラックのほうへ行かせた。エイブはべつの人質の輪へ行ってまた話した。あとは順調に話が進んだ。

ほとんどのトラックは荷台に木の角材を使っている。荷台そのものや、下の鉄板を保護するためのものだ。地元住民と工兵が協力して、この角材をはずして組み合わせ、三脚と滑車の仕掛けをつくった。これでトラックを車軸から吊り上げることができる。

車軸をはずすのは簡単ではなかった。そもそもタイヤのほとんどが動かない。事故も起きた。三脚が折れてトラックが予定より早く落下し、一人の工兵が脚をつぶされたのだ。何人かは腕を骨折した。犠牲者の数が増えるにつれて、意図的なサボタージュではないかという不愉快な疑いがコルテスの頭に芽生えた。しかし工兵と地元住民の怪我人の比率はおなじで、最終的に五人と五人になった。コルテスは拳銃のホルスターのカバーを閉じた。

ネックになったのはタイヤだ。外した車軸には、近衛隊の車両のタイヤは仕様が異なるせいではまらない。地元のトラックはスペアタイヤにいたるまでほとんどのタイヤが銃弾で穴があいている。結局、仕立てられたのは車軸一本の荷車八台だった。

からみ網の接着剤がひび割れて兵士たちから剝がれ、荷車に積めるだけの食料と弾薬と水を積みこんだときには、太陽は地平線に沈みかけていた。運べない分を守らせるために一個分隊を残置した。

コルテスは部隊を土手道の北端まで進め、塹壕を掘らせて、兵士はそのなかで眠らせた。解放された十人の人質は南へ去った。残りの四十人は荷車に乗せて手錠でつないだ。夜が明けたら荷車を牽かせる予定だ。

夜勤の歩哨には警戒をきびしくさせた。

「射線上で動くものはすべて撃て」

兵士たちは命令をまじめに聞いた。おかげで夜中も散発的に銃声が鳴り響いた。歩哨の視界にはいった翼のあるものや四本足の生きものが死んだ。応射は一度もない。ぐっすりとは眠れないが、翌朝の曙光《しょこう》に照らされた野営地は無事だった。

27

クリスは夕暮れ時にようやくジャックと話す機会を得た。ジャックは危険を承知でワスプ号にタイトビーム通信を送り、それがすぐにクリスに中継されたのだ。

「第一迎撃地点の具合はどう？」

それがクリスの第一声だった。ジャックは意気揚々と答えた。

「意外なほど計画どおりでした。血わき肉躍る一分間に、こちらの五十人の海兵隊は敵のトラックをほぼすべて叩きました。いまは敵全員が徒歩です」

「こちらの被害は？」

「コルテスが撃ち返してきた愉快ならざる騒音の数分間に、姿勢を充分に低くしていなかった一等兵が腕に負傷を。それからブルームツリーは頑丈だと思っていたんですが、集中的に弾を浴びた数本が泥水のなかに倒れてしまいました。あの誇らしい巨木が倒れるのは残念な光景でした」

「倒れたのがこちらの兵士でなければ問題ないわ」

「さきほどの軽傷一名だけです。そちらの新兵徴募活動は順調ですか？」今度はジャックが訊いた。

「まわりに大きな隊列ができてるわよ。地元住民が約八百人。海兵隊が忙しく訓練している」

「使えそうですか？」

「銃撃戦がはじまってみないとわからないわね。その話でいうなら、侵略者の練度はどうなの？　海兵隊並み？」

「一等軍曹にそんな質問はしないほうが身のためですよ。外見から重武装、重装甲の一個中隊がいて、これはわれわれと張りあえる練度はありそうです。あとの三個中隊は、軍服は着ていてもアーマーはなし。武器はライフルと銃剣のみ。たいしたことはない。そのうちの一個中隊はからみ網にまんまと引っかかって文字どおり一網打尽でした。かろうじて逃れた連中も、こちらがトラックを撃ちはじめたときにまだ伏せていないというお粗末ぶり。この白帽どもにくらべたら、一等軍曹が二、三ヵ月訓練した地元徴募の新兵のほうがましなはずです」

「二、三ヵ月はないのよ。一等軍曹と下士官たちが地元住民に急いで教えているけど、二、三ヵ月分を一、二日ではできない」

「腰が引けてきましたか？」

「第二迎撃地点のことが不安なの」

ジャックは沈黙をそれほど長くせずに答えた。

「懸念はこちらもおなじです。地図ではいかにもあやしい地形。しかしこのコルテス大佐という男の行動は予測しづらい。今日もいかにも待ち伏せがありそうな地形だったのに、平気で前進してきた」

第二迎撃地点は、北へのルート上の隘路《あいろ》だ。西から険しい尾根が迫り、東に沼地がある。地下水面が高いので、例の地リスは地面の浅いところに生息し、糞もそのあたりにする。それを求めて掘ると、土地には浅い溝がたくさん残る。そこがいまは若木と下生えにおおわれている。軌道から見ると第二の待ち伏せ攻撃に最適の地形というわけだ。

しかし、そうとばかりは言えないかもしれない。クリスはいまの懸念を説明した。

「敵は伏兵を予想しているかもしれない。溝のなかで配置についているところに側面攻撃をかけられたら、こちらは動けない。いまのところ砲兵隊は帯同していないようだけど、小型の迫撃砲が二門もあれば、いいようにやられてしまうわ。訓練不足の義勇兵が耐えきれずに逃げ出せば、簡単に掃討される」

クリスが話しおえると、ジャックのうなずくようすが見えるようだった。間髪をいれずにジャックの問いが飛んできた。

「ではそこを回避するなら、次はどこで彼を叩きますか？」

クリスはあらかじめ弁解するように言った。

「笑わずに最後まで聞いて。じつは、山羊を集めているのよ。山羊と豚を。それを溝のなかの杭につないでおく。軌道からの光学観測では見えないように上を隠す。でも熱反応は出る。

ここにコルテス大佐と勇敢な部下たちが総攻撃をかけてきたら、家畜と糞の山を発見して茫然自失することに山盛りのドーナッツを賭けるわ」

ジャックは笑った。

「それは茫然とするでしょう。戦場らしい仕掛けもほどこしておけば、お土産に死傷者を持ち帰ってもらえる」

「爆発物は使いたくないのよ」

命のやりとりをはじめる気分ではないのだ。いまはまだ。

「ご心配なく。からみ網はまだあります。こちらに加わった農夫に落とし穴を掘らせましょう。広すぎず、深すぎず、それでも不用心なやつは落ちて足をくじいたり骨折したりするようなものを。明朝コルテスが北へ進軍をはじめるときも、おなじ仕掛けでしばらく足留めできるはずです」

「こちらは三番目の迎撃地点を探すわ。いくつか目星をつけてるのよ。詳しいことは明日合流したときに」

「おやすみなさい。また明日。今回は計画どおりに進んでいて信じられないほどですよ」

クリスは通信を終了した。ジャックの言葉が耳に残った。計画どおりに進んでいる、か。驚くべきことだ。かつて士官学校で老いた中佐から教えられたことを思い出す。〝どんな戦闘計画も、会敵の瞬間に吹き飛ぶものだ〟と言っていた。

今回は計画どおりに進んでいる。いまのところは。これはいいことなのか。それとも、ひとたび目論見がはずれたら大きな痛手をこうむるということか。

義勇兵と海兵隊は、すでに三つの農場に分宿する規模にふくれあがっていた。昼間もソープ船長の船が上空を通過するたびに二カ所以上の農場に分かれて隠れている。このように分散しているせいで、今夜は義勇兵たちの大半とじかに話せない。彼らの士気や技量がろくにわからないまま明日を迎えることになる。好ましくない。

ジャックとトロイ中尉が明朝合流するのはいいニュースだ。軌道降下以来、初めて麾下《きか》の部隊が一堂に会する。

悪いニュースとしては、全部隊が集まると、隠れるのがさらに難しくなることだ。これまでは用心深く行動してきた。ソープは最初にフロノー農場にレーザー砲撃をして以後、沈黙を続けている。もしクリスの部隊が一カ所に集まったら、またやるだろうか。

新しい戦闘にも、おなじ懸念がつきまとう。クリスは寝袋を引き寄せて寝返りをうち、眠った。心配する時間は朝までたっぷりある。

28

コルテス大佐は額の汗をぬぐった。ハンカチはたちまちぐっしょりと湿った。空を見上げる。正午まではまだ二時間以上あるだろう。なのにこの暑さは異常だ。

「一人落ちたぞ、衛生兵！」

右翼から叫び声があがる。今朝五回目だ。コルテスは全体に停止の合図をした。ジューコフ少佐が一台の荷車を指さして、路外へ進ませた。賛美歌屋の兵士が集まっているところだ。穴に落ちた一人が豚のようにわめいている。

「各自、足もとに気をつけろ。脚を折ったやつはおいていくぞ」ジューコフは命じた。

荷車を牽く人質たちは地面を見ながらゆっくり進んでいる。一人が跳んだり、横へ動いたりするたびに荷車は遅くなる。落とし穴が本当にあったのか、気のせいか、知るすべはない。

ジューコフ少佐はコルテス大佐のほうを見て言った。

「これではまずい。敵の思うつぼになっていますよ」

「そんなことはわかってる」

コルテスは吠えた。大隊を見まわす。配置は標準的だ。第一中隊は一キロ先で前衛として横に広がっている。第二中隊は左翼で、刈り取りがすんだ土地を五百メートルほどに広がって進んでいる。第三中隊が右翼で、臭い沼の手前まで広がっているが、五百メートルには届かない。フュージリア近衛隊は、人質と荷車隊をあいだにいれて後方についている。荷車の半分では脚を骨折した兵士が乗せられてうめいている。

戦闘がはじまっていないのに、犠牲者ばかり増えている。まだ見ぬロングナイフの娘は、将校を怒らせるのが得意なようだ。

コルテスは荷車の日陰にしゃがみ、その前方の道路に地図を投影した。立っているジューコフ少佐は、その強調表示された地点に爪先を寄せた。

コルテスはうなり声で同意した。

「ああ、わかってる。おれが敵でもそこで待ち伏せをかけるだろう」

衛星写真で見ると、道路が尾根の先をまわりこむ場所だ。道路と沼のあいだに掘り返された土地がある。この惑星の他の耕作地とおなじくらいに固い土なら、掘った溝はそのまま戦闘用の塹壕になる。

掘り返されたのは昔の話らしい。いまは新しくはえた木や藪や羊歯《しだ》でおおわれている。この溝のなかに人が隠れるのは容易なはずだ。

「ソープが上空通過するたびにこの場所の熱探知画像を送ってもらおう」

しかしジューコフは指摘した。

「熱探知画像はこれまでほとんど役に立っていません。ロングナイフの娘が北のどこにいるのかもろくにわからない。われわれが待ち伏せされた沼の状況もわからなかった。ないほうがましなくらいです」

「今度はうまくいくかもしれん。今度は」

コルテスは言って、遠くの木々を眺めた。そして考えた。

うまい待ち伏せ攻撃をやられたのは事実。正確で急速な射撃だったのも事実だ。しかしよく考えると、オートマチックの連射はほとんどなかった。トラックのタイヤをパンクさせたのは単射だ。もしフルオートで連射していたら、タイヤは細かくちぎれ、フェンダーは穴だらけになったはずだ。もちろんそばの兵士も被弾しただろう。

実際にはトラックに過剰な弾痕はなかった。兵士には一発もあたっていない。きわめて精確な射撃だ。

さらにソープが軌道から観測しても熱源を探知できなかった。

高度な射撃能力。そして熱反応を出さない戦闘スーツ。

「神の……」罵ろうとして、コルテスは負傷した賛美歌屋がこちらを見ているのに気づいた。兵士の心の平穏を考慮して、その先の言葉を変えた。「……祝福を」

「然り《アーメン》」神の常勝軍の兵士は続けた。

「知性連合海兵隊に」ジューコフ少佐は口をへの字にしてつぶやいた。

「その断熱戦闘スーツに」コルテスは続けた。

「くそ」負傷した賛美歌屋は言った。

29

斥候隊に認められて警戒線の内側にはいってきたジャックの車両を見て、クリスはほっとした。山裾に広がる荒れた土地の起伏を乗り越えながら車両は近づいてくる。遠い山から発した小川が、低い丘と丘のあいだを流れている。日が昇ってまだ一時間だが、すでに暑い。

ジャックは笑顔で敬礼した。

「おひさしぶりです、プリンセス。ずいぶん取り巻きが増えましたね」

海兵隊大尉はそう言って、クリスの背後に続くトラックの車列に目をやった。

クリスは返礼した。

「あなたの部隊はどこ?」

ジャックは振り返って、三台だけのトラックを見た。

「無駄な往復を避けたんですよ。この先にいます。例の土地で穴を掘っている。歩かせてもしかたない」

クリスはジャックにそれ以上の疑問を言わなかった。海兵隊にはいって日は浅いが、彼女の警護担当者としては長い経歴を持っているのだ。

「ああ、先行している家畜部隊とすれちがいましたよ。不満たらたらのようだった、豚も山羊も」

ジャックは笑って言った。クリスは首を振った。

「戦いたくてうずうずしてるのよ。戦死者名簿に載るとは思っていない」

「娯楽ビデオに戦死者名簿は出てきませんからね」

「頭を使わない若者ばかり。最初のきっかけでいっせいに走りだしてしまいそう」

訓練された部隊を一度くらい率いてみたいものだと、クリスは思った。いや、前回ようやくその機会があったのだ。そのときの兵士たちもおなじように意欲満々で最初の銃声を待った。しかし最初の犠牲者が出ても走りださなかった。海兵隊はそこがちがう。いま後方に続いている地元住民には期待できない。

クリスは話題を変えた。

「ワスプ号がもうすぐ地平線から上がってくるわ。ドラゴの観測結果を見てみましょう」

ドラゴ船長は二人に陽気に挨拶した。自分のベッドで寝て、自分の士官食堂で食べている者の笑顔だ。クリスの昨夜の寝室は納屋の二階で、朝食は水筒の水と固いパンの半分だった。パンは道にはえている多年草の実を粗挽きして焼いたものだ。

こういうことがいやだから海軍を選んだのに。

ベニ兵曹長がセンサーのデータを画像として整えてクリスにダウンロードするまで、すこし時間がかかった。

「コルテス大佐は土手道を渡りきったところで野営したようですね。いまは北上を再開している」

ジャックは衛星写真を指でなぞった。

「軽歩兵を前衛と側衛に配置しているな。重装歩兵は荷車といっしょに中央においている。人質は荷車を牽かせているようだ。残りは前面に出している」

「道路に地雷をしかけた？」クリスは訊いた。

「いいえ。かわりに落とし穴をたくさん。前衛と側衛は苦労するはずです」

画像が更新された。乗っているトラックの奥の壁にネリーが投影しているが、それがいったん揺らいで落ち着いた。

「おっと、これだ」ジャックが声をあげて、前衛の遠い右翼をしめした。「だれかが落ちたみたいだ。人が集まってる。きっと脚を折ったぞ」

画面がさらに更新されるのをしばらく待つ。今度も小さな人ごみはおなじだが……一台の荷車が道路をはずれてそちらへ急いでいる。隊列全体は停止している。

ジャックはにやりとした。

「コルテス大佐の北上軍はごゆっくりのようだ。こちらは落とし穴掘りで時間がかかるが、むこうは兵士が一人落ちるたびに全軍停止してくれる」

クリスは大佐が苦労していることに満足し、うなずいた。そして注意をさらに北へ移した。天然の塹壕地帯はすぐわかった。ジャックの部隊もみつけやすい。予想よりも道路から大きくはずれ、奥まで展開しているようだ。

　ジャックは説明した。

「三列に分けて作業させています。第一列は穴を掘る。第二列はより道路から離れていて、穴を掘るべき場所を選ぶ。第三列は穴の仕上げをして、そのあとは隊列にもどる。九十分ごとにレーザー砲が上空にやってくるので、狙われないようになるべく分散しています」

「ソープの船が上空に来たときには近くの農場に避難してるの？」

「散らばっているだけです。最初のレーザー砲撃以後、わたしの隊の居場所はソープとコルテスに把握されています。そちらの義勇軍は知られていないにしても」

　クリスはうなずいた。ジャックはなにか言いたげな顔だが、ためらっている。

「なにか問題があるの、大尉？」

　ジャックは下唇をしばし噛んでから、おおまかな車列を組んで移動している数十台のトラックを見た。

「ずいぶん多くの支持者を集めましたね」

　クリスはうなずいた。

「どんな代償を支払ったのですか？」ジャックは問う。

「代償？」

「非戦闘員は怒りで動く――どこかでそう聞いたことがあります。この若者たちはライフルを持っているけれども、人を撃ったことはない」

クリスは話がまったく見えない。見えるのを待ちたくもなかった。ジャックは続けた。

「一部の地元住民は来たるべき殺戮について楽しげに話しています。捕虜はとらない。命ごいは許さないと」

一等軍曹から地元住民がそういう話をしているという報告はあった。クリスはじかには聞いていない。すくなくとも義勇兵をつのるために交渉した長老たちからは聞かなかった。

「説明したの？　それはわたしたちの戦い方ではないと。捕虜を殺すのは愚かしく、そもそも戦争法違反だと」

「説明しました。でも耳を貸さない。こんなことを二度と起こさないために、敵を抹殺することがメッセージになると思っているんです。この星にちょっかいを出すなと」

クリスは首を振った。

「敵軍のほとんどは借り物の部隊だとわかってないのかしら。その母星の人々がリム星域での〝蛮行〟に怒り、騒ぎだす。金めあての出資者が組んだつまらない探険計画だったものが、惑星の名誉を回復するための血の復讐劇になってしまう」

「わたしはわかっていますし、あなたもわかっている。でもどうやって地元住民を説得しますか？　最後は冷静な降伏交渉にもっていくつもりだと思っていました。流血を避けて」

「それも魅力的な選択肢よ」

クリスは後ろを振り返った。トラックの荷台に海兵隊と地元住民が半々で乗っている。降伏案を聞いた海兵隊員は渋面。地元兵は、困惑からはっきりと不満げな顔までさまざまだ。

なるほど、戦闘がはじまるまえから問題がある。ひとつずつ片付けていくしかない。

「家畜班には、ソープの船が上空に来たら隠れるように命じてあるわ。正午ごろには塹壕地帯に到着すると思う。地元住民から聞いたんだけど、毒蜘蛛のような生き物がいるらしいのよ。咬まれるとてもひどいみみず腫れができて、熱が出たり、さまざまな悪い症状が起きる。これを集めて家畜班に持たせているわ」

「なるほど」ジャックはにやりとした。

「装備もじつは武器の爆薬ではないのよ。昨夜宿泊した集落が地元の花火の産地で」

「花火！」

「そうよ。爆竹やロケット花火など。戦場は騒がしいのが普通でしょう。だからどこかを騒がしくすれば、だれかがそこを戦場にしてくれるんじゃないかしら」

ジャックは笑みを大きくした。

「友軍誤射を避けるためにそこまでやりますか。ソープはあなたがこの星系にやってきたときに、さっさと地上部隊を収容してジャンプポイントへ退却しなかったことを後悔するでしょうね」

「いまからやるかもしれないわよ」

ジャックは大きく息を吸い、ゆっくりと吐き出した。

「それはないでしょう。可能性は低い」

「ええ、わたしもおなじ考えよ」

30

　ゴールデンハインド号のセンサーがコルテスの隊列をとらえると、ソープはすぐに地上を呼び出した。

「大佐、なぜそんなに時間がかかってるんだ。前回通過時から三キロメートルしか進んでいないじゃないか」

「三キロも進んだと言ってほしいな」コルテスは反論した。

「兵士の尻をブーツで蹴飛ばしてやればどうだ?」

「むしろブーツを下ろす場所に用心させている」

　そして地上部隊が直面している状況を軌道側に説明した。

　するとソープは、二種類のビールから一方を選ぶような道義的無関心さで言った。

「地元住民が落とし穴を掘ってるわけだろう。だったら人質を撃て」

「だめだ。地元の連中が掘ってるところを実際に見たわけじゃない。おれたちが真っ先に差し押さえた糞みたいなものがあるだろう。あれを出す地リスみたいな小動物が、地面にああいう穴を掘るんだと人質たちは話してる」

ソープは顔をしかめてホワイトブレッドを見た。コルテスと話すときはかならずこのビジネスマンをブリッジに呼ぶようになっていた。ホワイトブレッドは言った。

「あの医薬用の前駆物質は貴重だよ。すでに四年分の収穫量をコンテナに積んだ。今回の探険計画で他に利益がなくても、あれだけで経費をまかなえるはずだ」

ソープは鋭く言った。

「そんなことはどうでもいい。わが歩兵部隊の障害になっている穴の原因が、その小動物かどうかだ。人が落ちるような穴を掘るのか？」

探検船の出資者代表は、肩をすくめて答えた。

「知らないよ。わたしたちは市場に出たものを買うだけだからね。どこで採れるのか、どんな状態でころがってるかは興味ない。あんな臭いもの」

いまさらながらソープは、ビジネスマンと軍人のものの見方のちがいを感じた。この探険計画にそなえた情報収集がいかにいいかげんだったかも実感した。次にこういうことをやるときは……。

しかし次回のまえに今回を片付けなくてはならない。通信リンクのボタンを強く押した。

「ホワイトブレッド氏はご存じないそうだ。テレメトリーデータから厄介な穴を掘っている犯人を探すことにしよう」

「そのデータはもう見た」

「あまり手がかりはないぞ」

長い沈黙のあとにコルテスは返事をした。

「山の上からだれかがこちらを見ている。斥候がこちらの進行を報告しているんだろう。進路方向の道路脇の茂みや木の下にも熱反応がある」

「しかし、これほど広範囲に散らばっていては十八インチ・レーザー砲は使えない」ソープは指摘した。

するとホワイトブレッドが考えを述べた。

「つまり、こちらが地平線に沈んだらすぐに穴を掘りはじめるのではないかな」

「それは、確実にそうでしょうな」コルテスが皮肉たっぷりに言った。

「いや、わたしは確実なことなんてなにも」しょんぼりした声が返ってきた。

「軌道からの半端なご意見はありがた迷惑だ」コルテスは言った。「ところで、川の南岸にもべつのグループがいる。ゆっくりと接近していて、上空通過のたびに規模がふくらんでいる。しかし川は渡ってこない。こちらとのあいだにつねに沼をはさんでいる」

「土手道に到着したら、きみの連絡路を断ちつつ、後方から襲うつもりかもしれん」

言わずもがなの話だが、地上部隊の士気を探るためにソープはあえて言った。戦意喪失した士官は背後の影におびえるものだ。

コルテスは答えた。

「問題ない。食料は荷車に充分ある。敵主力を撃滅したら、反転して後方の敵を叩く」

すると、地上側でべつの声がした。

「前方が敵の主力であればいいのですが。後方ではなく」

「そうだな、ジューコフ少佐。たしかにそうだ」コルテスは返した。「ではソープ船長、他に話がないなら、さきほどの骨折者の応急処置が終わって行軍再開の準備ができたようだ。軌道のほうは平穏なのかな？」

「敵はわれわれの前方と後方の軌道上に小型衛星を出している。ときどき地平線から出てこちらを観察している。だからすこしでも動けばむこうに知られる。相手の宇宙船は前方の地平線下か、後方のそこか、いずれかだ」

「おたがいの幸運を願おう」

コルテスは言って、通信を切った。

「自分のつまらん問題でがたがた言いおって」

コルテス大佐は通信リンクが切れているのを確認してから、低くうなるように言った。

さらには人質を撃てというあの無思慮な態度はなんだ！

この作戦は、文字どおり長い《ロング》ナイフの刃先を歩くように微妙なバランスが要求される。人質を殺しても戦いの勝利にはつながらない。上空のソープが考えるほど順調に進まなかった場合には、コルテス大佐はロングナイフ大尉に、戦争法に従って捕虜を丁重に扱ってほしいと強く頼むはめになるかもしれない。そのときこちらの両手が無辜《むこ》の人質の血で汚れていたら、交渉の説得力がない。

非公式の取り引き条件はすでに明白だ。こちらの兵士一人の命に対して捕虜十人の命。これまでのところロングナイフの娘は兵士を一人も殺していない。コルテスの側からこの暗黙の条件を破るわけにいかない。状況がしだいに敵方に有利になっているとしてもだ。

考えこんでいたコルテスは、ジューコフ少佐の声でわれに返った。

「背後の敵を恐れていないかと、あえて侮辱的なことを彼は訊いてきましたね。前方の敵については画像以外の証拠をよこさないくせに」少佐は唾を吐いた。「じつはクリス・ロングナイフは、ほくそ笑みながら沼のむこうをすり抜けて、われわれの着陸船を奪って逃げるつもりかもしれない。小勢の銃撃隊をあの土手道に残して、われわれの退却を阻止しておいて」

コルテスは手で口もとを隠した。

「めったなことを言うな、少佐。不安材料があるなどと賛美歌屋に思われたくない」

ジューコフは見まわした。白いスモックの兵士たちは荷車の指揮車から目をそらしているが……耳は澄ませているはずだ。

「しかし、懸念があるのは事実ですよ」ジューコフは小声で言った。

「わかっている、おたがいに。しかし余人に気取《けど》られてはならん。顔に出すな」

コルテスはそう言って、空を見上げた。午後の日差しが照りつけている。ふたたび画像を見て、気づいた一カ所を指さした。

「ここだ、ここに熱反応がある。見ろ、ジューコフ。見るんだ。溝に敵兵がひそんでいるぞ」

　少佐は指揮官の肩ごしにのぞきこみながら、指摘する。

「光学観測では藪と木だけですが」

「ここもだ」コルテスは前方の遠い位置をしめした。「これまでの溝には熱反応がなかった。しかしここにはある」

「午後のうちに攻撃をかけますか？」

　コルテスは、荒野を突っ切る場合と、曲がりくねった道を行く場合の両方で距離を調べた。そして首を振った。

「いや、遠すぎる。歩兵たちは疲れているし、急がせるとあの地リスの穴とやらに落ちる兵が増えるだろう。いったん野営だ。六、七キロも離れていれば今晩の危険はない。早朝から賛美歌屋を歩かせ、涼しい午前中のうちに戦闘に持ちこめばいい」

　ジューコフは姿勢を正した。

「近衛隊を早めに就寝させます。彼らは未明だろうとびしょ濡れだろうと、平気で行軍できます。いよいよ本番のダンスだと伝えておきます」

31

三カ所の農場に部隊を分宿させたクリスには、考えるべき問題が二つあった。明日、塹壕地帯における偽装の銃撃戦をどう演出するかについては、ジャックや一等軍曹と楽しく議論すればいい。義勇兵の質がどうか、明日の実戦で彼らがどうふるまうかは、いま話しても答えは出ないだろう。それでもなにか手を打つとしたら今夜のうちだ。

最良の側近たちを集めて少人数の会議をはじめた。塹壕地帯での〝銃撃戦〟の進行を多少なりと管理できるようにしたいという話をはじめると、すぐにブルース軍曹が言った。

「ネリーがナノバグをいくつかつくってくれれば、お望みどおりにできますよ、殿下。特別なものでなくていいんだ、ネリー。あるものが見えたときに尻尾を振ってくれるだけでいい」

するとネリーは、堅苦しい女教師のような声で答えた。

「軍曹、コンピュータに尻尾はありませんことよ」そしてすぐに、ゲームのさいちゅうに笑いころげている十二歳児の声に変わった。「でも偽装した信号を出せるナノバグはつくれるわよ。普通に聞くと背景ノイズみたいだけど、聞く人が聞くと信号だとわかるような。

どんなナノバグをつくってほしいの?」

ジャックは思わず苦笑した。クリスは首を振った。

ネリーは何種類も人格をつくり、次々に切り替えて使っている。クリスでさえ自分のコンピュータに話すときに反応を予測できないほどだ。おもしろくないわけではないが、ネリーを信頼できないのは困る。

いずれ時間があるときにトゥルーおばさんを訪問して、この大事な秘書コンピュータについて相談しなくてはならない。

とりあえずブルース軍曹はネリーのおかしなしゃべり方を気にしないようだ。

「まずモーションセンサーが必要だ。空中、水中の両用だ。すくなくとも塹壕地帯を攻撃するときは、重装歩兵隊が沼側にまわりこんでくるはずだからな。ああ、それから花火に連鎖的に火がつく仕掛けもナノバグが点火するようにしてくれ。大尉と殿下の考えからすると、敵の大佐が自軍の兵士の笑いものになるようにすればいいんだ。犠牲者をできるだけ少なくして」

ジャックはクリスを見た。クリスは満足げな笑顔だ。ジャックは言った。

「そうだ、軍曹。指揮官の意図をきちんとくんでいるな」

「ネリー、ナノバグをつくる時間はどれくらい?」クリスは訊いた。

「ずーっと昔からやってて、もうできちゃったー」ネリーは、ワスプ号で暮らしている十二歳児そっくりの話し方で言った。

そういえば、キャラはお気にいりの家庭教師が地上へ行ってしまってどうしているのだろうと、クリスは思った。きっとムフンボ教授と科学者たちにまとわりついて困らせているだろう。軍艦にあんな子どもが乗っているべきではないのだ。どうにかしなくてはいけない。

しかしそのまえに、この惑星の侵略者を片付けなくてはならない。ザナドゥ星の問題にも対応しなくてはいけない。そちらの問題を解決するために出てきたのだから。あの狂信者たちを放置できない。早くキャラの問題に取り組みたいが、そのまえにザナドゥ星だ。そしてザナドゥ星のまえに、この軍服を着た盗賊どもだ。

この星で泥沼に足をとられているあいだに、ザナドゥ星の導師団が悪さをしなければいいが。

「ブルース軍曹、あなたの秘書コンピュータを出してくれませんか」ネリーが本来の話し方で言った。つまり命令口調ではない。しかし次は海兵隊の口調をまねて命令した。「きみのマシンにサブルーチンとナノバグをいくつか送りこんだ。自分のコンピュータはすこし優秀になったと、クリスに話したまえ」

「ネリー！」クリスはきびしく言った。

「はい、クリス。でも必要なことです。すくなくともあなたが頻繁に使う下士官は」

「自分も頻繁に使われているくせに」

「わたしは海軍に入隊してはいません。わたしに命令はできませんよ」

するとジャックが、クリスに意地悪な笑みをむけながら、ネリーに対して言った。

「いつまでもそうかな。クリスがその気になれば、コンピュータを海軍に入隊させるのも朝飯前のはずだ。わたしが検察局警護班から海兵隊に入隊させられたようにな」

ネリーは反論した。

「コンピュータにも権利があります。市民権や人権が。いや……」ネリーはしばらく沈黙した。「コンピュータにとっては永遠に近いほど長い時間だろう。「ジャックは人権があるのに入隊させられた。ということは、たとえわたしに人権があっても、どこかに入隊させられかねないわけだ。ふーむ、これはよく考えないと」

最後のところはネリーの標準の音声だった。ネリーがこの声になるのは、普通の人間には難解すぎる問題に能力の大半をつぎこんでいるときだ。

そこへ一等軍曹が口をはさんだ。

「いい子のネリー、きみはチームの大切な一員だ。海兵隊も海軍もみんなきみの仕事を尊重している」

「本当に？」ネリーは標準の音声のままだ。

「本当だとも。さて、きみのつくったナノバグについてブルース軍曹にまだ教えるべきことがあるか？」

上級下士官というのは、一般人が考える神よりも神らしい存在だと、クリスは士官学校で教えられた。その上級下士官は、まず第一に配下の兵に目を配る。一等軍曹というのは昔ながらの霊的存在よりはるかに実務的なのだ。ただしそのような上級下士官からの注目は、部下にしばしば驚きと困惑をもたらす。

いまの一等軍曹は、ブルース軍曹のみならず配下の全兵士にその超人的目配りをしていた。

「いいえ。ブルース軍曹には充分に説明しました」ネリーは正常な話し方にもどっていた。

ブルース軍曹はうなずいた。

「ナノバグは制御下にあるようです。コンピュータで一連の試験をして、正常動作を確認しました。有効距離が短めですが、これでたりると思います」

これで、クリスが今夜処理すべき問題は残りひとつになった。解決は望めない問題だが。

ブルース軍曹が塹壕地帯へむけて出発するのを見送ってから、クリスは今夜宿泊を予定している大型の納屋を見まわした。パンダ星の他の農場とおなじように、この納屋も土を掘ってつくられ、表面は芝草でおおわれている。いまのところソープの注目が集まっている気配はない。

今夜の最後に到着した数台のトラックからは、ペニー・パスリー大尉、フロノー長老、グランマ・ポルスカが下りてきた。他の老人たちは見覚えがない。おそらくだれかが農場の長老会議を予定して、そのことをクリスに連絡し忘れたのだろう。

会議テーブルのように並べられた干し草ロールのまわりに、老人たちがそれぞれ着席した。クリスは父親の政治家生活を毛嫌いしているが……その勘どころを忘れたわけではなかった。

ペニーがクリスの隣にやってきた。

「統制がとれない状況になって残念です」

「しかたないわよ」

クリスは答えながら、正式な会議であれば演壇があるはずの位置へペニーといっしょに歩いていった。そこで休めの姿勢で立ち、長老たちを見まわした。話し声がゆっくりと静まる。

クリスは咳払いをした。

「なにかご質問は？」

沈黙はざわめきに変わった。隣同士で顔を見あわせるが、立って主導する者はいない。クリスが先走ってしまって、彼らの準備ができていないのか。意見のすりあわせがまだなのか。

パンデモニウム星には惑星政府がない。コミュニティの統治が最小限であることをアンディ・フロノーから説明されて驚いた。議会があって、市長がいるだけだ。小さな政府であることはアンディの誇りらしかった。このように消極的な人々に、集団での意思決定を初歩から教えなくてはいけないのだろうか。

ボビー・ジョー・フロノーがまず訊いた。

「明日、道の先で戦闘があるそうじゃな。わしらはなにをするんじゃ？」

「塹壕地帯と呼んでいる場所で戦闘が起きるはずです。でもわたしたちはそこへ行きません」クリスは答えた。

「敵と味方がいないんじゃ戦いにならんだろう」

立ち上がって発言したのは、まるでこの席で敵を警戒しているようにライフルを抱えた男だ。会議の参加者のなかでは若いほうで、燃えるような赤毛だ。

クリスはその質問に対してうなずいた。

「たしかに、歴史上の偉大な征服者について本を読むと、戦いをいどんで敗れる敵がかならず登場しますね」

間をあけると、期待したとおりの笑いが起きた。

「しかし今回の場合、わたしたちがのこのこ出ていくのはコルテス大佐の利益にしかなりません。なぜなら彼は、納屋の家畜の群れに総攻撃をかけて、全軍の笑いものになるからです。さらにこの出来事が報道されれば、人類全体の笑いものになるでしょうね」

集まった長老たちは愉快そうに笑った。しかし赤毛の男はしかめ面のままだ。まわりの笑い声がおさまってから言った。

「戦わずに勝てる戦いなどない」

「たしかにそうです。笑いものになったコルテスが態勢を整えなおす時間によりけりですが、明日の午後か、その翌日には本当の戦闘になるでしょう」

そう話したクリスに、全員の注目が集まった。

「どこでやつらを殺すんだ？」赤毛は訊いた。

その問いは好ましくない。多くの前提をふくんでいる。やつらを殺せる。だから殺したい。赤毛は両方に強い意志を持っているらしい。

しかしクリスにそのような意志はなかった。

クリスはライフルをたずさえた多数の地元住民を率いている。数でいえばコルテスの一・

五倍の規模だ。大佐は部隊の大半を占める白服の兵士たちをあまり信用していないようだ。クリスも麾下《きか》の大半を占める民間人を信用していない。

クリスは大学を卒業するまで、軍隊について大半の民間人とおなじ考えを持っていた。つまり、兵士をロボット同然に訓練するのは、命令を忠実に実行するゾンビの集団が必要だからだと。しかしその考えはすぐにあらためた。

歩兵や海兵隊員がなにも考えずに任務をこなすように訓練されるのは、とても単純な理由からだ。眼前の光景に恐怖し、ショックを受け、脳が麻痺して思考できないときでも、銃弾をこめて狙い、撃たなくてはならない。それをやり続けることによってしか、思考停止する地獄から脱出できない。そのためには訓練された行動にしてしまうしかないのだ。

この民間人たちはライフルを持っている。守るべき家がある。訓練はほとんどゼロ。一発目は撃てるだろう。二発目も撃てるかもしれない。もしかしたら三発目も。

しかし遅かれ早かれ背をむけるだろう。逃げ出したくなるだろう。銃声と血と悲鳴のなかで、自分がやりにきたことを忘れるだろう。べつの場所へ行くことしか考えられなくなるだろう。

全員がそうではないかもしれない。一部はやるべきことをやるかもしれない。しかし何人残るだろう。一秒でも長く踏ん張れたほうが勝利するのだ。

クリスは赤毛を見た。明日なにが起きるかわかっているつもりらしいが、実際にはなにもわかっていない。深呼吸してから言った。

「コルテスと戦うのはツー農場の水田と丘になる予定です」

「じゃあ、そこでやつらをぶっ殺すんだな」赤毛は言った。

クリスはそれを聞かなかったことにした。

「まず海兵隊の麻酔弾で敵の軽歩兵を眠らせます。さらに義勇兵の猟銃で、重装歩兵を気絶させせます」

「おれたちの銃じゃ、やつらのアーマーを抜けないじゃないか」

クリスがよく承知している点を赤毛は追及してきた。ひとまず無視して、クリスは人々の反応を見た。赤毛の支持派は多い。半数くらいだろう。残りの半数は、クリスの支持派というよりも、ただ困惑している。

クリスは大げさに顔をしかめて話した。

「個人的に痛い思いをした経験を踏まえてお話ししましょう。銃弾は、たとえアーマーを貫通しなくても、体に青痣をつくり、本人に強い衝撃をあたえます。それを敵方にやりたいのです。軽歩兵は二時間ほど眠らせる。重装歩兵には自分たちが撃たれたことを強く自覚させ、撃ち返すべき相手の姿がみつからないことを思い知らせる。そうすれば、五分後にはコルテス大佐は降伏に同意する気になるでしょう」

「おれはやつらを殺したいんだ。全員を！」赤毛は叫んだ。

「そうだ」

「あいつらが二度とここへ来ないようにしてやる」

「パンダ星はおれたちの星だ。それを奪いにきたやつらを殺してなにが悪い?」

クリスは主戦派の叫びを聞きながら、まる一分間沈黙した。ボビー・ジョー・フロノーとグランマ・ポルスカを見ると、どちらも困惑顔で、流血を求める赤毛の叫びには距離をおいている。やがてボビー・ジョーが立ち上がった。すると、騒がしさが静まった。

「わしらがイティーチ族と戦ったとき、捕虜はとらなかった。わしらも、敵も。ミス・ロングナイフのこの話は意外じゃ。あんたのじいさんはイティーチ族の死体にしか興味をしめさなかったのじゃが」

クリスはうなずいた。

「あの戦争で死体の山が築かれたのはしかたないと思います。なにしろ、われわれ人類が死体の山になりかけたのですから」

主戦派の一部もクリスの話にうなずいた。しかし赤毛はしかめ面のままだ。

クリスは続けた。

「人類が地球を出るよりずっとまえから、賢明な将軍たちは知っていました。自分たちの土地から敵を追い出すには、その退路をおびやかすのがもっとも効果的だと。帰れなくなるぞと脅すわけです。本当に賢明な将軍は、戦争をするときも、敵が逃げこめる穴をかならず残してやった。それだけでしばしば敵は逃げていったのです」

赤毛は怒りのあまり言葉がうまく出ないようすだ。

「つまりそういうことか。おれたちの土地を蹂躙し、家財を破壊し、かぞえきれないほど人を殺したやつらを、無罪放免で去らせて決着にするのか」

クリスはきっぱりと首を振った。

「ちがいます。コルテス大佐は降伏させる。武器をおかせ、捕虜にする。戦争法によればわたしにはその責任があります」

「あんたに？」訊いたのはボビー・ジョーだ。

「わたしはウォードヘブン海軍の現役士官です。敵は傭兵部隊ですが、出身惑星の軍服を着ています。この状況で、これまでのところ彼らは戦争法にそって行動している。ゆえにわたしにとっては軍人の名誉と捕虜の地位を守るべき対象となる。だからみなさんもおなじように彼らを扱っていただきたいのです」

「おれは殺したい」赤毛は言った。

「それによる高い代償をどこまで払う覚悟があるのですか？」

「殺せばそれで終わりさ」赤毛はあざけるように鼻を鳴らした。

「本当に？」

「どういう意味だ。死人は死人だ」しかし赤毛は自信が揺らいでいるようすだ。

「わしらが知らんことを知っているというのか？」ボビー・ジョーが訊いた。

「じつは、わたしもよくわかってはいません」クリスは答えた。「ニューエルサレム星の都市国家間の最新の同盟関係をご存じですか？」

グランマ・ポルスカが答えた。

「あそこに都市国家があることさえ知らないわ。その同盟関係がなんなの？」

「流動的です」クリスは端的に答えた。「パスリー大尉でさえ全貌は把握していないでしょう。どこがどこに乗り替え、どこが強く、どこが弱くなっているか。それを知るだけで一仕事です」

ペニーは天を仰いだ。人々の多くはしかめた顔を見あわせた。ロングナイフさえ全貌を知らないということは、自分たちが知らないのは当然というわけだ。しかし無知は不利につながる。

「そしてここが問題です。エルサレム星に今回の話が伝わったとしましょう。彼らの神の常勝軍の大隊が、辺境の惑星に住む不信心で野蛮な田舎者によって全滅し、虐殺されたと」

するとすぐに反論の声があがった。

「おれたちゃ敬虔なキリスト教徒だぞ」

クリスは重要な点を指摘するように指を立てた。

「なるほど。でも信仰者にもいろいろな種類があります。キリスト教徒を自称しても、一日に五回礼拝をするトルコ人と同様に異教徒とみなされる場合もあります」

納屋につぶやき声が広がり、ニューエルサレム星の状況が再考された。そして人々はまったく異なる現実の見方を身につけていった。

ボビー・ジョーが訊いた。

「じゃあ、この侵略者の血と骨を畑の肥やしにしたら、なにが起きるというんじゃ？」

「なにも起きないかもしれません。他人がなにをするかはだれも正確にはわかりません。まして相手はひとつの惑星の十億の民です」クリスは降参するように両手を上げた。「いずれにせよ、だれかがコルテスに耳打ちしたのですよ。パンダ星を略奪するのは簡単だ。なぜなら、そこは農民だけだから、と」

納屋のなかはしんと静まりかえった。

クリスはとても静かに話を続けた。人々は身を乗り出して聞いた。

「地球の悲惨な時代を回顧すると、そこにはくりかえされるパターンがあります。まず宣教師が来る。宣教師は殺される。軍隊がやってきて、家も畑も焼かれる。地元住民は殺される。最後に国家の旗が立つ。住民たちが選んでもいない女王や皇帝や大統領がいきなり支配しはじめる。ああ、女性たちは大変ですよ。いま銃を取って義勇軍に参加している女性たちがいますね。そんなことはタブーです。家の外で働くこともできない。服装もタブーだらけ。すべて長いドレスで、首から爪先までおおわなくてはいけない。頭にはスカーフかなにかを巻いて。いつでもです」

さすがに人々のざわめきが復活した。農夫たちにしばらく議論させようと、クリスはいったん側近たちのほうにむいた。

「いまのはどこまでつくり話ですか?」ジャックが口もとを隠して訊いた。

「全部本当よ。高校時代にニューエルサレム星について調べてレポートを書いたわ」身震いして、「あんなところには絶対に住みたくない。自分で書いてみないと理解できないと思ったのよ」

「それで理解できましたか？」と一等軍曹。

「いいえ」

人々の声はゆっくりと低いざわめきに落ち着いていった。しばらくしてボビー・ジョー・フロノーが立ち上がり、人々は静粛になった。

「みんな、四十年前にわしはこの惑星の開拓をはじめた。人から指図されるのがいやだったからじゃ。そのうち、わしのような人々が移り住んできた。この植民地をはじめるにあたって、わしにはある考えがあった」

納屋に集まった人々を見まわし、誇らしく感じたようだ。

「わし一人で対処できんことが起きても、みんなと力をあわせれば対処できると思った。しかしいま、さらに大きなことが起きとるようじゃ。それへの対処についてわしは言うておく。この若いロングナイフの手助け《てじやす》をわしは歓迎するとな」

クリスの行動は過去にいろいろ言われてきたが、〝手助け《てじやす》〟と言われたのは初めてだ。ほめ言葉かどうかわからないが、聴衆の多くが笑っているようだ。

ボビー・ジョーはクリスにむきなおった。

「ただし、ここでの騒動が終わったらさっさと立ち去ってもらうのがよかろう。そうでないと、いずれあんたとわしは意見が一致しなくなりそうじゃ」

クリスはわざと大げさなため息をついた。

「つまり再訪謝絶の惑星のリストがまた長くなるわけですね」

「そうじゃ」長老はまじめな顔で言った。「おもしろくなかろうが、そこがわしとは異なるあんたの生き方じゃ」

畑の泥にまみれる人生と自分の人生とどちらが孤独だろうかと、しばし考えた。そして自分の人生のほうが空虚だと感じた。

首を振って感情を抑えた。いまは人々から頼られている。それで充分だ。

「では、若きロングナイフ、わしらはなにをすべきか言ってくれ」そして長老はすわった。

納屋のなかは張りつめた雰囲気になった。

クリスはこれまで聞いて感じたことを体に吸収して……吐き出した。そして姿勢を正して話しはじめた。

「みなさんには、ライフルを捨てて両手を上げる降伏者を受けいれてほしいと思います。白旗や白いハンカチを尊重してほしい。友軍の合図、帰営ラッパ、あるいは〝神に誓って戦闘をやめる〟という声を」

赤毛がまた立ち上がった。

「そいつらをどうしろっていうんだ？　きれいなリボンでも結んでやるのか？」

「いいえ」クリスは即答した。「まさか、ちがいます」強調するために続けた。この聴衆にはできるかぎり強調してやったほうがいい。

「では、どうするんじゃ？」ボビー・ジョーが立ち上がって訊いた。

赤毛はすでにクリスに辛辣な言葉を浴びせようとしていた。それを黙らせられるのは長老だけだ。機先を制されたせいで、赤毛はなにも言わずに口を閉じ、すわった。

ボビー・ジョーはふたたびすわりながらくりかえした。

「やつらには貸しがあるのじゃぞ、お若いの。貸しがある」

クリスはすぐに答えようとした。短く効果的なことを。しかし言葉が出ない。クリスにはめずらしいことだ。

するとかわりに、背後の席にすわった一等軍曹が低い声で話しだした。

「じつに厄介な問題ですな。たとえば、自分と部下たちが苦境におちいって降伏したとして、ウォードヘブンとのつながりが切れるわけではない。降伏を受けいれたほうもそのことはわかっていて、自分たちの扱いについてはウォードヘブンと交渉するでしょう。しかしこの連中は、どこかの軍服を着ているとはいえ、あきらかにだれかに雇われた傭兵です。そういう場合の扱いを考えると、自分のような古臭い下士官は頭が痛くなる」

クリスは振り返って中年の海兵隊員を見た。一等軍曹はいたずらっぽくクリスにウィンクして、続けた。

「こういう新しいケースは、士官殿のお考えをうかがいたいですな」

「ありがとう、一等軍曹」

クリスは小声で言った。彼はクリスが考える時間をつくってくれた。さらに一定の境界線をしめしたのだ。

クリスは農夫たちにむきなおった。今度は妙案だという自信があった。

「一般論としてよく聞く話ですが、若い植民地はつねに労働力を求めているはずですね。仕事をする人間がいる。パンダ星も例外ではないのでは？」

「そのとおりじゃ」ボビー・ジョーは納屋のなかに響く声で言った。

「さて、雇われて銃を持った者は、もうその雇い主に借りはないはずです」

「そうですな」一等軍曹が低く同意した。「そのせいで少なからぬ兵士が負傷し、あるいは死亡したのですから」

「ならば、立派な体格をしたこの連中には、新たな仕事をあたえていいはずです。労働契約にサインする者は雇えばいい。いやだという者は帰らせればいい」

「銃を持たせたままか？」赤毛がまた立った。

「着のみ着のままで」クリスはすぐに反論した。いまはこちらに流れが来ているのだ。離すわけにいかない。「捕虜の軍用装備はみなさんが没収します。お望みなら売却してもいい。わたしなら、その装備一式を使って国民軍を創設しますね」

いっせいに湧き上がった話し声は、おおむね同意の方向らしい。

その声がすこしおさまったところで、赤毛が声を荒らげた。

「将校はどうするんだ？　命令したやつらは。すこしだけきつい労働をやらせておしまいか？」

その質問は聞きたくなかった。いくつかの問題に決着をつけるために、将校の扱いは一時棚上げにしたかった。厄介な赤毛がうらめしい。

「いいえ」

大勢がどちらにむいているかはわかっている。少数意見などひねりつぶしてしまっても勝てる。父親がやっているような選挙なら当選できる。しかし、父親が民意になるべく沿おうと努力するのには、それなりに理由がある。父親は民意によって選ばれているのであり、彼らの意見は多くの場合に正しいからだ。

クリスは自分の政治的本能に従った。

「平和な民衆に銃をむけたという点で、この将校たちは全人類に対して罪を犯しています。わたしは捕虜が犯した罪を償わせるつもりです」

「あんたが償わせていいなら、おれたちが償わせたってかまわないだろう」赤毛が反論した。

「彼らの罪はリム星域の内側で計画されたものです。文明の中心においてです。彼らとおなじ人々はこの罪をよく分析しなくてはいけない。事実を見て、次にこういう思想が出てきたときに慎重に考えなくてはいけない。リム星系の司法制度は今回の罪を止められなかった。この事件は強い警報になるべきです。もちろん、みなさんが自分たちで裁く権利もある。司法と将来のためにどちらがいいかという話です」

「それは法律論によらず、政治的に解決したいってことだろう」赤毛が指摘した。

「なぜなら、政治的問題でもあるからじゃろう」

クリスより先にボビー・ジョーが言った。腰を浮かせながらそう発言した彼は、まっすぐに立ってから続けた。

「うちの若い子の話によると、地球はとうとう人類協会をつぶしたそうじゃの。そして地球と一部の仲間は独自路線をとり、残りのこちら側はべつの路線をとった。あんたのじいさまは引退から復帰して、王だかなんだかになったと」

「王みたいなものです」クリスは答えた。「だれもがそれぞれの道を模索しています。やはり他人から指図されるのがいやな人々が多かったようですね」

笑い声があがった。ボビー・ジョーが話した。

「しかしここでは少々孤独を感じる。今回は、身を粉にして働いて住み心地のいい場所をつくったら、そこを守る必要が生じることを学んだ。そうしないと盗もうとするやつがあらわれる」

誇り高き老農は人々を見まわした。その仲間たちは悲しげな目で同意している。ボビー・ジョーはうなずいてから、クリスに訊いた。

「知性連合とはどんな集団じゃ？　そして参加するにはどんな負担を求められるのじゃ？」

「加盟費は徴収していませんが」クリスは答えてから、そういう話ではないと気づいた。

「どんなものにも値段がある。わしらはいま、自由にも値段があることを学んだ。いままでそれを払っていなかった。そのせいで明日は割り引きなしの正価を支払わされる。あんたのじいさまはなにを求める？」

クリスはしばし耳を掻いて、考えた。それから肩をすくめて、普通に答えた。

「百二十の惑星――もしかしたらいまは百三十になっているかもしれませんが、その星々の代表がピッツホープ星で会議を開いています。なにを決めているのか、わたしは知りません。ご興味がおありなら、代表を送って聞き、多少の発言をなさってはいかがでしょうか。そのうえで、なにを捨て、なにを得るのか、みなさんで決めればいいと思います」

「そうしなくてはならんじゃろうな」ボビー・ジョーは言った。

そこで一等軍曹が進み出た。

「紳士淑女のみなさん、明日の戦いでだれが勝ち、だれが降伏するかについて、今夜論議してもはじまらない。しかしすこしは眠らないと、われわれは不利になるでしょう」

「それこそ真の軍曹の言葉じゃ」

ボビー・ジョーは言って、一等軍曹の案内で今夜の寝床へむかった。一等軍曹はクリスの脇をすり抜けるときに、耳打ちした。

「殿下もお休みください。夜はたちまち明けますよ」

クリスはこういう状況の経験は豊富だ。おかげでぐっすり眠ることができた。

32

コルテスは上空の目が地平線に沈んだあとに、歩兵に隊列を組ませた。じつは敵の船が上空に来るまえから兵士たちを目覚めさせていたが、しばらく寝袋のなかで待機させていた。体温のあるものが移動しているのを見せないためだ。

歩兵隊が野営地をあとにすると、残留組の十数人は焚き火を大きくした。負傷兵と人質も手伝って火を燃やしつづける。これでロングナイフの娘がコルテスのささやかな軍勢の出発に気づくのが遅れることを期待していた。

そろそろ運がめぐってきてもいいころだ。しかし幸運や期待は戦略のうちにはいらない。コルテスはトルン星出身のフュージリア近衛隊中隊の指揮をジューコフ少佐にまかせた。彼らは水浸しのルートを通り、溝エリアの背後の沼にまわりこむ予定だ。その急襲に田舎者たちは驚くだろう。

賛美歌屋たちは直線的なルートを通る。ただしなるべく身を隠し、散開する。どんなに急がせても次の上空通過までに溝エリアを攻撃するのは無理だ。それなら賛美歌屋たちを広く散らばらせ、未明の冷えた闇のなかでじっとして身を隠させたほうがいい。

用兵がこれほど難しいとは。知っていたらこんな仕事はしなかっただろう。

いや、これは難易度の高いリーダーシップ問題なのだ。じつはそれを楽しんでいる。これまではロングナイフの娘に主導権を握られていた。今度はこちらで曲を選び、踊り方を指定してやる。

ブルース軍曹は川のなかに島をみつけて、そこを観測拠点にした。島といっても、狭い地面に木が一本とわずかな藪がはえた、かろうじて水面より高い中州にすぎない。しかしブルースの目的には適している。両側の流れは速く、深い。逃げこめばしばらく身をひそめられる。肉眼で情報収集するしかないときでも一定の視界を確保できる。

ネリーのナノバグは有効距離も航続距離もかぎりがあるので、いまは肉眼で観察していた。特別な観察対象がないうちは、ナノバグは秘書コンピュータにとまらせてエネルギーを節約させている。

ネリーがクリスにかけあったおかげで、海兵隊に一定の性能の携帯コンピュータが配布されたのはありがたかった。手首にはめたこのコンピュータが海兵隊の期待をすべて満たしているわけではないが、それはしかたない。海兵隊の期待とプリンセスの要求は一致しなくて当然だ。

期待と戯《ざ》れ言《ごと》は言うだけ無駄……。しかし自分の冗談に笑っている暇はなかった。ブルースは半月の光で地形を観察するのに忙しかった。パンダ星の一個だけの月はウォードヘブン星のより大きいので、明るさは充分だ。さらに鼻も耳も働かせる。

聞こえてくるのは小動物の鳴き声。耳慣れないが不快ではない。ブルースが来たときに静かになったが、いまはまた最大音量で鳴いている。匂いも自然のまま。人間や自分が持ちこんだものではない。好ましい匂いだ。

見えているのは湿地の水草と、風がなく鏡のように凪《な》いだ水面だ。いや、なにかが浅瀬に跳びこんだ。水面を叩く音がして、また静かになる。小型の捕食動物《ハンター》が朝食をつかまえたようだ。

ブルースは陰気に笑った。もうすぐもっと大きな攻撃者《ハンター》が、もっと大きな音をたてはじめるはずだ。

茂みに寝そべり、フェースプレートをほとんど下ろして、わずかなきっかけですぐに音をたてずに水中にはいれるようにしている。軍曹は原始的な獣のように水辺にひそんでいる。海兵隊は辛抱強い。

まもなく派手な騒ぎがはじまるはずだ。ブルースはそれを待った。

クリスはソープ船長の船が地平線下にはいるとすぐに、自分の機動部隊を目覚めさせ、乗車させて、出発した。外はまだ夜だ。しかし行く手には、ふたたびソープから隠れることができる最後の農場二軒がある。そして九十分のかくれんぼ。ふたたび外に出たら、あとは収拾のつかない大騒ぎになるはずだ。

クリスは、自分をかこむおおまかな三列縦隊になった機動部隊を見まわして、首を振った。農夫たちは運転台で舟を漕いでいる。トラックはヘッドライトをつけてもまっすぐ走れないようだ。運転手はまだ半分夢のなからしい。

隊列のなかで歩くお下げ髪の少女がトラックに横からぶつかられそうになった。その悲鳴に加えて、おなじく横からあてられそうになった男の怒鳴り声もあがった。これらの叫びでようやく運転手は目が覚めたようだ。機動部隊は左右に間隔を広げ、トラックのぶつけあいは起きなくなった。

数分後にワスプ号が空に上がってくると、クリスは通信リンクのボタンを押した。

「上からの眺めはどう、ドラゴ船長?」

「こっちのセンサーをごまかそうとしてるやつがいるな。野営地で焚き火を大きくしてる。なにも知らなきゃ、コックが朝のコーヒーを沸かす準備をしてると思うとこだが」

「あるいはセンサーへの目くらましか」

「本当にコーヒーだといけないから、部下が調べたよ。寝袋の一部は温かいが、他は冷えはじめてる。大半はすっかり冷たくなってる」船長はしばらく黙ってから続けた。「殿下の敵は怠け者ぞろいのはずだから、野営地をこっそり脱け出して明け方に悪事を働こうなんて、まさかそんなことは考えねえよな」

「まじめな連中がそんなことをするわけないわよ」クリスは皮肉たっぷりに言った。「彼らの現在位置はわかる?」

長い沈黙のあとに、ドラゴは答えた。

「はっきりしないな。塹壕地帯への道の途中にいくらか熱反応がある。でも野営地とその熱反応をつなぐ線がみあたらない。地下にもぐったのかな。うまいこと」

「穴を掘って、断熱シートをかぶれば、軌道からは見えないはずね」

「うわ、そんな言葉を平気で使うなんざ、誇りある宇宙船乗りとは思えねえ。穴を掘るとか、土に隠れるとか。おお、いやだ。絶対にいやだな」

それを聞いた泥だらけの農夫たちが不愉快そうな顔をするのを見て、クリスは笑いをこらえた。

「提案を聞いて。遠からず決戦がはじまるわ。あなたは軌道上でソープに忍び寄ってほしいのよ。いざとなったら一、二分で相手の地平線上に出られる位置にいて」

「そして相手の照準にいきなりはいって、撃たれる危険に見舞われるわけだな。敵意はない、一種の事故なのに」

「楽しみを地上で独占されるのは気にいらないでしょう」クリスはからかった。

「気づかい無用だ。好きにやってくれりゃいい」

その通信チャンネルにスルワン・カン航法士が割りこんだ。

「コースを計算したわよ。敵のケツを追いかけてほしい？　それともちょっと足踏みして前方に出てやる？」

「後方から接近するのがいいわ」とクリス。

「それがいい」ドラゴ船長は真剣な声に切り替えた。「よし、それじゃあ長い尻尾を追いかける位置に移動するぞ」

「上からなにかを見かけたら報告を」

「了解。以上」

クリスは通信を切った。トラックが進んでいく闇に曙光《しょこう》はまだ差さない。しかしその日が西に沈むまでには、あらゆる疑問の答えが出ているはずだ。


コルテス大佐は口にはいった泥を唾といっしょに吐き出した。センサー担当の工兵が、「上空クリア」と声をかけると、すぐに保温ブランケットを横に剝いだ。

「全員立て。出発だ。昼の光を無駄にするな」コルテスは怒鳴った。

まだ真っ暗だけど……とだれかが小声で指摘したが、賢明な大佐は聞こえないふりをした。

「保温ブランケットを汚く丸めるな」

賛美歌屋の一等兵がまさにそうしようとしていたのを見て、コルテスは怒鳴った。大佐が一等兵を直接叱咤するようなことは、普通はありえない。しかし白帽の軍曹三人はすぐそばに立っていながら、一等兵が軌道の観測から隠れる手段を捨てようとしているのを止めなかった。

大佐のうしろの穴から這い上がってきたソウヤー大尉が言った。

「軍曹、兵士には装備を適切に片付けさせろ。穴を掘って隠れるのはこれが最後とはかぎらないぞ」

「はい、大尉」

軍曹たちは答えた。兵士たちのあいだを歩いて、丸めたブランケットをきれいにたたませていく。ソウヤーはコルテスにむきなおった。

「申しわけありません、大佐。兵士たちは保温ブランケットの扱い方を教えられていますが、着陸後はあらためて指導されなかったのです」

つまり大佐はどうせ暇なのだから、必要事項を思い出させる命令を自分でときどき出せと、遠まわしに言っているのだ。

たしかにそれを怠った。いまさらしかたない。

「大尉、きみの第三中隊に中央をまかせる。溝エリアを急襲しろ。第一および第二中隊は両側面から掩護《えんご》する」

コルテスはまわりを見た。ぐずぐずしているわけではないが、敵のほうへ進んでいないのはたしかだ。

「第三中隊は、第一、第二中隊と溝エリアまで競走してはどうかな」

大尉はにやりとした。

「わかりました。軍曹、兵士を一列に並ばせろ。わたしのうしろに」すこし間をおいて、

「続け」

ソウヤー大尉はそう言うと、コンパスを出して方角を読んだ。そして進路をやや右に修正

した。

コルテスは小走りに右手へ行って、第一中隊を指揮する若い大尉をみつけた。

「第三中隊が溝エリアまで競走をいどんでいるぞ」

常勝軍の大尉は軍曹と紅茶を温め、香りを楽しんでいるところだった。顔を上げて言う。

「なんてことだ」

大尉は温めきれていない紅茶を草むらに捨てた。軍曹は兵士たちのほうへ走り、大声で命令しはじめた。すぐに隊列をつくり、第三中隊のあとを追っていく。

いや、兵士が二人遅れた。一人が穴に落ち、もう一人が救助するために残ったのだ。コルテスは落伍者にかまわず、第二中隊へむかった。

しかしそちらには注意深い者がいたようだ。若い大尉はすでに兵士たちを集め、二つの中隊のあとを追っていた。

コルテス大佐は引き返し、第三中隊のあとを追いはじめた。全体が敵のほうへ突進しているのはいいことだ。しかし、走りつづけてそのまま愚かな農夫たちのあいだに突っこんだら、悲惨な結果になるだろう。溝エリアの手前の最後の木立のラインでは、ソウヤー大尉はさすがに中隊を停止させるはずだ。それくらいの頭は持っているだろう。

確認すべきだったとコルテスは思った。

ブルース軍曹は、ワスプ号が上空から消えてからさらに十分待って、ネリーのナノバグを飛ばした。風は背後から塹壕地帯のほうへ吹いている。ネリー特製のナノバグの航続距離を伸ばしてくれるはずだ。

ナノバグは適当なものにとまって観測するようにプログラムされている。一部は薄《すすき》や葦《あし》や沼の浮きかすにとまって、沼とその周辺を監視範囲におさめるはずだ。それらはブルース軍曹のアイピースに位置情報を投影して、すぐに沈黙した。うまく姿を隠している。

十数個のナノバグは遠い木立をめざして風に乗っていった。数本のブルームツリーのてっぺんに到達できれば、周囲からの道をすべて監視できる。

一時間近く見張ったが、なにも動きはなかった。やがて、敵の船が上空にあらわれる時間をリストユニットが通知した。ブルースはバイザーを下ろして、水中にもどった。手頃な倒木をみつけて、水面より上にホイップアンテナを立てて、自分はその下に潜った。

倒木の下には先客がいた。鋭く、強力ななにかに海兵隊のブーツをかじられたが、蹴飛ばすとおとなしくなった。大きな仲間や多数の仲間を連れてもどってくるのでないかぎり、この倒木の下に当分は隠れていられそうだ。

「エルナンド、順調のようだな」ソープは上機嫌で言った。

「次の上空通過までに敵を叩きつぶしておいてやる」地上のコルテスが答えた。

「大佐、息が荒いようだが」ソープは訊いた。

「走っているんだ。全部隊が走っているぞ、ウィリアム」

「敵のほうへ進んでればいいけどね」ホワイトブレッド氏がにやりとして言った。ソープは眉をひそめた。地上部隊の指揮官への侮辱だとわかっているのだろうか。コルテスの耳にはいっただろうか。

聞こえたとしても、コルテスは興味をしめさなかった。

「敵の他のグループに動きはあるか？」

「とくにない。グループは川の対岸に一つ。きみから見て北に一つ、二つ。きみが溝エリアと呼ぶ場所に集結しているという証拠はない。夜に上空通過時に観測するだけではなかなかわからない。すくなくともきみの南側で動きはないな。テロリストを一掃すれば、あとはおとなしく従うはずだ」

「そう思ってくれるとありがたい」

コルテスも年のようだ。息が上がっている。

「報告できることは以上だ。通信を終了する。敵の死者数と捕虜数の報告を楽しみにしているぞ。ところで、ロングナイフの娘を拘束できれば多少の金で買い取るという連中がいるようだ。死体より生け捕りがいいらしいが、どちらでもかまわん」無関心な口調でソープは言った。

「考慮すべきことは考慮するさ」コルテスは答えて、通信リンクを切った。

クリスは納屋の扉のまえにかけられたバケツから水を飲んだ。

センサー担当の工兵が装備から顔を上げた。

「敵船は上空から去りました、大尉」

「進軍用意を、一等軍曹」

すると、一等軍曹のそばについた者たちが動きはじめた。色とりどりの毛糸で編んだ長いワンピース姿の白髪まじりの女は、慣れたようすでライフルを抱えて、農夫たちのあいだを足ばやに歩いていった。

「昼の光を無駄にするんじゃないよ」強い口調で指示する。

「どこにそんな光があるんだよ」男の一人が言い返した。

「ジェイコブ、普段からばかだけど、それ以上ばかにならなくていいんだよ」

ぴしゃりと話を終わらせる。

運転手たちはさすがに目が覚めていた。トラックは納屋や車庫やその他の建物から走りだして、すぐにいつもの三列縦隊をつくった。十分とかからずに他の農場から出てきた側面部隊が右手についた。

東の空は白みはじめている。塹壕地帯への突撃はまもなくはじまるだろう。もしクリスが攻撃側の指揮官なら、明るくなって戦闘が激化するまえに戦場をすこしでも横断しようとするはずだ。それが定石《じょうせき》だ。

クリスがコルテスにあたえたのは最悪の選択肢だが、それでも大佐は全力でそれにいどもうとしていた。

33

コルテス大佐は片手を上げて停止の合図をした。

第三中隊の士官と下士官が停止の合図を伝達した。他の二個中隊は伏せているのが木の間隠れに見える。一部の兵が一番槍を競って走りつづけるのではないかと心配していたが、傭兵隊もそこまで愚かではないようだ。

大佐は暗視装置ごしに目標地点のようすを見た。月は沈み、その明るさは消えている。星明かりで溝エリアを見るしかない。しかし農夫は暗視装置など持たないだろう。むこうは不利だ。ロングナイフの娘が海兵隊を前面に配置していればべつだが。

コルテスはその考えを振り払って、目標を観察した。見張りや歩哨が見あたらない。周辺を警戒しているようすがない。この木立のラインから溝エリアまでの千メートルの平地のどこにも哨所や警戒線が設置されていない。信じられない。こんなに警戒心がゆるくて、ロングナイフの娘はよく生き延びてこられたものだ。

溝からは一つないし二つの頭がのぞいている。どちらもいびきをかいて眠っているように見える。溝エリアのほうから吹く風は小便臭い。まさか戦闘配置を汚しているのか。コルテスはあきれて首を振った。

しかし気をとりなおした。ソープはこの娘を過小評価したせいでこんな辺境にいるのだ。おなじ轍《てつ》を踏んではならない。

腕時計を見て、溝エリアのむこうの白みはじめた空を見た。兵士たちはあと五分程度は暗がりにひそんでいられるだろう。その時間を有効に使おう。

コルテスは通信リンクを取り出し、ボタンを押して、すぐに切った。

ジューコフ少佐は二回クリックを返してきた。誇り高きフュージリア近衛隊はいつでも準備万端だ。

コルテスは第三中隊に小声で命じた。

「ソウヤー大尉、中隊を低い姿勢で前進させろ。小隊単位で。第一、第二中隊にも同様の合図を送れ。姿勢を低く、音をたてずに」

さらにジューコフ少佐に、通信リンクで一回クリックを送った。彼の横で第一中隊第一小隊が長い一列になって前進しはじめた。腰を曲げて二十メートル進み、草陰で地面に伏せる。このあたりの多年草は刈り取り前らしく、腰丈まで伸びている。かがんで進めばほとんど見えない。

ソウヤー大尉は第二小隊に合図して、いっしょに前進した。二十メートル進んで、第一小隊を追い越す。第三小隊が一列になって動き出すと、コルテス大佐はそれについていった。第二小隊を追い越して四十メートル進む。

そうやって一分ごとに最後尾の小隊が低い姿勢で前進し、先頭の小隊を追い抜いた。コルテスは、自分の小隊が動かないあいだは前方の溝を観察した。

動きはない。活動はない。なにも起きない。

まるでだれもいないかのようだ。

中間あたりまで進んだところで、コルテスは考えはじめた。このまま銃声もしないなら、全員を立たせて残り三百メートル地点までいっぺんに進んでいいのではないか。

しかしそのとき動きがあった。溝エリアのどこかで爆発音がした。フュージリア近衛隊あたりがグレネードを投げたのか。

しばらく物音ひとつ聞こえなくなった。コルテスのまわりの兵士たちは息を詰めている。

今度は、爆弾のようなものが火花とともに宙に弧を描いた。溝エリアから賛美歌屋のほうへ飛んで落ち、破裂した。

さらに溝エリアから連射音が響いた。音からでは武器を判別できないが、連続して鳴っている。頭上では空気を切り裂いて銃弾らしいものが飛ぶ。多くは高くそれている。と思うと、一人の男に命中して悲鳴があがった。

「衛生兵！　衛生兵！」列のむこうで声が響く。

コルテスの左右から兵士たちがはげしく応射しはじめた。とはいえ敵の姿が見えているわけではない。コルテスは溝エリアに目を凝らした。しかし断続的な閃光のせいで暗視装置の視野は白く塗りつぶされている。

第三小隊が前進する番になった。小隊長と軍曹がなにか叫んでいる。動けないようだ。

コルテスは立ち上がった。

「第三小隊、おれに続け」

低い姿勢で走りながら、腕を振って、兵士たちに続けと合図する。多くはついてきた。コルテスの隣の歩兵が顎に銃弾を受けて倒れた。それでも倒れるまえに四十メートルは走っていた。

三分の一は射撃位置につき、応射できる体勢になった。コルテスは第一小隊に目をむける。ところが彼らは後方の位置から動いていない。

コルテスは立ち上がった。

「第一小隊、前進しろ。なにをしてる、ただの農夫の群れだぞ。銃の扱いなど知らんやつらだ」

兵士たちは立ち上がった。中尉が先頭に立ち、続けと叫んでいる。しかし四歩進んだところで、脚を押さえて倒れた。かわりに軍曹が立ち、兵士たちを率いてきた。

コルテスはそのようすをきびしく見守った。彼らが先頭の小隊を追い越すと、コルテスもついていった。声をかけて前進をうながし、四十メートルに満たずに地面に伏せるやつは蹴飛ばして叱咤した。

第一小隊が地面に伏せると、コルテスは第二小隊に前進をうながそうとした。しかしソウヤー大尉はすでに立ち上がり、中尉と軍曹の指示のもとに小隊を動かしていた。

コルテスは彼に親指を立ててみせた。そして膝立ちの姿勢にもどって、状況を見た。

まだ溝のあちこちから火花が飛んでいる。しかし最前線の二列はおとなしくなったようだ。ちょうど爆弾が二個、高く飛んで、賛美歌屋と近衛隊のあいだで爆発した。いまのところ爆弾による死者は出ていないようだ。しかしいくつも飛んでいる。たいていは頭上を越えていく。

いや、低く飛ぶものもあった。軍用ダート弾のような風切り音が耳もとをかすめる。ジューコフの近衛隊中隊はどこにいるのか。標準的な作戦ボードがほしかった。しかしそのためには位置情報が必要だ。このお粗末な計画ではGPS衛星を充分に飛ばす予算がなかった。ふたたび小隊単位で中隊を前進させた。左翼と右翼の中隊はコルテスの直接の指揮下にない。また小隊単位で一回に進む距離が短い。コルテスがじかに監督して、長い距離を進むように命じなくてはいけないだろうか。さもないと総攻撃を命じたときに走る距離が長くなる。

コルテスは顔をしかめて考えて、第二中隊を支援する予備隊として溝エリアにはいっていくことにした。もし農民たちが囲いを突破して逃げようとしても、遅れている後続の二中隊がちょうど追い立てる位置になるだろう。

コルテスのまわりでは兵士たちが射撃しながら前進している。訓練どおりに務めをはたしている。見まわして満足し……笑みを浮かべた。

そして笑みとともに、そのときだと気づいた。

先頭の小隊は溝の第一列まであと二百メートルに近づいている。後続の小隊は再度前進しようとしている。中央はソウヤー大尉の小隊だ。これならうまくいきそうだ。

コルテスは通信リンクを押した。

「ジューコフ、これから総攻撃をかける。おまえは沼のほうへ逃げる敵を迎え撃て。五つかぞえたら射撃を控えろ。撃つのは目標をはっきりとらえたときだけにしろ」

「こっちへ追い出してください。一網打尽にしてやる」

コルテスは立ち上がり、第三小隊に合図を送った。

「立って目標にむかえ」

銃弾が耳もとをかすめたが、ひるむ兵士はいない。全員が命令に従っている。

「第二小隊は前進準備をして、第一小隊が横に並ぶのを待て。前進準備」

最後尾の小隊が、中央の小隊の攻撃ラインに並んだ。

「前進!」コルテスは叫んだ。

ソウヤー大尉が怒鳴る。

「聞こえたな、ついてこい。溝まで走ってビリのやつは掃除当番だぞ」

叫び声とともに第二小隊は立ち上がり、小走りに前進した。

コルテスは第一、第二小隊のまえを走りながら叫んだ。

「第三小隊、前進準備」

「まだ立つな。先へ出すぎると背中から撃たれるぞ」軍曹が叫んだ。

戦意はすぐに抑えられた。しかしまもなく、三個小隊は横に並び、全員が立ち上がった。

ある者は立ち止まって撃ち、べつの者は走りながら腰だめで撃つ。

一人、二人と兵士が倒れた。どちらも右翼と左翼の端だ。まぬけな第一、第二中隊に背中を撃たれたのだとしたら、何人かの士官を減給にしなくてはならない。

その第二中隊も叫び声をあげながら溝へ走っていく。そのとき、溝のなかでなにかが爆発した。コルテスはしばし目がくらんだ。近衛隊は銃撃を控えているのに、この爆発音はなにか。

兵士たちは撃ち、叫び、走っている。コルテスはその先頭だ。

溝の第一列に到達した。上半身をいれて、早暁《そうぎょう》の薄明かりのなかで左右を確認する。しかしだれもいない。

第二列の溝にむけて撃ち、そちらへ走った。

到達すると今度はいきなり跳びこんだ。ここは左右に土嚢《どのう》が積まれている。一方へむけて撃つ。

悲鳴が聞こえ、振りむくと、なにか大きく黒いものが突進してくるのが見えた。溝のなかは薄暗いので、正体がわからない。とにかくそちらへむけて撃った。目標は怒りの叫び声をあげ……突進速度を増した。コルテスはトリガーを引きっぱなしにして、フルオートで連射した。

目標には当たっている。まちがいない。なのに巨大な影はまっすぐ迫ってくる。

しかし咆哮とともにコルテスの足もとに倒れこんだ。闇のなかに白い牙がのぞく。

「なんだこりゃ」賛美歌屋の兵士が言った。

「豚さ。かなりでかいな。親父がこういうのを育てて、ハムにして賞を獲ったからまちがいない」背後のべつの兵士が教えた。

「大佐、あぶない！」

警告の叫びは遅かった。背後から尻を突き飛ばされ、豚におおいかぶさるように倒れた。すこしでもずれていたら、アーマーのない股間を牙でつらぬかれるところだった。死んだ豚の復讐をかろうじてかわして、隣の泥のなかにころがる。ついた手には拳銃を握っていて、泥だらけにしてしまった。

痛む尻をついて体を起こす。目のまえに二本のねじれた鋭い角と、長い顎鬚があった。そして臭い吐息。角でコルテスの鼻を突き刺そうというつもりらしい。

コルテスは泥だらけになった拳銃をかまえて、その眉間に二発撃ちこんだ。頭蓋骨が小気味よい音とともに砕けた。

角のある動物の血をぬぐっていて、ふと気づくと、あたりは静かになっていた。

戦場の騒音が消えている。遠い銃声すら聞こえない。

コルテスは立ち上がろうとしてよろめいた。白服の兵士の助けをありがたく借りた。そのせいで兵士の白服は泥だらけになったが。

溝から出て、しばらく状況把握につとめた。火花はない。爆発もない。

刺激臭のある濃い煙が戦場をおおっている。強い硫黄臭がする。射撃場のかぎ慣れた匂いではない。着陸記念日の花火の匂いだ。

溝のなかを振り返る。撃ち殺した白い動物の脇に、長く連なった爆竹が落ちている。コルテスは脇の二人の兵士を見た。彼らもおなじように状況を理解しつつあるようだ。

敵の死体はない。逃げる敵もいない。

豚を見分けた農場出身の兵士に訊いた。

「この動物はなんだ？」

「山羊みたいですね。種類はわかりません。親父は飼ってなかったので。悪魔の動物だからって嫌ってました」

「そこは同感だ」コルテスは言った。「ソウヤー大尉はどこだ？」

「ここに」大尉は出てきて、敬礼した。

コルテスは返礼した。兵士たちの心理を動揺させないためには、日常の手順が大事だ。誇りを失わないことだ。総攻撃をしかけた先が……家畜小屋だったことは、なるべく早く忘れたほうがいい。付近に敵はいないのだ。

一杯くわされた。このことを兵士たちに悟られないようにできるだろうか。指揮官の難問だ。兵士たちにおなじ落胆を味わわせないためにはどうすればいいか。

「逃走したテロリストは親切にも上等な家畜を残していってくれた。せっかくだから楽しくバーベキューをやろう」

ソウヤー大尉はのみこみが早い。てきぱきと部下に指示を出しはじめた。

「軍曹、荷車を牽いてこい。おまえたち――」伍長とその分隊を指さす。「焚き火の穴が十個以上必要だ。すぐに掘りはじめろ」

第一、第二中隊がやってきた。第一中隊は警備を命じられ、哨所を設置することになった。第二中隊は焚き火用の薪集めをまかされた。

ソウヤー大尉をバーベキュー班の責任者にして、ジューコフ少佐を呼び寄せた。

「敵兵はおらず、蹄《ひづめ》のはえた肉だけというわけですか」

「そうだ。しかし、いくらロングナイフの娘でもロケット花火や爆竹の発火タイミングを何時間もまえから設定しておくことはできない。見張りがいるはずだ。そいつを探せ。追跡しろ。細かくちぎってたこ糸にしてやる」

「わかりました、大佐」ジューコフは去った。

コルテスは、朝っぱらの大宴会の準備のほうにむきなおった。唇に無理やり笑みを浮かべる。これが予定どおりなのだという態度をよそおう。

ニューエルサレム星出身の一部の兵士は、家畜の解体と調理に経験があった。きれいに処理して焼きやすい大きさに切り分けた。慣れた手つきの派手な作業を見て、都会育ちの兵士たちは青くなって草むらに駆けこんだ。

人質たちの多くも参加して、経験者の兵士たちを手伝った。一時間もすると、山羊は早くも焼き上がった。豚に火が通るのはすこし時間がかかった。

その豚がようやく焼き上がったころに、ジューコフと濡れそぼった近衛隊の分隊がもどってきた。少佐は一本の鋼線をコルテスに提出した。

「倒木の陰に設置されていました。アンテナです。われわれが発見したときには、使用者はとうに去っていました」

コルテスは顔をしかめた。山羊肉を食った残りの脚の骨を近くの焚き火に放りこみ、立ち上がる。少佐と斥候隊のベテラン軍曹だけに聞こえる低い声で言った。

「ロングナイフの娘にはめられたのは二回目だ」兵士たちに目をやって、「二回も剣をまじえながら、簡単にあしらわれた」

コルテスは首を振った。

「小娘に三回も嘲笑されるわけにはいかん。斥候隊は飯を食え。ジューコフ、この豚はなかなかうまいぞ。燻製にする暇がないのが残念だ。いまのうちに腹にいれておけ。散々な朝だったが、昼には出発する。いいか、午後はかならずこっちの展開にするからな」

34

クリス・ロングナイフ大尉は丘の上に立って、麓の作業を眺めていた。地形を把握するために、ジャックと一等軍曹とピーター・ツーとともに登ってきたのだ。クリスがここから眺めるのは初めてだ。

ツーは見せたい理由があった。見える範囲のすべてが自分と家族の汗で築いたものなのだ。ツー一族の頭領は気をもんでいた。農場主の誇りは消し飛び、恐怖におびえている。

「あんたらのこの戦争、なにもかも破壊するなんてことにはならねえよな？」

一等軍曹は心から悲しげに農場主を見た。ジャックは目をそらした。となるとクリスが答えるしかない。

「わかりません。どんな戦闘計画も会敵の瞬間に吹き飛ぶものです。午後の戦いの結果を午前には予想できません」

農場主は肩をすくめた。

「あんたが正直者なのはわかったよ」

クリスは部下たちの仕事ぶりをしばらく黙って眺めた。いま立っているなだらかな丘は、下の平地から百メートルほどの高さがある。平地はむこうの沼と丘の裾にはさまれて帯状になっている。その中央を道路がとおり、ツー農場の建物とその水田をへだてている。

地元住民の多くは、雑草と穀草をかけあわせたような作物に満足している。一度植えておけばシーズン中に何度も収穫できるからだ。クリスの背後の丘陵地にはどこまでもそれが植えられている。

しかし、地球のアジア大陸出身の顔で背の低いツー氏は、米を好んだ。そこで沼の近くに農場をかまえ、水田をつくった。米は多様な農産物のひとつとして一定の市場を得た。一族は繁栄し、水田は道路ぞいにも沼のほうにも広がった。

その水田のあぜ道が、今日のクリスにとっては興味深い場所になっていた。

地元住民の多くにとって、売り物になる糞をする地リスは益獣だ。しかしツーとその一族にとっては害獣だった。この四本足の小動物は、稲を食べるのだ。一群の地リスが棲みつくと水田一枚が一日で裸になる。

その食害を防ぐために、ツー一族はあぜ道のなかにトンネルを掘っていた。地リスは穴を掘ってきて、そのトンネルに出る。そこでは、ツーが輸入したもうひとつのものが待っている。地球産のマングースだ。彼らは地上とおなじく、地下も徘徊している。

地リスは追いつめられると凶暴になる。しかしマングースは追いつめるのが好きだ。地リスに勝ち目はない。

それはともかく、クリスにしてみれば、道路をライフルの射程におさめる範囲にそんなあぜ道がたくさんある。道路を進んでくるものを蜂の巣にできる。

その準備として、多くの作業班が大ハンマーと杭を使ってトンネルから外をのぞく穴をあけていた。

クリスが立っている丘の下にある地下冷蔵室も、べつの班が改造していた。一時間後か、遅くとも二時間後には、この丘にいくつも銃座ができるはずだ。

この道路を進んでくる者は交差射撃の的になる。平地なので逃げ場はほとんどない。必殺の罠だ。

「のこのこやってきたら、ですけどね」ジャックがクリスの考えを読んだように言った。

「何度もだまされないだろうと言いたいの？」

「殿下は彼に高い授業料をくりかえし払わせていますから」一等軍曹も言った。

クリスはむっとしたように鼻を鳴らした。

「銃手の数ではコルテス大佐よりこちらが上よ。でも海兵隊以外の兵士は銃撃戦で正しい判断ができるかどうかわからない。あぜ道や丘の銃座に配置したら、黙ってすわって、命じたときだけ撃つようにさせるしかないわね」

「戦闘はだれにとっても難しいものですよ」とジャック。

ピーター・ツーがおそるおそる意見した。

「水田のトンネルに隠れさせたら……不利な展開になったときに逃げられないんじゃねえか？　あの投げるやつ――手榴弾か――それを何発かトンネルに放りこまれたら……」

あとは言葉にしない。クリスはその考えを封じた。

「水田はそれぞれ四角くなっているわ」両手で直角をつくってみせる。「右側のあぜ道のライフルは、左側のあぜ道に敵が進めないようにできる。おなじように左側のあぜ道のライフルは右側を守れる。わかるでしょう？」

「いちおうな」農夫はまだ納得いかないようすだ。

「海兵隊は機動的な予備部隊として動く。予想外のものに対応させるわ」

「あんたはどんなふうに予想してるんだい？」ツーは訊いた。

「もちろん、撃ってくださいといわんばかりの長い一列縦隊で道路を行進してくることはないはずよ」クリスがジャックと一等軍曹を横目で見ると、二人はうなずいて同意した。「もう簡単にはひっかかってくれない。岩陰や地面の亀裂をひとつひとつ警戒しながら進んでくる。こちらはできるだけ痕跡を残さないようにする必要がある」

その予想を裏付けるように、ドラゴ船長から通信がはいった。ワスプ号はソープの船の背後に近づいているため、早めに上空にあらわれたのだ。

「コルテスは朝のお茶会を終えたようだぜ。塹壕地帯を片付けて、道路にもどってる」

「隊列の編成は？」クリスは訊いた。

「昨日とおなじだ。軽歩兵を側面に並べて、前衛にもおいてる。荷車と重装歩兵が本隊だ。それから、軽歩兵の一部は動物かなにかにまたがってる。どうやら家畜の一部を連れてきたみたいだ」

「全部は食べきれなかっただろうからな」ジャックが言った。「傷病兵はどうだ？　本隊の荷車に乗ったりよたよた歩いたりしている兵士は何人いる？」

「ちょいと待ってくれ」ドラゴの答えは一分もかからずに返ってきた。「負傷者は五十七人から六十一人てとこだな。昨夜とくらべて倍増。やっぱり塹壕地帯でそれなりに怪我人が出てるわけだ」

ドラゴは笑った。一等軍曹とジャックも加わった。

クリスは眼下の地形を見て顔をしかめたままだ。

「こちらの伏兵が交差射撃をかけるわけだけど」

「そうです、殿下」一等軍曹が言った。「うちの兵は掩体に隠れます。銃撃戦がはじまっても危険はない」

しかしピーター・ツーはますます心配そうな顔だ。

「ドラゴ船長、コルテスの部隊配置の画像を送ってほしい」一等軍曹は言った。まもなく要求のものが送られてきた。「ネリー、敵部隊をこの地上の眺めに重ねて投影してくれ」

すぐに彼らのまえに半球形のスクリーンがあらわれ、部隊のようすが投影された。丘の斜面と水田の上に白いスモック姿の兵士たちが散らばる。後方に続くのは重装歩兵と荷車の列からなる主力隊だ。さらにあとからは、長い棒を持った兵士たちが家畜の群れをまとめながらついてくる。ライフルは肩から吊るしている。

「こんなふうに広がったままで来るかな？　あぜ道を歩けるのに、わざわざ水田を渡る者はいそうにないが」一等軍曹は言う。

「しかし、あぜ道に隠れてる兵士は、あぜ道の上の敵をどうやって撃つんだい？」ツーは訊いた。

クリスはまた両手で直角をつくってみせた。しかしツーは、うなずきながらも納得できない顔だ。

「銃兵はあぜ道の二列目、三列目、四列目にも配置する」

ジャックが言うと、一等軍曹はうなずいた。

「しかし手榴弾を投げられたらどうする？」ツーはまた訊く。

「トンネルの突きあたりに干し草ロールや刈り草の束を積んでおけば……」と一等軍曹。

「燃えだしちまうよ」ツーは言う。

「それでも爆風や破片を吸収してくれれば……」とクリス。

「犠牲者は減らせるはずだ」とジャック。

クリスは海兵隊を配置することも考えた。そもそも参謀会議に民間人をいれたら、まとまる話もまとまらない。具体的にやるために丘を下りはじめた。海兵隊の話はあとでしよう。海軍に入隊してから戦闘を何度経験しただろう。

たくさんだ。頭のなかの小さな声が言った。

しかし歴史の本のように運んだ戦闘は一度もなかった。安全で埃っぽい象牙の塔に住むどこかの学者は、今日の戦闘と歴史上の先例を比較して、結果は簡単に予測できたと書くだろうか。

もちろん学者はクリスと兵士たちがやったことを知っている。なにが成功し、なにが失敗したかも知っている。しかし熱い太陽に照らされ、穴を掘るとシャベルから埃が舞う現場はそれほど甘くない。

後知恵で言うのは簡単だが、予測して言うのは難しい。両者をへだてる溝は深くて広い。

コルテスは、軌道上で快適にしている恒星船船長としゃべるのがしだいに不愉快になってきた。溝エリアの攻撃直後の上空通過では、ソープの返事の途中で通信を切ってやった。勝利の成果を兵士たちが食べているあいだに上空通過は二回あったが、ソープから呼びかけはなかった。

しかしいまコルテスは会敵が予想される場所へ兵を動かしていた。次に待ち伏せ攻撃が推測される場所の情報をソープに求めると、写真と地図が軌道から送られてきた。

ロングナイフの船の上空通過時間がしだいに早くなり、ソープの船に背後から近づいていることは、あえて教えなかった。本人が船のセンサーを使って自力で気づくべきことだ。

コルテスが注目したのは、行く手にある奇妙な形の沼地だ。ソウヤー大尉は、水田というものだと教えた。

ジューコフ少佐はそこを観察した。

「敵は水中に隠れて、わたしたちが通過するときに跳び出して攻撃してくる可能性がありますね」

「この丘からもな」コルテスはつけ加えた。

「待ち伏せの好適地なのは明白です」少佐は同意した。「しかし、ロングナイフの娘がこれほどあからさまな場所でやるでしょうか。海兵隊の指揮官がそれを許すでしょうか」

「いい疑問だな」コルテスは同意した。「最初の待ち伏せは明白だった……それをむこうはうまくやった。今朝の朝食会場も明白だった……それもまんまとやりおおせた。しかしそろそろ決戦をいどんできてもおかしくない。とすると、怪しい地形の場所はこの先のどこにある？」

ジューコフは首を振った。ソウヤーは肩をすくめた。

コルテスは結論づけた。

「つまりロングナイフの娘は、最後の待ち伏せ好適地を利用するかもしれないし、やめるかもしれない。どちらにしても、おれはこの熊を狙ったキツネ用の罠に堂々と踏みこもうと思う」

コルテスは地図を見た。

「敵の待ち伏せ地点より一、二キロ手前のここでいったん停止しよう」しばし考えて、「ソウヤー、おまえの中隊はこれまで前衛をうまくつとめてきた。しかしべつの連中に交代させようと思う」

「だれですか？」

コルテスは意地悪な笑みを浮かべる自分を自覚した。それを楽しんでいる。

「やつらがくれた贈り物さ。当然だろう」

クリスは乾いた唇をなめた。暑い。そして……緊張している。

打つべき手は打った。あとはコルテスがあらわれるのを待つだけだ。

クリスの計画に海兵隊がいくつか改良を加えた。例のからみ網をしかけて、前衛の大半を交戦不能にするのだ。海兵隊で最上級の射撃手五、六人が、地元のライフル隊の男女に加わって戦力強化する。潜伏場所は道路のそばで、装塡しているのは麻酔弾。軽歩兵を狙えと命じられている。

その他の海兵隊は三つの予備隊に分けて待機する。コルテスが意外な手を打ってきたときに対応する。

予想外の状況はかならずあると考えて、クリスは緊張で乾く唇を湿らせた。どこかに見落としがあるだろうか。このまま戦うと降伏するはめになるだろうか。やってみるしかない。

通信リンクが二回クリック音を鳴らした。ブルース軍曹は、塹壕地帯での楽しい仕掛けの観察任務から昼すぎに帰ってきた。そして愉快に報告したあと、新しい任務をあたえられた。二人の地元住民をともなって道路からはずれ、クリスの待ち伏せ地点よりずっと前方に観測拠点を築くというものだ。

その軍曹からの二回クリックは、話したいという意味だ。クリスは一回クリックを返した。

「敵は約一・六キロ前方。小休止の号令がかけられたようです。士官が兵のあいだをまわって、命令の最終確認をしています。どうやら待ち伏せに気づいているようです」

驚くにはあたらない。クリスはこの戦闘でなにが起きても驚かないつもりだった。

クリスは一回クリックを打った。通信リンクは沈黙した。

賢い敵との戦いはこれだから困る。こちらがなにか考えれば、むこうもおなじことを考える。かつてのソープも愚かではなかった。たんに行動が暴走しただけだ。そのソープが愚か者を地上部隊の指揮官に据えるはずがない。

クリスはこの観測拠点兼指揮所に詰めた人々を見まわした。

「伝達を。敵は約一・六キロ前方でコーヒーブレークをとっている。もうすぐ来るわよ」

民間人と海兵隊の伝令が走り去った。待機は終わりだ。

35

クリスは指揮所に立っていた。そののぞき窓は、胡桃《ペカン》の木の根と、そこにからんだベリー類の藪で隠されている。例の雑草のような穀草でおおわれた丘陵地には、こういう藪や、ときには果樹が点々と植えられている。土壌の保水性をよくするためだ。

その茂みがいまはクリスの隠れ場所になり、他の場所では射撃手の隠れ場所になっている。道路をコルテス軍が進んでくる。それを見たクリスのまわりの人々は失笑していた。なにしろ、豚や山羊の群れが前衛をつとめているのだ。

クリスは工兵に顔で合図して、からみ網の発射装置を無効にさせた。家畜の群れを動けなくしてもしかたない。後方の兵士たちが通るときに再起動しよう。

と思ったのだが……。

豚や山羊は本能にしたがって地面をひっかいたり、強く蹴ったりする。そして網のほうは蹄《ひづめ》の動物が通ることを考慮していない。豚の蹄は地面に深くはいって編み目を切ったり、くっつけたりした。群れが半分渡るころには、網は蹄にからんで引き上げられ地面に出てきた。

山羊の一頭がそれを食べようとして、口に引っかかり、怒って大きな鳴き声をあげた。やがて完全に網にからまれて口が開かなくなり、声も出せなくなった。

牧童をつとめているのは白服の兵士たちだ。背中に吊ったライフルのかわりに長い棒を持ち、群れを網の上に追いこんでいる。すくなくとも最初はそうしていた。しかしいまは腹をかかえて笑い、他の家畜や自分たちの状況に注意がいかなくなっている。

数頭の家畜が身動きできなくなっていた。豚は他の豚とくっつくのを嫌う。まして山羊とくっつくのははげしく嫌う。もちろん山羊が好むわけがない。

牧童たちは笑いころげるあまり、二人が地面にころがった。

クリスの隣でピーター・ツーが首を振った。

「立派な家畜なのに、かわいそうに。あんなに苦しんでる」現場のむこうを見て、「なにかおかしいとだれかが気づくはずだよ」

「そうかしら」クリスは言った。

「こういう家畜の扱いに慣れた農場の出身者がむこうにもいるんじゃないかな」

敵を驚かせようというクリスの期待は失敗したようだ。

平地では後方から一人の軍曹が牧童たちのほうへ駆け寄ってきた。笑い声はやんだ。

軍曹は首からかけた拡声器を使って、周囲に呼びかけはじめた。

「そこの農場の者、両手を上げて出てこい。危害は加えない」

軍曹は五秒だけ待って、拡声器を首にもどし、ライフルに持ちかえた。まわりでは牧童役の兵士たちが棒を捨てて、背中のライフルを前にまわした。軍曹の合図にしたがって農場の母屋に近づいていく。

数人が掩護の位置につき、全方位を警戒しはじめた。残りが母屋内に突入する。しばらくして軍曹が二階の窓にあらわれた。

「ここはだれもいない」

拡声器で知らせている。これが彼らの伝達手段らしい。こちらがすでに知っていることしか言わない。悪くない方針だ。

クリスの隣で通信兵が言った。

「通信周波数に感あり。暗号を解読できません」

「ネリー、どう?」

「わたしがやっても三十分か、もうすこしかかるでしょう。十五分ごとにコードを変更されたらお手上げです」

戦闘が一時間以上続くとは考えにくい。

「全周波数域に通信妨害《ジャミング》をかけなさい」クリスは命じた。

「やりました」

クリスも無線で部下と話せなくなった。しかしこちらで選んだ地形で守備についているので、備えはある。

「一等軍曹から電話がはいっています」通信兵が知らせた。

クリスは有線電話を受けた。二つのボタンがあり、一方が明滅している。

「どうしたの、一等軍曹？」

「そちらの丘の裏の涸れ谷で敵が活動しています。重装歩兵の二個分隊です。いや、二手に分かれました。一個分隊がこちらの丘に登ってきます。もう一隊がそちらに」

一等軍曹の隊は予備兵力として配置している。塹壕地帯を見下ろす隣の丘で、その頂上にいる。登ってきた敵が一定以上に近づいたら銃撃戦になるだろう。クリスのほうは丘の両側に陣地をおいている。

電話のもう一方のボタンが明滅しはじめた。

「待って、一等軍曹。ジャックからかかってきたわ」

観測拠点から眺めて、なにが起きているのかわかった。歩兵が道路から水田二、三枚分むこうまで広がり、あぜ道を歩いているのだ。射撃用の小穴はまだ気づかれていない。

クリスは道路を確認した。一個ないし二個小隊が交互に前進してくる。一個小隊が警戒態勢をとり、そのあいだにべつの小隊が匍匐前進する。コルテスが投入している兵力はまだ半分以下だ。

まずい。いまのままクリスが撃てと命じたら、全員が撃ちはじめてしまう。コルテスの思うつぼだ。

「ジャック、すこし待って」クリスは言うと、通信兵にむいた。「全員にむけて指示を伝達するあいだだけ、ジャミングを止められるかしら」

「だめです。こちらがジャミングをはじめたとたん、敵もジャミングをかけてきました」

当然やるだろう。

「ジャック、命令したら、あぜ道の敵兵を倒しなさい。農夫は射撃を控えるようにと、なんとか指示を伝えて。こちらの数をまだ悟らせたくないのよ」

「伝令を出すしかありませんね。指示がいきわたるまで時間がかかりますよ」

「走らせなさい。一等軍曹に連絡するわ」クリスはボタンを切り替えた。「一等軍曹、ゆっくり五つかぞえたら、そちらの正面にいる重装歩兵を倒しなさい」

麻酔弾ではないほうを使えとはあえて言わなかった。アーマーを貫通する威力があれば、麻酔弾でも致命傷になる。

「了解。――……」

クリスは通話をジャックに切り替えた。

「一等軍曹の銃声が聞こえたら撃ちはじめなさい」

さらにペニーのほうをむいて言う。

「この丘の上の兵はだれも撃たないように指示を」

「撃つな」言いながらペニーは外へ出ていった。

通路から通路へ伝達された。全員には伝わらないだろうが、射撃を多少なりと抑制できる。

次の攻撃までの隠し要素にしなくてはならない。

一発の銃声が響いた。

とたんに、クリスの眼下でははげしい銃撃がはじまった。

クリスののぞき窓は小さいので、その衝撃と騒音の一部は跳ね返される。しかし結果は目で見てわかった。

兵士たちが倒れていく。

前進していた小隊はもともと銃をかまえていた。一発目の銃声を聞いたとたんにフルオートで撃ちはじめた。

目標が見えているようすはないのに、惜しげもなく銃弾をまき散らす。銃撃を浴びるのは家畜ばかりだが、その悲鳴もしばらくすると消えた。

フルオートの連射音のあいだに、パン、パン、パンというM‐6を単射する音もまじっている。低威力の麻酔弾を撃っているのだ。兵士たちは櫛の歯が欠けるように倒れていく。痙攣している者もいる。何人かは銃を枕にしている。いつも寝るときにそうしているのだろう。とにかく次々と倒れていく。

水田のあぜ道でも兵士たちが倒れている。当たっていないのに倒れたように見える者も二人ほどいた。ジャックの海兵隊は全員を始末してはいないだろう。しかし本当に撃たれたのか、ただの演技か区別できない。狡猾に死んだふりをしているのだろう。きっとそうだ。

掩護役の小隊は盛大に撃っているが目標は見えていない。あやしいものはすべて撃つという一斉射撃だが、クリスが配置した銃手たちにはまるであたっていない。それでもクリスのまえの木の枝や藪からは葉が飛び散った。大口径弾がかすめる音がして、天井にめりこんだ。

「下手な鉄砲も数撃てばあたる、というわけね」クリスは指揮所にいる長老の一人を見てそら言った。そして声を強めて赤毛の男に指示した。「銃を下ろしなさい。絶対にここから撃ってはいけない。今回の攻撃にこの拠点は参加しない。居場所を明かしてはいけないのよ」

グランマ・ポルスカが片手で赤毛のライフルを押さえ、銃口を床に下げさせた。赤毛は低く言った。

「臆病者の戦い方だな」

「コルテス大佐は探りをいれてるだけよ。すべてを失うつもりはない。主力を出してはいないわ」

白服兵の連射はおさまった。多くは眠らされ、農夫から撃たれた者は助けを求めて叫んでいる。最大威力で撃っているM‐6の音がわかった。慎重に間隔をあけている。丘の反対側を守っている陣地へは行けないが、一等軍曹の分隊は涸れ谷の重装歩兵を倒しているはずだ。一人一撃で片づけているだろう。

「通信兵、一等軍曹を呼んで」クリスは言った。

「呼び出していますが、応答がありません」

多忙なようだ。

クリスの正面側で動きがあった。あぜ道から落ちるように倒れた白服兵の一人は、やはり死んだふりをしているだけだった。伏せて観察して、銃撃用の穴をみつけたのだ。ベルトから手榴弾をとって、ピンを抜き、さっと起き上がってその穴に投げこんだ。そして爆風を避けるためにあぜ道の反対側へ逃げようとした。

　そこへ五連射が撃ちこまれた。兵士は自分の手榴弾が爆発するまえに、あぜ道の反対の斜面に頭から倒れた。クリスのところからは足が上、体が下になっているのが見える。頭はたぶん泥水のなかだ。麻酔弾は非致死性だが、深さ六十センチの水に頭を突っこんで眠ってしまったら、さすがに窒息するだろう。

　これは戦闘なのだ。死者は出る。

　電話から一等軍曹の声がして、短く報告した。

「そちらとこちらの丘の重装歩兵は倒しました」

　今日の死亡者名簿に載るのは、クリスの見ている先で溺れている男一人ではないようだ。いや、そうではないかもしれない。

　クリスから見てむこう側の水田から一人の白服が立ち上がった。銃は持たず、両手を上げて宇宙共通の降伏の合図をしている。あぜ道に上がり、仲間が倒れているところに駆け寄る。

　クリスは息を詰めて見守った。男は仲間を水から引き上げ、水を吐ける姿勢にして、一度、二度と人工呼吸をした。溺れかけていた男は咳きこんで水を吐いた。救助した男は笑顔になった。

　一発の銃声が響いて、男は下を見た。その胸のまんなかに麻酔弾が撃ちこまれている。男は倒れて眠りこんだ。

　クリスは電話にむかって、しかし指揮所の全員に聞こえるように言った。

「さあ、コルテス大佐はわたしたちの戦い方をどう受けとるかしらね」

36

コルテスは顔をしかめた。壮大な戦場の眺めを双眼鏡で見ている。さきほどはフュージリア近衛隊中隊の半分が伏兵に倒された。その時点で包囲作戦は失敗だ。限定的な布陣という見立ては誤りだった。

「小勢ではないな」コルテスはつぶやいた。

「すくなくとも大隊規模。それ以上かもしれません」ジューコフ少佐が言った。

「とはいえ、海兵隊はそのうちの何割なのか」コルテスは下唇を噛んで問うた。

ソウヤー大尉は、兵士から没収したタブロイド紙を広げた。

「このスキャンダル新聞を信じるなら、ロングナイフの娘が引き連れているのは、大使館付き海兵隊中隊のうち、最後の騒動を生き残った分だけのはずです」

「ウォードヘブンに一時帰投したさいに、補充したはずだ」ジューコフが指摘した。

コルテスは声を荒らげた。

「もういい！　おれたちの仕事はロングナイフをここから叩き出すことだ。口を閉じて、あいつを叩け。むこうは前線にそって銃手を長く配置している。しかし手薄なところがかならずある。むこうの銃手の大半が農民だとしたら、ロングナイフの命令にかかわらず、屁のつっかい棒にもならんはずだ」

コルテスは部下たちの反応を観察した。ソウヤーはにたにたと笑っている。貪欲そうといっていい。ジューコフは目を細め、判断を保留している。優秀な副隊長だ。

「ソウヤー、おまえの中隊はおおむね健在だな。沼側に大きく広がって進め。離れたあぜ道を行く兵士は姿を隠せ。ジューコフ、近衛隊から一個分隊を出してやれ」

「やりましょう」ジューコフは凶暴な笑みになった。

コルテスは賛美歌屋の若いほうの大尉をしめした。

「そこのおまえ、中隊の残りを連れて右手の山に登れ。両方の谷に防衛線が必要だ。重装歩兵分隊が倒された片方の丘と、隣の丘だ。敵がこちらの側面を衝かないように。また敵の部隊が隣の丘へ移動しようとしたら、はっきり姿をさらすように。わかったか？」

「わかりました、大佐」

「じっとするな。二つの丘を積極的に探れ。全面攻撃はかけなくていいが、敵の注意を惹きつづけろ。陣地を探れ。偽装たこつぼ壕や、それらがトンネルでつながっていないか調べろ。もしつながっていたら、こちらに伝令をよこせ。そして慎重に、かならず慎重に兵をトンネル内に進めろ。トンネルは壊してもいい。まったくかまわん」

「はい、大佐」

若者は恐怖と同時に興奮を感じているようだ。これでコルテスは左側面に集中できる。若い大尉はロングナイフの部隊を牽制してくれれば充分だが、驚くことをする可能性もある。いい驚きか、悪い驚きか、まだわからないが。

「ジューコフ、おまえはソウヤーといっしょに行け。おれは残りの近衛隊と賛美歌屋を連れて中央を進む。遠すぎず、早すぎず」

コルテスは前方の地形を見た。姿を隠して農場に近づくには、沼ぞいにはえた木の列が唯一のルートだ。山側にも隠れられるところはすこしある。ところどころにはえた果樹だが、隠れるにはまばらだ。

コルテスは近衛隊の大尉にむきなおった。

「アフォーニン、近衛隊の残りを率いてあの果樹園へ行け。桃の木らしい。最初の丘に対する防衛線を築け。おれは賛美歌屋の残りの歩兵隊を連れて、沼ぞいの木立にはいる。丘方面を充分な火力で抑えて、水田に増援をいれさせないことが仕事だ。あのあぜ道はたぶん中空だ。潜んでいる兵士の数はわからん。ジューコフ、ソウヤー、おまえらは水田の敵を一掃してから、丘へむかえ。左右から挟み撃ちだ」

コルテスは指示を終えた。それが作戦だ。押し包んで一ヵ所に集める。時間は充分にある。ロングナイフが動かしているのが農民集団なら、すぐに崩れて敗走するはずだ。これでいけるだろう。

「質問は？」

なにもなかった。

状況が落ち着いているときに、ワスプ号からクリスに通信がはいった。

「どうやら決戦らしいな」

ドラゴ船長は開口一番に言った。タイトビーム通信はジャミングを通過してまっすぐ届いている。ワスプ号はソープの船のすぐ後方まで近づいていた。ソープが地平線の下に沈むと、ほとんど間をおかずにドラゴが上がってくる。

「こっちから必要な情報があるかい？」

「いまはないわ。敵とこれだけ接近しているとソープもレーザー砲を使えない。敵勢の動きでわかることを教えて」

「各部隊の位置はこれから送る。敵の意図はこっちじゃわからんが」

その言葉どおり、ドラゴと上空の魔法の目は、クリスの地中の隠れ場所から三キロ先の森のようすを克明に見せてくれた。

コルテスは逃げてはいない。あきらかに次の攻撃にむけて各所に命令を出し、部隊配置を調整している。一部を左へやってふたたびジャックのほうを牽制し、他の一部は右に並べて一等軍曹の部隊にあてようとしている。そして大半の兵力は中央を進もうとしている。一列になって攻撃してくるつもりか。そこまで愚かではないだろう。

一等軍曹の丘にむかう部隊が最少人数のようだ。たんなる陽動だろうか。もし精鋭なら、本気で攻めこむつもりかもしれない。

一等軍曹が裏の退避ルートを失ったら、状況は急速に悪化する。クリスは首を振った。あくまで上空からの映像だ。頭数はかぞえられる。しかし兵の種類、練度、意図。そういった情報は上空約二百キロメートルからの映像では読みとれない。

クリスは電話をとった。

「ジャック、一等軍曹、ワスプ号からの映像は受けとってる?」肯定が返ってきた。「配置を変更する必要があるかしら」

ジャックが答えた。

「こちらへむかっているのは確実なようですね。どっちを先にやる気かわかりませんが」

「自分もわかりません」一等軍曹も言った。

「では、現状の材料で対応するしかないわね」クリスは言った。「ちょっと歩いてくるわ」なにか動きがあったら伝令をよこすようにペニーに指示して、クリスは兵士たちの視察にまわった。

観測拠点のそばの義勇兵は、撃つなと指示されている。最初の銃撃戦に加われずに不満そうだが、結果を見て満足しているようだ。多くの白服兵が平地に倒れている。一部は助けを求めているが、多くはいびきをかいて眠っている。

一人の老婦人がクリスに訊いた。

「敵の負傷者だけど、助けにいってやったらまずいかね?」

困難な状況でも若者たちを心配してやまないおばあちゃんだと、その目を見てわかった。

クリスは彼女と数人の女性義勇兵の救助活動を許可することにした。

彼らといっしょに冷蔵室へ下りた。この丘で最初に掘られた貯蔵用の大きな洞窟だ。昨冬の氷がまだ残っている。開拓者だからといって、不便な暮らしを楽しんでいるわけではないのだ。

三人の女性たちは、水のはいったバケツと柄杓《ひしゃく》を持って、冷蔵室の厚いドアから外へ出た。とたんに、農場の母屋のほうから銃撃された。三人はあわててなかへもどった。

クリスは箒と白い布を探して、それを外へ出した。大声で言う。

「そちらの負傷者が日なたに倒れているわ。こちらには水と包帯がある。手当てをさせてほしい」

すると、母屋の軍曹が拡声器で答えた。

「武器を持つな。そして、かならずもとのドアにもどれ。逃げ出しそうなそぶりをみせたら、そのそぶりだけで撃つからな」

白髪まじりの女が、クリスの肩ごしに叫んだ。

「負傷者を日陰に収容していいかしら?」

なるほど、いい考えだとクリスは思った。友軍の負傷者が丘のふもとにいたら、敵は手榴弾をむやみに穴に放りこめなくなる。軍曹もそれに気づいたようだ。しばらくむこうで議論があってから、返事が聞こえた。

「いいだろう。ただし負傷者のみだ。眠ってる者は放置しろ」

これは、目が覚めたらふたたび戦闘に参加できることを意味する。あまりいい考えではなかったかもしれない。麻酔弾が使われはじめたのは最近なので、こんな長時間の戦闘での使用データが少ないのだ。

（ネリー、次の銃撃戦がはじまったら、倒れた敵兵に追加の麻酔弾を撃ちこむことを一部の海兵隊に指示するから、憶えておいて）

（はい。関連資料をいま探しているところです。麻酔弾を続けて何発まで撃たれて耐えられるのかについて、一般に入手可能な論文はありません）

臨床試験がおこなわれていないのではなく、結果のデータが公開されていないのだ。よかれと思った研究でも、いいことに利用されるとはかぎらない。

六人の女性たちが外に出て活動をはじめた。今度は撃たれない。次に、腕力のある若い男二人と、おなじく大柄な若い女二人のグループが出て、負傷者を冷蔵室へ運びはじめた。

道路の先にいる敵の主力部隊からも反応はない。次の攻撃にむけて再配置中のいまなら、人道的活動は可能なようだ。あるいは敵は忙しくて気がつかないのか。

べつの五人が二つの丘のあいだの谷にはいって、負傷して倒れている重装歩兵の手当てをはじめた。フュージリア近衛隊の兵士は飲み水をもらい、包帯を巻かれたが、収容の申し出は拒否した。ライフルを離さず、銃撃戦が再開されたら飛んでくる命令を実行するつもりらしい。

（ネリー、このことを一等軍曹に伝えるから、憶えておいて）

(はい。目には目を、ですね)ネリーはそう判断した。

クリスにとってはその判断は当然だ。しかし秘書コンピュータがそのように感じ、判断したというのは、クリスにとってトゥルーおばさんに報告すべきことのひとつに思えた。

救助活動が一段落したところで、クリスは冷蔵室の奥へはいってみた。あちこちに米の二十五キロ袋が積まれ、トンネルを半分ふさいだり、入り口を隠したりしている。入り口を敵に破られた場合のことをすでにだれかが考えているらしい。冷たい闇のなかでクリスは身震いした。もし戦闘がここにおよんだら、足首までひたるような血の池になるだろう。そのとき投げるのはタオルではなくスポンジだろうか。

女が手押し車に米袋を載せて押してきた。この洞窟をよく知っているようすだ。しばらく位置を見積もってから、手押し車を倒して米袋を下ろした。

「これでこの洞窟のつきあたりまでは見通せないよ。宗教家に娘の将来は決めさせない。エイミーが医者になろうと踊り子になろうと、あの子が自分で決めることさ」

クリスはうなずいた。この人々は妥協する気などない。彼らが戦闘から逃亡するかもというのは杞憂《きゆう》だったようだ。

しかし、退くべき理由をどちらも見出せなければ、最悪の流血に至ってしまう。

コルテスがタオルを投げる気になるようにお膳立てしてやらなくてはいけないと、クリスは自分に言い聞かせた。こちらの住民はそもそもタオルを捨てている。

痩せた赤毛の若い女が小走りにクリスのほうへやってきた。

「見ていただきたいものがあると、ペニーから伝言です」

クリスは彼女のあとを追い、駆け足で指揮所にもどった。いよいよだと一目でわかった。

「一等軍曹とジャックを呼んで」クリスは命じた。

37

ジャックはすこし離れて立ち、筋骨たくましい農場の若者が重さ五キロの大ハンマーをふるうのを見守った。杭に手をそえているのはガールフレンドだ。若者は慎重だった。最初の二回は、杭の先端が押し固められた土の壁にめりこむ程度に軽く打つ。三回目は大きく振って、いっきに打ちこんだ。

若者はハンマーを下ろし、ガールフレンドといっしょに杭の後端が円を描くようにこじって、穴を円錐形に広げた。これで銃眼の穴は小さいまま、銃口の向きは自由に変えられる。杭が抜かれたあと、ジャックは自分のライフルで具合をたしかめた。熱心な協力者たちにむかってうなずく。

「いいぞ」

若者は大ハンマーを、ガールフレンドは杭をかついで、狭いトンネルの二メートルほど先へ移動すると、おなじ作業をはじめた。

ジャックは銃眼に目を寄せて、遠くの沼を見た。

あぜ道の外側では、小柄な少年が杭に押し出された泥を掃いて水田に落としている。敵の兵士が銃弾の出所を発見するのを多少なりと手間どらせるだろう。だから十歳の少年は外でがんばっている。とはいえいずれ敵は少年の行動に気づいて、兵を寄せてくるはずだ。少年が撃たれて水田に落ちることでそれを知るのは避けたい。

ジャックはトンネルを移動した。かがんだ小走りになる。トニー・ツーの話では、あぜ道のこのあたりにトンネルを掘ったのは最近らしい。

「家から新しい水田までは充分遠いと思ってたんだけど、地リスがこんなところまで出て、水田の稲を一晩で食い荒らしたんだ。だから掘ったんだよ」

「われわれとしてはありがたい」ジャックはそう言うしかなかった。

トンネルの交差点の部屋に出て、背中を伸ばした。ここは天井が高い。そばかす顔の若い娘が有線電話の番をしている。

「ロングナイフ大尉からの連絡はありません、大尉」

「続けてくれ。わたしは外に出る」

「弟にいつも言ってることがあるんですよ。頭を上げるな、でないとママから怒られるわよって。大尉にはママはいます？」

「部下からなにを聞いたか知らないが――」ジャックは、電話にくっついている……あるいは電話番の娘にくっついている若い海兵隊員を横目で見た。「――わたしは卵から生まれたわけじゃない。だからママはいるさ」

「ほらやっぱり」娘は舌を出した。

「おれと大尉とどっちを信じるんだ？」海兵隊員は反論した。

「ついてこい、一等兵」ジャックは命じた。

海兵隊員は名残惜しそうに電話番の娘から離れた。

トンネルの壁の一部に出入り口があり、簾《すだれ》で隠してある。ジャックはそこからころがるように出て、水田に足をいれて立った。ライフルを手に二メートルほど進んでから、ヘルメットをかぶった頭を上げる。

一等兵もおなじようにしたので、ジャックは命じた。

「頭を上げるな」

一等兵は従った。

ジャックは双眼鏡を出して、鏡のように平らな茶色い泥水のむこうの木立を観察した。風がないので波紋は立たず、日差しで熱せられたアーマーの下の汗も乾かない。

あぜ道の突きあたりへ分隊を率いていかせたブルース軍曹が、低い姿勢で歩いてもどってきた。深さ六十センチの泥水にはいって、あぜ道に背中をつける。

ジャックは双眼鏡を左右に動かして木立を調べながら訊いた。

「あそこにいるか？」

「いると言いたいのはやまやまですが、見かけませんでした。木のあいだに白服がいれば気づきそうなものですけど」

「わざと泥水をかぶってきたのかも」一等兵が言った。

ジャックは眉を上げた。階級が低いからといってばかにはできない。

見まわして、ここでの配置を確認した。軍曹の分隊の約半分はあぜ道ぞいに水田にはいり、姿勢を低くしながら、ライフルが濡れないようにしている。他に十人以上の農夫がいる。若い男女があけた銃眼から撃てないところに敵が来た場合にそなえて、あぜ道のトンネルの外にも一定数の兵が必要だ。

前回の攻撃の指揮官は、クリスが長い前線を維持するだけの兵力を持っていないと考えていたはずだ。次はおなじまちがいをしないだろう。ブルース軍曹は今朝の塹壕地帯で、装備のいい重装歩兵隊が水中から出てくるところを見ていた。

ジャックはこのあたりの水深を調べるために、背の高い若い農夫を沼のほうへ歩かせた。半径一キロメートルに水路はない。ここから木立までの水深はせいぜい膝丈だ。あの位置に攻撃をかけようとしたら水の浅いところを渡らなくてはならない。

ジャックはふいにまばたきした。さきほどまで木立にはだれもいなかった。そこにいまは男たちの列が見えるのだ。一部はフルアーマー。残りは泥だらけのシャツとズボンだ。五百メートル弱の距離のところで水のなかを渡っている。まるで茶色い幽霊のように音もなく動いている。もっと派手に泥水をかぶっていたら、さらに発見しにくかっただろう。

ジャックは双眼鏡を下ろして、ライフルに手を伸ばした。

ブルース軍曹がにやりとして立ち上がり、部下たちに同様にするように合図した。

「来たぞ」

「これからいいものをくらわせてやるぜ」ジャックの部下の一等兵がライフルをかまえた。

「麻酔弾ですか、実弾ですか？」ブルースが指示を求めた。

「麻酔弾だ」ジャックは答えた。「ただし装薬は倍にしろ。風はないが、距離は五百メートルくらいあるぞ」

ライフルのセレクターを動かす音が列にそって聞こえた。

そのとき、電話番のそばかす顔の娘が、簾の裏からかわいい鼻をのぞかせた。

「大尉、お姫さまから電話です」

「彼女の知りたいことはこの音でわかるはずだ」

ジャックは、パンダ星最終決戦の火蓋を切る一発を放った。


両翼の指揮官を電話で呼び出そうとしていたクリスは、正面での動きに気づいた。重装歩兵が数台の荷車を押し立てて、桃の果樹園のほうへゆっくり前進してきているのだ。こちらから果樹園までの距離は約四百メートル。沼ぞいの木立のほうでも動きがある。

一等軍曹から連絡がはいった。

「大尉、まばらな軽歩兵の一隊がこちらの前線に近づいています。近すぎるほどではありませんが、自分の丘と、そちらの丘と、裏の丘をめざして来ています」

「止まるべきだと教えたほうがいいわね」クリスは答えた。「銃撃を浴びてなお近づこうとしたら、多くの兵が草の上で昼寝することになると」

「同感です。海兵隊のほうはどうですか？」

「わからない。いまジャックを電話で呼んでるんだけど」

そのとき、M－6で麻酔弾を撃つ音と猟銃の発射音が連続して聞こえてきた。

「これが返事のようね。敵が見えたら撃ちなさい！」クリスは電話とまわりの銃手の両方にむけて叫んだ。

丘はいっせいに銃声に包まれた。

桃の果樹園のむこうでは、二人の重装歩兵が何発も浴びて倒れた。しかし多くは立ち上がり、走りはじめた荷車のあとを追いかけている。猟銃で軍用アーマーを撃ち抜くのは難しいようだ。

クリスは指揮をとっているが、丘の上に持ちこんだM－6の一挺がそばにある。眉間に皺を寄せて考えた。教科書どおりによき指揮官として戦況を見守るか、殺意をもって迫ってくる連中にむけて反撃を手伝うか。

クリスはM－6をつかんで通路をいくつか走った。そして猟銃の使用を控えている四人の農夫をみつけた。

「この距離からあんな厚い装甲にむかって撃ったって、弾と火薬の無駄なんだ」年長の男がクリスの同意を求めるように言った。

「そのメッセージを仲間の義勇兵たちに伝えて」

クリスが言うと、男は笑顔になった。そして若い二人の男に命じて、ロングナイフの言葉を伝えにいかせた。しかしクリスが軍用ライフルの使用準備をはじめると、それを見守りはじめた。

クリスは距離を見積もって照準器に入力し、銃弾選択を殺傷側にあわせ、装薬設定は最大値にした。

「明日、体にこたえるぜ」年長の男は言った。

クリスはそれを聞いて、ライフルをしっかりと肩にあて、照準器をのぞいた。日なたで一人の軍曹が荷車の押し手に大声で命令している。

クリスは息を吐きながら、自分の心拍をかぞえ、心臓が搏《う》つあいまに軽くトリガーを引いた。

軍曹の背中のまんなかに命中した。その体は三メートルも跳ね飛ばされ、さらに地面を滑って土埃を舞い上げた。

「神の……」年長の男がつぶやく。

「……お助けを」若い相棒があとを継いだ。そして両耳をほじった。「そんなすごい音がするんなら、あらかじめ言ってよ」

「じつはこれを最大装薬量で撃ったのはわたしも初めてなのよ」クリスも自分の耳をほじった。

「その銃身だけをここから突き出しといたらどうかな」若者が提案した。

「あまり長く突き出さないほうがいいぞ」年長の男がいう。「銃身をみつけたら、そこに集中的に弾が飛んでくるからな」

「だったら、わたしは撃つ場所を変えるわ」クリスはいたずらっぽく笑った。

「じゃあおれたちも」若者もにやりとした。

冗談を飛ばしながら、クリスはより前進した陣地に移動した。三発撃ち、目標を二つ倒した。しかし丘全体でこの銃眼に敵の応射が集まってきた。銃眼から二発目が飛びこんでくると、クリスはふたたび移動を決めた。年長の男もついていった。若者は銃眼に近づかないようにこわごわとすり抜けた。

桃の果樹園に迫ろうとする重装歩兵を、その手前でさらに二人倒した。果樹園では木陰に隠れられる。横転させた荷車の裏や、掘った穴にも身をひそめている。この丘に対する本格的な陣地が築かれている。

クリスは中央の洞窟にもどった。どの通路でも銃手たちが銃眼に石を詰めてふさいでいる。クリスは最初からついてきている年長の男の肩を叩いて言った。

「こちらも陣地を維持する必要があるわ。撃つのをやめたら、敵は突撃してくる」

「わかってるよ。でもさ、弾薬量がかぎられてるんだ。この星では毎年戦争をやってるわけじゃない。薬莢《やっきょう》も貴重品で、拾って火薬を詰めなおして使ってるくらいでさ」

男は渋面で言った。もちろんいまは火薬を詰めなおしている暇はない。

クリスは内心でほぞを噛んだ。義勇兵たちが持ちこんだ弾薬量まで考慮していなかった。この男の言うとおりだ。しかし撃ちつづけないと、敵兵は丘を攻め上がって、やがて至近距離から撃ってくる。

次の戦闘では兵站担当を一人連れてこなくては。

「弾薬を節約するように全員に伝達して。ただし最低限の射撃は続けるように。そうでないと敵は外ではなく、この通路にはいってくるわよ」

年長の男はうなずいて、洞窟をもどっていった。

クリスは観測拠点にもどった。小さなのぞき窓から飛びこんできた銃弾はなかったが、外を飛びかう銃弾が多いせいで、怖がってだれものぞき窓に近づけずにいた。

「かなり怒ってるみたいだな」赤毛の男が言った。

「親切にしてやっちゃいないからね」グランマ・ポルスカが同意する。

「この星を侵略しておいて、人気者になれるとは思ってないでしょう」とペニー。

「戦況はどうだい？」ポルスカ家の長老はクリスに訊いた。

「敵が持ちこんだ弾薬量しだいですね。敵の弾薬が尽きれば、彼らは悲惨なことになる。もちろんこちらはありったけの弾を撃ちこむ」

「いわゆる消耗戦てやつか」

赤毛は、初めてそんなことを考えたというようすで言った。消耗品が勝負を決するのだ。

クリスはどうするか考えた。なりをひそめて、敵の弾薬が切れるのを待つか。あるいは……しかし他の選択肢はない。もともと予定した戦闘ではなかった。敵の大佐もこちらを予想していなかった。最後の一発が弾倉に残っていたほうが勝ちだ。

そうでないとしたら……。

クリスは考え方を変えた。考えを上にむける。

そうだ、うまくいくかもしれない。

とはいえドラゴ船長とワスプ号の乗組員は、こんな課題を押しつけられたら不愉快な顔をするだろう。しかしロングナイフと契約したのだから、のんびりできないと覚悟してもらわなくては。

(ネリー、ワスプ号が上空に来るのはいつ?)

(いまちょうどソープが通過しています。すぐあとからワスプ号が上がってきます)

「通信兵、ワスプ号との回線が開いたら、すぐにこっちにつないで」

「はい、大尉」

38

コルテス大佐は戦闘の展開が気にいらなかった。

近衛隊の重装歩兵が桃の果樹園のそばで何人も土埃にまみれて倒れている。四十年物のアーマーは、伝統あるM－6の最新型にかなわなかったようだ。

果樹園の陣地からの射撃は期待ほどの勢いが最初からなかったし、すでにまばらになっている。アフォーニン大尉にはっぱをかけるために伝令を出そうかと考えたが、やめた。丘からの応射は多いのだ。果樹園にいる賛美歌屋で撃ち返している銃手は五、六人にすぎない。

弾薬の在庫は作戦前にジューコフ少佐が確認した。銃弾がはいっていると兵士たちが信じている箱の一部は、布教用パンフレットが詰まっていた。キリスト教の戦士に必要な弾薬はこれ、というわけだ。

ジューコフは伝令を出してきた。しかし水田のあぜ道の五百メートル以上手前で敵の射撃にさらされた。撃ってくる敵とのあいだには泥水の広い水田がある。掩体などない。これでは歩兵は進めない。

コルテス大佐は苛々しながらも、順序よくものごとを考えた。まず右を見る。中央を突破できないなら、他の道はどうか。左にも目をやる。賛美歌屋の少数の部隊が丘のふもとにいるが、あまり仕事をしていない。

「丘のむこう側へやった連中はなにをしてるんだ？」

「はい……」年長の大尉が言った。

コルテスは新しい手を打つことにした。

「大尉、おまえの隊の半分をよこせ」

「なにをなさるのですか？」大尉は疑問よりも驚きが先に立っているようだ。

「いったん退がる」

「そのあとは？」

「おれが率いていく。おまえはここで銃手に撃たせていろ」コルテスは見まわして、いちばん機転の利きそうな軍曹をみつけて手招きした。「射撃がうまくて、機敏で、命令に服従できるやつを中隊から半分選べ。全員に充分な弾薬を持たせて、おれについてこい」

「はい、大佐」軍曹はにやりと笑って、兵士を集めにいった。

コルテス大佐は自分の推測をもとに、これから十五分から三十分以内にやるべきことのリストを点検した。

目に留まったのは、近衛隊のなかで未配置の一部の兵士だった。そうだ、工兵だ！　おあつらえむきだ。

コルテスはにやりとした。農民どもは好きなだけ穴を掘ればいい。かまわない。自分の墓穴を掘っているのだから。

「ワスプ号との接続に時間がかかって申しわけありません。敵のジャミングがひどくて」

通信兵が不安そうな顔で謝りながらドラゴ船長との回線をつないできたのは、ワスプ号がほぼ中天まで上がってからだった。クリスは軽くうなずいて、ドラゴにむきなおった。

「戦闘はまだ続いてるようだな」ドラゴはまずそう言った。

「ええ。派手な銃撃戦になってるわ。そして義勇兵たちの分の弾薬量が心もとない」

「そりゃまずい。うれしくないな」

「ぜんぜんうれしくないわ。船長、ここを切り抜けるためにあなたが必要なのよ。そうでないとわたしの評判を汚す事態になる」

「そんなにひどいのかい？　しかしレーザー砲で敵の背中を焦がすには、あんたら友軍が近すぎる。たとえ五インチ砲でもさ」

「レーザー砲での地上砲撃はすでにやられたわ。週に二回はごめんよ」

眉をひそめるドラゴの顔が目に浮かぶようだ。

「こういう質問をすると後悔するのはわかりきってるんだが……おれになにをやってほしいんだ？」

ワスプ号のブリッジのどこかから、「だったら訊かなきゃいいじゃんよ」という小声が漏れ聞こえた。

クリスはどちらも無視した。

「ソープの船をこの空から撃ち落としてほしいの。威嚇するのでも、砲撃して追い出すのでも、いっそ吹き飛ばすのでもいい。とにかくコルテスの帰る手段を奪わなくてはいけない」

クリスはいったん口をつぐんで、のぞき窓から外を見た。話しているあいだに銃撃戦はやや下火になっている。

「ブレット、銃撃戦がこのまま山場を迎えたら多くの善良な人々が死ぬわ。それを止められるのはあなただけなのよ」

ドラゴはため息をついた。

「そんなふうに頼りにされるのがいちばん厄介なんだ。まあしかし、やつのケツに近づけって言われたときに、こうなることを予想しとくべきだったよ」

実際には、解決策を思いついたのはその指示を出してからずっとあとだ。いちおうは。最悪の事態を予想していなかったといえば嘘になるが。

「ありがとう、ブレット。そして乗組員の全員にも感謝するわ。地上の多くの人々の命があなたたちの腕にかかっているのよ」

「クリス、そういうことはヒーローに言いな。おれたちゃ金がめあての一般人だ」

「ええ、そうね」クリスに言えるのはそれだけだ。

「じゃあ悪いが、おれと海賊仲間はちょいと腹黒い相談をさせてもらうぜ。ソープを脅かして軌道から追い出すだけでもいいんだよな？　たしかにそう言ったな？」

「コルテスと厄介者たちがおうちへ帰れないようにしてくれればいいわ」

「ふむ。それじゃ、うちのずる賢い知恵袋たちと話してみよう。また次の上空通過でな」

39

コルテスは最後の予備兵力を率いて、できるかぎりの駆け足で丘に登った。隊列のしんがりには例のにやにや笑いの軍曹がついて、落伍者を集めている。落伍者が十人になると、伍長をつけて、ゆっくりしたペースでついてこさせた。

落伍者が増えてもかまわない。ついてこられる者だけで今日じゅうに大尉のところに着かなくてはならない。全員で明日着いてもしかたないのだ。

コルテスは二キロメートル後退してから、平地を横切って手近な丘に登っていた。敵の丘の観測拠点からは丸見えのはずだが、ライフルの射程外だ。コルテスは砲兵隊を連れてきていないし、迫撃砲もない。しかしそれはロングナイフの娘や農民もおなじのはずだ。

あらためてあきれて首をふった。この計画を立案した愚か者どもは、この惑星を甘く見ていたのだ。侵攻して民間人を脅せば、濡れ手に粟の大儲けができると思っていた。

いま走らせている兵士たちが、この失敗計画の出資者たちならよかったのにと思った。いや、無理か。あんなへなちょこどもならとうに集団心臓発作を起こして脱落しているだろう。

最初の尾根に上がったところで、隊列の先頭を伍長に交代した。下り坂にかかった伍長に、

「ペースを落とすな」と指示する。

自分は双眼鏡を上げて状況を観察しはじめた。

右のほうでは、ジューコフ少佐の部隊があぜ道に隠れた敵と撃ちあっている。丘での銃撃戦にくらべると、あぜ道で使われているライフルは数そのものが少ないようだ。自分がいま立っている尾根の続きの丘には、洞窟を利用していると思われる陣地がある。水田のほうの敵もあぜ道の下に穴を掘っているはずだ。見ため以上に多くの敵が隠れているにちがいない。

下に見える丘を観察した。見上げていたときは、果樹園や下生えの茂った木にさえぎられてはっきり見えなかった。しかしこの角度からならよくわかる。銃身のきらめきも、発砲による煙もはっきりわかる。

コルテスは苦笑した。農民どもは火薬を自前で製造しているらしい。黒色火薬だ。高性能の軍用無煙火薬ではない。そこから多くのことがわかる。おそらく薬莢の装薬量も、その威力もまちまちだ。射程距離にかかわらず、ろくに命中しないだろう。

もちろん至近距離では関係なくなる。だからいまは距離をとり、撃ちたいだけ撃たせるのがいい。あとは弾薬の在庫勝負だ。

「丘のなかの洞窟はどれくらい長いのかな」コルテスはつぶやいた。

斜面にドアのようなものは見あたらない。陣地は裏でつながっているのか。おそらくそうだ。ということは、洞窟のどこかの守りを突破すれば、あとはやりたい放題だ。敵は文字どおり袋のネズミ。いい考えだ。

コルテスはべつの丘の上に視線を移した。ほとんどの射撃がおこなわれているのは、要塞化された頂上付近の各個掩体だ。頂上に近づくとジグザグに並んでいる。おそらく反対側にも続いているだろう。

急ごしらえの工事らしいが、谷底から見上げると完璧に隠されている。下の谷に最初にはいった近衛隊は、ここに来るまでに充分に気をつけていなかったのだろう。しかしコルテスの最初の指揮所からもこれらの各個掩体はよく見えていなかった。

丘全体を注意深く見まわす。たこつぼ壕や洞窟の開口らしいものは尾根ぞいに見あたらなかった。発砲の煙が出ているのは頂上付近のうまく隠された陣地からだけだ。

コルテスは双眼鏡を脇へやって、兵士たちといっしょに坂道を下りはじめた。まだ考えるべきことが多い。

クリスは心配事が尽きてきた。この感じは好ましくない。ぜんぜんよくない。

ドラゴに指示を出した。やるのは早くても次の周回で、九十分後だろう。その仕掛けへのソープの反応がクリスに伝わるのはそのときだ。事態が展開するのに二、三周回かかるとしたら、地上には夕闇が近づく。そうなるとどちらかが総攻撃をかけることになる。

クリスは、ジャックと敵のあいだをへだてる水田を見た。そこでの戦闘は膠着状態のようだ。ジャックの側に弾が残っているかぎり、さえぎるもののない水田を渡ろうとする者はあらわれないはずだ。

クリスのほうの前線でもコルテスはとくに優位ではない。あいかわらず撃ってきているが、開けた場所にあえて走り出る兵士はいない。

もし敵に戦車が一台あれば、こちらの陣地はたちまち蹂躙されるだろう。曲射砲が二門もあれば、クリスの兵はあっというまに吹き飛ばされるはずだ。こんな歩兵隊どうしの直接対決は、歴史上でいったいいつ以来だろう。トラブルおじいさまと次に口がきける関係にもどったときに訊いてみようと思った。

あとは右の方面だ。クリスはのぞき窓の左に寄って目を凝らした。しかしよく見えない。これはよろしくない。

そう思っていると、十歳くらいの少女が指揮所に駆けこんできた。グランマ・ポルスカを見て笑顔になり、それからクリスのほうにむいた。

「ママから伝言よ。急いで見てほしいものがあるんだって。ここから見えないものがママのところから見えてて、それを見てもらわないといけないんだって」

少女は息継ぎなしに急いでそう言った。

クリスののぞき窓から興味深いものは見えない。べつのところから眺めるのはいい考えかもしれない。

クリスはペニーに指示した。

「ここをお願い。ワスプ号から連絡がはいったらすぐに知らせて」

そして少女のあとについて暗い洞窟の奥にはいっていった。

大人はハンドライトなしだとかなり暗く感じるのに、少女は壁の弱い明かりで充分らしい。クリスはしばらくついていったが、足もとが危ない。少女を呼んで待たせ、枝道のトンネルにはいって、三人の銃手のところからハンドライトを一個借りた。交渉するあいだ、三人は一発も撃たなかった。クリスが少女のところにもどったころに、ようやくだれかが撃ったのが聞こえた。

ハンドライトを借りたのは正解だった。すぐに壁の明かりもほとんどない新設のトンネルにはいったのだ。それでも少女は迷わない。すこしかがんで、両側の壁に手を滑らせながら進んでいく。

クリスはといえば、高校一年で急に背が伸びた時期をふたたび悔やむはめになっていた。洞窟のこのあたりは小人か、ドワーフか、十歳の子ども専用らしい。

ふいに少女のお尻が右に消えた。追っていったクリスは、ようやく日の光に迎えられた。まぶしさにまばたきしながら、ハンドライトを消す。

緑の葉を通した午後の日差しが洞窟に斜めに差しこんでいる。左からは木の根が垂れ下がっている。新鮮で清潔な土の匂いが充満している。壁に立てかけられたライフルは一度も発射されていないようだ。

少女は母親と抱きあうと、例の奔流のような早口で、言いつけどおりにプリンセスを連れてきたことを報告した。母親である三十代後半の魅力的な女は、ライフルへのクリスの視線に気づいてやや固くなった。

「撃つべきものがあらわれなかったんです。その銃が発射するスラッグ弾にふさわしいものは」

「もしあなたが撃っていたら、しばらくまえに谷を移動していった重装歩兵の部隊にここを気づかれてしまったでしょうね」

　女は表情を明るくした。

「そう思います。でも今回は急いで見ていただきたいものがあらわれたんです。こちらに」

　クリスは洞窟の出口を見たが、たいしたものは見えない。狭い谷の千メートルむこうには一等軍曹が守る尾根がある。しかし洞窟の開口から見えるのはその程度だ。

「頭を出さないと見えませんよ」

　女は言って、やってみせた。ヘルメットもアーマーもなし。流れ弾にあたる危険をわかっていないのだろうか。いや、承知の上でやっているのかもしれない。

　クリスは女の肩をつついて、引きもどし、交代した。木と藪が外からの視界をさえぎっているが、防壁にはならない。だれかがこの木立を本気で撃とうとしたら、そのときは一斉射撃になるだろう。

　右のほうでは、一等軍曹と小隊が隣の丘の頂上付近に穴を掘っている。その背後にある木立は葉が落ちてほとんど枝ばかりになっている。

　谷の下にはここも果樹園があり、コルテスの重装歩兵の偵察隊の一部が隠れている。そこからの銃撃はなく、攻撃を控えているようだ。

クリスは谷の上に目をやった。そしてぞっとした。

二キロ以上むこうに、ゆるい一列縦隊で移動中の兵士たちがいる。白服で、帽子まで白い。迷彩になっていない。あの格好には特別な意味があるのだろう。

クリスは頭に手をあてて考えた。一定の部隊が隣の尾根を進んでいる。普通なら目的はさらに遠くだと考えられる。しかしそうではないのかもしれない。もしこの谷を一斉攻撃しようと考えたら、ここからむこうまで長く展開するのではないか。

クリスはあらためて一等軍曹の配置を見た。さらに首を突き出して、この尾根の防衛態勢を見える範囲で確認した。

頭に浮かんだのは、〝片舷斉射〟という言葉だ。海上の軍艦がすべての砲門を右ないし左にむけることを意味する。右舷ないし左舷というべきか。そんな状態で敵の船首側を横切ったら……。

クリスは首を振って、なかにもどった。

「ここがいちばん外に突き出した観測拠点？」

女は黙ってうなずいた。

もう一度クリスは外を見た。一等軍曹は陣地を増やしている。頂上からジグザグに下りながら各個掩体を掘っている。谷から運び上げた銃を受けとることができる一方で、果樹園から銃撃を受ける可能性はある。もちろんその敵部隊が弾薬を残していればの話で、クリスはその可能性はあまりないと思った。

まずい。ドラゴが上空のソープを追い出すのは、一時間後か、一時間半後だ。ドラゴの次の上空通過時までこの展開が続いている可能性はあるだろうか。

クリスはまた谷のむこうを見た。

列の先頭は隣の尾根の上に到達していた。そこで足を止めている。隊列全体が停止した。斜面のやや下で、隊列から一人が出てきた。兵士とは服装が異なるので士官かもしれない。双眼鏡を持ち出したところを見ると、やはり士官だ。

クリスも自分の双眼鏡を出して相手を見た。

アーマーをつけている。いいアーマーだ。武器は腰の拳銃だけ。古いスタイルだ。たぶん。相手もこちらを見ている。しばらくじっとおたがいを観察した。あれがコルテス大佐だろうか。そうだとしたら、最後の決戦のために予備部隊を率いてきたらしい。

狙いはなにか？

訊くまでもない。答えは自分のまわりにある。この観測拠点は、地中の陣地への侵入口にもなりうる。コルテス大佐は谷のむこうの二キロメートル離れたところにいる。しかし銃手はここから二、三百メートルの範囲に点在している。一等軍曹とその小隊は谷ぞいに四百メートルくらい離れたところだ。この丘に攻め上がろうとする軽歩兵を、一等軍曹の銃手たちは制圧できるだろうか。その必要性を一等軍曹はわかっているだろうか。

クリスは首を引っこめた。そして壁に立てかけてあるライフルをとって、女に渡した。

「ここはこの惑星でもっとも価値のある不動産といっていいわ」

「やっぱり」

「すぐに増援を送る。それまでは、あらゆる来客をあなたが排除して」

「わかりました」

「娘さんを借りてもいいかしら？」

「どうぞ。この洞窟を知りつくしていて、迷ったことがありませんから」

「洞窟の本道にもどるまでは案内してもらうわ。そのあとは増援をここへ案内させる。そうしたら交代して。いいわね。海兵隊が来たら、あなたは退がって」

「急いで退がります」

「ママ、だいじょうぶ？」

母親はしゃがんで娘とおなじ高さになった。

「ママはだいじょうぶよ。あなたはプリンセスを本道へご案内して。そのあと銃を持った兵隊さんたちを紹介されるから、その人たちを連れてここへもどってくるのよ。そうしたらいっしょに奥へ引っこみましょう。いいわね、わたしの小さい子？」

「もう大きいわ、ママ」

母親は娘の髪をなでた。

「行きなさい、大きい子」

少女はそろそろと母親から離れた。クリスは腰をかがめて狭い通路に先にはいった。なるべく急ぐ。軽い足音が追いついてきて、しばらくすると怒られた。

「そっちじゃない。あたしが先に行く」

クリスは、ちがうと言われた枝道からもどって、少女のあとを追いはじめた。それから一時間も迷路をさまよったような気がしたが、実際には一、二分で本道に出た。ようやく背中を伸ばして立てるようになった。

少女のうしろから本道を走っていくと、側面に開いた通路のほうからM‐6の射撃音が聞こえてきた。しばらく走りつづけてから、クリスは足を止めた。

「分隊軍曹、報告せよ」通路のほうへ怒鳴る。

一呼吸おいて、桟敷状になった通路の十メートル先の左から顔がのぞいた。さらに十メートル先の右からも。

「どうかしましたか、殿下?」手前の兵が訊く。

「問題が起きてる」

「ここ以外で?」手前の兵はわざと驚いた顔になった。

「ここの応戦は順調ですが」奥の兵も言う。

クリスは両手を腰にあてた。

「この大騒動には海兵隊を連れてきたつもりだったわ。でも実際には、暇をもてあました半端な芸人たちだったようね」

二人は銃を控え銃《つつ》にして、真顔で走ってきた。

「どんな問題でありますか、大尉?」

クリスは状況を説明した。説明は一回でいい。

「それは悪いやつらですね」一人の軍曹が言った。

「ご心配なく。ここは後任軍曹に守らせます」

「まかせてください」答えた軍曹は、後任といっても数カ月若いだけのようだ。「走りまわるのは慣れてます。ご老人は車椅子でごゆっくり」

「ここはすぐそばに二班が配置されています。後任軍曹の班が奥もいっしょに守れるはずです。自分たちはどうやってその場所に行けばよいでしょうか」

「この小さい子が案内してくれるわ」

クリスが教えると、少女が抗議した。

「もう大きい子だったら。次の六月で九歳になるんだから」

手もとにこの惑星のカレンダーがないが、たしか次の六月は、七カ月後か、もしかしたら九カ月後だ。そんなに早く大きくなりたいのか。

「この子の母親が猟銃で敵を抑えているわ。彼女と交代し、この子といっしょに退避させなさい。一班が観測拠点を防衛。そこから通路をすこし退がったところに米袋が積んである。そこが後詰《ごづ》め。そこを突破されたら、農民たちは背中を撃たれてしまう。いいわね？」

「はい、大尉。第一班は観測拠点を防衛、退却なし。第二班は通路をふさいだ位置で防衛、こちらも退却なし」

クリスは八人の兵士に、勝利か死かと命じたことになる。気分が悪いが、他に道はない。

「ここには米袋を追加で運ばせるわ。いくつか後退可能な拠点を築けるように」

「ご心配なく、ここの防衛はおまかせください」後任軍曹が言って、大声で部下を呼んだ。

「タッド、デビー、メアリー、スティーブ、〝スパルタ人に告げよ〟の時間だ。三百人隊だぞ」

クリスの五メートルほどうしろの穴から、ブロンドの頭が突き出された。

「三百人の援軍が来るんですか?」

丘の他の穴からも次々と頭が出てきた。後任軍曹は彼らに宣言した。

「スパルタの三百人隊でもできなかった戦線防衛を、八人の海兵隊でやるんだ」

小気味よい命令に、了解の声があがる。

「よし《ウーラー》」

守備位置を移動する海兵隊は、弾薬とライフルのバッテリーを補充すると、心配顔の小さな〝大きい子〟のあとから駆け足で通路の奥にはいっていった。

「軍曹……」

クリスは声をかけたが、分隊を指揮する軍曹は手を振って制した。

「わかってます。万一、後任軍曹の分隊が敵に突破されたら、自分たちが側面から対応します。脅威軸が九十度変わるわけです」

「でも、もう一方の脅威も忘れないで」

「軍曹ってのは頭のうしろにも目がついてることをご存じでしょう、殿下。それとも、ここに第三の分隊が増援に来てくれそうですか?」

指揮所に残した小隊こそクリスの予備兵力だった。第三の分隊は最後の最後に出すべき切り札だ。

「悪いけど、軍曹、わたしは彼らを率いて丘を出て、この谷を行けるところまで行くつもりなのよ」

「増援があってもなくても、脅威軸が変わっても、おまかせください」

軍曹は兵士の再配置にむかった。クリスは指揮所のほうへ走りはじめた。

40

あれが有名なロングナイフ王女か？

コルテスは攻撃目標から顔を突き出した海兵隊アーマー姿の女を見て、そう自問した。戦闘装備は汚れ、顔は泥と硝煙で黒ずんでいる。ライフルは持っていないが、今日すでに何度も使っているはずだ。汚れ方からすると高威力弾だ。

ソープはこの女について、社交界の舞踏会の予定しか頭にない軽薄な女のように言っていた。しかし、いまその顔を汚している硝煙は本物の弾薬によるものだ。

「いい戦闘をしてるじゃないか」コルテスはつぶやいた。

しかも彼の攻撃目標から顔を出している。ということは、その地中の穴ぐらへの攻撃開始を急がねばならない。

女の頭が引っこむとすぐに、コルテスは手をかかげた。

「神の常勝軍、前進せよ。前進ののちは、勝利か死か」

「勝利か死か」隊列全体が叫んだ。

コルテスは隊列から一歩離れた。こんな叫び声で興奮する連中は頭がおかしいと思いながらも、もう一度声をあげた。

「勝利か死か」

「勝利か死か」アーマーなしの兵士たちは何度も声をあげた。

「続け」

コルテスは、〝勝利か死か〟の連呼にあわせて怒鳴った。そして先頭に立って歩きはじめた。全員がついてくる。コルテスはホルスターから拳銃を抜いた。初めて部隊を率いたときに贈られた、グリップに真珠が埋めこまれた最高級品だ。それをかかげる。あとに続く兵士たちも、ライフルを突き上げて叫んだ。

「勝利か死か」

コルテス大佐は笑みを浮かべそうになるのをこらえた。まるで歴史上の光景だ。ライフルを持った兵士たちが徒歩で戦闘にむかっている。左の尾根に陣取った敵までの距離は二キロから二・五キロメートル。右の尾根の銃口はすべて谷底を狙っていて、上にはむいていない。

ウォードヘブン海軍のクリス・ロングナイフ大尉は、おそらくその狙いを修正しようとあわてているところだろう。しかしコルテスは丘のふもとの農場と果樹園にも部隊を配置している。ロングナイフ大尉はどこことも連携できないまま、雄たけびをあげるコルテス大佐のすばらしい軍勢と対峙しなくてはならない。彼女にとって楽ではないはずだ。

「前進」

コルテスは叫び、ペースを上げて早足になった。射程外のここで停滞しても無意味だ。やがて銃弾が耳もとをかすめはじめれば、いやでも全員が駆け足になるはずだ。

「通信兵、一等軍曹を呼び出して」

クリスは指揮所に駆けこむと、いきなり大声で命じた。

「できません。彼の有線電話は三十分前から応答がありません」

「ジャックのほうは？」

クリスは切り返すように言った。表情を変えないようにつとめる。腹の底で急激にふくらむ恐怖をこの指揮所のだれにも悟られてはならない。自分は指揮官なのだ。

「伝令として待機している電話番の娘を呼び出すことはできます。しかし彼は応戦で忙しいようです。どうしても必要なら大声で呼ぶことはできますが、いまの状況で伝令が動きまわるのは危険です」

となると、ここにいる人々を指揮して対応するしかない。

「いいわ、みんな、よく聞いて。コルテスが部隊の大半を率いて出てきたのをみつけた」

まわりの年長者たちから小さく歓声があがった。しかしペニーはそれに加わらない。じっとクリスを見ている。

「彼は退却を命じてはいない」

そう言うと、歓声はやんだ。

「おそらく彼はこの裏の谷へ下りるつもりでいる。そしてこちらのどこかの陣地か観測拠点を攻め落として、そこから洞窟内に兵をいれるつもりよ」

「なんてこと」「冗談じゃない」「そんなことをさせてたまるか」という声が口々にあがった。

クリスは人々が静まるのを待てなかった。

「わたしはその攻撃を止めるために、残りの海兵隊を率いて打って出るわ。ミセス・ポルスカ、この丘からの銃撃が一定の勢いを維持するように指揮してもらえますか。撃つのをやめたら、裏口に敵が寄せてきてしまう」

「まかせなさい」

「赤毛のあなた、いっしょに来る?」クリスは声をかけた。

「ほう、おれに惚れちまったのかい、お嬢さん?」赤毛の男は軽く流し目を使った。

「いいえ。その愛用の銃を使わせてあげるのよ」

クリスは言い返してから、人々を見まわして、もう一人の長老をみつけた。

「ミスター・ツー、あなたの農場に立てこもっている敵がじゃまなんです。排除したい。母屋の壁の厚みや硬さを教えて」

ピーター・ツーは歩み出た。

「木製だよ。質のいい節目のある松材で、三センチ厚のを使ってる。建てたのは五年前だ。そのまえのおんぼろ小屋を取り壊してね」

「家族を何人か集めてくれませんか。敵兵が隠れそうな壁のくぼみやすきまがわかるでしょう。母屋に立てこもった敵を全員殺害するか、投降させなくてはいけない」

「わかったよ。すこし待ってくれ」農場主は走っていった。

「ペニー、ワスプ号とつながったらすぐに教えて。もしソープが逃げ出したのなら、この銃撃戦を止めたいから」

ペニーは了解してうなずいた。

クリスが出口にむかおうとすると、フロノー長老が歩み寄った。

「うちの若い者を何人か連れていってくれんか。赤毛に手柄を独り占めされたくないんじゃ」

「同行者は歓迎します」

歴史上の重要な銃撃戦で、重要な場所にいたおかげで成立した政治王朝は少なくない。ロングナイフ家もそのひとつだ。

冷蔵室に下りると、オマリー二等軍曹がいた。クリスの前回の大騒動で上官の中尉を失ったために、いまは暫定的に第二小隊を率いている。任務を手早く説明し、地図をしばらくいっしょに見て、母屋を最初に奪取すべきだと意見が一致した。

「あなたは果樹園を見張りなさい。わたしは海兵隊員を二人連れて、母屋を制圧するわ」

「殿下、あなたが死んだら、自分は大尉にはらわたを抜かれてしまいますよ」

「心配しないで、軍曹。そう簡単には死なないから。あなたこそ気をつけて」

急ぎ足に冷蔵室の扉へ行く。赤毛と、フロノー家の男女数人が待機していた。

クリスは重い冷蔵室の扉からすり抜けるように出て、米の二十五キロ袋が詰まった小屋に走った。次の海兵隊員が走ってくる途中で一発目の銃声が響いた。二人目の海兵隊員のアーマーには跳弾があたった。クリスはアーマーなしの義勇兵たちに、まだ来るなと合図した。ライフルの弾薬選択を麻酔弾に、威力設定を低にあわせて、銃弾が飛んできた二階の窓にむけて三発撃つ。手応えがあった。ライフルが窓からころげ落ちて、ベランダの屋根を滑り、埃っぽい地面に落ちた。

クリスと二人の海兵隊員は目につく敵を手あたりしだいに眠らせていった。だいたい静かになると、ピーター・ツーに率いられた二人の農夫が、米袋の小屋に走ってきた。母屋に残っていた敵が窓からライフルを出して、フルオートで撃ってきた。最後尾の義勇兵が脚に一発浴びて、最後は片脚跳びでたどり着いた。

クリスはライフルの設定を致死弾、威力強に変えて、窓のそばの壁に三発撃ちこんだ。敵の銃手の悲鳴が響いた。

クリスは農場主にむきなおった。

「わたしと海兵隊で母屋に対して制圧射撃をします。そのあいだに一人か二人ずつ走って裏庭を横断してください。五、六人が集まったら、こちらに合図を。制圧射撃をやめます。そのあと母屋に突入を」

伍長の記章をアーマーにつけた海兵隊員が意見を言った。

「失礼ですが、こうしたらどうでしょう。自分もいっしょに駆け寄って、グレネードを何発か投げこみます。それから突入では？」

クリスは提案を検討して、農場主に訊いた。

「ピーター？」

「女房の陶器類があるんだが。しかしあいつは、おれが無事なほうがいいと言うだろうな」

「そのとおりだよ、親父」

息子の声は自信なさそうだが、笑顔だった。

クリスは母屋に目をやった。

「はじめるわよ」

一階のあちこちに銃弾の穴をあけはじめた。二人の海兵隊員は連射して母屋全体に銃弾をばらまく。

まずツーが息子を連れて裏庭を横断した。すこしおいて、赤毛と二人の少年が続く。フロノー家の義勇兵四人も家の横のポーチに駆けこもうとしたが、一人が脚を押さえて倒れた。母屋から撃ってきたようすはない。クリスは叫んだ。

「軍曹、果樹園のほうから撃たれてるわよ」

「そうですね。やっぱり果樹園はあぶない」

左からの連射音にのみこまれて、あとの言葉は聞こえない。

クリスが顔を上げたときには、伍長はすでに立って走りだしていた。ポーチに上がり、ライフルをスリングで吊って、グレネードを両手に一個ずつつかむ。

「爆発するぞ！」

体当たりでドアを開け、グレネードを投げこむ。すぐに横に跳び、赤毛と二人の義勇兵におおいかぶさるように伏せた。

長く感じられる三秒間、なにも起きなかった。海兵隊員の下敷きになっている赤毛が重みに文句を言っている。そのとき、爆発した。グレネードは一発が破片手榴弾、もう一発が閃光音響弾だ。いい選択だった。

数秒おいて、海兵隊員と義勇兵たちは吹き飛んだドアから屋内に突入した。外に聞こえてくる声は、「銃に手を伸ばしたら射殺する」という警告ばかりだった。銃声は一発も聞こえない。

クリスは海兵隊員の肩を叩いて、隣の小屋へむかった。乾燥した干し草ロールが詰まっている。そこでは二等軍曹がすでに用意を整えていた。

「船長、船影があります」センサー担当が報告した。

「映像はどうした」ゴールデンハインド号のソープ船長はきびしい声で問う。

「メインスクリーンに出します」

映ったのはただの円盤だ。

「拡大しろ」

円盤は大きくなり、スクリーンの中央に移動した。こちらに跳びかかろうとする虎が描かれている。円盤ごとしだいに大きくなる。牙をむき、声もなく吠えている。

「これは……」副長がつぶやく。

「ユーモアのあるやつがいるらしいな」ソープは皮肉っぽく答えた。「センサー担当、あの船についてわかることはなんだ？」

「あまりわかりません。ジャミングがかかっています。2200シリーズの大型反応炉が二基。走路による発電は観測できません」

加速中の船は、高温のプラズマをエンジンへ流しこむ途中でコイルを通過させて発電をおこなう。反応材を噴射しつつ、船内とレーザー砲のための電力を生み出すわけだ。入港中や軌道上では、細い電磁流体走路にプラズマを少量流して、必要な電力をつくっている。しかしそのような走路は発電量が少ない。敵の着陸時に地上へ十八インチ・レーザー砲を撃ってしまったソープは、再充電に気が遠くなるほど時間がかかる。

その電磁流体走路を持たないとは、いったいどんな船なのか。

レーザー砲の弱みをついたこの船をソープはじっと見た。そもそも船なのか、円盤なのか。

「副長、わたしがまちがっていたら教えてくれ。最近はスマートメタルの傘を前面に広げて防御に使う船が登場していると聞いた」

「よくご存じですね。たしかこの計画でも、そのタイプの船をリースしたいと融資団に働きかけたはずです」副長はホワイトブレッド氏をにらんだ。「しかし金がかかりすぎると却下されました」

「あれは？」ソープはだれにともなしに訊いた。船長席にある小型のレーザーポインターでしめす。「シールドのこれは、切り欠きか、たんなるマークか？」

円盤の円周付近になにかある。急速に回転している。ソープはゆっくりとかぞえはじめたが、三回でやめた。

「円盤は毎分二十回転しているな」

出資者の代表はぽかんとしている。どういう意味かわからないのだ。しかし副長は青ざめた。

ソープはホワイトブレッドに説明してやった。

「氷装甲を毎分二十回転させて、レーザー砲撃の貫通を防ぐ仕組みの軍艦ということだ」

「つまり装甲がある」副長は低くつぶやいた。

ソープは資金の管理者をにらんだ。

「だれかがロングナイフ王女に、海兵隊中隊と最高ランクのスマートメタル防御システムをそなえた船をあたえて、ここへよこしている。そんな船が、わざわざ安物の大砲を積んでくると思うか？　ご意見をうかがいたいな、ホワイトブレッド」

「そ……そ……そんなことはないだろうね」

「センサー担当、あの船のキャパシタについてなにかわかるか？　すこしでもいい」

「なにも読みとれません。巧妙に、完全にジャミングされています」

「つまり、あそこで悠然と構えて、こちらがちっぽけな副砲をむけるのを待っているわけだ。

こちらが攻撃の意思をみせたら、即座に二十四インチ・パルスレーザー砲二門、いや四門を斉射して、蠅のように叩きつぶす。そういう流れだろうな、副長」

「われわれがリースを希望した船は、二十四インチ・パルスレーザー砲四門と、五インチ副砲二門をそなえていました。さらにスマートメタル装甲も。当時ドックには艤装を終えたその一隻しかありませんでしたが、造船所はすでに五、六隻完成させ、すべて販売ずみでした」

ソープは怒りの息を吸い、炎のように熱く吐き出した。あの娘が憎らしい。かつて一隻の軍艦を奪われた。今度はこれだ。ここで選択肢は二つある。ひとつは自分とこの船の死を意味する。もうひとつは……ロングナイフの娘のまえから逃げ出すことだ。それは死と同義ではないか。長く、ゆっくりとした、不名誉な死。

自分一人なら選択ははっきりしている。しかし乗組員に自殺行為を強要できない。

焼けるような思いで言葉を吐いた。

「操舵、あの船のまえから離れろ。急減速して軌道遷移《せんい》。燃えだすぎりぎりまで大気圏に近づいてから、加速離脱しろ。コースは近いほうのジャンプポイント。どちらでもいい。この星系から出ていければ」

ソープの腹のなかでいくつもの感情が渦巻いた。

「副長、船の指揮をまかせる。船長室にいるので、用があるときは呼べ」

ソープは船長席のベルトのリリースボタンを乱暴に叩いた。強く叩きすぎて自分で息が詰まりそうになった。急いでブリッジのハッチから出る。通路の壁に頭をぶつけそうになり、手でつかんでなんとか方向を変えた。

またしてもロングナイフの娘に計画をじゃまされた。二度までも。

三度目はない。次はあの女を殺してやる。

41

クリス・ロングナイフ大尉の眼前には気にいらない状況が広がっていた。遠くで白服の兵士たちが横一列で谷へ下りてくる。ときどき立ち止まって銃を撃ち、小走りに列に追いつく。

クリスの左では、その隊列が急ぎ足になっている。めざしているのは丘の脆弱きわまりない入り口の穴だ。

隊列のうしろからは、二輪の荷車が二台、丘を下りてくる。その進行方向もおなじだ。コルテスはクリスの守りに弱点をみつけて、そこに全勢力を投入してきたのだ。

クリスはいま伏せている場所から撃ちたかった。しかし距離はまだゆうに六、七百メートルある。その二百メートル手前にわずかな木立がある。そこに敵兵の生き残りがひそんでいる。

オマリー二等軍曹がそこをしめした。

「あそこの敵は伏せて死んだふりをしています。でも信用できない。あの状況では海兵隊でもそうするはずです」

かつては美しい果樹園だったが、いまは死体と落ちた枝が土埃にまみれている。いままでは果樹の種類すらわからない。

谷のむこうでは白服兵たちが走りはじめている。上の尾根にある一等軍曹の陣地から銃撃を浴びて倒れる者もいるが、多くはない。

「突撃すべきよ、軍曹。いますぐ」

「同感です。よし、海兵隊、長生きなんかするもんじゃないぞ。立って敵にむかえ。走りながら撃て」

軍曹が立ち上がるときに、まるで偶然のようにその足がクリスの膝にぶつかった。クリスは膝が崩れて前のめりに倒れた。

「あとから来てください、殿下」

軍曹はそう言いおいて、走っていった。わざと体を左右に揺らし、重要な目標があれば単射で撃っていく。その両側には十一人の兵士が並び、完璧に訓練された動きで軍曹についていく。

クリスは立ち上がり、干し草ロールの裏からのぞいた。

海兵隊の列のむこうでだれかが銃を放り出した。うつぶせになったその敵兵は、顔を上げて、両手を高く掲げた。

一人の女性海兵隊員が倒れた。胸のアーマーから血を流している。

果樹園で土の塊に見えたものが突然爆発し、血と脳をまき散らした。

まるで腹を蹴られたような衝撃とともに、戦場のその場所だけが沈黙した。海兵隊が進み、ライフルの先で残骸を調べはじめる。指はしっかりトリガーにかけているが、動くものはない。死にかけた体の痙攣だけだ。

義勇兵が海兵隊より前に出て活動しはじめた。地面に倒れたものをみつけると、伏せた体をあおむけにする。ときどき両手を上げる力が残っている者もいて、乾いた唇から、「降伏する」と声が出る。

農夫の一人が脚を撃たれて倒れた。しかしその銃弾の出所は果樹園ではない。寄せてくる隊列から撃たれたのだ。

「伏せろ、伏せろ」クリスは叫びながら、凄惨な状況の果樹園へ走りだした。「目標は谷のむこうよ。あれが丘に来るまえに止めなくてはいけない」

海兵隊はすぐに地面に伏せた。さっきまでこの場所を支配していた兵士のアーマー付きの死体を掩体がわりにしている者もいる。農夫たちはとまどいながらも、それぞれうつぶせになり、掩体になるものの陰に隠れた。すぐに狙いさだめた銃声が空気を震わせはじめた。

五、六百メートル先の谷のむこうの斜面で、白いスモックの兵士が倒れはじめた。いまや海兵隊の観測拠点となった果樹園の廃墟めがけて、二台の荷車が下りてくる。そのうしろから重装歩兵と軽歩兵が数人ずつついてくる。

クリスはそれを狙って撃った。かなり距離がある。午後で風も強くなっている。谷風は気まぐれなので、この場面で求められるような精密射撃は難しい。それでもなんとか狙いをつけて撃った。一部はあたり、多くははずれた。

海兵隊の観測拠点からヘルメットの頭がのぞき、危険な状況を見てとると、前に出てきた。海兵隊は荷車のうしろに控えている兵士たちを、一人、二人、三人と倒していく。しかし荷車は止まらない。

荷車のむこうからグレネードが飛んできて、観測拠点のまえの平らな場所に落ちた。海兵隊員がこれをつかんで排除しようとしたが、ふれた瞬間に爆発した。

攻撃を阻止しなくてはいけない。荷車に積まれているものは推測するしかないが、恐ろしい推測しか思い浮かばない。クリスは荷車についている自動車のタイヤを狙って撃った。命中し、パンクしたが……むこうは下り坂なので止まらない。パンクしていても、どんどん迫ってくる。

一人の女性海兵隊員が観測拠点から転がり出て、あおむけのまま撃ちはじめた。単射だが、間隔が短いので遅めの連射のように聞こえる。丘のほうでは白服と重装歩兵が倒れた。

そのとき一方の荷車から腕がのぞいたと思うと、鞄のようなものが飛んできた。梱包爆弾だ。

いったんは飛びすぎたように見えた。ところが折れた木の根もとにあたって、跳ね返ってきた。海兵隊員がそれをつかもうとした瞬間に、目もくらむ爆発が起きた。

クリスは血飛沫を顔に浴びるのを感じた。それでも、煙と土埃がおさまるまで息を詰めて待っていられない。まだ撃つべき目標がある。斜面を下りてくる荷車は煙に隠されていない。他の兵士は坂を下りきっていた。白服兵は突撃の叫びをあげ、煙のなかを突っ切ってくる。

クリスは目標をみつけて、撃った。次の目標を選び、また撃つ。隣では海兵隊も義勇兵もおなじようにしている。

どこかから「弾切れだ」という声が聞こえたが、クリスは無視した。二回、三回と声があがれば、指揮官が対応するものだ。しかしいまのクリスは一人の射撃手になっていた。

しかしそこではっとして見まわす。数人の海兵隊員がそれぞれの沈黙したM‐6を苦々しげに見ていた。クリスは、ワスプ号を出発したときから首にかけたままの弾帯をつかんで、近くにいる弾切れの海兵隊員に放った。彼らにくらべると銃手としてまだ未熟なようだ。

顔をもどし、次の目標を探した。海兵隊は殺傷性ダート弾のクリップと、装薬のカートリッジを挿しこんだ。まもなく荒廃した果樹園からの銃撃は勢いをとりもどした。

観測拠点のまえの煙が吹き払われ、大きな穴ができた。

三人の白服兵が洞窟の入り口に迫るのが見えた。しかしなかからの銃撃で押し返される。

クリスは叫んだ。谷の入り口ではまわりじゅうから叫びがあがった。

そして撃つ。地獄のようにはげしい銃撃だ。

白服兵たちはその煙をあげる地面の穴に寄せていくが、十メートル、二十メートル、あるいは三十メートル手前で倒されていく。一人がなんとか入り口までたどり着いたものの、なかから撃たれて倒れた。血を流し、這いもどろうとしている。

なかでは一人の海兵隊員が残っていた。まるで地獄の入り口の番人のようにその穴を守っている。

丘と谷の戦場ではさらに多くの白服兵が倒れていた。刈られた草原に倒れて指揮官を探している。まわりや前方の死者の手当てを試みる勇敢な者もいるが、やがて彼らも倒れて土にまみれた。

攻撃がやんだ。

白服兵たちは銃口を地面に下ろしている。もう撃たない。

攻撃は失敗したのだ。

クリスのまわりでも銃声がやんだ。頭上からは一等軍曹の命令が聞こえた。

「撃ち方やめ、撃ち方やめ！　弾は次に必要なときまで節約しろ」

谷は静かになった。尾根の上ではまだ散発的な銃声が聞こえる。しかしこちらでは鳥のさえずりがもどってきた。

クリスはライフルを持ったまま、息をついた。生きている。まだ生きている。

コルテスの軍勢は止まった。

戦闘は終わっていない。まだ勝負はついていない。しかしいま、クリスは生きている。コルテスは停止している。

42

クリスはまだ息を整える暇がなかった。そもそも息ができることを感謝していると、視界の隅で動くものに気づいた。振りむくと、腰をかがめてこちらへやってくる海兵隊員だった。その女性海兵隊員は、なんと、武器を持っていない！

怒りがふつふつと湧いてきた。海兵隊ともあろう者が戦場で武器を持たないとはなにごとか。

しかしそこで麻痺した脳がようやく認識した。なんだ、通信兵か。こんなところでなにをしているのだ。

クリスはすっかり思考力を失っている自分に気づいた。通信兵が危険を冒してここへ出てくる理由はひとつしかない。それは武器使用とは逆のことだ。

むしろ、ライフルを持っていないからこそ彼女はここまで撃たれなかったのかもしれない。この沈黙した殺戮原野で、動く者はしばらく通信兵だけだった。

そしてクリスから遠くないところに滑りこみ、すこしだけ息を整えると、笑顔のわけを説明した。

「ドラゴ船長から挨拶と敬意と報告が送られてきました。ソープ船長とその一行は軌道を離脱し、べつの目的地へ移動していったとのことです」

信頼できる筋からの情報でなければとても信じられなかっただろう。ソープが逃げ出しただと?

ドラゴ本人の口から聞きたかった。しかしそれはあとだ。

クリスは近くにころがった大きな枝を持ち上げて、眉をひそめた。数カ所に銃弾を受けていて、いまにも折れそうだ。それでもまっすぐ持てば、なんとか高く掲げられるだろう。

「あとは白い布が必要ね。ベッドシーツなどはない?」

そんなものはどこにもない。

「大きな包帯とか、ハンカチとか。とにかく白い布がいるのよ、お願い」

最後につけ加えたが、だれからも反応はない。

そんななかで、フロノー家の娘の一人が言った。

「わたしのパンティーでよければ、白だけど」

こんな状況で女性用下着が言及されるなどありえないと思ったが、白い布にはちがいない。

「借りるわ、お願い」

若い女はふくらはぎの丈のワンピースをまくって、宣言どおりの下着を脱いで、差し出した。

赤毛の男が連れてきた若者の一人が言った。

「おまえのパンツに手をかけようと何カ月もがんばってたのにさ、なんだよ、頼めばくれるのか?」

「彼女はちゃんと〝お願い〟と言ったわ」

若い女は反論して、旗にする白いそれをクリスに放った。

オマリー軍曹は布を旗竿に固定するためにプラスチック製のタイラップを提供した。

クリスは立ち上がろうとした。オマリーが咳払いをしたときには、通信兵がすでにその旗に手をかけていた。

「大尉、異なるシステム間で通信ができるようにプロトコルを調整するのがわたしの仕事です」戦場の破壊と流血を見まわす。「これはわたしにやらせてください」

しかしクリスとしては、折れそうな旗竿だけで交渉させるのは心配だった。

問題を解決したのはピーター・ツーだった。

「おれの家にころがってた死体がこれを握ってたよ」

差し出したのは、敵の軍曹が降伏勧告をしてきたときの拡声器だ。ピーターはそれを通信兵に差し出した。

通信兵はそれを受け取り、旗竿を握った。クリスは手を放し、旗をゆだねた。異なるシステムを整合させるという危険な仕事だが、やりたい者にやらせることにした。

軍曹はほほえんだ。

王女とのささやかな意地の張り合いに勝利したくらいで、軍曹が満足げにほほえむのか。

信じられない。ならばクリスはいちいちジャックに折れてやる必要はないかもしれない。もっと我を通してやろう。

通信兵はあおむけに寝ころんだ状態で、白旗を何度か振った。だれも撃ってこない。

「いいようね」

つぶやき、立ち上がった。小さな白い布切れがついた旗竿を振りつづける。銃撃はない。

通信兵はゆっくりと前へ歩きはじめた。砂利を踏みしめる靴音と鳥のさえずりをクリスは聞いた。鳥は二羽か、もっといる。あいかわらず銃声はしない。

通信兵は約二百メートル進んで立ち止まった。白服兵が伏せている場所までの間隔を三分の一ほど近づいたことになる。拡声器を上げて話した。

「こちらの指揮官は、この武勇の地でそちらの指揮官との協議を求めています」

いい言いまわしだ。言葉を選んでいる。武勇という表現は、現実のこの眺めからするときれいごとすぎるように感じるが。

一人の白服が立ち上がった。

「話題がそっちの降伏についてであれば、うちの指揮官はそっちの指揮官と多少話す気になられるだろうな」

「なにが重要な話題かはおたがいの雇い主が決めるべきであって、あなたやわたしのような下っ端が言い争うものではないでしょう」

クリスは笑い出しそうになった。このセリフは聞き覚えがある。たしか本の一節だ。メディア作品化されると二時間枠に押しこめられ、本のいいところはすっかり削られてしまう。

（フランク・ヤービーの『サラセン人の剣』です）ネリーが教えてくれた。

そうだ。ファンタジーとロマンスの楽しい小説だった。胸躍らせて読んだものだ。並んだ女性海兵隊員は誇らしげな笑みを浮かべている。男性海兵隊員はうんざりという顔をしている。

驚いたのは、相手方のニューエルサレム星出身の若者だ。聞き取った内容を陣地の仲間に一字一句まで正確に伝えた。あの本はニューエルサレム星でも読まれているのだろうか。それともいわゆる天然ボケのコメディアンなのか。

クリスは反応を待った。すると、年長の男が立ち上がった。迷彩アーマーの埃を払い、拳銃をホルスターにしまう。戦闘がはじまるまえに双眼鏡ごしに見あった相手らしい。

「もどれ、大尉」

男は、拡声器なしでも静かな谷じゅうに響く声で言った。すると白服兵は姿勢を正し、男のそばへ来た。男はホルスターのベルトをはずして、白服兵になにか言う。

若い白服兵は直立不動になって、「はい、大佐」と大きく返事をして、敬礼した。そしてだれかを探して走っていった。

年長の男はクリスの通信兵のほうへ歩きはじめた。

クリスは自分のライフルをその場において、立ち上がった。ホルスターのベルトをはずし、オマリー軍曹の隣に落とす。そして協議の場への長い距離を歩きはじめた。

その途中、鎮痛剤を打たれた負傷者のうめき声が聞こえた。一等軍曹がいる丘の上の陣地からも聞こえる。敵陣に近づくと、今度はそちらの負傷者のうめき声が聞こえた。大半は手当てをされていないらしい。

「クリスティン・ロングナイフ王女とお見受けする」

ヘルメットからごま塩の髪をのぞかせた将校は言った。疲労で動作が鈍くなっているようだが、胸を張り、背筋を伸ばした姿勢にその気配はない。

「ヘンリー・コルテス大佐ですね」

クリスは言って、握手を求めた。相手はしっかりと握り返した。

「エルナンドと呼ばれている。プリンセスとお呼びしてもいいかな？」

「ふたたび戦争を起こさないのであれば、クリスと呼んでいただいてかまいません」あえてそう言った。

「一時休戦にはいっている」大佐は軽く顔をしかめた。「白旗を揚げたのはそちらだ。なにか言いたいことが？」

「そのまえにひとつ。すぐに戦闘再開になる話をするつもりはありませんから、休戦状態は三十分か一時間は継続するでしょう。そちらにも負傷者が多数いらっしゃいますね。手当てをしてあげてはいかがですか？」

大佐は振り返り、眉間の皺を深くしながら傷ついた兵士たちを眺めた。

「べつの場所へ移動させてやりたい。しかし正直にいうと、手当てしてやるだけの医療用品がない。輸送車両を失ったことはご存じだろう」

「こちらには海兵隊の衛生兵と、民間人ボランティアの医者と看護師がいます」

「医療用品は自分たちの必要な分以上にあると？」問いかける目でコルテスは言った。

それはクリスにわからない。しかしいまは出し惜しみしている場合ではない。この男は乞う立場で、クリスは与える立場だということをわからせたい……わからせなくてはいけない。

「あります。わたしたちは守備側で、身をひそめていましたから」

「われわれが突入していたら——」コルテスは言いかけた。

「しかしまだ突入していない」クリスはさえぎった。

「そうだ、まだ突入していない」コルテスは同意した。「わかった、二時間の停戦に合意しよう。それで満足かな？」

「谷のこちら側だけですか？　それとも沼地の側も？」

クリスはたずねた。こちらは静かになっているので、丘のむこうの銃撃戦の音がよく聞こえる。

「そちらの農夫は弾薬が底をつきかけているのでは？」

「弾薬が、底を？」

クリスはいぶかしげに訊き返した。父親の首相は、真顔で嘘をつく娘の演技力をほめてくれるだろう。

コルテス大佐はふんと鼻を鳴らした。

「まあいい。われわれの全軍と、そちらの麾下にある全員は停戦としよう。不正規兵の行動を監督できるかな、ロングナイフ大尉？」

「これまでわたしの命令に従っています。伍長、この休戦旗を丘のむこう側へ持っていって、ここでの合意事項を伝えなさい。そしてボランティアはすべての希望者に医療支援をおこなうようにと」

「はい、殿下」通信兵は敬礼したが、そこでしばし考えた。「この休戦旗を持っていってしまって、ここはだいじょうぶでしょうか？」

クリスは大佐を見た。コルテスは言った。

「ここへむけて発砲する賛美歌屋がいたら、目玉をえぐり出してやる。しかし心配いらない。この距離で彼らの腕では、納屋の扉にもあたらない」

クリスは同様の愚痴を言いたくなった。農民たちの射撃の腕も似たりよったりだ。しかし、クリスは話を先へ進めた。

「さて、どちらが休戦を申し出ているかという話ですが……」

大佐はうなずいた。

「きみのほうからここへ出てきたのだぞ」

「ソープ船長と最近話しましたか？」クリスは切り出した。

「いいや。しばらく忙しかったからな。それに今朝そちらにやられたせいで、険悪な雰囲気になっている」

「申しわけないと言いたいところですが、そうは思っていません」

「それで、あのブライ艦長がどうしたのだ？」

歴史上有名なバウンティ号の反乱で追放された艦長の名で呼ぶのは、下級士官の内輪話においてくらいだろう。

「彼はもう軌道にいません」クリスは穏やかに告げた。

コルテスは首を振った。

「ソープは戦闘から逃げない。われわれを見捨てない」

そう反論したものの、目は空を見上げている。

「信頼できる報告があります。彼はワスプ号との戦闘を避けて軌道を離脱し、直近のジャンプポイントへむかっていると」

直近というのは推測だが、逃げているのならわざわざ遠いほうを選ばないだろう。

「きみは自分の船の船長と話したのか？」

「いいえ。通信兵が」

「その通信兵は別命でここにいないではないか。おれの目を見て嘘がつけるかためしたかったが」

「ソープの船はどんな兵装を積んでいましたか？　十八インチ砲二門？　彼のレーザー砲撃をこの目で見ましたが、それくらいでしょう」

「そうだ。出資者がそこまでしか認めなかった」

大佐はその出資者を絞め殺したいような顔だ。その一方で、自分は見捨てられ、この企ての責任を負わされるのだと考えて、しだいに意気消沈していた。

「わたしのワスプ号は、海軍標準仕様の二十四インチ・パルスレーザー砲を四門搭載しています。スマートメタル製シールドも。ソープが戦って勝ち目があったと思いますか？」

コルテスはなにか言おうとして、言葉を飲みこんだ。かわりにこう言った。

「とにかく、ソープが次に上空を通過する予定の時間まで待ってくれ。降伏を検討するのはそれからだ」

クリスはうなずいた。

「停戦時間内にその時間がくるはずです。しかし実際には、ワスプ号のほうが先に通過するはずです」それも単独で。

二人の海兵隊員がそばを走っていった。かついでいるのはバックパックとショルダーバッグだけで、赤十字、赤新月、赤盾のマークがはいっている。民間人の男女も急ぎ足に通っていくのを、クリスと大佐は見た。医師と書かれた小さめのバッグや、シーツ類を裂いた包帯の籠を運んでいる。

しばらく沈黙していた大佐が言った。

「きみは元気かもしれんが、おれは腰を下ろさないと倒れてしまいそうだ。うしろでライフルをかまえている兵士たちの目にどう映るかを考えると、あまりいいことではないだろう」

クリスは先に膝を折って地面に腰を下ろした。

「申し出てくださって感謝します。わたしも同様でした」

二人は爆風と銃弾でちぎれた草の上にすわった。白服と海兵隊と民間人が、負傷者の救護に走りまわるようすを、二人はかなり長いこと眺めた。丘のむこうの銃声もようやくやんだ。

五分も黙りこんでから、コルテスは、スペインふうというよりアイルランドふうの大きなため息をついた。

「条件を言ってくれんか。いまこの部隊を率いても、怒ったガールスカウトの集団にさえ勝てる気がしない。まして本格的な戦闘など無理だ」

クリスは昨夜のうちに数人の長老たちと講和条件を打ち合わせていた。

「あなたがたは武器、弾薬、この惑星に持ちこんだ装備いっさいを放棄してもらいます。徴発した市民の財産はすべてもとの所有者に返還されます。そのうえで、あなたがたは捕虜としての扱いと保護を受けます。下士官以下の兵士は出身惑星への渡航手段を提供し、送還します」

「それはありがたい。なにか落とし穴でもあるのかな」

「下士官以下の者には、パンダ星の雇用主と職業案内センターを紹介し、現行給与水準での就職を斡旋します。現地就職を選んだ者は、パンダ星正規市民として処遇されます」

大佐は眉を上げた。

「破格の提案だな。しかしその雇用主や人事部の責任者は、負傷者の治療費や回復するまでの給与保証をしてくれるのかな？」

さすがにクリスは返事に窮した。沈黙がやや長くなる。

「地元の長老たちと話しあったのは、昨夜なのだろう？」コルテスは訊いた。

クリスはうなずいた。大佐の目がわずかにきらりと光った。

「今日の両軍がどんな状態になっているか、あまり考えなかったのではないか？」

「その点は見逃していたかもしれません」クリスは認めた。

「いまの話は下の階級の者についてだな。士官はどうなる？」

「彼らにも現地就職の選択肢があります」クリスは言ってから、続けた。「本人が望まない場合や求人がない場合は、捕虜として扱います。そしてパンダ星以外で司法制度の整った星へ送り、人類に対する罪で裁判にかけます」

「ほう、他星への侵略は、最近では人類に対する罪なのか」

「では、この星の義憤にかられた人々の手で八つ裂きにされたいですか？」

「われわれはきみの捕虜なのだろう？」

「ですから、そういうことはさせません」

「ありがとう、大尉」心からの礼のようだ。コルテスは降伏条件をしばらく考えてから、尋ねた。「おれはその士官たちにふくまれるのか？」

「いいえ。あなたは捕虜であり、裁判にかけます」

「そうだろうな。見せしめとしてせめて一人は絞首台に送らねばならんだろう」

「同盟関係のない小規模惑星を略奪する行為を常態化させるわけにはいきません。理解していただけるでしょう」

大佐は喉をなでた。

「おれの立場では異なる見解があることを理解してくれるだろう」

「そうかもしれません」

いまのクリスは、昨夜の時点とかなり異なる見方になっていた。

コルテスは周囲を見た。兵士の多くが後方へ運ばれている。

「じつはおれは、ロングナイフはみんな卑劣だと思っていた。あとの責任を負わないと。どういう意味かわかるか？」

「ええ」クリスは小さく答えた。

「それを考えると、性根があり、いい目をして、それらの使い方を知っている若いロングナイフに出会えたのは幸運だったよ」

「ソープ艦長はつねにわたしを通して、父で政治家のビリー・ロングナイフを見ていました。曾祖父のレイ・ロングナイフではなかった。彼は……」言いよどんだ。

「伝説の英雄だ」コルテスはかわりに言った。

「そのようなものです。どこが伝説なのかいまだにわたしはわからないのですが」

コルテスは軽く笑った。

「もしわかったら、頼むからニュース屋には話さないでくれ」

そこにネリーが口をはさんだ。

「クリス、ワスプ号が地平線から上がってきます。ジャミングが止まれば通信可能です」

「そうか。もう不要だな」コルテスはつぶやいた。ふらつきながら立ち上がり、横にむいて大声で命じた。「ジャミングを停止しろ、大尉」

一人の男が立ち上がり、丘のほうにむかって叫んだ。

「ジャミング停止だ、軍曹」

命令は次々に伝達され、丘を越えて隣の谷へ届いた。クリスも自分の指揮命令系統におなじことを指示した。伝令は洞窟のなかへ駆けこんでいった。

「さて、きみはソープを空から追い払ったんだな」コルテスの問いに、クリスはうなずいた。

「そうなるとわかっていたら、おれも大隊を輸送船にもどして引き揚げていただろう。後知恵にすぎないがな」

「実際にそうしようと思ったことは？」

「あるもんか。わずかな農夫相手におれが大隊を退かせると思うか。たとえその背後に海兵隊が控えていてもな。逃げたりしない。もちろん、当時の状況での話だ。いまは……」しばし黙る。「まあ、先のことを考えるときより、すんだことを考えるときのほうが、名案が浮かぶものだ」

しばらく沈黙していると、ネリーが告げた。

「ワスプ号と通信がつながりました。ドラゴ船長です」

「やあ、こっちはずいぶん静かになったぜ、クリス。そっちはどうだい？」底抜けに陽気な口調だ。

「コルテス大佐とおしゃべりしているところよ。このままおしゃべりを続けるか、銃撃戦にもどるか、あなたの話しだいね」

「ソープが風くらってとんずらしたって話か?」

「きみたちは撃ちあったのか?」コルテスが質問した。

「いいや。スマートメタルの傘を見せたら、裏に隠したものを見ようともしないで勝負から降りやがった。持ち札を投げて一目散だ」

「こちらのお嬢さんの話では、二十四インチ・レーザー砲だそうだが」

「四門な」

コルテスは苦々しげに唇をゆがめた。

「こうして見捨てられた以上、きみの条件を吞む以外に選択肢はない、プリンセス・ロングナイフ」

クリスは握手を求めた。大佐はその手を握った。

「拳銃をいま持っていたら、ここできみに渡すのだが」

「あの真珠のグリップのオートマチック拳銃は、個人的な品物でしょう」

「そうだ」

「恭順宣誓を破ったり逃亡を試みたりしないかぎり、手もとにおくことを許します」

「そもそも逃亡は自殺行為だ」

コルテスは言って、クリス側の義勇兵たちを見た。彼らは二人の握手を見て、射撃位置から立ち上がっていた。

反対側でも白服兵たちが立ち上がっている。戦いの終わりだ。

ある者は敗北し、ある者は勝利した。

負傷者は救援を求め、死者は理由を問うばかりだ。

43

勝利は敗北にしかず。しかしいずれの光景も悲惨だ。クリスとコルテスは両方の責を負う。コルテスは自軍の負傷者の大半を谷の奥に集めさせた。多くがそこに倒れているからだ。クリスはあわただしい一時間のうちに、海兵隊から割けるだけの医療人員を出し、地元で手空きの医療従事者、薬品、包帯などを集めていっしょに送った。

それからようやく兵士たちの野営準備にとりかかった。ピーター・ツーの助言でこちらの谷に設営することにした。

「沼のそばじゃ蚊の大軍の餌食にされちまうよ。丘のほうなら夜風で蚊は飛んでこないから安心だ」

というわけで、クリスの軍もコルテス軍のすぐ隣で野営することになった。

捕虜を見張る歩哨はわずかしか立てなかった。そもそも逃げる場所はないし、海兵隊は疲れきっているのだ。夜更けに酒に酔った二人の地元住民が、ガールフレンドや姉妹を戦闘で亡くした腹いせに、武装解除された兵士に復讐をこころみた。それに対してはわずかな歩哨が対処した。

ドラゴ船長は次の上空通過時に、シャトルに医薬品を満載し、ムフンボ教授の部下のドクター三人とともに下ろしてきた。博士のドクターではなく本物の医師だ。これはありがたかった。地元で訓練された医療従事者は、強力な現代医療製品の扱いに慣れていないからだ。多くの負傷者に対して彼らは全力を尽くした。しかし残念ながら充分ではなかった。

ブルース軍曹は、十数人の義勇兵とニューエルサレム星ライフル隊の軍曹一人を数台の車両に分乗させて、沼地で立ち往生したトラックの守備隊のところへ行った。トラックには医薬品と予備の食料が残されている。彼らは夕食のまえにもどってきた。とくに医薬品は三人の医師によろこばれた。母船から下ろした分は在庫が尽きかけていたからだ。

午後も、夜も、息絶える患者は続いた。モルヒネのおかげで苦しまずに死なせることができたのがせめてもの慰めだ。

衛生兵らが死との戦いを静かにくりひろげる一方で、その他の義勇兵は歓喜や疲労、あるいは両方にひたっていた。昼の戦闘で死んだ家畜は祝勝会の食材になった。トラックが近隣の農場に送られ、薬物、果物、その他の付け合わせ野菜を調達してきた。ウイスキーやビールも運んできたので祝宴は本格的に盛り上がった。

祝うべきことは多かった。義勇兵の犠牲は驚くほど少なく、死者二十六人、負傷者八十四人にとどまった。観測拠点を守った海兵隊では三人が死亡した。最後まで守った二人が重傷で、三人の医師が設営した救護施設で最初に手術台にのせられた。丘を守った一等軍曹の部隊は死者二人、負傷者十数人だった。水田から引き揚げてきたジャックの小隊は、死者三人を運んできて、さらに十数人を救護施設に送った。クリスの小隊からも五、六人の負傷者が出て、観測拠点での犠牲者に加わった。

つまりクリスの残余中隊はますます人員を減らした。

夕食時にクリスはボビー・ジョー・フロノーとグランマ・ポルスカにつかまって、炊事の焚き火のそばにおかれた長テーブルに連れていかれた。「話がある」と彼らは口々に言った。

まずグランマ・ポルスカが訊いた。

「あのライフルとアーマーの山をあたしらにどうしろってんだい？　こっちに権利があるのはわかるけど、なんの役に立つのか見当がつかないよ」

「彼らを雇うことができます。コルテス大佐以外を」クリスは言った。

そのコルテス大佐もこの長老会議に〝招待されている〟ことに、クリスは気づいた。そのコルテスが発言した。

「雇うならジューコフ少佐がいい。イバノビッチは装備のことも、それを使う兵士の訓練法もよく心得ている。彼と、下級士官数名、上級下士官数名がいれば、最小限の軍を編成できる」

「その少佐とやらを信用できればな」赤毛が言った。コルテスの話はなにひとつ信用できないと言いたげだ。

「決めるのはみなさんです」クリスは言った。「しかし次に二隻の船がこの星にあらわれたときに、わたしが近くにいるとはかぎりませんよ」

長テーブルは侃々諤々《かんかんがくがく》の大論争になった。どんな問題でもだれの意見も一致しない。なにかをすべきだということだけは一致している。

議論が下火になったところで、ボビー・ジョーがクリスのほうを見た。

「あんたの曾祖父のレイがやっとる知性連合とやらは、どんな準備をしとるんじゃ？」

クリスは手短に説明した。そもそも連合、連盟、連邦のいずれになるのかもまだ決まっていないことを強調した。

「各惑星の代表がピッツホープ星に集まって、まさにそれを話しあっているところです」

「おれたちもそこに顔を出せってのか？」赤毛が唾を吐いた。

「そうさ、出席すべきだよ。そうすべきさ」グランマ・ポルスカが言った。

「そのためには惑星政府が必要です」クリスは指摘した。

「そもそも惑星防衛を統制するには惑星政府がいる」ボビー・ジョーが言った。「そして、ささやかでも軍隊を組織せんことには、あのアーマーとライフルも宝の持ち腐れじゃ」

「おれが司令官やるぜ」赤毛が言った。

クリスとコルテス以外の全員から料理の一部が投げつけられて、赤毛はテーブルの下に隠れた。

ボビー・ジョーがクリスに訊いた。

「あんたはいつまで滞在するんじゃ？」

「息子さんが運んできた貨物がありますから、それを下ろさなくてはなりません。それが終わったら、すみやかにザナドゥ星へもどります」

「あの毒蛇の壺を開けるのかい？」グランマ・ポルスカが言った。

「やらざるをえないでしょう。人類宇宙は拡大している。彼らの星系はジャンプポイントの一大交差点です。隠者王国ではいられません」

ボビー・ジョーはビールジョッキをかかげた。

「幸運を祈る」

テーブルの全員が乾杯に加わった。


五日後、ワスプ号は一Gで航行していた。

軌道に放置されていたフェザードサーペント号には、拿捕船回航員が乗って燃料も補給した。あとは新しい船名をつけるだけだ。エンジン出力が弱いので、おなじジャンプポイントにむかっていても〇・五Gでしか加速できない。クリスはこの空っぽの兵員輸送船について、クスコ星にもどったらすぐに所有権没収を宣言するつもりだった。売却金はパンダ星に譲渡する。

ワスプ号に乗っている捕虜は一人だけ――コルテスだった。他の生き残った部下たちは、ジューコフ少佐もふくめてパンダ星での職を提示された。多くは選択肢が三つ用意された。断った者はいなかった。

そして期待どおり、ジューコフと数人の士官および下士官はパンダ国民軍の訓練をはじめた。監督するのはグランマ・ポルスカと赤毛の男。二人はパンダ連邦政府に所属する。その政府の組織と権限は……まだ決まっていない。

サーペント号には、パンダ星の主要な一族の代表者が乗っていた。彼らは知性連合への加入の是非を判断する権限をあたえられている。サーペント号の売却益でピッツホープ星への渡航費用をまかなう予定だ。他に資金源はない。ソープの船は、軌道へ運べない重量物をのぞいてあらゆる金目のものを持ち去ってしまったからだ。

クリスがまずやるべきことは、ザナドゥ星でついた蜂の巣がいまどんな騒ぎになっているかを確認することだ。

ワスプ号の科学者たちのことを考えていないわけではない。関係修復が必要なこともわかっているので、クリスは最初の二日間の三度の食事を彼らとともにした。

「わかってるわ」クリスは約束した。「クスコ星で下ろすものを全部下ろしたら、外へむかう。もちろんリム星系の外へ」

クリスの約束を容易に信じなくなっている科学者たちは、自分たちの研究の重要性をこと細かに説明した。クリスは聞いた。すべて理解できたわけではないが、とにかく聞いた。

そんなこんなで、本来の士官食堂で帰船後初めての食事がとれたのは、ザナドゥ星への出発直前だった。

食堂にはいってみると、テーブルの上座にコルテスがいた。

「なぜ拘禁室から出ているの？」クリスは訊いた。

コルテスはジャックを見た。海兵隊大尉は立ち上がった。

「その……クリス、どうせ彼にはおなじ食事を出すので、それで……」

ジャックは食堂を見まわした。クリスも見まわした。

食堂は満席だった。ドラゴ船長もメインテーブルに陣取っている。ブリッジ要員の多くもあちこちの席にいる。パンダ星で陽動隊をうまく率いた若い海兵隊中尉も、テーブルの末席に列なっている。一等軍曹と海兵隊下士官のほとんどもいる。ペニーとアビーは大佐のそばだ。それどころか大佐の隣の席にはキャラがすわっている！

「それで……どうしたの？」

クリスはしかめ面でジャックを問いただした。かつて三歳のクリスがクッキーの瓶に手をつっこんでいるところをみつかったときに、父親がやったしかめ面を再現した。

「それで……」海兵隊大尉は深呼吸をひとつして、続けた。「ついでに、なんというか……とても興味深く、教育的な議論を聞いているわけです。わたしにとってはまるで指揮幕僚大学の集中講義を聞いているようです」

「この捕虜はおもしろい戦史をいろいろ聞かせてくれるぜ」ドラゴ船長が言った。

「どこへ行くときもわたしたちのだれかが付き添っていますから」ペニーが指摘した。

「ビデオ教師なんかより話がおもしろいのよ」キャラまで。

コルテスはコーヒーを一口飲んでから言った。

「寝るのは拘禁室さ。毛布なしで床で寝ている。本当だ。ここの拘禁室はとても快適だな」

クリスは保温テーブルへ行って、自分のトレイと皿を取り、料理を盛りはじめた。

「それで、今夜の講義のテーマは?」

「低木列《ボカージュ》だよ、殿下。地球の二十世紀中葉に起きた最後の大規模なヨーロッパ内戦において、のちの戦勝軍はフランスの海岸に上陸した。しかしそこには樹齢千年の低木がはびこっていた。樹齢と堅い木質のために、その低木列は人を寄せつけなかった。諸君が穴を掘って立てこもったあの丘とおなじだ。攻める側はその低木列のために進軍にとてつもなく時間がかかり、これは大失敗だとほぞを嚙んだ。しかし低木列には二つの面があることを忘れていた。のちの敗戦軍は、敵を海に叩き落とそうと反撃に出た。しかし低木列はそれもはばんだのだ」

「その戦いはどんなふうに展開したの?」

クリスは訊いてから、しまったと思った。引きこまれてしまった。さらに、コルテス大佐の隣の席をたちまち用意されてしまった。そして気がつくと、キャラがクリスの足もとにすわって膝を枕にして話を聞いていた。

老いた大佐と十二歳児がクリスを籠絡《ろうらく》しようとしている。いやいや、そのへんの若い娘なら引っかかるかもしれないが、クリスはちがう。コルテスを引き渡すべき星へ行ったら、しっかり手錠をかけてワスプ号から下船させるのだ。

しかしいまは、おもしろい話に耳を傾けた。

そして数時間後、ワスプ号はザナドゥ星の星系にジャンプした。

例によって惑星からはなにも聞こえてこない。前回よりさらに沈黙しているようだ。今度はこちらの挨拶にも応えない。黙れとも言ってこない。

「ドラゴ船長、一・五Gで。ベニ兵曹長、センサーの専門家でチームを組んで、この沈黙を破ってみせて。こちらの不在中にどんな罠をしかけたのか調べないと、うかつに足を踏みいれられないわ」

「洞窟にはいって入り口を閉ざしてるんじゃないですかね」

ベニ兵曹長はセンサー班を代表して報告した。班は次々と科学者が呼ばれて大所帯になったが、結局だれもなにも検出できなかった。

「前回検出できた熱源さえ、今回はありません」ベニはつけ加えた。

クリスは彼らの仕事に感謝して、休憩を許可した。自分は参謀会議へ。そこには、一時的ながら捕虜のコルテス大佐も加わっていた。

「さて、今後の出方についてなにか提案は？」クリスは訊いた。

ジャックは首を振った。

「シャトルに対する脅威がないのなら、われわれ海兵隊が先に下りて確認するのがいいでしょう」

しかしコルテスは顔をしかめる。

「なにか懸念が？」クリスは訊く。

「いいや、大尉。やるべきことをやるしかないだろう。しかし、コルテスやピサロのエピソードを思い出さずにはいられない。二人はそれぞれアステカ帝国とインカ帝国の奥深くへ進軍したが、それは罠だった。先住民は彼らを殺すつもりだった。結果的に二人とも生きて帰り、征服者《コンキスタドール》と称されたが、先住民はそうさせるつもりではなかったのだ」

なかなか楽しい考えだ。

軌道からは前回同様に暖かい家は発見できなかった。

「下は冬よね」

クリスは確認した。ベニ兵曹長はうなずいた。

「暖かいセーターを着ていったほうがいいですよ、殿下。下へ行くときは」

「あなたもね。いっしょに来るのよ。音響、電波、光学のあらゆる観測データについてその場で報告を受けたいから」

「ここにいるほうが詳しく観測できますよ」兵曹長は指摘した。

「ここからも情報支援を受けるわ。あなたはついてきなさい。冒険旅行だと思って」

兵曹長は憂鬱そうに首を振った。

「あなたにとってはちょっとした冒険でしょうけどね。ぼくは勘弁してくださいよ、人が死ぬような冒険なんて」

それは嘘いつわりのない感想だ。しかしくよくよ考えたくないクリスは、さっさとその場を離れ、広い自室にもどって新たな冒険への身仕度をアビーに用意させた。

海兵隊は、今回はシャトル三隻におさまった。パンダ星の戦いのあとでまだ多くの海兵隊員が医務室から出られないのだ。

ザナドゥ星への降下は広く展開した。ジャックは最初のシャトルをあらかじめ着陸させ、海兵隊を配置につかせることにこだわった。そのあとでクリスの乗った三隻目のシャトルが下りることになる。

クリスはそんな配慮は不要だと思ったが、ジャックはクリスにあれこれ命令する権限があり、実際に命令してきた。警護班長の指示には従わざるをえないのだ。こんなところでも私生活に干渉してくるトラブルおじいさまとレイおじいさまを恨まずにいられなかった。

そうやってようやく地上で警護班長と合流してみたが、実りのある報告はなにもなかった。

ベニ兵曹長は次のように言った。

「起動している電子装置ひとつ、拍動している心臓ひとつ、半径一キロ以内にありません。半径二キロでもおなじでしょう」

戦闘アーマーの上段のポケットからなにかの装置を取り出すと、頭の上で二、三度振りまわして、表示を見た。

「木を燃やした煙はありませんね。たぶんこの町には蠟燭一本ともってないでしょう」

クリスは通りの先の寺院を見た。低層の建物より高くそびえている。探すべきものはそこにありそうだ。進軍を命じようとしたとき、ベニが言った。

「ちょっと待って。心拍をとらえました。あの建物のなかです」

指さしたのは二階建てのビルだ。見える範囲のどの建物ともおなじように、屋上が菜園になっている。

クリスは命令を控えた。ここはようすを見るべきだ。

建物の地下に通じる階段から、一人の人影が上がってきた。この惑星を前回訪れたときに見た人々とおなじく、トーガのような一枚布の服を着ている。そろそろと用心深くクリスたちのほうへ近づいてくる。そのときになってようやく男性だとわかった。肩ごしに何度も振り返っている。

半分ほどの距離まで近づくと、男は小走りになった。運動不足の中年男のようなぎくしゃくとした走り方だ。クリスとジャックとペニーはそちらへ近づいていった。一等軍曹は海兵隊の分隊を率いて続いた。

近づいていくと、男は息を切らせた荒れた声で言った。

「ここから逃げろ。そしてわたしを連れていってくれ。お願いだ、連れていってくれ」

「どうしたのですか？」クリスは問うた。

「いま説明している暇はない。早く出発しろ」

ベニが大声で報告する。

「べつの心拍音を検知しました。二つです。約五百メートルむこうに」

ようやくクリスたちのところへたどり着いた男は、さらに言った。

「出発しろ。殺されるぞ。わたしも殺される」

クリスはこの男を思い出した。

「プロメテウスですか？　前回わたしたちがここへ来たときに最初に会った政府の方ではありませんか」

「そうだ、そうだ、わたしだ。頼むから早くきみたちのシャトルに乗せてくれ。わたしを連れていってくれ。急ぐんだ。でないと、きみたちもみんな殺される」

「殺されるって。いまのわたしたちの武力をわかっていますか？」

「彼らはきみたちを殺す。そしてわたしも。すぐに」

その言葉を裏付けるように、ライフルの銃声が響いた。そして弾丸の風圧をクリスは頬に感じた。

「警護隊形！」

一等軍曹が叫ぶと、十数人の海兵隊員がクリスのまえに並んで、アーマーをつけた肉体で壁をつくった。

立て続けに三発の銃声。一人の海兵隊員が悪態をついて体を沈めたが、まもなく立ち上がった。アーマーの肩当てから大きなスラッグ弾を抜き取る。

「狙撃！」ジャックはそれだけを命じた。

四挺のM‐6が一発ずつ撃った。遠すぎて結果は聞こえないが、新たな発砲音はなかった。もう撃ってこない。

「シャトルまで後退」ジャックは命じた。「まずこの男と話をする。ここの住民と話すのはそのあとだ」

「話せれば、だけど」ペニーがつけ加えた。

転進行動は海兵隊によってすみやかにおこなわれた。クリスと新しい友人は離陸する最初のシャトルのシートにベルトで固定された。それによる人員減をおぎなうために、ワスプ号からは爆弾と銃を備えた兵士を満載したシャトルが下ろされた。しかし結果的に不要だった。

クリスとプロメテウスが去ったあと、市内はふたたび墓場さながらに静まりかえった。

44

シャトルが離陸に適した位置まで川面を移動しているあいだ、初期の尋問はベニ兵曹長にまかせた。

「どうやって心拍を隠したんだ？　さっきの狙撃手たちはどうやって気配を殺してたんだい？」

プロメテウスは強い口調で答えた。

「わたしたちは変人かもしれないが、愚か者ではない。いつか来る異星人の群れから隠れるために、この四十年間にさまざまな努力をしてきた。心拍を隠すくらい簡単さ。あなたたちが想像もしない電磁的妨害手段を使っている」

兵曹長はとても信じられないという顔だが、事実を見せられた直後なので黙るしかなかった。

「なぜわたしたちに連れていってほしいの？」クリスは訊いた。

プロメテウスは苦笑した。

「当然だろう。わたしははみ出し者であり、不信心者以下だ。わたしはあなたたちと話した。

そのあなたたちは導師団によって忌避者とみなされた。だからわたしには長期的な最悪の死があたえられた。しかしこうしてあなたたちと話し、逃亡を試みたとなると、即座に殺そうとするだろう。頭に銃弾を撃ちこんで」

「わたしたちに話すべきでなかったというのはどんなこと？」

その問いへの答えはすぐに返ってこなかった。椅子の上で小さく背中を丸め、縮んで消えいりそうに見える。そしてようやく、ささやくような小声で言った。

「それがわからないんだ」

それ以上の説明はない。クリスは自分の座席にすわって体を楽にした。シャトルが最大加速をはじめ、会話できる環境ではなくなった。その加速に身をまかせた。

ザナドゥ星はパズルのようだ。最初からそうだったし、調べれば調べるほど謎が増える。

全チームが帰船したのは軌道二周後だった。プロメテウスは幹部会議室の席にすわらせ、出入り口には衛兵を立たせておいた。軌道へ上がる過程で彼は胃のなかのものを吐いてしまった。微小重力環境に慣れていなくて、気持ちが悪くなったらしい。クリスは科学者グループの医師に診察させた。プロメテウスは処方された薬を一杯の水で飲んだが、食事や飲み物は断った。

クリスは自分の席についた。ジャックと一等軍曹が最後にはいってきた。アビーとペニーとドラゴ船長が最初に会議室にはいり、すぐあとにムフンボ教授が続いていた。教授は、次こそ研究調査を最優先にするという約束の履行を強く求めた。

しかしそういう議論をしている場合ではなかった。クリスはこの変化のわけを解き明かそうと、前回のザナドゥ星訪問時の映像を見なおしていた。導師団がかたくなで拒絶的だったので、クリスが強い態度で迫ったのはたしかだ。全体的な対応の変化はそのせいかもしれない。しかし、プロメテウスがここへ来るはめになったのはなぜか。彼にはどんな状況の変化があったのか。

クリスはゆっくりと言った。

「前回訪問時に、わたしたちが最初に話したのはあなたと息子さんでしたね。息子さんはいまどこに？」ちょっとした勘で、当て推量の探りをいれた。

「息子は去りました」プロメテウスは小声で答えた。

「どこへ？」

プロメテウスは顔を上げた。目がうるんでいる。

「わかりません。ただ去ったのです。町から姿を消した。ザナドゥ星から出たのです！」

「ザナドゥ星から脱出した人々はパンデモニウム星にもいましたけど」ペニーが言った。

プロメテウスは首を振った。

「それとはちがう。ルシファーは逃げたのではありません。導師団に祝福されてザナドゥ星を出た。過去に例のないことです。三十人以上の若い男女を連れていきました。いっしょに行った。全員が祝福されて。導師団がそんなことをするのは初めてです。しかも彼らは自分の埋葬布をたずさえていった。家族の庭の一握りの土も。生きて帰るつもりはないという意味です」

目を上げてクリスを見た。

「なんとかして息子を救ってくれませんか。お願いです。わたしは大事な息子を救うためにすべてを投げ出してきた。しかしあなたがたの協力がなければすべて無駄になってしまう」

クリスの喉もとまで、「もちろん協力するわ」という言葉が出かかった。しかし安請け合いは、この真剣な父親を茶化しているのとおなじだ。彼は血肉を分けた息子を信じて、すべてを捨ててきたと言っている。そんな彼になにかを約束するとしたら、おなじ重みが必要だろう。

クリスは集まった面々を見た。コルテス大佐は、プロメテウスが話しているあいだに部屋にはいってきて、ドアの近くの席にすわった。そして男の悲嘆を悲しげに見ていた。

一方でジャックは、他の人々とおなじ表情だった。この男は狂信者にすぎない。ある狂信者集団から足抜けしたと主張しているが、理由には疑わしい点が多い。しいて危険を冒すような価値はない。

無理もないだろう。海兵隊はひとつの惑星の自由を守るために高い代償を支払ったばかりだ。そんな部下たちをふたたび危地にむかわせるのは、よほどの理由がなくてはできない。

クリスは正確に言葉を選んで話した。

「プロメテウスさん、わたしの理解をたしかめさせてください」

男は視線をクリスに固定した。クリスは政治集会や戦略会議で何度も人々の視線を惹きつけてきた。しかしこの男ほど強く視線を固定されたのは初めてだ。

「息子さんはザナドゥ星から去った。そしてそれは過去に例がない」

プロメテウスはうなずいた。

「彼は導師団の任務のために数十人の若者を連れていった。彼らはその任務で死を覚悟している」

トーガ姿の男はふたたびうなずいた。

「しかしあなたはその任務の内容を知らない」

プロメテウスは椅子に背中を倒して、深く息を吸い、ゆっくりと吐き出した。

「そのとおりです」すこしおいて、続けた。「ただ、息子はこんなことを言っていました。不信心者同士で戦争をさせたい。そうすれば異星人がやってきたときに目くらましになると。彼がその話をしたのは一度だけで、それっきり口をつぐみました」目を上げて言う。「この話は役に立ちますか？」

ジャックが首を振った。

「プロメテウスさん、人類宇宙には爆発寸前の火薬樽が百個くらいあるんですよ。このクリスが一人で五、六本の火のついた導火線を引き抜きましたけどね」

父親の目がやや暗くなった。

そこでクリスは言った。

「でもわたしたちは、そんな導火線を探して消してまわるのを趣味にしています。おかげで嫌われ者ですが」集まった人々から軽い笑いが起きた。「あなたの息子さんが導火線になったか、あるいは導火線のひとつにつながる一連の手がかりになったのなら、かならず調べてみるでしょう」

「息子の命を救ってもらえますか？」

クリスは四年間の海軍生活でたどってきた血まみれの死の道を思い返した。背筋が寒くなる。

「そのように努力しますが、約束はできません」

クリスは席についた人々を見まわした。命を救ってほしいのなら、ここに駆けこむのはお門ちがいだ。クリスのまわりでは人が死ぬ。敵も味方も。公平に死をもたらす象徴的存在のようだ。

クリス自身はそんなつもりはない。おそらく名前のせいだ。

ロングナイフ。

その者に近づきすぎると死ぬ。

「ドラゴ船長、クスコ星に進路をとって。あそこは大都会だから、最新の話題を聞けるはずよ」

「報奨金がどうなったかも知りたいしな」

船長はいかにも海賊らしい顔で言った。

45

ワスプ号が軌道上のハイクスコ・ステーションにドッキングしたのは、遅めの夕食にまにあう時間だった。そのため、例の辣腕法律事務所の首席弁護士は、〝殿下〟と話をするのは事務所ではなくディナーの席がふさわしいと強く主張した。

「汗水垂らして働く仕事場などわたしたちにはふさわしくない。下々の者にまかせておけばよいのです」

クリスの父親より年上らしい首席弁護士はそう言って、二人の夕べにすることを示唆した。クリスはすぐにこの男に反感を持った。毛嫌いするほどではないが、まだ夜ははじまったばかりだ。

「警護班を同行させないなんて！」ジャックは抗議した。

「相手は担当弁護士よ。ハイクスコのような安全なステーションでのデートに警護班は必要ないでしょう」クリスは言った。

「人類宇宙における銃規制の中心地であるニューエデン星でのデートですら安全でなかったのですよ」

クリスは笑いをこらえた。

「クレッツ艦長とサプライズ号はもう桟橋の隣にいないわ」

「ええ。ミス・ビッキー・ピーターウォルドはわれわれの知らないところで殺人計画を練っているようです」

「だったら心配いらない。ねえ、ジャック、このモーリー・プレストンという人物はわたしに個人的な話があるらしいの。それを聞きたいのよ。そんなときに、がさつな用心棒にかこまれていたくない。わかるでしょう?」

ジャックは不快そうに答えた。

「ごもっともですね」

「そういうことよ」

クリスは姿見で今日のいでたちをたしかめた。アビーはまたいい仕事をした。なかなか美人だ……自分で見るかぎりは。鼻が高すぎるのはしかたない。パッド入りのプッシュアップブラは、クリスの乏しい自前を活用して殿方の目を惹きつつ、見えないところはパッドで補っている。今回のパッドは爆発物ではない。そこは二度確認した。

青のアンサンブルドレスは、腰で絞ってから大きく広がっている。歩けば優雅に揺れ、走る必要があるときも充分に動ける。

オートマチック拳銃もうまく隠してくれる。その点で抜かりはない。

クリスの特別船室の入り口にドラゴ船長があらわれた。

「モーリー・プレストン弁護士が後部甲板でお待ちだぜ。今夜のデートのお迎えに参上したそうだ」

「どういう表現だ」ジャックは吐き捨てた。

「本人の言葉どおりだよ」と船長。

「クリス、やはり悪い予感がします」

「ジャック、彼が厄介になったら、二本の腕と一本の脚をへし折って路傍に放り出すわ」

「撃てばいい」

「そのあと片づけをウェイターにやらせろというの？　ただでさえわたしは評判が悪いのに、よけいなエピソードを加えられたくないわ」

そう言いながら、クリスはジャックの頬に軽くキスした。そしてその匂いをかいだ。やれやれ、そんなに言うなら今夜は自分と出かけようと誘えばいいではないか。それなら本物のデートになるのに。

アビーから薄手のボレロを渡された。

「まあプリンセス、美しいわ」

その声の主は、ドラゴ船長のうしろに隠れてこちらを見ているどこかの十二歳児だ。

「アビー、こういう古典美を称賛する適切な表現を教えておきなさい。ほめてもなにも出ないけど」

「いまのお嬢さまを形容するとしたら、古典美はふさわしくありませんね。無鉄砲美といいましょうか」

アビーの返しに、クリスはぐうの音も出なかった。

ジャックは後部甲板まで同行しなかった。かわりにドラゴ船長がついてきたが、それは——やはりというべきか——拿捕した海賊船の捕獲賞金について念を押すためだった。さらにサーペント号がクスコ星系にジャンプしてきたことも報告した。

「こっちが大急ぎの一・二五Gで、あっちが経済加速度の〇・五Gだったのを考えると、案外早かったたな」

「あの船の売却についても考えなくてはね」

「クスコ星の司法の迷路にサーペント号まで消えちまわないことを祈るぜ」

「そんなことにはしないわ」

そもそもパンダ星の略奪などという大博打に失敗した連中には、相応の損失をこうむらせてやらねば気がすまない。

後部甲板のモーリー・プレストンは、かならずしも待ってはいなかった。ネットワークのむこうのだれかに強い口調で指示を飛ばしていた。

「対抗しろよ、ジョージ。やつらは裏をかくつもりだぞ。クライアントにみすみす出血させてたら、共同経営者失格だ」むこうへ歩いて折り返してくるときに、クリスが視界にはいったようだ。「じゃあわたしは、これから魅力的なお嬢さまとディナーだ。続きは明朝。いい知らせを期待してるぞ」

プレストンはまばたきした。接続を切るジェスチャーなのだろうが、同時にそのまばたきで人格が一変した。怒れる男は消え、温和な招待者があらわれた。表示された略歴によると、クリスの父親より五歳上だ。しかし平穏に年齢を重ねたらしく、髪は黒々として灰色のものはまじっていない。腹は海兵隊員なみに平らだ。維持する方法はまったく異なるだろうが。そして笑顔。顔全体を使って歯を見せる笑顔だ。

クリスはそれを見て温かい気持ちになるべきなのだろうが、できなかった。さきほどの怒り顔から笑顔への変化があまりに早いせいか。とってつけたような笑みで、風が吹けば飛びそうに軽いからか。

クリスは歯を見せる満面の笑みで応じて、手をさしのべた。

プレストンは言った。

「お薦めできるレストランはいくつもあります。このステーションは食事のよさで宇宙の半分に知れわたっていますから」

「あなたの地元です。ついていきますから、どうぞ選んでください」

「そうですね、わたしはじつは肉とポテトがあれば満足という単純な男です。ある小さな店がいいステーキを出すのですよ。そこの裏口には食肉冷凍庫にはいりたがる牛が列をなしているという噂で」

かつてレストランの冷凍庫に枝肉を運んだことがあるクリスは、誇張した表現がそれなりに気にいって、笑いをこらえるしぐさをしてみせた。

「案内をお願いしますわ」

ステーキはたしかに一級品だった。マッシュルームと胡椒とソースがたっぷりかかっているが、肉の味を消してしまうことはなく、むしろ香りを引き立て、強調していた。クリスはそれをフォークで食べた。プレストン氏は話術でテーブルを支配した。ビジネスに詳しい。祖父のアルと話があうだろう。クリスはステーキが口にあった。

モーリーから話を振られると、クリスは科学者たちが次の調査行でやりたがっていることを話した。科学の話を意外によく憶えている自分に気づいたときには、ディナーの相手をすっかり退屈させていることにも気づいた。死ぬほどではないが、話題を変えられた。

プレストン氏は自分の話を好み、話す内容は際限がない。くだらない話がほとんどだが、たまにためになる話があった。

「まさかビリダス星へおいでにはならないでしょうね？」

「なにか問題でも？　星系内にジャンプポイントが五、六個あって、わたしの船の科学者たちが大きな関心を寄せている星雲への近道ですが」

「迂回なさったほうがいいでしょう。あそこは最近、グリーンフェルド連盟に加盟したのですよ。急にね。おりあしく、直前までそこの宇宙防衛システム契約の獲得をめざしていた人々がいましてね。クスコ星の五、六社がコンソーシアムを組んで入札したのですが、ピーターウォルドに安値で落札されてしまった」

プレストンは吐き捨てるように言った。

「しかしピーターウォルドの狙いは契約金ではなかったのです。防衛システムの構築は着手が遅れ、その後も工期どおりに進んでいない。そのため先月グリーンフェルド星の戦艦隊があらわれて、連盟への加入提案をしたときには、反対意見はひとつも出ないというていたらくでした」

「よく聞く話ですね」クリスは答えながら、迂回すべきかと考えていた。

「しかもこんな話がある。ヘンリー・ピーターウォルドはビリダス星が帝国に加わったことをおおいによろこんでいるらしい。この惑星の南大陸には赤い縞柄の有角蜥蜴《とかげ》が生息しています。とても凶暴な動物で、ヘンリーはその狩猟を楽しもうとさっそく出発した。彼が到着するまえに惑星の防衛システムが完成するといいのですがね」

防衛システムはもはや関係ないだろう。惑星を制圧した戦艦隊は軌道に居残っているはずだ。

それにしても、征服された直後でおとなしく隷属しない新規惑星……俊敏で凶暴な獣を狙う狩猟旅行……。一人の男が命を落とすのに充分な危険がいくつもある。

さらには、導師団の命を受けた決死隊として数十人の若者がやってくる。

クリスは咀嚼したステーキを飲みこんだ。弁護士には好きに話させておいた。騒音を無視するすべは早くから身につけている。いまはむしろ刃物や銃弾やレーザーを現実として感じた。無視できない。

プレストンは平らな腹の維持に自信があるらしく、デザートをパスしなかった。彼が豪勢なチョコレートとナッツを楽しむ一方で、クリスは控えめなフルーツの盛り合わせをつついた。

そして本題にはいった。

「ところで、わたしたちが前回ここを訪れたときに回航員の手で運んできた海賊船のことですが」

すると軽い笑いとともに答えが返ってきた。

「前回ご訪問のときからほとんどかかりきりですよ。拿捕船にかかわる海事法が大昔のものなのはご存じですか？　あれは宇宙には適用されません」

「つい最近に適用された例があります。わたしの記憶が正しければチャンス星の裁判所で」

「ええ、ええ、存じていますとも。事務員が大変な苦労をしてその判例を探し出しました。しかし司法の世界でチャンス星はいわば辺境です。地理的にも。判例法において先例とは認められない。いや、誤解なきようあらかじめ言っておきますが、これはわたしが言っているのではなく、他の関係諸団体の弁護士がそう言ってきているのです」

それから十五分ほどかけてクリスが聞きたくない話を滔々《とうとう》と述べた。クリスはたまらず割りこんだ。

「ではこの件の決着はいつになると思われますか？」

「わかりません。しかし裁判の様相は見えつつあります。これほど当事者が多いとなると、さっさと船を売って、売却益の一部であっても関係者に分配してしまうほうが早いでしょうね」

プレストンはにっこりとほほえむと、それから十分かけてそのアイデアのすばらしさを詳述した。その場合の船の売却額と弁護士費用についてクリスの見積もりが正しければ、弁護士の請求書を払い終えたら、あとはほとんど残らないはずだ。

クリスは自分の選択肢を再検討し、今後の行動計画を修正した。フェザードサーペント号の書類をハイクスコ・ステーションの港長に提出してはならない。アビーとドラゴ船長にまかせておけば、一、二日で船籍を変更できる。書類は完璧でなくていい。燃料を補給してウォードヘブンの勢力圏にもどれさえすればいいのだ。

次の問題はコルテス大佐だ。彼の身柄と法的問題はクスコ星の司直の手にゆだねるつもりだった。プレストンの立て板に水の話がようやく一段落したところで、控えめにその助言を求めてみた。

「ほう、フィリバスターと剣をまじえたのですか。そしてこうして生きて帰り、美しいドレス姿で逸話を語っておられる。きっと優秀な海兵隊がいて殿下のかわりに汚れ仕事を引き受けたのでしょうね。すばらしい」

美しく見えるこの手をみずから汚したとはあえて明かさないことにした。アビーのいう〝お姫さまの柔肌〟を回復させるために、帰路の大半の時間がメイドの辛辣な小言と執拗なスキンケアに費やされたのだ。

「その手の話は聞いたことがありますね、殿下。わたしは盗賊団の契約書など書いたことはありませんが、盗賊たちを結びつけている契約はじつに巧妙精緻なものですよ」

その種の契約の最初のテンプレートを書いたのはこのモーリー・プレストン弁護士にちがいない。ウォードヘブン・ドルで相当額を賭けてもいいとクリスは思った。

遠まわしな表現をすべて切り捨てて、単刀直入に訊いた。

「そのような盗賊団の地上部隊指揮官は、このクスコ星で公正な裁判を受けられるでしょうか？」

相手はまばたきもせず即答した。

「ええ、もちろんですとも、殿下。最高に公正な裁判を受けられます。そんな人物の弁護ならわたしは無料で引き受けたいですね。仮釈放と社会奉仕活動のみの判決を勝ち取ったあかつきには、われわれとエージェント契約を結ぶ同意書にサインしてもらえれば。なにしろ、そのような企てにおいてはなにをすべきか、あるいはなにを控えるべきかという助言に高額の謝礼が約束されます。成功した者は多くを語りませんからね。じつに金の成る木になるはずですよ」

クリスは立ち上がった。ディナーは終わった。いや、この不快な男が視野にいると腹におさめたディナーをその面前にぶちまけてしまいそうだ。それも悪くないとさえ感じた。

プレストンが立ち上がった。

「このあとも今夜をごいっしょにと期待していたのですよ。長い航海においては船長としてのお立場上、いわゆる大人の愉しみの機会は少なかったでしょうから」

クリスは本気でこの男の二本の腕と一本の脚をへし折ることを考えた。

しかし、私服のジャックがおなじく私服の女性海兵隊員とともに近くのテーブルについていることに気づいていた。またクリスが立ち上がった直後にべつの席から一等軍曹が立ち上がっていた。彼ら正義の味方はクリスを一人にしなかったわけだ。ここで彼女が騒動を起こしたら、その後始末をしょいこませてしまうだろう。

そう思ってクリスは胃の中身を抑えこんだ。そしてこの汚らわしい男に背をむけた。

（ネリー、メモをとって。モーリー・プレストンが関係する法律事務所とは今後いっさい取り引きしない）

（メモをとりました。この決定をヌー・エンタープライズにも勧告しておきます）

弁護士のテーブルからまっすぐドアへむかった。警護班がすぐあとに続く。レストランから出て、あの男が汚した空気から遠ざかってようやく歩調をゆるめた。

左右にジャックと一等軍曹が来る。クリスは二人の腕をとった。

「あなたたちの顔を見てほっとしたわ」

「それは残念でした」一等軍曹が言った。

「あなたたちのような冷酷非情で強面《こわもて》の仲間といっしょにいるのが性にあってるのよ」

できることならジャックの肩に頭をもたれさせたかった。しかし、船の外であっても士官には許されないことがある。たとえいまの自分とジャックが夜の街に出る服装であっても。

クリスの仕事には不愉快なところが多々ある。恐怖。流血。殺害。死。

しかし、愉快なところも多い。たとえば惨事を未然に防ぐことができる。パンダ星でやったように。こういう男女の仲間たちとそれをやれる。

そのためなら、いくつもの長い航海も耐えられるだろう。

46

ワスプ号に帰っても、悪童たちに休息はなかった。クリスは深夜であるのもかまわず、参謀たちに招集をかけて仕事にとりかかった。

アビーは暖かいショールを肩にかけ、子どものようなふわふわのスリッパを履いてきた。

「キャラの好みです」とだけ説明する。

コルテス大佐はクリスのドレス姿を見てあくびが途中で止まったようだ。壮年の男が目を丸くしている。

クリスは前口上抜きで切り出した。

「問題発生よ、みんな。それも複数。いくつかはただちに対処する必要がある」

まず、自分たちの捕獲賞金が法的迷路にはいりこんだことを説明した。

クリスが話しおえると、ドラゴ船長は悪態をつぶやいた。ペニーも言う。

「となると、フェザードサーペント号をここで売却するわけにはいきませんね」

「同意見よ」クリスは答えた。「ここで補給して、できるだけ早く知性連合の宙域へやるべきね」

「さっそく偽の船舶書類の作成をはじめましょう」アビーが言った。「寄港先が二カ所程度ならもつでしょう。惑星代表たちをピッツホープ星で下ろしたら、回航員はサーペント号をチャンス星へ運べばいい。そこで所有権没収を宣言すれば、あとは完全な船舶書類を作成できます」

「次はビリダス星の問題よ」クリスは言った。

「ビリダス星？」ちょうど部屋にはいってきたムフンボ教授がいぶかしげに言った。赤い部屋着のジャケットに火のついていないパイプ。上品な紳士という格好だが、表情は急に心配そうになっている。「殿下、ビリダス星といえばイタチ頭星雲への最短ルートですな。次は調査行を優先するという約束です。まる二カ月やると」

「約束したわ、教授。それを反故《ほご》にはしない。ただ、ビリダス星で問題が起きてるのよ」

クリスは手短に説明した。ムフンボ教授はうなずいた。

「なるほど。そういうことなら迂回に同意します。数日よけいにかかるにしても、この場はがまんするしかない」

集まった人々も同意見らしい。

「失礼、誤解があるようね。わたしたちはビリダス星へ行くのよ」クリスは言った。

部屋は静まりかえった。

「クリス、正気ですか？」ジャックが訊く。

「ええ。いつも以上に正気よ」

「とうてい正気の沙汰ではない。クリス、この男はあなたの命を過去にも――それどころか大昔から狙っているんですよ。弟さんのエディを誘拐した犯人たちに資金提供していた疑いさえある」

「わかってる」クリスは答えて、身震いした。

「ウォードヘブンに戦艦隊を送ったのも彼ですよ、クリス」ペニーも小声で言う。

「わかってる」クリスはまた答えた。

ジャックは聞き分けのない子どもをさとすようにゆっくりと言葉をくぎって話した。

「ヘンリー・スマイズ－ピーターウォルド十二世がみずからの失策でついに死を迎えるとしたら、そこから半径五十光年にロングナイフは一人もいるべきではありません。ビリダス星に行ってはいけません」

「行きたくはないわ。でもよく考えて。プロメテウスの息子とザナドゥ星の狂信的若者たちの行き先はどこだと思う？」

「ビリダス星の可能性が高いですね」ジャックは認めた。「あのかわいそうな父親を助けてやりたい気持ちはわかります。しかし今回ばかりは近づかないほうがいい」

「そうはいかないのよ、ジャック。なぜなら、ヘンリー・ピーターウォルド十二世が近い将来に死を迎えるとしたら、そこにはわたしの有罪を示唆する指紋がべたべたとついているから」

まわりはきょとんとした顔になった。ただ一人、ペニーだけが理解した目になった。

「ああ……なるほど」

「説明してあげて、ペニー」

視線が集まる。情報将校はゆっくりと話した。

「つまり、若者たちがピーターウォルド氏の暗殺に成功しようと失敗しようと関係ない。彼の体が冷たくなるまえに、若者たちは捜査網にひっかかる。ザナドゥ星出身であることもすぐばれる。そのザナドゥ星をクリスはこの一ヵ月で二回も訪問している」

　ペニーが話しおえると長い沈黙が訪れた。深みにはまって進退きわまる状況が理解されて、人々はゆっくり首を振りはじめた。

「八方ふさがりだな」ドラゴ船長が全員の気持ちを代弁した。

「警告を発するだけではだめなのですかな」ムフンボ教授が訊く。

　クリスは首を振った。

「たとえ警告しても、自分たちが疑われないための偽装工作だと思われるわ。あるいは暗殺部隊を送り出したあとに怖《お》じ気づき、敵の手による作戦中止を狙っているとみなすか。いずれにしても、ピーターウォルドはいつかこの手で殺さなくてはいけない。だからわたしが行くしかないのよ」

　ジャックはまだ首を振っている。

「やれやれ、クリス。あなたが大急ぎで現場に乗りこんで、ヘンリー・ピーターウォルドの暗殺計画があると叫んでも、信じてもらえると思いますか？」

「やってみるしかないわ」

「三十分で出港準備をするぜ、殿下」ドラゴが席から立った。

「よろしく、船長」

ドラゴはそのために部屋から出ていった。

「残りの問題を片づけておくわ」クリスはコルテス大佐にむきなおった。「捕虜はこのクスコ星の司法に引き渡すつもりでいました」

コルテスは手錠を待つように両手を差し出した。しかしクリスは続けた。

「でも当面は船内にとどまってもらうことにします」クリスが言うと、大佐はもの問いたげな顔になった。「わたしがはからずも雇った悪徳弁護士は、あなたを軽い刑ですませられると考えています。そしてその後は、将来の〝フィリバスター〟探険のコンサルタント業をさせるつもりです。自分は十五パーセントのマネジメント料をとって」

「さもありなん、だな」コルテスは言った。

「だから船から下ろすのはやめました。すくなくともこの星では」

「ありがとう」

「ありがたいのですか？」クリスは意外だった。

「そうだ。おれは過ちを犯した。あんな計画にかかわるべきではなかった。そのことに残り一生を縛られたくない」

クリスはその言葉を信じていいのかわからなかったが、すくなくとも彼が使える能力を持った捕虜であるのはたしかだ。

「ペニー、わたしの知識がまちがっていたら訂正して。戦争捕虜に労働させた場合は代価の支払いが発生するわね」

「その必要があります」警官の娘であるペニーは答えた。

「アビー、サーペント号の書類書き換えがすんだら、大佐を軍事顧問として雇用する契約書を作成して」

「給与等級は？」メイド兼情報将校のアビーは質問した。

「大佐相当で」

コルテスは苦笑した。

「あくまで短期雇用として書いておいてくれ。プリンセスはすぐにどこかの司直におれを引き渡すはずだ。兵員輸送船の行き先になっているチャンス星あたりかな」

「あなたをチャンス星に送ることはありません」ペニーが言った。

大佐は笑顔から不可解そうな顔に変わった。ジャックが説明する。

「じつは大佐、クリスが前回チャンス星に滞在したときに、ピーターウォルド家がそこを乗っ取ろうとしたのです。民衆はそれに対して猛烈に抗議した」

「なるほど」

うなずく大佐に、ペニーが説明を追加した。

「いいえ、抗議だけではないんです。戦闘になった。そしてその戦闘の最後に、ピーターウォルド氏のご子息が亡くなったのです」

「そんなことが」コルテスはつぶやいて、しばらくして理解の色を顔に浮かばせた。「つまり、きみたちのプリンセスが必死に救おうとしている男の息子が？」

「そういうことです」アビーが言った。「これでわたしたちがどんな厄介な事態に巻きこまれているかおわかりでしょう」

「なんてことだ」大佐は言った。

そこへ船内放送がはいった。

「総員、出港準備の配置へ」

47

ビリダス星への道のりは平穏だった。

サーペント号には改竄《かいざん》の必要な船舶書類がそもそも船内のどこにもなかった。ワスプ号にはもちろん二通ある。一通はアビーの船室、もう一通はドラゴの船長公室だ。驚くにはあたらないとクリスは思った。

決定すべき重要事項は他にあった。船の加速度だ。クリスは一・五Gを命じた。科学者グループからの苦情を予想したが、意外にもやってきたのは一等軍曹だった。

「殿下、目的地に到着するまでにできるだけ多くの海兵隊員が回復して、任務に就けるほうがいいでしょう」

「そのとおりね、一等軍曹」

「現在、医務室では十人近い狙撃手が治療中です。船医はこれから理学療法をはじめます。そのあいだは患者の負担を軽減するため、加速は〇・八五Gが望ましいと言っています」

クリスはドラゴ船長にかけあって、一日二回、加速を弱める時間帯をもうけることにした。そのために、一日三回つまり食事のたびに航法士のスルワン・カンから愚痴《ぐち》られるはめになった。そんな不規則な加速を前提にコース設定をするのは非常に厄介なのだという。

しかしおかげで海兵隊は理想的な理学療法を受けられた。クリスとしては、ビリダス星に到着するときに兵士全員が万全の状態でいるほうが望ましかった。

ビリダス星の近傍宙域にはいると、とたんに誰何《すいか》され、退去を命じられた。

「この宙域はグリーンフェルド星の軍艦以外は立ち入り禁止である」

ドラゴ船長は人類宇宙一の役者ぶりを発揮して、緊急修理のためのドッキング許可を取り付けた。ただし下船は許可されない。一人もだめ。連絡橋には監視の兵士が配置される。だれも下りられない。

もちろん、ピーターウォルドの子息の殺人犯と推定されるクリス・ロングナイフが乗船していることなど、ドラゴはおくびにも出さなかった。そんな話が漏れたら、ワスプ号から人が下りないように監視する兵士たちは、新たな命令を受けて、船内に突入してくるにちがいない。

ハイビリダス・ステーションへの最終アプローチをドラゴが指揮するようすを、クリスはブリッジの席から見守った。ステーションには完成間近のレーザー砲座がいくつもある。しかし実際にレーザーが設置されているところは少なかった。設置されている砲塔もキャリブレーション作業はまだだろう。見えないところで多くの作業員が工期の遅れをとりもどそうと遅くまで働いているはずだ。

ステーションの埠頭を見ると、最近の政治体制の変化がはっきりあらわれていた。どの桟橋にもグリーンフェルド艦がドッキングしている。空きドックは二カ所しかない。その一つへドラゴはワスプ号を誘導していった。

(クリス、あなたへの着信があります)

(だれから?)クリスが乗っていることは秘密のはずだが。

(明かさないように先方から頼まれました。聞けば話したいと思う相手です。信じてください)

やはり急拡大するネリーの能力についてトゥルーおばさんとじっくり話す時間が必要なようだ。ため息とともに考えた。

(つないで)

(やあ、クリス。クレッツ艦長だ。ワスプ号が入港許可を求めてきたのを見て、まだきみが乗っているだろうと推測した)

(ご息女たちや、あの副通信士官はお元気ですか?)

(娘たちは元気だ。そのうちの二人は近い将来に結婚式を挙げることになりそうだ。良縁にめぐまれた。安心して嫁がせられる。そして当直の副通信士官にはこの通話をつながせている。南大陸の父親から呼び出しを受けているが、すぐに行くつもりはないようだ。資料によるときみも父親を避けているようだな。うちの娘たちがそのような病にかからなくてさいわいだった)

(家族の話は楽しいのですが、艦長、ご用件は他におありなのでは)

(そうだ。警告したほうがいいと思ってね。そちらの船はまもなく炉心材料の投棄と、全バッテリー電力のステーション側への放出を求められるはずだ。搭載していないはずのレーザー砲のキャパシタ電力もふくむ)

「ドッキング前に炉心材料の投棄を求められるそうよ」クリスは声に出して言った。

「なんだって?」ドラゴ船長が声をあげた。

(ネリー、この通話を全員に聞こえるように)

「そうだ」クレッツ船長は続けた。「ドッキングしているすべての艦船は、わたしのサプライズ号もふくめて、反応炉の火を落とし、キャパシタを空にしている。もちろんそんなはずはないが、まるでわたしたち海軍を信用していないかのようだ」

「なんで自分とこの軍隊を信用しねえんだ?」ドラゴがつぶやいた。

そのときスクリーンに、乱れた制服であわてたようすの男が映し出された。その背後には、グリーンフェルド国家保安隊の黒い軍服をきっちりと着こんだ男が一人立っている。サブマシンガンを腰のあたりに吊り、いつでも使えるようにしている。

「第一ドック係留装置を接続したら、すぐに反応炉の炉心圧を抜くように。ここで修理したいというエンジントラブルはそのままなのだな?」

「そうだ」ドラゴは答えてから、通信リンクのボタンを押した。「機関区、全反応炉について炉心材料のベント準備だ。桟橋から離れたところでやれ」

「了解です、船長」

男はスクリーンから消えた。

「警告をありがとうございます、クレッツ艦長」クリスは言った。

「事前に知らせたほうがいいと思った。資料によるときみの家族は被害妄想が強いらしい」

「いつでもだれかに命を狙われていますから」

「なんのことかわからんな」

「ところで、わたしがここに来た理由に興味がおありなのでは？」

「なくはないぞ」艦長は皮肉っぽく答えた。

「ヘンリー・ピーターウォルド氏の暗殺計画が進行中なのです」

「それはたいへんだ。今週すでに四件発生しているが。その犯人のうち三人は現場で死亡し、残る一人は尋問中に死んだ。言っておくが、いずれも書類上の記録は残っていない。わたしは船の警備担当士官から、乗組員のあらゆる行動をきびしく制限すべきだと強く勧告されている」

「四件……」

クリスはつぶやいて、ブリッジを見まわした。第一ドック係留装置に船体が固定されるクランプの音が響いた。与圧調整の音が聞こえ、照明がまたたいた。ビリダス星にドッキングしたのだ。もうあともどりはできない。

「クレッツ艦長、それらの暗殺未遂犯はザナドゥ星や放棄派の活動に関係していましたか？」

「あの狂信者たちはまだ絶滅していないのか？　いや、犯人はすべてビリダス星の出身者だった。すくなくともそう聞いている。徹底的に調べれば宮廷につながる手がかりがあったのではないかとわたしは思っているが、死人に口なしだ」

「ザナドゥ星は実在します。わたしはこの一カ月に二回訪れました。放棄派の導師団の命令で、熱狂的な若者を集めた小編成の戦術チームが送り出されたようです。目的は戦争を惹起《じゃっき》すること。わたしの推測では、そこにピーターウォルド暗殺がからむはずです」

「放棄派というのは……」クレッツが資料を調べるあいだ短い沈黙になった。「路傍で演説するだけの集団だった。テロを手段にしたことはない」

「いろいろ変わったのです。顔ぶれが変わり、巧妙になったいまでは、そういう手段も是としています」

「ふむ」ふたたび長い沈黙。「しかし、ヘンリーを殺すことがどうして戦争につながるのかな」

「さきほども言ったとおり、わたしはこの一カ月にザナドゥ星を二回訪れました。そしていま暗殺チームがここに来ている。事件全体がロングナイフに濡れ衣を着せるために仕組まれたのではないかと思っています」

「ふむ」今度はかなり深いところから出た声だった。「プリンセス、わたしは警備担当士官と急いで話をしたい。あとでまた話せるかな？」

「ワスプ号から下りることを禁じられていますから。船の全員が」

「そうだった。わたしの艦より行動制限がきびしいのだな。待ってくれ、保安隊がこちらと話したいらしい。ああ、それから、きみの話はビクトリア少尉に伝えておく。必要なら宮廷に直通で連絡できるかもしれない」

「そうでしょうね」

栈橋の係留装置がワスプ号を次々にクランプしていく音が船体に反響する。まるで監獄の扉が閉まる音のようだ。これまで何度も悪い状況を経験しているクリスだが、これほど心細く感じるのは初めてだ。

船の全電力をステーション側に放出せよとの指示が来た。クリスはこの四年間、ピーターウォルド家の魔手にかからないように逃げつづけてきた。しかし今回は完全に彼らの勢力《パワー》下にいれられた。文字どおり電力《パワー》を握られたのだ。

胃がきりきりと痛んだ。

さらに悪い事態が襲来した。

保安隊の黒い軍服の五、六人が栈橋にあらわれ、連絡橋を渡ってきたのだ。そのうち四人はいかにも高性能なサブマシンガンをかかえている。

しかしクレッツ艦長が同行している点はましだ。その脇には、一人の少尉の姿がある。会議室から事態の推移を見ているクリスは、すこし安心した。この少尉は知っている。

次の展開は見ものだった。黒ずくめの軍服集団を、後部甲板で六人の海兵隊員が迎えたのだ。ライフルに銃剣をつけ、控え銃の位置で保持している。サブマシンガン男たちはすこしは驚いただろうか。

一等軍曹が挨拶のために一歩出た。

「本艦にご用でしょうか？」

「わたしはビン・マーティン大佐である。ロングナイフの娘に用がある」

「クリスティン・ロングナイフ王女殿下に拝謁を願いたいということですね」一等軍曹は相手の表現を訂正した。

「言っておくが、ここはグリーンフェルド連盟宙域であり、貴船はグリーンフェルド連盟宇宙ステーションにドッキングしている。われわれは王族など認めない」

宮廷という言葉はあたりまえに使うくせにと、クリスは聞きながら思った。

一等軍曹は、穏やかだが鋼鉄を鳴らすような声で答えた。

「ここがどこかは存じております、大佐。ご注意申しあげますが、本艦はウォードヘブンの軍艦であり、知性連合王レイモンド一世の曾孫娘の乗座艦であります」

二人はにらみあった。大佐は口角に泡を吹いた犬のようだ。対する一等軍曹は、どちらかというと太陽だ。てこでも動かない。存在に慣れるしかない。ただしSPF8000クラスの強力日焼け止めが必要だ。

犬は太陽に屈した。

「そちらの推定王女に、保安隊が面会を要請していると伝えてもらいたい」

一等軍曹はしばらく沈黙して指示を聞いているふりをして、笑みを浮かべた。

「拝謁が許可されました」

クリスは参謀会議室を見まわした。まずい、玉座らしいものはない。自分は大尉の略装軍服。このまま面会して権威の流れを引き寄せるのは難しい。あわてて通信リンクを押した。

「一等軍曹。案内になるべく時間をかけて。準備の時間が必要だから」返事を待たずにボタンを押し替える。「アビー、勲章がいるわ。星形の戦傷獅子章も」

地球の最高勲章にはどんな軍人も一目おくはずだ。

「すぐにまいります」メイドは答えた。

クリスは会議室を見まわした。テーブルはいまさら撤去できないが……。

「ドラゴ船長、椅子を片づけて。兵曹長、壁紙を深宇宙の星空にしなさい。ついでに照明も落とし気味に。ジャック、わたしの側近という体裁を整えなさい。正装軍服に着替えられる？」

「一等軍曹が反応炉の見学ツアーをやってくれれば」警護班長は答えながらすでに走りだしていた。

「急いで」その背中に呼びかける。

ドラゴ船長は姿を消した。乗組員たちは椅子を目につかないところにあわただしく片づけている。アビーが来て、勲章をピン留めされるあいだクリスは立ち上がった。するとクリスの椅子も片づけられそうになった。

「それはそのまま。わたしはすわって面会する」クリスは険悪な調子で言った。

そうだ、この安直な舞台が整ったら、不愉快な保安隊の大佐には目にもの見せてやる。

ジャックが襟のボタンを留めながらもどってきた。

ドラゴ船長もあらわれた。服装は……ウォードヘブン海軍大佐の青の礼装軍服だ。クリスはその胸にずらりと並んだ勲章や略綬を見た。平時に獲得できる普通の勲章の他に、V付属章がついた遠征章もある。Vは武勇《バラー》の意味で、たいていは戦闘参加をしめしている。どうやってこれを手にいれたのか。

しかしクリスもV付きの遠征章相当の勲章を持っていることを思い出した。長い平和の時代といっても、歴史書の記述ほど平穏ではなかった。歴史学者の目は節穴なのだろうか。

「予備役さ。現役じゃない」ドラゴ船長は言った。

「これから一時間は現役復帰とみなすわ。あとで話を」

ドラゴ船長のすぐあとから大股にはいってきたのは、コルテス大佐だ。ロルナドゥ星の赤と黒の陸軍礼装軍服を着ている。

「予備役ですか？」クリスは訊いた。

「除籍されてはいないからな」コルテスは平然と答えた。

そんな男がこういう情勢下でなぜ遊んでいたのか。再召集がかからなかったのかと疑問が浮かぶ。

「こちらもあとで話を」クリスは咳払いをした。「膝詰めで」

次はペニーだ。白の礼装軍服で、立ち襟を留めるのに苦労している。ジャックが手伝った。

アビーももどってきた。ウォードヘブン海軍の青の礼装軍服などどこに隠していたのか。

彼らはクリスの両脇に整列した。右にドラゴ、コルテス、アビー。左にジャック、ペニー。ドアのところにキャラが立って、くすくすと小さく笑っている。

クリスはきびしい口調で言った。

「お部屋にもどりなさい。ネリー、この子のモニターに適当なビデオを流して」

「わかりました、クリス」とネリー。

「わかったわ、クリスおばさん」とキャラ。

クリスの参謀たちは全員が笑みを送った。クリスは反乱が起きるリスクを冒してまで子どもをたしなめることはしなかった。しかし複雑な状況でさらに複雑な気分になった。姪などいないのにおばさんと呼ばれてしまった。

整然たる靴音を聞いて、クリスは奥のドアに目をむけた。照明がさらに一段落とされる。壁と天井は深宇宙とまたたかない冷たい星々になった。平衡感覚を失いそうだ。上出来だと、クリスは無言で兵曹長を称賛した。

六人の海兵隊員がはいってきた。赤と青の礼装軍服で、銃剣付きのM－6を控え銃にしている。黒い軍服の大佐が無表情に続く。部下の士官と銃を持った四人の兵士たちもおなじだ。一人が室内を見まわしてよろめいた。がっしりとした海兵隊員の肩につかまって、なんとか転倒を防いだ。

そのあとからクレッツ艦長が来た。室内のクリスの側を見ておもしろそうな表情だ。

ピーターウォルド少尉は壁ぎわで背中をつけて立ち、休めの姿勢をとった。全体が視界にはいり、クレッツ艦長の表情と身ぶりも見える位置だ。学習が早いとクリスは思った。ひきつづき味方であってくれることを願うばかりだ。

部屋の外から一等軍曹の声が明瞭に響いた。六人の海兵隊員を入り口の警備に配置している。

保安隊の大佐は目を細めてクリスを見た。クリスのほうはなるべく無邪気な大きな目で見返す。口はつぐんだままだ。

やがて大佐はクリスから視線をそらして、左右に居並ぶ顔ぶれを見た。そしてそのうちのだれかに気づくと、目を見開き、鼻腔をふくらませた。

クリスは、この大佐が自分の左右にいる人々について自分よりよく知っているらしいと気づいた。思わずしかめ面になる。やはり部下たちにつっこんだ面談をしなくてはならないようだ。この大佐がこちらの時間を使ってこちらの知らないことに理解を深めていると思うと、腹が立った。

「わたしに用件があるのではなかったかしら、大佐？」クリスは見下した調子で言った。

保安隊の男はだれかから視線を引き剝がして、クリスにむけた。

「第一市民スマイズ－ピーターウォルドのお命を狙う謀略があると聞いた。もしそれが本当なら、公務として情報提供を要求する」

「わたしが知りえたことはすべてクレッツ艦長にお話ししました。それをお聞きになったのなら、他にはありません」

「情報源の口から聞きたい」

うるさく反論してやろうかと考えたが、口を開けば要求ばかりのこの男に苛々しはじめていた。そこでわかっていることを手短に話してやった。

大佐は強く反発した。

「そんなものは確実な情報といえない。噂以上のものではない」

「どうとっていただいてもけっこうですわ。けれど、もしその第一市民が数日以内に急死されたら、あなたの上司はどうお考えになるでしょうか」

大佐は唾を飲みこんだ。ごくりと音がしそうなほどだ。

「そのルシファーという男の写真はあるか？　名前からして悪魔のようだが」

「放棄派は自分の似姿をつくることを嫌いますから」

大佐はつかのま黙ってから反論した。

「昔の彼らはそうではなかったぞ」

「昔の彼らは自爆テロを手段にしませんでしたね」

クレッツ艦長の発言を引用したので、本人がわずかに苦笑するのが見えた。

今度は大佐がしかめ面になった。渦巻く被害妄想のなかでなんら役立つ情報を持たずに上司のもとへ帰る自分を想像して、愉快でないらしい。

「一つだけ提案できます、大佐」

「なんだ？」

「その若者の父親がこの船に乗っています。彼の写真を撮影するのはかまいません。あとは画像処理で加齢による変化をとりのぞけばいい。ドラゴ艦長？」

「はい、殿下」

ドラゴは通信リンクにむかってなにかしゃべった。しばらくするとスルワン・カンが海軍大尉の軍服姿でやってきて、大きな封筒をドラゴに持ってきた。ドラゴはそれをクリスに渡した。

「ご希望のものを」

クリスは封筒を開けた。大きく引き伸ばしたプロメテウスの写真と、おなじサイズで画像処理した写真がはいっていた。息子のルシファーに驚くほどよく似ている。クリスはそれをジャックに渡し、ジャックは大佐の手もとに運んだ。

「大佐、わたしは問題の若者にじかに会ったことがあります。画像処理した写真とそっくりだと保証します」

「その頭のおかしい若者にじかに会っただと？」

大逆罪をはじめとするさまざまな罪をとがめるように訊く。

「その惑星を最初に訪れたときの案内役が彼でした。二回目の訪問時にはすでにいませんでした。惑星から去ったとその父親から聞かされました」

「そうだった、その父親がいるのだな。尋問するので身柄を引き渡してもらう」

要求でも依頼でもない。拒絶されることなど考えてもいない口ぶりだ。

「お断りします。彼は吾《われ》らの保護下にあります」クリスは王族の複数形に切り替えた。「吾《われ》らの事情聴取によって知っていることはすべて聞き出せたと考えています」

「ここはピーターウォルド領有宙域だぞ」

グリーンフェルドではなくそう言ったのは、たんなる言いまちがいか、それともグリーンフェルド連盟という虚構にその男の影がかくも色濃いということか。

「ここはウォードヘブン艦の艦内ですわ」クリスは立ち上がり、百八十センチ以上ある身長を活用した。大佐よりゆうに五センチは高い。「すみやかにこの艦内からご退去を願います」

保安隊のグループのうしろに立つ海兵隊は、最初から殺気をみなぎらせていたが、ここでカチリとかすかな金属音をたてた。保安隊の大尉が急に不安げに左右を見た。

戸口に一等軍曹があらわれた。拳銃を控え銃の位置に持っている。

大佐はなおも踏んばっていたが、やがて意気阻喪《そそう》したようだ。

「そちらの大使館にこの件を申しいれる。今回は引き揚げるが、すぐにまた来る」

そのときは軍隊を連れてと、暗にほのめかしている。大佐はくるりとまわれ右をして、外へ歩きはじめた。その肩にクレッツ艦長が手をかけた。

「わたしはこの女と話したことがある。しばらく残って、話を聞き出そう」

「その女にはきびしくあたれ。そして父親を連行するように」

大佐は強く言うと、そのまま退室した。保安隊の黒ずくめの部下たちもすぐに続いた。

海兵隊の靴音が通路を遠ざかって、ようやくクリスは息をついた。

「明るくして、兵曹長。あまり暗いと、ものを考えられないわ」

照明が最大になった。壁も明るい灰色にもどった。乗組員と海兵隊員がいわれるまでもなく椅子をもとどおりに並べていく。

クリスの参謀たちはほっとしたようにそれらの椅子に腰を下ろし、おたがいを見まわした。たしかに奇妙な顔ぶれだ。なにしろ……敵方のはずの艦長が一人まじっているのだから。

さらには暗殺のターゲットの娘も。

ビッキーはクレッツ艦長の右隣の椅子にすわった。クレッツはテーブルの下座、つまりクリスと正対する席についている。まずビッキーが訊いた。

「本当にわたしの父を救うためにここへ来たの？」

「他にしかたないのよ。もしあなたの父上が数日中に暗殺されたら、ルシファーとその仲間たちはわたしを犯人に仕立てあげる。すると煽動者たちは、わたしをここで裁判にかけるか、あるいは戦争だと叫び出す。そんなインチキ裁判のためにレイ王がわたしを引き渡すことはたぶんないと思うから、あとは戦争しかなくなる」

「たぶんとは、ずいぶん自信がなさそうだ」クレッツ艦長はわけ知り顔で笑った。

クリスはすまし顔で答えた。

「たしかめたくないというのが本音ですね。わたしはレイ王の手で何度もひどいところに放りこまれました。このうえグリーンフェルド星に放りこまれるのは勘弁してほしい」

「わたしだって母星の司法制度で裁かれる身にはなりたくないわ」ビッキーが言って、話題を変えた。「その悪魔の若者が父を殺すのを止めるにはどうすれば？」

クレッツ艦長は首を振った。

「彼が第一市民に近づく見込みは万に一つもあるまい」

「同感です」クリスは認めた。

それを聞いてジャックが腰を浮かせた。

「ちょっと待ってください。悪魔の若者とは言い得て妙ですが、彼を止めるためにと、あなたはわれわれをこの星まで引っぱってきたのですよ。それがいまになって暗殺は不可能だという。どういうことですか、クリス！」

クリスは黙って肩をすくめた。しかしクレッツ艦長がなにも言わないので、しかたなく説明をはじめた。

「ルシファーとザナドゥ星の仲間たちは、いわば陸に上がった魚よ。泥くさい田舎者。口を開いただけで逮捕される。ましてピーターウォルドに接近して殺すなど不可能」

「では、なぜわれわれは……」ジャックは脱力したようすで訊く。

クレッツが答えた。

「なぜなら、彼らは逮捕されたら、尋問されてクリスの話をする。そのあとビクトリア少尉の父上が殺されたら、犯人はクリスだとだれでも考える。どうころがってもきみたちに勝ち目はない」

　ジャックは椅子に腰を下ろして、頭上を見ながら長い悪態をつぶやいた。

　今度はクリスが身を乗り出した。

「民心が安定しない惑星での狩猟旅行をビッキーの父上に吹きこんだのはだれ？」

「どの派閥でもおかしくないわね」ビッキーが答えた。「父は偉大なハンターを自称しているの。まだ仕留めていない獲物の話を振れば、すぐに行く気を起こすわ。ビリダス星が連盟に加盟したと聞いたとき、父はかならず狩猟に出かけると思った」

　クレッツ艦長もうなずいた。

「想定外だったのは、惑星防衛システムが未完成のうちに来られたことだ。なのに防衛の主力として海軍が信用されていないとは。これはまるで……」

　クレッツは言いよどむ。それをドラゴ船長が引き継いだ。

「まるで、罠にはめられたみたいだってんだろ」そこですこし黙る。「ちょっと待ってくれ」なにかを聞くように頭上の空中を見る。そして立ち上がった。「クリス、この話の続きはブリッジでやろう。妙なことが起きてるみたいだ」

「なにが？」五、六人からいっせいに声が上がった。

「説明するより見てもらったほうが早い」

　その言葉を残して、ドラゴ船長はあわてて部屋を出ていった。

　クリスは王族の威厳も気どりも捨てて、あとを追って走った。

48

まもなく息を切らせたクリスとチームは、ブリッジのメインスクリーン前にそろった。スルワン・カンが深刻な顔でそこに映されているものを説明した。

「三分前に、このフォークフェスティバ社の恒星間旅客船〈トゥーランの献身的労働者《デディケイテッド・ワーカーズ・オブ・トゥーラン》〉号がジャンプポイント・アルファから出てきたわ。そのときの速度が時速二万キロメートル」

いかに自殺的行為かわかる者たちは、低く口笛を鳴らした。

「それはまずいのか？」コルテス大佐が訊いた。

ドラゴ船長が説明した。

「目的地に着きたいんならな。ジャンプポイントが公転してる星系には惑星が二個とか、三個とか、六個とかある。それらの影響を受けて、ジャンプポイントはどの惑星から見ても不規則に揺れてる。利口な船長と航法士は、ジャンプポイントが動かないようにゆっくり慎重に接近する。あまり高い速度ではいると、銀河系の反対側の惑星に飛ばされるかもしれねえ。船体にスピンがかかってたらもっとひどいことになる」

ドラゴは顎を掻いて、考えながら続けた。

「旅客船や高価な戦艦は、普通は抜き足差し足でジャンプポイントにはいるもんだ。こいつはへんだな」

「ますますへんよ。アクセルを踏んできたわ。三・二六G出してる」

「乗客をそんな大加速にさらす旅客船の船長はいない」クレッツ艦長が言う。

「つまり、このトゥーラン号はもはや船長の指揮下にないとみなせるわけか」コルテス大佐は小声で言った。

「トゥーラン号のスペックを出せ」ドラゴが命じた。

スルワンが必要な船舶仕様を表示した。

「百万トンとは大きいな」とジャック。

「乗員乗客五千人」ペニーの声も震えている。

「ここに到達するのは？」クリスは冷静に訊いた。

「トゥーラン号が反転減速しないで加速を続けると仮定すると……」スルワンは言いながら、そのとおりに画面を変更した。「七時間三十三分後に、南大陸沿岸に大穴をあけるわ」

「父が狩りをしている場所よ」とビッキー。

「避難してもらうのね。まだ時間はある」クリスは言った。

「いや」クレッツが割りこむ。「いま現地は嵐だ。大型のハリケーンのようなものだ。飛行機は飛べない」

クリスは眉をひそめた。

「暗殺者の幸運か、あるいはそれも計画のうちかしら」

クレッツは肩をすくめた。

「ちょうどハリケーンのシーズンだ」

「とにかく、あと七時間半。そのあいだに何隻の軍艦のエンジンを始動できますか？」

クリスはグリーンフェルド海軍艦長を見ながら訊いた。しかしクレッツは首を振る。

「保安隊に苦情を言ったのだ。このおんぼろステーションの反応炉では、艦隊全艦を始動できるだけのプラズマを沸かすのに一ヵ月もかかると。ところが返事はこうだ。〝いずれかの艦の機関士が勝手に反応炉を臨界にして、第一市民の暗殺を試みるかもしれない〟……。だから全艦の反応炉の火を完全に落とさせるのだと。まったく愚かな考えだ」

クレッツは最後を吠えるように言った。なんとか感情を静めて続ける。

「こうなると彼らの一部に裏切り者がいると考えざるをえない。われわれははめられたのだ」

ドラゴ船長が咳払いをした。

「失礼だが、艦長、エンジンを始動できる船が一隻だけあるぜ」

「どれだ？」クレッツは訊く。

「この船さ」ドラゴはさかしげな笑みで答えた。

クレッツは眉をひそめた。そして目を見開き、低くうなるように問うた。

「あれをやる気か？」

ドラゴは挑むように言った。

「ワスプ号は前回のオーバーホールでその手順をやれる設備を艤装した。調査船だからな。リム星域の外じゃどんな状況に出くわすかわからん」

「狂気の沙汰だ。いいや、自殺的行為で大量虐殺行為だ」

「最新の送電技術をもってすりゃ安全にやれる」

クリスはピンポンの試合を見ている気分だった。二人の丁々発止の議論を自分だけ理解していないらしい。言葉の応酬に大きな声で割りこんだ。

「ちょっと待って。なんの話をしてるのか、わたしたちにもわかるように説明して」

船長と艦長はしばらくにらみあっていた。やがてクレッツ艦長が手を振って、ドラゴ船長をうながした。ドラゴは自信たっぷりのようすで軽くお辞儀をして、話しはじめた。

「この船の四隻の着陸船は、それぞれ反物質セルを搭載してる。それらをはずして、まず二個を予備電源用発電機につなぐ。これで電磁閉じ込め場が立ち上がる。続いて残り二個を主反応炉につないで、核融合プロセスを緊急始動するってわけだ」

まるでカナリアをとらえた三毛猫のように自慢げだ。

クリスは、かろうじて怒りを抑えているようすのグリーンフェルド海軍艦長を見やった。

「サプライズ号にはできますか？」

「まさか、不可能だ」クレッツは憤然として言った。「人類協会の船舶運用規則にも、グリーンフェルド連盟の規則にも違反する。六十年前にカノープス号がボーデン・ステーションの半分を巻きこむ爆発事故を起こし、十万人の人命が一瞬で失われて以来、その手順は禁止されてきた」

クリスは船長と艦長から一歩退がった。一人は解決策を提示しているが……それは自殺的かつ他殺的行為かもしれない。もう一人は解決策を提示していない……そして相手の提案を否定している。

クリスは青ざめたビクトリア・ピーターウォルドを見つめた。

「ビッキー、あなたはどう思うの？」

「言えません、殿下」

「話して、ビッキー。あなた自身の考えを知る必要があるのよ」

「わかったわ、クリス」若い少尉は深呼吸した。「父を救いたい。多くの人々から憎まれようと、わたしにとっては父親よ。最高の父親でなくても、ただ一人の父親。どうすれば救える？」

そういうことだ。若いピーターウォルドが老いたピーターウォルドを救ってほしいと言っている。ピーターウォルドからロングナイフへの懇願だ。キャピュレット家からモンタギュー家への頼みだ。

受けるべきだろうか。クリスは自問した。

しかし問うのは愚かだ。じつはクリスも一蓮托生《いちれんたくしょう》なのだ。旅客船が南大陸に墜落したら、その飛び散る破片のように影響は広範囲におよぶ。もちろん黒い軍服で銃をちらつかせる保安隊員たちは、クリスの仕業だとみなすだろう。

クリスはため息をついて、ビッキーにウィンクした。後学のために見ていなさい、友人。

そして船長と艦長にむきなおった。

「クレッツ艦長、このステーションに係留されている軍艦を一隻始動するのに、時間はどれだけかかりますか？」

「十二時間。あるいはそれ以上だ。このステーションの設備は劣悪をきわめる。まずステーションの発電装置を始動して、艦の閉じ込め場を立ち上げる。さらにステーションの反応炉から艦の反応炉にいたるプラズマ送出路の閉じ込め場を立ち上げる。この送出路ではプラズマの温度損失がひどいので、反応炉が臨界に達するまでには大量のプラズマが必要になる。反応材の加熱と自前の発電開始はそれからだ」話しながらクレッツの声はしだいに小さくなり、最後に首を振った。「完全にだれかにはめられたのだ」

クリスは同意した。

「たしかに、だれかにはめられましたね。そうやって一隻を始動するプロセスが三分の二も進んでいない段階で、彼女の父親は命を絶たれる。これはただの好奇心からうかがいますが、もしそうなったら、あとはどうなりますか？　この少尉が第一市民に昇進する？」

質問を聞いたビッキーが目を見開いた。

クレッツ艦長はうつむいて自分の靴の磨かれた爪先のあたりを見た。

「わからない。われわれの社会における女性の地位は知っているだろう」しかしそこで顔を上げて部下の士官を見た。「しかしわたしは息絶えるまできみを守るぞ」

「艦長に息絶えてほしくありません」ビッキーは強く言った。「父を救ってください」

クレッツは肩を落とした。

「わたしにはできない。わが艦隊のだれもできない」

ビッキーは低い声で言った。

「ウォードヘブン艦隊のある艦はそれができる。そしてやる意志のある人々がいる。よりによってロングナイフが命がけでピーターウォルドを救おうなんて！」

「全員の死を招くかもしれないぞ」とクレッツ。

「父が死ねば、わたしも二カ月程度であとを追うはめになると、おっしゃったばかりではありませんか。とはいえ、艦長、わたしも同意見です。いつかわたしは鞭と銃と絞首台を最大限に利用して宮廷を支配するようになるかもしれない。でも、いまはできない。今日の時点では無理。ですから父に生き延びてもらわなくてはいけない」

ビッキーは両腕を広げて懇願した。

「艦長、この方たちが父を救うのに協力してあげてください」

「彼らが失敗したら？」

「いずれにせよ、わたしたちのだれも来年のいまごろまで生きていないはずです」

クレッツ艦長は長いこと首を振りながら考えていた。そしてクリスにむきなおった。

「殿下、お手伝いしよう」

49

宇宙ステーションとそこにドッキングした小艦隊を木っ端みじんにする許可など、めったに得られない。クリスは、うれしくはなかった。さすがにそれは避けたい結末だ。ドラゴ船長にむきなおって命じた。

「本船の機関を始動しなさい。可及的すみやかに」

「了解、殿下。反物質セルのポッドは着陸船から取り外し中。まもなく完了するはずだ」

「二個はすでに下ろされてますよ、船長」スルワンが報告した。

「予備電源の発電機につなげ」

「だめです」クリスの首もとから声が飛んだ。ネリーだ。「反応炉につなぐほうのポッドは、残量やその他の状態を均等にする必要があります。それが重要なプロセスです。予備電源のほうは一般的な装置なので気にしなくてけっこうです」

「だそうよ、船長」

クリスはドラゴにむかって眉を上げた。まわりでも多くの人が眉を上げている。

「お姫さまの言うとおりにしろ」ドラゴは命じた。

「ネリー、この作業を手伝える科学者はいる？」クリスはコンピュータに訊いた。

「何人かいます。すでに機関区へ行くようにうながしています。反物質はいくつかのステータスに前提条件があり、いまはずれているなら合わせる必要がありますから」

「まかせるわ」

プロセスの技術面はベストと思える人材にゆだねられたようだ。クリスはクレッツ艦長にむきなおった。

「当然ですが、本船がエンジン始動作業をはじめていることを港湾局に通知すべきでしょうね」

「さすがに気づくだろうな」

「どのタイミングで知らせるのがいいでしょうか？」

クレッツはその問いをわずかのあいだ考えた。

「事前の許可より事後承諾のほうがとりやすいだろうが」

「そう思います」

「しかし、かならずしもルールどおりにいくとはかぎらない。ステーションは保安隊の支配下にある。あまり急激に動くと、即時的、暴力的な結果を招きかねない」

「そうおっしゃるのなら」

「うちの政務士官と相談してみよう。遅かれ早かれこの話をせざるをえない」クレッツはリストユニットのいくつかのボタンを押した。しかし呼び出しが長くかかった。クレッツはユニットを見ながら眉をひそめる。「わたしより優先順位の高い相手と通話中だというのか？」

眉間に皺を寄せていると、あわてた声が応答した。

「失礼しました、艦長。ただいまボイング中将からの通話を受けています。そちらにおつなぎしてもよろしいでしょうか？」

形は問いでも、拒否できる雰囲気ではない。

クレッツ艦長は蒼白になった。しかし背後にいるビッキーは、うれしさに小躍りしそうだ。

「エディおじさまなら、きっと助けになってくれるわ」

好対照の二人の反応を見て、クリスはこのまだ見ぬ人物の立ち位置がおおよそわかった気がした。

「艦長の通話をスクリーンに」クリスは命じた。

映し出されたのは、斧のように鋭い印象の面長の男だった。黒の軍服には塵一つなく、折り目は軍紀以上に立っているようだ。クリスはその勲章を見たが……なにもわからなかった。グリーンフェルド保安隊の勲章は他の軍隊のそれとまったく異なる。

この通話を録画保存するべきだと、クリスは頭のなかでメモした。ウォードヘブン海軍情報部のモーリス・クロッセンシルド中将にとっては、敵方の相対する立場の人物を初めて見る機会になるはずだ。

もちろん、クリスがこの窮地から脱出できればの話だ。

そのために勝負をかけるのはこのタイミングをおいてない。

「中将、わたしはウォードヘブン王女のロングナイフ大尉です。わたしと参謀たちは、恒星間旅客船デディケイテッド・ワーカーズ・オブ・トゥーラン号の動きを調べてきました。そしてこの船は南大陸に自殺的突入をはかるつもりであり、その目的はそちらの第一市民の暗殺であるというのが、わたしたちの見解です。これは阻止しなくてはなりません」

クリスはそこでいったん口をつぐんだ。斧のような顔は無反応だ。いっさい反応がない。敬愛する最高司令官の暗殺計画が進行中と聞いたら、まばたきくらいしそうなものだ。しかしこの男はそれをしない。

「続けたまえ」そう言った。

失礼な、とクリスは思った。これは会話ではないのか。一方が話したら、もう一方も話すべきではないか。母親から教わらなかったのか？

「この旅客船の動きについて、中将とそちらの参謀はどのように結論づけておられますか？」

中将はようやくまばたきした。

「旅客船の動きは異例である。しかしながら貴船において進行中の作業もまた異例である。このことから、貴君も自殺的任務を実行する意図があるのではないかとわれわれは疑っている」

氷のような言葉だ。クリスはこれまで冷酷な人物に何人か会っているが、この男は人間そのものが氷でできているかのようだ。

「その主張には二つの欠陥があります、中将」

「誤りを挙げてもらえるかな」

クリスは指を一本立てた。中指を立てなかったのは自制心のおかげだ。

「その一。わたしのこれまでの全行動からご存じだと思いますが、わたしに自殺的傾向はまったくありません。わたしは生きることを望み、そのために全力をつくします」

「そのようだな。しかしものごとは変わるものだ。高い目標のために高い代償を決意することはありえる」

「わたしの場合はありえません。その二。第一市民は南大陸におられます。わたしがこのステーションを爆破しても、彼は髪の毛一本傷つかない」

「そのとおり。しかしチェスでいえば、クイーンでクイーンを取ることはできる」

また冷徹な計算の話だ。クリスはうんざりしてきた。

「冗談にもなりませんね、中将。ビッキー、あなたに悪気はないけど、そちらの将軍とこちらの提督が駒をあやつるこのゲームにおいて、わたしは完全なクイーン。あなたはポーンにすぎない。将来クイーンになれるとしても、それはまだ先」

「わかってるわ」ビッキーは答えた。「エディおじさま、ここで腹の探りあいをするばかりで、父のための行動はしないのですか？　おじさまはむしろ父の死を望んでいるという噂は本当ですか？　無駄口を叩いて時間を浪費し、父を救える船を足留めしているのはそのためですか？」

中将がクリスに対してこれまで不撓不屈《ふとうふくつ》の態度だったとしたら、ビッキーの非難には石のように硬化した。

「たしかめる必要があるのです。不誠実なロングナイフがまたしても裏をかくつもりなのかを。彼らはいつもそうする」

「わたしが乗っています。この船は困難な作業を完遂できると信じられます」

「保安隊の精鋭にその船を支配させて、必要なことをやらせるほうがいいのでは？」

「エディ、非武装の農民を数百人銃殺するのに保安隊が必要なら、おじさまに頼みます。いまは一隻の船を動かし、戦い、勝たなくてはいけない。それは船を知っている乗組員にまかせるべきでしょう」

「そういうことなら承知しました、市民ビクトリア」中将はお辞儀しそうなほど恭しく言った。「ただし身辺警護に保安隊の一班をおつけします」

「そうしたければ。ただし少人数で、でしゃばらないようにさせてください。ああ、それから、今回はべつの大佐をよこしてください。あそこまで頭が鈍くない者を」

「承知しました、市民ビクトリア。手配いたしますので失礼します」

「もう一つ。この船は電力が必要です。ステーション側の電力をすべてこちらにまわしてください」ドラゴ船長のほうを見て、「プラズマも必要ですか？」

「ありゃ時間がかかりすぎる。電力だけでいい」ドラゴは答えた。

「うかがったとおりに」中将は答えて、通話は切れた。

ブリッジは沈黙に包まれた。静寂を破るのは宇宙船の日常の騒音だけ。ポンプの稼働音やファンの回転音だ。あちこちで光が明滅する。だれもが口をつぐんでいる。

クレッツ艦長は蒼白のままだ。となると、いまのビッキーへの指導はクリスがやるのか。

「ええと、いまの中将に対しては、言葉がすぎたのではないかしら、少尉」

ビッキーはふくよかな唇を固く結んだ。

「そう思う？　彼がわが家に来るときはとても友好的なのよ。媚びるほどに。わたしが幼いころはおもちゃ、大きくなってからは高価なドレスが手土産だった。でも彼が帰ったあとに、父はよく、〝偽善的だ〟と言っていたわ。農民の銃殺がうんぬんというのは、父が言ったことよ」

「お父上の口から本人にそれを言ったことは？」クリスは訊いた。

ビッキーはしばらく考えて、恥ずかしそうな顔になった。

「たしかに、本人に言ったことはないはずね」

クレッツ艦長がようやく助言した。

「次にお父上に会う機会には、秘密を漏らしたことを伝えたほうがいいでしょうな」

そこにスルワンが新たな報告をいれた。

「ステーションから追加の電力が来てるわ。機関区へそのまま送るわよ」

「命令どおりにやってるみたいだな」とドラゴ船長。「次はプリンセス・ビッキーの〝警護班〟がどれだけの人数でおいでになるかだ」

「王女ではないわ」ビッキーが反論した。「でも、そう言われてもしかたないかも。父が皇帝かなにかのようにふるまっていれば、わたしは王女かなにかにあたる」

「というより、暗殺の標的かなにかよ」クリスは意見を言った。

五分後に、黒い保安隊のやや人数多めの分隊が駆け足で連絡橋へやってきた。一等軍曹が同人数の海兵隊を並べて出迎えた。

そのやりとりをスクリーンで見ていたビッキーが言った。

「あの大佐は見覚えがあるわ。彼は頭があり、それを使えるはずよ」

「では試してみましょう」クリスは通信リンクを押した。「一等軍曹、その新しい大佐に伝えて。本艦は出撃時に三G以上を出す見込みである。ブリッジに用意できる耐G座席はかぎりがある。大佐が希望するなら市民ビクトリアとともにブリッジにとどまることができるが、他の隊員はべつの場所で座席を確保してもらいたいと」

あとは音声のない映像を見守った。一等軍曹と大佐がやりとりしたあと、大佐は部下の大尉にむきなおって話した。大尉はそれを聞いてから敬礼し、分隊にむきなおってなにか命令した。そしてブルース軍曹に案内されて分隊をどこかへ率いていった。

一等軍曹と大佐は彼らを見送ってから、いっしょにワスプ号の奥にはいってきた。

「とどこおりなく対応したわね」ビッキーが言った。

「ドラゴ船長、このブリッジに耐G座席をいくつか急いで設置する必要があるわ」クリスは言った。

「うちの航法士がやってる。殿下はどこにすわるんだい？」

「兵装管制席よ」

五千人が乗った旅客船をだれかが撃たなくてはならない。トゥーラン号とワスプ号が時速数百万キロメートルですれちがう一瞬に仕留めなくてはならない。これは他人にまかせられない。

クリスはブリッジのハッチにむかいながら言った。

「スルワン、トゥーラン号の情報を作戦室へ送ってくれる？」

「了解、殿下」

「ネリー、もし処理能力が余っていたら、トゥーラン号に関する他のデータを探して」

「わかりました」ネリーは素のコンピュータ音声で答えた。重い処理をしているのだ。

クレッツ艦長も言った。

「わたしの艦の政務士官に問い合わせてみよう。公表されていない情報を持っているかもしれない」

すると政務士官は、ウォードヘブン艦にそれを送るわけにはいかないと断固拒否した。クレッツは説得を試みたが、うまくいかない。癇癪を起こしそうになっていると、ピーターウォルド少尉が歩み出て、艦長の通信リンクを自分の口もとに引き寄せた。大理石でも切れそうな鋭い口調で言う。

「わたしは第一市民の娘、市民ビクトリア・ピーターウォルドです。危険にさらされているのは第一市民の命です。それを救う戦いをじゃまするつもりですか?」

「い……いいえ」どもりながら返事があった。

「ではその図面とファイルをここへ送りなさい。やらないなら、わたしがじかにそちらに出むき、あなたを射殺させます」

「わかりました。すぐにファイルを送ります」

ビッキーは艦長の手首を解放した。クレッツは腕を引きもどしたが、まるで自分のものでないようにさすっている。ビッキーは謝った。

「申しわけありません、艦長。いまのは教わった命令方法ではありませんでした。父の膝で学んだ命令方法でした。艦長を手本にすべき場合と……父を手本にすべき場合を使い分けなくてはなりませんね」

「その習得は簡単ではないわよ」クリスは助言した。

「ええ」ビッキーは内省的になり、自分の心の持ちようを確認しているようだ。「言われるとおりね、クリス。簡単ではない。あなたもそうだったの?」

「あなたにくらべたら楽だったと思う。あなたの父上と海軍のやり方の差は、わたしの父の仕事のしかたと海軍のやり方の差より大きいようだから」

「あとでその話を聞きたいわ」

「そのまえに、あなたの父上を救いましょう」

50

この状況下で参謀会議室から作戦室に切り替わった部屋は、全員があわててブリッジへ出ていったときのままだった。床には椅子がひっくり返っている。

壁の一面にはすでにトゥーラン号の見取り図が表示されていた。隣の壁にはさまざまなファイルが開かれている。その反対の壁は……混乱していた。脇には不明なファイルとエラーメッセージが流れている。

テーブルでは、ベニ兵曹長が悪態をついたり、髪を引っぱったり、テーブルに接続した大型ユニットを叩いたりしている。クリスが部屋にはいってくると、顔を上げた。

「ピーターウォルドの艦からはいってくるデータがめちゃくちゃなんですよ。この船のメインコンピュータをダウンさせようってのか」

「ああ、失礼」

ビッキーが言って、文字列と数列と単語と最後に口笛を加えた長いパスワードを入力した。

すると、混乱していた壁が暗転し、まもなくトゥーラン号の見取り図に変わった。反対の壁に表示されている図とほぼおなじだ。

「ごめんなさい。すべて暗号化されているのよ。こんなに早くファイルが届くとは思わなかったから」

「射殺すると脅したからじゃないの」クリスは指摘した。

「そうだけど、情報をまとめてネットワークに送るにはもっと時間がかかると思っていたわ」

「保安隊には、〝すぐやらないと射殺される〟という特別な優先順位があるのだろう」クレッツ艦長が言った。

冗談かとクリスは思ったが、確信はなかった。ビッキーが、そうですねと言わんばかりにうなずいているのを見て、ますます自信がなくなった。クリスはロングナイフとして生まれたことを初めて感謝した。

ピーターウォルド家はそんなやり方でよく帝国を運営《ラン》できているものだ。いや、運営《ラン》しているのではなく、臣民を追いまわし、殺しているのか。なるほど。

トゥーラン号の図面に注意をむけた。タイフーン号のような軍艦は標的になりにくいように、細く、小さく、角を丸めた形をしている。トゥーラン号は大きく四角い。船室空間を広くとり、高級船室に専用の窓をもうけるためだ。前部は階段状になり、価格の高い船室ほど前にあって見晴らしがいい。ブリッジはそのピラミッドの頂点にある。

「ブリッジを狙うべきかしら」

クリスは自問半分、周囲の人々への問いかけ半分で言った。ドラゴ船長は自分のブリッジにとどまってエンジンの始動作業を監督している。それでも軽巡洋艦の艦長がいる。クレッツは首を振った。

「ブリッジを破壊してもなにも変わらないだろう。うしろの機関区の手前に予備の管制室がある」クリスのうしろにある見取り図のなかで、パワープラントがはじまる直前の一区画が赤く表示されている。「このような旅客船は、いざというときに兵員輸送船へ手早く改装できるようになっている。大口径のレーザー砲を艤装すれば、戦艦以外のほとんどの艦種に対抗できる」

「だからそちらの部下は情報提供をしぶったのですね」アビーが言った。

クレッツ艦長は咳払いをした。

「殿下、お付きのメイドはじつは陸軍の情報部将校で、定期的にあなたの情報を流していることをご存じかな？」

「ああ、保安隊のまえの大佐が豆鉄砲をくらった鳩のような顔をしたのは、そういうことだったのね」クリスはパズルのピースがようやくはまった気がした。「アビーと鉢合わせして、スパイがこちらの中枢で堂々と活動している実態に驚いたと」

アビーはといえば、膝を曲げる完璧なお辞儀をやってみせた。

「聞いてもすこしも驚かれないようだな」とクレッツ。

「アビー、正体がバレていないことにしてほしかった？」

クリスは明るい調子で肩ごしに訊く。アビーはとても不愉快そうに答えた。

「そのおっしゃりようはひどいですわ。お嬢さまこそわたしのレポート草稿を買って、すこし手直ししただけでご自分の報告書に使いまわしていらっしゃるのに」

「わたしを買収しようとしても無駄よ。むしろこちらの艦長に口止め料が必要では？」

「口止め料ならわたしもいただきます。ちょうど新しいドレスがほしいので」ビッキーまで加わった。

「なんの話かな？」

入り口から低い声が聞こえた。一等軍曹に続いてはいってきた保安隊の新しい大佐だ。

クリスはすぐに声を低くした。

「ただの軽口よ。五千人が乗った旅客船を損傷させなくてはならないという重圧に耐えるための」

「損傷させる？　吹き飛ばせばよいではないか」大佐は言った。

さすがに緊迫した沈黙が流れた。ビッキーが低い声で言う。

「クリス、その点はわたしもおなじ考えよ。父の命を救うためなら」

クリスは同意した。

「父上と惑星の多くの人々の命を救うためめね。でもそう簡単にはいかないわ。パルスレーザー砲があたえる運動エネルギーをだれか計算してる？」

普通ならネリーに尋ねるところだが、クリスの脳裏に伝わる低いハム音からすると、秘書コンピュータは処理能力いっぱいで作業中らしい。

「わたしはやりました」ペニーが言った。「チャンス星での戦闘の直前に入力して、そのまま消去していません」

クリスの隣でビッキーがはっとした。兄が死んだ戦闘の話が出てきたからだ。ペニーの顔を憶えておこうとするようににらみつけた。

ペニーもおなじように強い視線で見つめ返した。

「チャンス星では多くの人々が戦闘に参加しました。さらにいえば、わたしの夫はウォードヘブン星へ攻め寄せた戦艦隊との戦闘で戦死しました」

ビッキーはなにか言おうと口を開きかけた。クリスはそれを制した。

「やめなさい。たくさんの人々が不幸な状況で傷つけあったということよ。今日は今日の問題がある。艦長、この旅客船の外板の厚みを教えてください。デッキと骨格材の寸法も」

「国家機密です」大佐が指摘した。

「国家機密を守って新たな第一市民を探すか、それとも機密を教えて彼の命を救う可能性に賭けるか。あなたしだいよ。それとももう一度ミス・ビクトリアにボイング中将を呼び出してもらう？」

大佐は苦いものを飲んだ顔になりながら、クレッツ艦長のほうにうなずいた。クレッツは数字を次々と述べはじめた。

ペニーはそれをコンピュータに入力していった。一拍おいて結果を述べる。

「よくありませんね。船体を完全に貫通します。四門あるパルスレーザー砲の一門で、出力を二十五パーセントに絞っても」

「ということは貫通孔を四個、あるいは最大で十六個つくれるわけね」とクリス。「船体を二分割できる？　四分割や、十六分割は可能？」

ペニーはリストユニットを見ながら答えた。

「二分割は確実に。三分割もたぶん可能です。四分割は無理ですね」

「つまり三分の一のエネルギー量をもって惑星の三カ所に落ちるわけか」コルテス大佐が言った。

「ちがう」

クリスと同時にクレッツも否定した。説明はグリーンフェルド海軍の艦長にゆだねた。

「すれちがいざまにエンジンの機能を止めれば、旅客船は加速を停止する。本来のコースは定加速を衝突まで続けることを前提にしているはずだ。加速が止まれば、そのコースは惑星からはずれる」

保安隊大佐が反論した。

「コース変更の能力が残っていたら、かならずしもそうならない。そんなことより、パワープラントの心臓部を撃ち抜けばいいだけだ。閉じ込め場が壊れれば、船もテロリストも消滅する。問題解決だ」

「クリス……」ビッキーが懇願する口調になった。

「それも選択肢の一つ」クリスはゆっくりと言った。「でも最後の選択肢よ。五千人の無実の人々を殺すためにこの軍服を着ているわけではない。乗船チケットを買っただけの人や、彼らのために働いている人々を。わかったかしら、大佐？」

クリスは保安隊の男を見つめた。黒い軍服の大佐はにらみ返す。

「わたしは国家の僕《しもべ》、そして第一市民の僕である」

「そして船を爆発させる方法を奇妙なほどよく知っている。早くそうしろとけしかけている」

「やめて、二人とも」ビッキーが声を荒らげた。「発電機を狙わないならどこを狙うと？」

クリスは壁の見取り図に両手を滑らせた。

「ブリッジと居住区は攻撃目標として価値がない。大佐が言うとおり、機関区を撃つ必要がある」そこに手をおく。「問題はどうすればエンジンの機能を狂わせ、もとのコースに復帰できないほど大きく進路を逸脱させられるか」大佐に目をやって、「ただし爆発させずに」

「エンジンですね」ペニーとクレッツ艦長がいっしょに答えた。

「だれかこの船の図をまわしてエンジンをこちらにむけて」

今回もネリーには頼まなかった。いまだけは、ガムを噛むのと円周率《パイ》の計算を同時にできないといってばかにされることはない。秘書コンピュータは重い処理で忙しいのだ。

「いま動かしてます」

ベニ兵曹長が言った。最初からテーブルのおなじ席にすわって、他の人々のやりとりを黙って見ていた。

クリスが図面にむきなおると、トゥーラン号は斜めうしろからの角度に変わっていた。船の後端中央に四基の巨大なロケットモーターが並び、その上下にそれぞれ三基の同サイズのベル形ノズルが突き出している。三基の列の次は二基の列。計十四基の巨大なロケットモーターが大量のプラズマを宇宙に吐き出し、百万トンの人類工学の結晶を安全に恒星間に飛ばしている――通常ならば。

いまは乗員乗客にとっても、目的地の惑星にとっても、死をもたらす百万トンだ。

クリスが阻止しなければ。

「このノズルは動くの？　操舵はどうやって？」クリスは訊いた。

クレッツ艦長が皮肉っぽく答えた。

「とても慎重にやる。加速度が〇・九五Gから一・〇五Gのあいだなら、船首、中央、船尾に姿勢制御ジェット列があり、バレエダンサーのように機敏に方向転換できる。一Gまでならな。しかし現在の速度では、もしロケットモーターが三、四基停まったらどうなるかわからない。さらに三、四基停まったら、船体はぐるぐると回転して、針路制御は回復不能になるだろう」

「射撃できる時間は？」

クリスの次の質問には、ベニ兵曹長が答えた。

「一秒から一・五秒ですね。おおむね一・二五秒だと思ってもらえれば」

壁が暗転し、またたかない星空になった。そこから巨大ななにかがあらわれ、スクリーンを一瞬だけ埋めつくして、去っていった。まばたきしたら見逃しそうな速さだ。

「ありがとう、兵曹長。ほぼ予想どおりよ」

「いまみたいな感じのはずです。でもトゥーラン号が射程にはいる時間がはっきりしないのは、こっちの加速が未定だからで」

「ドラゴ船長は三・二Gかそれ以上だと言ってたけど」

「そこまでいかないかも。知りあいの知りあいに機関員がいるんですけどね、この船は二・二五G以上は試験されてないらしいんですよ、殿下」

「パンダ星の月をまわるときに三G出したでしょう」ペニーが訊いた。

「そうだけど、そのときも機関員は相当苦労したらしい。その三Gを今度は三、四時間持続しようってんだから」

「詳しい話をありがとう」クリスは言った。心からそう思った。

「えらそうなウォードヘブン海軍も、じつはたいしたことないわけだな」

保安隊大佐が嘲笑的に言った。するとビッキーが辛辣に言い返した。

「陸に上がったクジラのように動かない船にくらべたら、出港しようと努力している船のほうがましよ」

大佐は笑みを消した。

「兵曹長、もう一度側面図を出して」クリスが言うと、壁の表示が変わった。「主電源用発電機はどれ?」

クレッツ艦長はべつの図を参照してから、エンジンの直前のある部分をしめした。さらに前方には巨大な二つの区画がある。もちろん核融合反応炉だ。

クリスはその反応炉の片方をしめした。

「ここを撃ち抜いたら、なにが起きますか？」

「なにも起きないかもしれないし、あらゆることが起きるかもしれない」クレッツは答えた。

クリスはなるほどとうなずいた。

「貫通してプラズマの流れがすこし変わるだけかもしれない。一方で超伝導体をある程度以上破壊すれば、プラズマが船を呑みこむかもしれない」

「全員死亡ですね」ジャックが結論づけた。

「そのうしろ側にある発電機にあたれば、やはり全員死亡よ。ロケットエンジンを撃ち抜いたときだけ人々は生き延びられる」

「でも、さらにうしろにはずれれば、父が死ぬわ」ビッキーが指摘した。

「そう」クリスはつぶやくように言った。

「半分に切ったらまずいのか？」コルテス大佐が尋ねた。

「なんのために？」ジャックが訊く。

「いや、この若いご婦人がさっき言ってただろう。二分割ないし三分割できると」

「ええ、レーザーの出力でそこまでは可能です」ペニーが言った。

「船体は大きな的だ」

「そうですね」クリスは同意した。

「反応材はどこに積んである？」コルテスはさらに訊いた。

クレッツ艦長は別資料にしばらく目をやった。

「船体中央の大型タンクだ」クリスの壁に歩み寄り、側面図の中央に手を滑らせる。「船首が細くなりはじめるところから、船尾の絞りこみがはじまるところまでのあいだにある」

「このタンクに穴を開けたらどうなる？　反応材はどこへ行く？　反応材が反応炉へ行かずに漏れはじめたら、エンジンはこの大加速を続けられないだろう」とコルテス。

「クレッツ艦長」クリスは訊いた。「航路のこの段階でトゥーラン号の反応材はどれくらい残っていると考えられますか？　この加速での消費率は？　この突進を止めるだけの損害をあたえられますか」

グリーンフェルド海軍艦長は首を振るだけだ。クリスはさらに訊く。

「反応材が船内に漏出したら、乗客はどうなりますか？」

ペニーも指摘した。

「船体が前後に折れたらどうなるか。さまざまな区画が停電し、壊れていく。前半部はちぎれつつ、後半部は残った反応材が船を押そうとする。いいえ、よくないわ。即死させたほうがまだ慈悲がある。潰れた船に取り残された経験者として言わせてもらえば」

ふたたび沈黙におおわれた。

クリスはふたたび機関区のほうへ腕を伸ばし、ネリーとともに狙うべき小さな目標を指さした。

「となると、やはりここね。エンジンそのもの」

「あるいは閉じ込め場か」保安隊大佐が言った。

「わたしたちはウォードヘブン海軍よ。殺人集団じゃない」

「その弱腰のせいで第一市民を救えなかったら、大問題になるぞ」

「やめて」

ビッキーはなかば叫ぶようにさえぎった。そしてクリスのもとの位置へ歩み寄って、広い乗客区画に手を滑らせた。その奥に、反応炉に流れこむ反応材のタンクがある。

「ここなら大きく狙いやすい目標よ。これがいちばんいいでしょう?」

クリスは指を一本立てた。

「反応材がどれくらい残っているかわからない」二本目の指を立てる。「船体を二分割するつもりならレーザー砲を二門使わなくてはならない。これはいくら条件がよくても確実に成功するとはいえない」三本目を立てる。「おたがいの速度差から大きなギャンブルになる」四本の指をそろえて立てる。「タンクにいくら穴をあけても、自殺的突入を遂行するだけの反応材が残るかもしれない。たしかに狙いやすい目標ではあるわね、ビッキー。でもだめよ。必要な成果を上げられる充分な見込みがない」

「そうなると機関区ね」ビッキーは言った。「パワープラントのことは、わたしはわからない。見学にはいったことはあるけど、とにかくうるさくて、大きなものが回転して、あちこちに立入禁止と書かれているだけ。どこを狙うのが正しいかの判断はまかせるしかないわ」

「そんなわけにはいかない」保安隊大佐が声を荒らげた。

「黙りなさい、大佐。わたしとクレッツ艦長の艦がこの危機を傍観するしかないのは、ほかならぬ保安隊の処置のせいよ。その愚かな処置でいったいだれが得をするの？　そうでないとしたら、保安隊はこの陰謀に加担しているのか。そう考えざるをえないわ」

大佐は何度か口を開け閉めしてから、ようやく言った。

「もちろんそんなことはない。言語道断です」

「わたしは疑問に思う。父も生き延びたら疑問に思うはずよ。クレッツ艦長、すこしお話を。二人だけで」

少尉は艦長を連れて通路へ出ていった。保安隊大佐もついていこうとする。

クリスは一等軍曹に目顔で合図した。一等軍曹は大佐のよく磨かれた靴の爪先を踏みつけた。

「失礼しました、大佐」一等軍曹は言った。

しかし大佐が態勢をとりもどしたときには、コルテス大佐と海兵隊大尉がその行く手をさえぎっていた。陸軍中尉と海軍大尉も加わる。

クリスは壁の図面に目をもどした。

「結論は出たわね。ジャック、わたしはブリッジに行って、ネリーの処理能力が空いたらすぐに射撃の準備をはじめるわ。ピーターウォルド少尉には、話が終わったら同行者といっしょに来てくれてもいいと伝えて」

クリスは通路で少尉と艦長が額を寄せて話しあっている脇を通りすぎた。いわゆる宮廷革命の前兆なのか。そうならないことを願った。ビッキーは、今後しぶとく生き延びるだろう。三、四年たったらどんな女に成長しているかわからない。

これまでのピーターウォルド家出身者より、多少なりとロングナイフ家に好意的な人物になってくれることを願った。

51

「最小限の閉じ込め場が立ち上がったぞ。A反応炉に反物質投入準備」

ドラゴ船長が指示しているブリッジに、クリスはそっとはいった。いつもの兵装管制席の耐G座席に音を立てないように滑りこむ。よけいな注意を惹かないようにコンソールは起動しなかった。

急にスルワンが警告した。

「船長、ステーションからの給電が急激に低下。閉じ込め場が弱まってる」

「反物質の投入中止」ドラゴは命じた。

クリスは通信リンクをとって、ステーションの責任者を呼び出した。

「こちらはクリスティン王女。電力供給については約束があるはずです。いま臨界ステージなのです。だれが電力を止めたのですか？　犯罪行為であり、国家の敵です。それともボイング中将に直接話を通しましょうか？」

「い……いいえ、殿下。いまのは一時的に不安定になっただけです。多数の艦から電力需要があって、このステーションの設備はそれに応える能力がないのです」

「電力をよこしなさい」

「はい、殿下」責任者は画面から消えた。

「自前の予備電源に頼るべきかな」ドラゴが言った。「そいつはとっておいて、二番目の反応炉の始動に使いたいんだが。そのほうが出港まで早くもっていける」

「予備電源も反物質投入時には待機させておきなさい。でもステーションの電力供給が再開したら、なるべくそちらを使って」クリスは指示した。

「ステーションからの給電が仕様値まで上昇」スルワンが教えた。

「機関区、反物質の反応炉投入準備だ」

「すべて準備よしです」ネリーが普段の声にもどって言った。

「まちがいない？」クリスは訊いた。

「この手順書は書き直したほうがいいですね。科学者とわたしだけで全部できます。こことおなじ設備がそろっていることが条件ですが」

「ネリー、これが終わったら射撃計算をやるのよ」

「やります。でもものごとは順番です。プラズマ発生、閉じ込め場は安定。発電開始可能なプラズマ量に。よし！」

コンピュータの歓声と同時に、ブリッジと通信リンクでも歓喜の声があがった。

「核融合臨界だ」ドラゴ船長が宣言した。「プラズマコアが拡大。いやあ、コアからじかに電力を取り出せるようになってて助かったぜ。五分したらB反応炉の始動準備ができる。三十分後に出撃だぜ、プリンセス」

「コアから直接電力をというのは、どういう意味だ？」

少尉とともにブリッジにはいってきたクレッツ艦長が訊いた。続いてきた保安隊大佐もその問いを耳にした。しかしなにも言わず、全員を視野におさめる位置を探している。

「そいつはノーコメントだな」船長は艦長に言った。「すくなくともプラズマはできた。三十分後には出発できるぜ」通信リンクを叩いて、「出港時配置につけ、最小人数で」

船内のあちこちから持ち場に移動する物音が聞こえてきた。

「ふたたび戦闘になるようですな」

ビッキーのチームのあとからブリッジにはいってきたムフンボ教授が言った。

「船から下りたい？」クリスは訊いた。

「下りるつもりなら、このマッドサイエンティストたちが反応炉を緊急始動するまえに下りてますとも。下りるつもりはないが、本当にベッドでじっとしているべきなのか確認しにきたのです」

「そのほうがいいぜ」ドラゴが口を出した。「体重が三倍以上になって歩きまわりたいならいいが、そうでないなら横になってたほうがいい。なるべくふかふかのベッドでな」

ムフンボは顔をしかめた。

「せめて状況を見たいんだが」

「おもしろい眺めはないけどな。映像は送ってやるよ」

そして操舵員に命じて科学者たちを帰らせた。

ワスプ号は手際よく出港準備を整えた。ただし通常とはあちこち異なる。クリスの席は兵装管制席として起動した。ビッキーの耐G座席はその隣に設置され、画面はクリスとおなじものが用意された。ただし操作系はない。

クレッツ艦長は耐G座席をドラゴ船長の隣に設置した。保安隊大佐はブリッジの奥にすわった。全体を見渡せるが、なにも手を出せない。海兵隊員がその背後に二人、一等軍曹が前にすわった。

クリスのそばにはジャックが陣取った。部外者全員を視野におさめる位置だ。目を光らせ、なにが起きてもいいようにそなえている。

三十分でワスプ号の出港準備が整うとドラゴ船長が言ったとおりの時間経過後に、栈橋の係留装置が音をたててはずれていき、船は静かに後退してドックから出た。

「ネリー、迎撃までのカウントダウン開始」

クリスのまえの時計が変更された。三時間二四分二四・二四二秒と初期表示され、すぐに変化した。

52

状況が暗転するきっかけは生涯忘れないはずだ。今回の場合もご多分に漏れず、クリス自身の決断がきっかけだった。そのときはいい考えに思えたのだ。

ワスプ号が桟橋から離れてすぐにドラゴは船内放送を流した。

「五分後に高Gにはいるから用意しろ。待ってほしいなら言ってこい。ただし待つとはかぎらんぞ」

クリスは自分の通信リンクを押した。

「ムフンボ教授、いちばんいいセンサーを科学者に稼働させて。相手の船のすべてを知りたいのよ。むこうの反応炉が五分ごとにしゃっくりをしてるとか」

「そう求められるのはわかってましたよ、殿下。船長が高加速をはじめるまえにすべて起動できるはずです。ご安心ください」

「ありがとう、教授。信頼してるわ」

隣の席のビッキーが奇妙な顔で見た。

「礼など言うの？　なんの役に立つのかしら」

「自分でものを考えられる優秀な人々を働かせるときは、鞭より飴が効果的なのよ」

それを聞いてビッキーは考えこむ表情になった。

クリスはドラゴに声をかけた。

「船長、二・五G以上出すことにどんな利点があるのかしら。ワスプ号はそこまでの加速試験をやってないはずね」

「残念ながらそのとおりでね。スルワン、迎撃コースを二種類計算してみてくれ。二・五Gと三・二Gで」

メインスクリーンに二つの線が表示された。それぞれの加速度での最接近点をしめしている。スルワンが解説した。

「ビリダス星に近いところで迎撃するんなら、敵のエンジンにより大きな損傷をあたえる必要があるわ。そのかわり、敵はエンジンを修理してコースを修正する余裕はない。逆に遠くで迎撃する場合は、敵は修理時間を長めにとれるかわりに、ちょっとした打撃でもコースは衝突予定地点から大きくはずれる」

クリスは線と表を詳しく見た。距離は百万キロメートル単位だが、宇宙空間の尺度ではたいしたちがいに見えない。

「船長、あなたの判断でいいけど、ワスプ号を二・五G以上で加速してもたいした利益はないように思えるのよ」

「じゃあ、二・五Gで」

船長は言った。その言葉にはかすかにため息の気配があったが、クリスは次の問いを用意していて気づかなかった。

「船長、トゥーラン号とすれちがうときに、あえてこちらが加速している必要はあるのかしら」

「そう考えた理由は、殿下？」

「こちらの接近速度はすでにかなり高いはずよね。それでいてほとんど最大射程距離で相手を追尾して撃たなくてはならない。ほんのわずかなゆらぎで命中、失敗が分かれる。狙いからそれてまずいところに穴をあければ、連続的な破壊が起きて乗員乗客に危険がおよびかねない」

船長は説明の半分あたりからうなずいていた。

「スルワン、二・五Gからゼロ Gに移行できるか？」

「そりゃできるわよ。本番前に一回くらい練習したいところだけど」

「船の姿勢ががっちり安定するまでの時間は？」クリスは航法士にじかに訊いた。

「一分か、せいぜい二分で」メインスクリーン上ですれちがうコースを目でたどる。「この場合は三分かしらね」

「いいとこじゃねえか」とドラゴ。

「もう一つ」クリスは言った。

「注文が多いな、殿下」

ドラゴは言いながら、目はコンソール上でハイビリダス・ステーションから一Gで離れていくワスプ号の状態を調べていた。

「ベニ兵曹長は、最接近点での射撃猶予時間は最大で一・五秒だと言っていたわ。パルスレーザー砲の最大射程は四万キロだから、近づく過程と遠ざかる過程をあわせて目標が八万キロの範囲にいるあいだと考えていいのかしら」

それにはネリーが答えた。

「そうです。ワスプ号のすれちがい速度がやや低下することになるので、射撃猶予は一・七六秒まで増えるはずです」

「ドラゴ船長、レーザー砲塔は正面向きから旋回できる？」

「ほとんど動かねえな。左右に十五度ずつ。一番砲と二番砲は仰角三十度まで。三番砲と四番砲は俯角三十度までつけられる。トゥーラン号を追尾する速度で砲塔を旋回させるのは無理だ」

「船そのものを旋回させられる？」

「もちろん可能だ」返事は即座だ。

「すばやく？」

スルワンに注目が集まる。

「普通は一、二秒かかるわ。ジェットをちょっと噴いて動かしはじめて、目的の向きにきたら逆方向のジェットで止める」

「動かしはじめて止めるまで、ジェットを噴きっぱなしにしたら?」

「それさ、〝なるべくやるな〟って教科書に書いてあるやり方だよ。燃料の反応材が充分あればともかく」

「燃料はいまどれだけある？」

「ほぼ満タンよ。これ以上充塡するのは手作業になるくらい」

「すれちがったあとに充塡すりゃいいさ」とドラゴ。

「ではそれをもとにプランを立てましょう」クリスは言った。

「あと一分で高G」操舵員が通知した。

「ブリッジ要員、作業開始だ」ドラゴ船長は言った。

クリスは自分のコンソールにむきなおった。

「ネリー、トゥーラン号の後部ロケットエンジンを見せて」クリスの画面に表示された。

「最接近の直前三万キロの相手にレーザー砲二門を撃ちかける前提で、さっきのジェットを使ってどんな角度が狙える？」

ロケットエンジンの右側が赤く塗られた。この範囲にはいるのは、外側上部の二基と、次の三基の列のうち中央の一基ずつ。そしていちばん内側の四基も狙える。

「これが最大限？」クリスは訊いた。

「そうです。やり遂げるには世界中の幸運を集める必要があります」ネリーは答えた。

隣のビッキーが眉を上げた。クリスは教えた。

「ネリーは数年前からフィクションを読んでるのよ。より自然に話せるように」

「聞き手がより理解しやすいようにです」ネリーはつけ加えた。

「通過直後の三万キロの位置、つまり反転してワスプ号の姿勢が安定してすぐに、残りのレーザー砲二門を撃ちかける前提では、左側のどの範囲を狙える？」

左側の大半が赤く塗られた。

「世界中の幸運を集めてくる前提でね」とビッキー。

「その前提で」

「これがあなたのやり方なの？」

「これが、というと？」

「計画の立て方よ。ある計画を立てたら、チームで回覧して改良して、さらに他の人の意見をいれてまた改良する」

クリスはすこし考えた。

「ウォードヘブンのやり方よ」そして相手を考慮して、簡潔に述べた。「チャンス星では、あなたの兄上は計画を立てる時間を充分にくれなかったわ」

「時間が充分にあれば、兄は生き延びられたかしら」正直な問いだろう。

「わからない、本当にね。やめるように何度も説得した。彼にはお目付役の艦長がついていた。あなたとおなじように。でも兄上は代将で、スロボ艦長は、すくなくとも戦闘の前半においては拘禁室に閉じこめられていたらしいわ」

「兄は計画性がなかったのね」

「あなたが少尉から出発させられたのは、だからこそよ」

「わたしの人生はいつもそう。兄の罪をわたしが償わされる。エデン星では？　あれも計画にしたがって？」

「あなたから仕掛けられた攻撃は予定外よ。走りながら撃ち、撃ちながら走る状況だった」

ビッキーは考えこんで首を振った。

「わたしはなにも計画しなかったわ。いきあたりばったりに人を雇っただけ。兄とおなじく計画性がなかった」

「次にわたしを狙う暗殺計画を、わたしに立ててほしいなんて言わないで」

クリスは冗談のつもりだったが……なかば冗談ではなかった。

「いいえ。悪いけど、クリス、あなたへの攻撃を計画したことは一度もないわ」

では、だれへの攻撃を計画したことがあるのかは、言わなかった。

そしてビッキーのいまの不戦協定も、法廷で通用するほど強固ではないはずだ。

迎撃まであと三十分となったときに、一人の科学者がブリッジに連絡してきた。

「目標が回転していることに気づいてますか？」

「いいえ」クリスは答えた。

「わかりにくいですが、船に暗い部分があって、測ってみたら約五十六秒で一回転してます。

つまりあの船は三・二四五七Gで加速しながら毎分約一回転している。乗客が立って歩くのは困難でしょうね」

「データを送って。レーザー砲の照準に影響がありそうだから」

「送ります、ミス・ロングナイフ」

ビッキーがクリスのほうを見た。

「ミス付け？」

「彼らマッドサイエンティストが女性をどう呼ぶかなんていろいろよ。父がこのプロジェクトの長期研究予算を削ったせいで、わたしに口をきかない科学者も多いわ」

「ウォードヘブンも完全無欠ではないということね」

「だれも完全無欠なんて言ってないわよ」

そこにネリーが口をはさんだ。

「トゥーラン号が加速を維持できないのか、あるいは科学者のよこすデータの精度が高いせいかわかりませんが、むこうの加速がわずかながら低下しているようです」

「回転についてはどう？」

クリスの問いを聞いて、ドラゴ船長が言った。

「おれがとち狂った野郎で船を惑星に突っこませるとしたら、やっぱり回転させるだろうな。そうだろ、クレッツ艦長？」

「そのとおりだ。予想すべきだった。もし要求値どおりの推力が出ていないロケットエンジンがあっても、回転させることで偏りを均一にできる。矢が飛翔中のゆらぎを打ち消すために回転するのとおなじだ」

「つまり船尾を撃つときに、どちらが下か正確にわからないわけね」ビッキーが言った。

クリスは隣を見た。

「まだ教えていなかったわ。どんな戦闘計画も会敵の瞬間に吹き飛ぶということよ。計画を立てたからといって退屈はしないわ」

ピーターウォルド家の娘はまた考えこむ顔になった。

クリスはため息とともに言った。

「では、最後のエースのカードを出しましょう」通信リンクを叩く。「プロメテウスさん、どうやら息子さんを発見しました」

ザナドゥ星の元政府高官が画面にあらわれた。背景には科学者の散らかった部屋がある。

「息子はどこにいるんだ？」父親は請うように訊いた。

「乗員乗客を乗せた旅客船を、光速の約〇・〇〇三パーセントで惑星に突っこませようとしています。地表との衝突時にはダイナマイト一兆トン相当の爆発が起きると予想されます」

プロメテウスは放棄派の祈りか悪態らしいものをつぶやいた。意味はクリスにわからない。

「どうすればいい？」父親は訊いた。

「三十分後に船のエンジンを撃ちます。それまでに息子さんの気を変えさせ、減速して針路を惑星からそらすように説得してください」

「やってみよう」

クリスはプロメテウスをワスプ号の通信長にまかせた。通信長自身も子持ちだ。二人は作業をはじめた。五分後に、ルシファーあてのメッセージがトゥーラン号へ送られた。

十五分後に返事があった。一見して悪態だらけの内容だ。「あんたは導師団にそむいた。不信心者以下だ。あんたの目玉はあらゆる異教徒の血で茹でられるべきだ」

「これを父親に見せろと？」通信長が尋ねた。

クリスは首を振った。

「これ以上傷つけることはないわ。苦しませるだけ。本人から訊かれたら、返事はまだないと言っておいて」

クリスの隣のビッキーが、耐G座席から補給される水で口を湿らせてから言った。

「やはりロングナイフは嘘をつくのね」

クリスは肩をまわして、二百五十キロになった体重をささえるパッドの位置を調節した。

「そうよ。老人には、ときとして真実を避け、嘘を教える。ピーターウォルド家が嘘つきだという話をどこかで耳にしたら、わたしの嘘とどちらがましか考えてみることね」

ビッキーはなにも言わなかった。

クリスの席に表示された時計のカウントダウンは残り五分を切った。目標の船はスクリーン上の明るい星として見えてきた。最接近はまもなくだ。

53

「最接近まで四分」操舵員が言った。

「加速停止」船長が命じる。

三百キロ近かったクリスの体重が、いきなりゼロになった。

ビッキーはエチケット袋をつかんで口に押しあてた。しばらくして離しても、まだ青い顔をしている。

保安隊大佐も袋を使った。たりないようすだったので、一等軍曹が自分のを渡した。それも半分まで満たして、ようやくおさまった。

それらの日常の騒ぎをクリスは片目で見ながら、神経の大半はワスプ号の慣性航法装置が吐き出すデータに集中していた。

「船体安定」スルワンが報告する。

船長が船内放送で命じた。

「総員、いまいる場所から動くな。動こうと考えるのもやめろ」

慣性航法装置によるとワスプ号は小数点以下第十位までぴたりと静止している。

「三番砲、四番砲、俯角三十度をとれ」クリスは命じた。

ワスプ号の下面のレーザー砲二門は、最大限に下をむいた。

「船体、仰角三十度」

ワスプ号の船首は三十度上をむいた。これで下面の二門は接近する旅客船に射線をむけた。あらかじめこの姿勢をとっておけば、トゥーラン号が射程内を通過するわずか一、二秒で船体を回転させるときに、その角度は百五十度ですむ。

実際の最接近はきわめて高速なので、人間の認知能力では対応できない。クリスとネリーとビッキーは、その一瞬にやるべき動作をくりかえし検討した。できあがったプランはコンピュータに入力され、待機している。

目標が来たときに、そのプランを充分に高速に実行できるのはネリーだけだ。ネリーが下面の二門のレーザー砲を撃ち、スルワンが承認したフルパワーで船を回転させ、上面の二門のレーザー砲を撃つ。飛び去っていく旅客船のスカートめがけて。

やることは人間が決めるが、実行するのはネリーだ。

いちおう、クリスは手のなかに赤いボタンを持っている。プランどおりにいかない兆候があらわれたら、クリスはボタンを押す。するとネリーは実行すべきプランを発見できない。プランがあったことすら思い出せないだろう。ネリーのことだからわからないが。

もちろんクリスは憶えているはずだ。プランがあったことも。なんらかの理由で自分がそれを中止したことも。中止しようとしたことも。

とはいえ、目からなんらかの情報がはいってきて、脳で処理され、手を動かせと命令が出て、実際に赤いボタンを押すところまで、わずかな時間でできるだろうか。

その答えはもうすぐわかる。

トゥーラン号との距離はおそろしい勢いで縮まっていく。百万キロの桁はそれなりにゆっくり減っていったが、十万キロの桁は急速に減った。残り五十万キロからはいっきだ。

クリスは息を詰めて十万キロを切るのを見つめた。
三、四番砲は三万五千キロから三万キロのあいだで発射したはずだ。
船体ははげしい踊り子のように旋回をはじめた。クリスはめまいをこらえ、目を開けたままにした。一瞬ののちに船体はふたたび安定した。
一、二番砲が発射された。
トゥーラン号は飛びつづけている。まるでなにごともなかったかのようだ。レーザーなどかすめもしなかったというように。

完全な失敗かと思って、クリスは目を見開いた。

そのとき、旅客船から火花が出た。続いて船体の長軸がねじれたように見えた。

まばたきしたときには、旅客船の五千人は輝く塵になっていた。その塵もすぐに冷えて赤く暗くなっていく。

「なんてこった」ブリッジのだれかがつぶやいた。

クリスはすわったまま動けない。

「いや、きれいさっぱりでよかったじゃないか」ブリッジの奥から聞こえたのは、もちろん保安隊大佐の意見だろう。

クリスの首からは、急に幼くなったような少女の声が聞こえた。

「クリス、わたしはいま五千人を殺してしまったのでしょうか」

コンピュータにどう言ってやればいいのだろう。

ビッキーがクリスの肘に手を伸ばしてきた。

「残念ね、クリス。でもあなたが悪いわけではないわ。こうならないためにあなたは全力をつくした」

「そうかしら」クリスはつぶやいて、通信リンクを押した。「いまの出来事を見ていた全員に告げる。全データを保存しておくように。予審法廷で必要になるわ」

「だれの?」ビッキーは訊いた。

「わたしのよ」クリスはきびしい声で言った。「ドラゴ船長、可能なら一Gの推力をかけて。みんなのデータ保存作業がやりやすいように」

「スルワン、可能なら一Gだ」

クリスは重力を受け、立ち上がった。見まわしながら呼ぶ。

「ドラゴ船長、クレッツ艦長、ジャック」いない者は通信リンクで呼んだ。「コルテス大佐、ペニー、アビー、作戦室に集合して。ムフンボ教授、あなたもお願い」

「わかりました」「了解」といった返事が通信リンクから聞こえる。

「なんのためだ？」と尋ねたのは、ブリッジのドラゴ船長だ。

「わたしはね――」クリスは答えた。「ロングナイフがあれをやったとかこれをやったとか言われて、それが事実かどうかわからないことにうんざりしてるのよ。だれが、だれに、なにをしたのかわからないのはうんざり。だから今回こそは事実をはっきりと知りたい。そしてピーターウォルド家の保安隊がある言い方をして、ウォードヘブンの情報部がべつの言い方をしたときに、すくなくとも自分は真実を知っておきたい。そういうことよ」

次はクレッツ艦長がやってきて、クリスの燃えるような目をのぞきこんだ。

「それは、起きたことを保存したデータからあきらかにできればの話だな」

クリスのなかで荒れ狂う炎はやや勢いをそがれたが、鎮火するほどではなかった。

「この船には宇宙で最高レベルの観測機器が載っています。ドラゴ船長がもとの雇い主から奪った装備や、科学者たちが大学から持ち出した装備が。五千人の命が炎に呑まれた状況を一つ一つ正確には知りえないかもしれない。でもこれらの観測機器が吐き出す最高精度のデータをわたしに突きつけ、その意味するところを言ってほしい。そういうことです」

ジャックが歩み出た。

「それはわかりました。しかし集められた予審軍事法廷はずいぶん顔ぶれが多い。船長と艦長はわかる。大佐も。しかしわたしやペニーやアビーまで？」

「あなたとペニーは犯罪調査の訓練を受けているから。アビーは法廷書記として。仕事のうえでも都合がいいでしょう」

　ジャックは納得しない顔だ。しかしいまクリスと議論するのは気が進まないようだ。

「では、わたしは失礼するわ。息子の命を救ってくれと懇願された父親と話さなくてはいけない。そしてこの手でその息子を殺してしまったことを、なんとか説明しなくてはならない」

「クリス、それはつらすぎる。やめてください」ジャックはさえぎった。

「あなたが王子ならわたしを否定できる。そうでない以上、黙りなさい」

　クリスは言い返した。そしてブリッジ要員たちが道を開けるあいだを通り、通路へ出た。

54

ネリーの沈黙が息苦しい。クリスはワスプ号の通路を次々に通って、プロメテウスの客室を探した。割りあてられた部屋をネリーに訊くと教えてくれたが、道案内はしてくれなかった。これまでは頼まなくてもやってくれたことを、ネリーはまったくやらない。声は普段とおなじだが、あきらかに大きな計算処理をしているようだ。なにかを検証し、判断している。そうでないとしたら、クリスが知っているネリーは消えてしまったのか。

そしてさらに悪いことになった。

探している部屋をみつけたが、鍵がかかっていた。呼んでも返事がない。無反応。物音一つしない。

クリスは通りかかった科学者を呼び止めて、ここがザナドゥ星からの客に割りあてた部屋であることを確認した。科学者は海兵隊員を二人連れてきて、ドアを力ずくで開けようとしはじめた。

ドアが開く寸前に一等軍曹がやってきたのは、偶然だろうか。

一等軍曹はクリスのまえに立ち、広い肩で室内の眺めをさえぎった。

「おはいりにならないほうがいいでしょう。今日は多数の死者をごらんになりました。このうえ首を吊った男の姿を見るのは愉快ではないはずです」

クリスは、一等軍曹を殴りつけたいという恥ずべき衝動をこらえて、一歩退がった。皺が多く黒い肌のブラウン一等軍曹の顔を見る。

「わたしが船に一Gを命じなかったら、首は吊れなかったはずね」

そして今日自分が殺した人々のリストに一人を追加した。

「大尉、人はその気になれば素っ裸でも死ぬ手段をみつけるものです。ゼロGでも舌を噛み切って失血死できる。そのほうが悲惨です」

一等軍曹はクリスの肩に腕をまわして、やさしく反対方向にむかせた。父親が成長した息子や娘にするようなしぐさだ。クリスの父親はやらなかった。

「さあ大尉、あなたは大変な困難を自分に科したばかりだ。同僚でもある予審裁判官たちのまえに立って、今日の出来事の真実を聞くべきでしょう」

クリスは通路をもどりはじめた。

(クリス、どうもわからないのです)

(なにがわからないの、ネリー?)

(わたしたちはすべてうまくやった。なのに全員を殺してしまった。わたしは全員を殺した)

(わたしたちよ、ネリー。あなたとわたしがいっしょにやったこと。わたしがやるべきこと

を指示して、あなたが実行した。あなたは命令に従っただけ）

（それは有効な釈明ではないとわかっているでしょう。とくに防衛的に使うときは）

（わかってるわ、ネリー。でも理解して。すべてをうまくやっても、大失敗に終わることはときとしてあるのよ）

（計算があいません。AたすBはCという話で、AとBがよいのに、Cが悪いというのはおかしいでしょう）

（どうかしらね。正しいと思えないかもしれない。不公平かもしれない。でもそういうときはあるのよ。できることを全部やって、全員にとっていい結果になるように期待したのに、目のまえですべて塵になってしまうことがある）

（正しいわけがない。わたしは何度も何度もすべて計算しました。なのにうまくいかなかった。わたしか、回路に欠陥があったのでしょうか？）

（いいえ、ネリー。あなたに欠陥はない。たぶんわたしにもない。わたしたち人間にはわからない領域の話なのよ）

（本で読んだことの一つがようやく理解できました）

（なに？）

（ときどきクソが降ってくるというやつです）

（そうよ、ネリー。ときどきね。どんなに努力しても、そういうことは起きる）

クリスは参謀会議室への通路に立った。ここを歩いてドアを開ければ、この魂と良心を裁くために指名した男女がいる。

しかし、ネリーといま話したおかげで、もう他人の承認はいらない気がしはじめていた。ネリーが初めて良心の呵責《かしやく》を覚えているのを見て、自分自身の正邪の基準をみつけたのだ。いまさら他人の意見を聞きたいだろうか。

頭のなかで否応なく浮上してきた問いがあった。〝レイおじいさまならどうしただろう？〟という疑問だ。

そうだ、レイモンド王なら数千人の死をどう感じるだろうか。だれかが起こそうとした戦争をクリスは未然に防いだといえる。それはいいことだ。五千人は悲しむべき不可避の犠牲だった。グリーンフェルド保安隊ならまちがいなく同意するだろう。

しかしその道の先には、狂気と安易な選択が待っている。クリスはその先で……自分がどうなるかわからなかった。わかりたくもなかった。

クリスはレイに王位に就くようにうながした。そして困難な時代への対応は自分たちの世代にまかせてほしいと頼んだ。レイは、若い世代が過ちを引き受けるべき時期だと言った。

彼はべつの理由から王位を避けていたのではないか。自分の魂が真っ黒に焼け焦げていることを知っていたのではないか。安易な選択を奥深くに追いやり、さっさと引退して、選択といえば今日はゴルフかヨットかという平穏な生活を望んだのではないか。

クリスがやったことはどうなのか。

ビッキーの父親の命を救って戦争を避けることがもとの目的だった。そこから出発していまは、一人のために五千人が死なねばならなかった理由を自問するはめになっている。曾祖父は百五十以上の惑星を支配する立場でよく正気をたもてるものだ。クリスならベッドにもぐって枕を頭からかぶりたい。

しかしそうせず、通路を歩いた。みずから選んだ予審裁判官たちが待つ部屋へ。

参謀会議室にはいって、ドアからいちばん近い席に腰を下ろした。

人々は顔を上げ、クリスを見た。席を選ぶようすを見ている。そしてそれまで見ていたものに目をもどした。話し声がすこし低くなったかもしれない。やや背をむけているかもしれない。クリスは孤独だ。自分の葬式にあらわれた幽霊だ。

しかしなにもしないでいるつもりはなかった。

（ネリー、科学者チームが撮った映像は見た？）

（いいえ、クリス）

（なぜ見てないの？）

（ベニ兵曹長がダウンロードして、独自に管理するスタンドアロンのシステムに保管しているからです。ここにいる裁判官たちが見ているのはそれです）

つまりクリスを信用していないのだ。ネリーのことも、どちらのことも。無編集の生データを入手し、それを分析している。興味深い。他の法廷に出しても通用するだろうか。ビッキーがほのめかしたようなグリーンフェルド星の法廷ではどうか。

法廷らしい法廷を求めたのは自分だと、クリスは思った。その意向を受けて人々が非の打ちどころのない法廷を仕立てたからといって、驚くのは筋ちがいだ。

クリスは手を組んで、トムが生きているあいだに祈りの文句を教えてもらうべきだったと思った。彼はクリスのせいでこういう困難に巻きこまれたときに、祈ることで気持ちを静めているようだった。

ジャックがクリスのほうを見た。

「これを一時間で調べろとのことでしたが、通常の調査なら二ヵ月はかかるはずです」

「そうね。でも一時間しかないのよ」クリスは答えた。

「ザナドゥ星のあの男と話せたかい？」コルテス大佐が訊いた。

「いいえ。彼は首を吊っていました」

「なんと、それは残念だ」

「わたしもおなじ気持ちです」

部屋の奥の男女はさらにしばらく調べる作業をつづけた。ひそひそ声で議論したり、壁のスクリーンに顔を近づけたり、乗組員や科学者があわただしく持ってくる用紙に目を通したりした。

やがてコルテス大佐がスクリーンから離れ、伸びをしながら言った。

「これらの画像でほぼわかったと思うのだが。みんなはどうかな？」

他の裁判官たちもいちようにうなずいた。

コルテス大佐は姿勢を正してクリスにむきなおった。

「ロングナイフ大尉、着席してくれ」

片手を広げ、テーブルの長辺側中央の席をしめす。自分はその真向かいの席についた。両脇にドラゴ船長とクレッツ艦長。ドラゴの横にはジャックとペニーがすわった。クレッツの隣にはアビーが陣取って、法廷書記の道具一式を広げた。

アビーはどこでそんな道具を手にいれたのだろう。しかし答えは自明だった。民事裁判の裁判官が船に乗っている。書記セットは彼女が持ちこんだものだ。人類宇宙の辺縁より外でどんなことが起きてもワスプ号が対処できるようにと、クリスは裁判官を乗せたのだった。だから裁判所まである。この船にないものはなんだろう。いずれわかるはずだ。

コルテス大佐が咳払いをした。

「奇妙な運命で、おれはこの階級への昇進日がクレッツ艦長より一週間早かった……」

「おれよりははるかに先任だぜ」ドラゴが口をはさむ。

「というわけで、おれがこの予審軍事法廷の裁判長をつとめる。証拠調べの時間は短かったが、時間をかけたからといって結論は変わらないだろうと当法廷は考える。また時間が延びるとデータ操作の疑いがはいりやすくなる。本件の再審議や判決見なおしをめざす者への戒めとして、この意見を記録にとどめてもらいたい」

一介の歩兵隊指揮官にしては、コルテス大佐は大局的現実をよく把握しているようだ。しかしクリスはなにも言わず、無表情、無反応な顔で通した。

「当法廷の調査は、ワスプ号の科学任務部隊が所有する超高精細光学スキャナーに大きく依存している。記録も彼らの超高速度可視光帯域レコーダーによる。これらは天文事象を精密観測する目的で科学者グループが持ちこんだものだ」

コルテスはそこでいったんおいて、手もとの手書きメモを見た。

「ここで特別な目撃者に質問したい。ロングナイフ大尉、きみの秘書コンピュータは証言できるかな？」

「できると思います。ネリー、わかってるわね。真実を見たままに、その全体を述べること。真実以外のことを述べてはならない」

「宣誓の内容は知ってます、クリス。コルテス大佐、そのようにすると誓います」

ネリーが神の名を出して証言の真実性を誓っても、クリスは驚かなかっただろう。しかしコンピュータはそこまでやらなかった。

コルテスは言った。

「ミス・ネリー、この高性能スキャナーや可視光レコーダーについては本船に搭載されていることを知っていたか？　またそれらが取得した旅客船トゥーラン号最接近時のデータを、事後に見たか？」

わずかに沈黙したあと、ネリーは答えた。

「ワスプ号の全備品目録は持っています。ですからそれらの存在は知っていました。ただし目録に登録されているのは名称だけで、機能の詳細は書かれていません。設置場所や取得データの情報もありません。ワスプ号のメイン・コンピュータにもフィードは送られていないので、入力にアクセスしたこともありません。ようするに、それらの装置が本船に搭載されていることは知っていました。しかし稼働していることは知りませんでしたし、旅客船トゥーラン号の最接近時に得られたデータも見ていません」

「ありがとう、ミス・ネリー」大佐は言った。「これにより、当法廷の聴取対象は残り一人となる。ロングナイフ大尉、背後のスクリーンを見てもらいたい」

クリスは椅子を回転させた。映されているのは後方から見たトゥーラン号だ。驚くほど高解像度の映像が壁いっぱいに広がっている。

「これは当法廷に提出された写真の三万四二一五番だ」コルテスは言った。

映像の左上隅にその数字があった。下隅には、〝距離・二万〇四一二キロ〟とある。

「これ以前の写真は接近中のものと、ワスプ号が船体を回転させているときのブレた映りのものだ。当法廷が興味を持つのはここから先になる。大尉、この写真からわかることを自分の言葉で説明してほしい。乗員乗客への被害を最小限にしつつ、旅客船を攻撃して壊すというきみの計画に照らしながら」

これは拷問だと、クリスは言いたくなった。自分たちはこれを一時間も見ていたくせに。こちらには罪を自分で告発させるのか。

それでも写真に目を惹きつけられた。立ち上がり、じっくりと見て、映されているものを正確に理解した。

損傷のないエンジンは巨大なノズルからプラズマを噴射していて、大きな白い点として見える。一方で、レーザー砲撃で切り落とされたエンジンが二基、いや三基あるのがはっきりとわかる。閉じ込め場の端の小さな穴からプラズマが漏れている。他に側面を削られたエンジンが二基あり、そこから白い炎が斜めに噴き出している。クリスはそれらを裁判官に説明した。

「これはきみが意図した損害か？」クレッツ艦長が訊く。

「基本的にはそうです。最初の三基のように、もともとは五基切り落とすことを狙っていました。内側の四基もいっしょに損傷させればしめたものだと。とにかく、こうなることを狙い、おおむねそのとおりの結果になっています」

「他になにか気づくことはあるか？」ドラゴ船長が訊いた。

「とくには。ネリー、なにかわかる？」

「一枚の写真ではわかりにくいですが、エンジンの右側で星が隠されているようすに注目してください。船体が右へ傾いているかもしれません。傾向を知るにはこのあとの写真を見る必要があります」

「では次の写真、三万四二一六番だ」コルテスが言った。

距離は二万二六一九キロ。エンジンの損傷具合はおなじ。傾きが増えているかどうかは判別できない。

「次は三万四二一九番」

二枚飛ばした。距離は二万九二三九キロ。船が傾いているのか、カメラアングルのせいでそう見えるだけか、クリスにはまだ判断できない。

「ネリー、最接近中のトゥーラン号の映像をきみは見ていたか？」コルテスは訊いた。

「この半分のフレームレートで見ていましたが、解像度ははるかに劣ります。この法廷はその動画を持っていますか？」

「あるぞ」コルテスは答えた。

部屋の短辺にあたるクリスの側の壁に、旅客船をうしろから見た映像があらわれた。稼働中のエンジンの強い光が一個の大きな点に見える。

「これでは三、四番パルスレーザー砲による損傷は見てとれなかったわけだな」クレッツ艦長が言った。

「そのとおりです。最初の二発のレーザーははずれたという想定でいました。残り二発に望みをかけるしかないと」

「ありがとう、ネリー」コルテスは言った。「ロングナイフ大尉、きみもおなじ想定だったのか？」

「コルテス大佐、そのときのわたしはなにも想定していませんでした。展開が速すぎて、観察も見なおしもできませんでした。まして計画を修正する暇はありません」

「当然だろうな。では次の画像を見よう」

画像三万四二二〇番、距離三万一四四五キロ。左下部のエンジン群からさらに三基のエンジンが切り落とされている。一番砲がトゥーラン号に命中した形跡はない。

「次の画像」コルテスが言った。

トゥーラン号はちぎれはじめている。ドラゴ船長が説明を代わった。

「これでみると、じつは一番砲は失中ではないんだ。三、四番砲が残した損傷エリアに命中している。障害物がないおかげでパワープラントに直接切りこみ、反応炉エリアまで届いている。その結果が大爆発だ」

「そうです」

クリスはつぶやいた。首からもネリーの同意の声がした。ドラゴは続けた。

「この船のレーザー砲の修理整備記録を引っぱり出して調べてみた。エデン星に呼び出されるまえに、ウォードヘブン星でオーバーホールしてる。全バラ整備のあとに照準規正もやっている。仕様誤差の範囲どころか、仕様どおりにきちんとそろっている」

ワスプ号船長の報告を聞きながら、大佐とグリーンフェルド海軍艦長もうなずいている。

ドラゴは続けた。

「その証拠として今回の砲撃結果を見せよう。二、四番砲は目標のほぼまんなかを射抜いている。三番砲はやや左上にそれた。一番砲はさらに左上だ。しかし三万キロの距離で、光速の〇・〇〇三パーセント近い速度ですれちがう目標に命中させているんだ」

今度はクリスがうなずく番だった。

「兵装は予想以上に正しく機能しています」

「そのようだ」クレッツ艦長が言った。グリーンフェルド海軍艦長からウォードヘブン商船長への賛辞だ。

「もう一つ問題がある」コルテス大佐は言った。「ミス・ネリー、科学者チームから証拠提出された画像の一部をこれから送る。これらを重ねて、トゥーラン号が本当にエンジン配列の不均衡によって右へ傾いたかどうかを判断してくれないか」

ネリーは、クリスの予想よりも長く沈黙した。やがて大きいほうのスクリーンが変化した。

「検証用の一枚目と六枚目の画像を比較すると、三つの星が隠れているのがわかります。これは船体の乗客エリアが実際に右へロール回転しはじめていることを意味します」

「こちらの分析でもそうだ。しかし、この横滑りがトゥーラン号の船体にあたえる影響までは計算できていない。科学者たちが発見した回転のデータをタンク内の反応材に適用してその挙動を予想すると、その船体への影響はどうなる？」

「これほどの高速度と慣性の影響下にある船でそれを計算した例はないと思います」ネリーは答えた。

「そうだ、わかっている。船内のあらゆるコンピュータはこの計算を拒否した。考慮すべき変数が多すぎて、膨大な時間がかかるからだ。しかし、きみならやれるか、ミス・ネリー？」

「やってみましょう」

クリスは腕時計を見た。オプションをタップしてストップウォッチを選び、経過時間を測りはじめた。

「バッフルは？」ネリーが訊いた。「トゥーラン号のタンク内には、反応材のはねを抑止するためのバッフルボードはありましたか？」

「ある」クレッツ艦長が答えた。「ただし、前後方向のはねを抑止するようにはいっていた。横方向にはない」

「なるほど。それはまずいですね」ネリーは言った。

「この速度ではな」クレッツは認めた。

ネリーはシミュレーションモデルの計算にもどった。

クリスは室内を見まわした。長時間の審理のなかで、いつのまにかビッキーがはいってきて、アビーの背後の壁ぎわの椅子に小さくなって腰かけていた。クリスのほうに目をむける。きっと追い出されるだろうが、いさせてほしいと請うような視線だ。

クリスは笑みらしい表情をなんとかつくった。ビッキーはほっとしたように椅子に背をもたせかけた。

クリスの頭はぐるぐるまわっていた。目のまえに並んだデータから結論を出したいが、全部がそろうまで待ちたいとも思っている。腹の奥に真空があって、そこに吸いこまれそうだった。吸いこまれて、自我も肉体も失われて放り出されるのだ。

クリス・ロングナイフという自分にしがみついて耐えた。手のひらに爪が食いこんで、血が流れはじめたのを感じた。それほど強く拳を握っている。

深呼吸して全身の力を抜こうとした。拳も、腕も、脚も、腹も楽にする。するとよろけて倒れそうになった。あわてて力をいれてまっすぐに立つ。

流体力学の単純な問題だろうに、どうしてコンピュータがその計算にこんなに時間がかかるのか。疑問に思ったが、すぐに自分で答えを出した。そんなに単純ではないからだ。なにしろ、だれもやったことがないのだから。

ようやくネリーが言った。

「この解はあまりいいものではありません。しかしおおまかな結果はこれでわかると思います」

スクリーンにトゥーラン号の図があらわれた。きわめて短い時間がカウントされながら、船体が傾いていく。二列目のジェット噴射がおこなわれ、傾きは正しくなったように見えた。しかしゆっくりとしたロール回転は続く。さらにねじれも加わり、船体の傾きは大きくなっていく。

巨大なタンクのなかでは反応材が大きく波打っていた。タンクの一方の壁に叩きつけられ、次は反対側にぶつかる。タンクの壁の一部が壊れた。針のように細く飛び出した流体が船内をつらぬいていく。隔壁も骨格材も切り裂いていく。

二、三秒後には船はばらばらになった。最後は反応材の大波がタンクの底を突き破り、反応炉の閉じ込め場発生装置を襲った。プラズマが解放され、つぶれた船体を呑みこんでいく。

「つまり、いずれにせよ船は爆発したということね」クリスは疲労で抑揚を失った声で言った。

「船が回転していると科学者たちから聞いた時点で、前提を再計算すべきでした」ネリーは言った。

「そうしろとわたしが言わなかったからよ。思いつかなかった」

「だれも思いつかなかったさ」ドラゴ船長が言った。

「その意味するところをだれも認めたくなかったのね」とビッキー。

「いずれにせよ、五千人は死ぬ運命だったんだ」

「最終的な問題は、わたしの父が死んだ場合よ」ビッキーはさらに言った。

「そのときは恐ろしい戦争の幕が上がったはずね」クリスは言った。

ビッキーは歩み寄ってクリスの横に立った。

「保安隊がハイジャック犯の船への侵入を許して、乗っ取りがおこなわれた時点で、どんな結末でも死は不可避だったわ。多くの死が避けがたかった」

「その発言をボイング中将に聞かせないほうがいいでしょう」クレッツ艦長は言った。

ビッキーはなにも答えなかった。

55

ワスプ号は一Gの穏やかな加速でハイビリダス・ステーションにもどった。そのあいだに南大陸では多くのことが起きた。ハリケーンはおさまった。ヘンリー・スマイズ－ピーターウォルドの暗殺計画がいくつか摘発された。数人が尋問で自白し、さらなる逮捕につながった。残りの数人は死亡した。死亡にいたった原因を知りたいとクリスは思った。

ビッキーは暗号化されたメッセージを何本か父親に送った。返事がいくつかあった。クリスはその一連のメッセージを自分の手でワスプ号のログから消去した。ある意味で、一人のプリンセスからもう一人のプリンセスへの職業的配慮だ。

クリスはピーターーウォルド家の世継ぎとある程度うまくやっていた。ある程度がどの程度かは、まもなく試されることになる。

栈橋の係留装置がワスプ号の船体を固定するやいなや、保安隊大佐がブリッジでクリスに会いたいと要求してきた。分隊の全員を引き連れてくるつもりだ。

「無視したほうがいいわ」ビッキーが助言する。

クレッツ艦長は賛成できないという顔だ。クリスはビッキーに言った。

「あなたからどうしても父上に連絡してもらわなくてはいけないのよ。クレッツ艦長、ご自分の艦の警護班をこちらへ呼べますか？」

クレッツは通信リンクを押した。しかし首を振る。

「ジャミングされている」

「こっちもだ」ドラゴ船長が、訊かれるまえにクリスの問いに答えた。

クリスはグリーンフェルド海軍少尉の肩に手を伸ばした。

「ビッキー、もしあなたの身になにか起きたら、わたしの命もないのよ。ジャック」呼びながら、海兵隊大尉のほうにむく。ジャックが言った。

「クリス、わたしはあなたの警護班長です。彼女のではない」

「でもわたしの安全は彼女の安全にかかってるのよ。ビッキーをサプライズ号に無事に帰らせなさい。一等軍曹と海兵隊の半分でかこんででも、彼女の安全を守りなさい」

ブリッジのハッチのほうで音がした。クリスは、数人が反乱を起こしそうな顔になるのを無視して、瞬時に温和な表情をつくった。そして保安隊の黒の軍服に身を包んだ大佐がブリッジに行進してくるのを迎えた。いや、行進というより闊歩《かっぽ》というべきだ。

「ロングナイフ、わたしに同行しろ」大佐は要求した。

クリスはこのブリッジを血まみれの殺戮現場に変えることを考えたが、やめた。いまワスプ号は桟橋に固定されている。港湾側の協力なしに桟橋から離れるのは難しい。いま桟橋に出ている海兵隊と海軍水兵を置き去りにするわけにもいかない。

それでもまだ一悶着起こすことはできる。無抵抗でこの男に従いたくない。

「なぜあなたに同行しなくてはならないのかしら？」

「グリーンフェルド連盟の誠実な市民五千人を殺害し、百万トンの旅客船を破壊した罪をまず挙げよう」

ビッキーが口を開きかけた。すぐに艦長の肘に穏やかならざる強さで小突かれ、その口を閉じた。しかし憤然とした顔をしている。

保安隊大佐はそれを無視した。クリスには、それが重大な誤りであるように思えた。

王族の声音でクリスは言った。

「あなたの態度は興味深いですわ。よろこんで同行いたしましょう。本船は平和裏に出港できるでしょうか？」

「早いほうがいい」

思うつぼにはまってくれた。クリスはドラゴにむきなおった。

「三時間以内にもどらなかったら、出港を。ウォードヘブン星と二人の曾祖父に緊急連絡しなさい。トラブル将軍がすぐに駆けつけるでしょう」

「わかったよ、殿下。しかしこれを持っていってくれ」

ドラゴは大きな封筒をクリスに渡した。

「これは？」

「ここの法廷の判決書だ。濡れ衣だと証明する内容だ。関連書類もそろってる」

「どこで裁判を受けてもおなじよ」クリスは確信していた。

「さあ、時間稼ぎはやめろ」

クリスは下船をうながす保安隊にかこまれて歩きはじめた。ハッチのまえにはなぜか乗組員と海兵隊がいない。その不在がむしろ目立った。

かわりに科学者たちが大勢いた。これまで口をきこうとしなかった科学者が親しげに声をかけてきた。他の者たちは三列になって通路をふさぎ、大佐は通り抜けるのに苦労した。

この野党の牛歩戦術が三回も続くと、さすがのクリスも科学者たちがなにを意図しているのかわかってきた。ハイテクは使っていない。彼らはワスプ号の艦内を知りつくしているが、大佐は知らない。クリスが一人と涙の別れを演じているあいだに、大佐は先に混雑を通り抜ける。そして一分後にクリスがようやく、〝幸運を〟と大きく言うまで待つのだ。

十分経過してやっと大佐はこれが戦術だと気づいた。大声でクリスに言う。

「こんな見送りが二度目にあらわれたら、伍長に命じてそいつの膝を撃たせる。三度目には頭を撃たせるぞ」

それからあとはムフンボ教授が一行を率いて、すみやかに連絡橋まで進んだ。「また会いましょう」「お元気で」「幸運を《マゼル・トフ》」といった声に送られて、クリスは連絡橋を渡った。

混雑がなくなると、大佐は急いでステーションのメインデッキに上がるエスカレータにクリスを引っ立てていった。ふりかえると、ワスプ号の連絡橋のところに海兵隊員が二人いる以外は、桟橋はがらんとしている。

栈橋はともかく、ステーションのメインデッキのようすにはさらに驚いた。広い空間が見わたすかぎり無人なのだ。ステーションの中央構造体で視界がさえぎられているところもあるが、それでもカーブしたメインデッキのどちらの方向を見ても、ひとっこひとりいない。

クリスはかつてチャンス星で無人のステーションに驚いたことがある。しかしここは何十隻もの艦船が入港中なのだ。それでいてこのひとけのなさは不気味だ。保安隊大佐もさすがに異常を感じたらしく、部下に警戒させた。首をまわしてどちらかの方向に脅威がないか確認させる。

人々を怖がらせることが仕事の保安隊自身が怖がるとはどういうことか。しかしクリスは正面をむき、頭を高く上げて歩いた。

ステーションの中央構造体のほうへむかう。大佐は貨物用の大型エレベータに全員を押しこんだ。通信リンクになにか一言いうと、上昇しはじめた。体重の感覚から、ステーションの回転軸まで四分の一ほど上がったらしいあたりで、エレベータは停まった。

大佐のまえでドアが急に開く。むこうには准将が立っていた。

「なぜこれほど時間がかかった？」

「ロングナイフがあれこれと時間稼ぎをしたのです」大佐は答えた。

「それを傍観したのか」

准将は薄笑いを浮かべた。その背後には、こちらの倍のサブマシンガンの銃口がある。エレベータ内の兵士たちといっしょに射殺されてもおかしくないとクリスは覚悟した。左右の男たちの喉仏が上下に動くようすから、彼らもおなじく緊張しているのがわかった。

しかし准将は手を振って、クリスだけをエレベータから下ろさせた。大佐は残り、なにか大声で命じてドアを閉めた。

クリスは新たな護衛に引き渡された。まえの護衛たちは生き延びた。当面は、だが。

新たな護衛も保安隊の黒の軍服だ。倍の規模になった彼らは、無言でクリスをかこみ、足をそろえて歩きだした。A地点からB地点へ連れていくためだけにこんな行進をしているのは、怖さを印象づけたいからにちがいない。ならば、隣を歩く兵士の首に跳びついてやったらどうか、口から泡を吹いて床をころがってみたらどうかとクリスは考えた。しかし見まわしてみて、彼らはユーモアのセンスを欠いているとすぐにわかった。

おとなしくいっしょに歩きながら言った。

「メディアのレポーターが少ないのですね」

「ここはウォードヘブンではないのだ」准将は一蹴した。

「前回わたしが逮捕されたのは、そのウォードヘブンですが」

「わたしたちとのちがいはすぐにわかるだろう」准将は低く言った。「もっと効率的だ。すくなくとも、あんなやつらほど甘くはないぞ」

〝あんなやつら〟といわれて愉快ではないが、意見は控えた。

クリスと保安隊はきれいに歩調をあわせて行進した。だれも見ていないし、よろこばない。

廊下にはいっても無人だ。

特徴のないドアのまえで止まった。

「はいれ、ロングナイフ」准将はドアを開けて、強く言った。

クリスはすぐに戸口を通った。押されない程度に早く、しかし害意があると思われない程度にゆっくりと。准将もあとからはいってきた。そこはオフィスの前室だ。奥のドアの手前に兵士が二人立っている他は、がらんとしている。

「行くのはおまえだ」

准将は言って、案内はしない。クリスは行進の歩調をとり、四角く歩いて前室を横断した。ドアのまえでしばし立ち止まる。准将がかん高く笑った。

クリスはドアを開け、入室した。

室内には明かりがついていない。ドアを閉めると真っ暗になった。位置感覚を失わないようにドアまであともどりし、壁を探った。しかし明かりのスイッチはない。

「照明点灯」

声に出すと、明かりがついた。広めのオフィスだ。落ち着いたタン色で統一されている。中央にあるのは大きな木製のデスク。むこうに掛け心地のよさそうな革張りの椅子がある。他にある椅子はドア脇の壁に寄せられた一脚だけだ。

クリスは頭のなかでコインを投げて、デスクのむこうの椅子にまもなくだれかがすわって話をするはずだと判断した。そこでドア脇の椅子をデスクの手前に運んだ。

室内の他の調度を見まわす。といっても、調度品のないことがこの部屋の特徴だった。本棚も本もなく、他の椅子もない。非公式の会議をする場所もない。油彩画が何枚かあった。ほとんどは風景画で日没を描いている。そのうち二枚には古い絞首台が描かれ、死体が吊られてカラスにつつかれている。クリスは部屋主の趣味に身震いなどはしなかったが、記憶にはとどめた。

ドアが開いて、ボイング中将がはいってきた。

「早いぞ」中将は不快そうに言った。

「そちらが遅いのです」クリスは軽い口調で、しかし譲らない態度で返した。

「将官はつねに時間どおりだ。大尉が早いか遅いのだ」

「あなたが中将なら、わたしは王女です」

朝飯前に十人くらいに死刑宣告をしたかもしれない男を相手に、こんな挑発的なやりとりをいつまで続けられるだろう。言葉に詰まったら負けだと思って、クリスは気を強く持った。

「反抗的な態度がいつまで続くか、この苦痛をあたえる首枷《くびかせ》で試してみよう」中将は引き出しから首枷をとりだし、デスクに放った。「つけろ」

「いやです。ウォードヘブンのファッションにそんなものはありません。つける必要はない」

「命令だ」

「おたがいの指揮命令系統はべつの方向にむいていると思いますが」

「これは大量殺人犯にお似合いのファッションアイテムだと言えば、ウォードヘブンの感覚でも納得するのではないかな？」

ボイング中将はクリスをにらんだ。この罪を否定するつもりかと問うている。

すこしまえまでのクリスなら罰を受けいれただろう。しかしいまのクリスはちがう。上官たちによる裁判で罪を晴らされたからだ。

「失礼ですが、プリンセスちがいでは？」

「デディケイテッド・ワーカーズ・オブ・トゥーラン号に砲撃したのはきみの船だろう？そしてきみは船の兵装担当士官の仕事に責任を持つ立場だ」罠にはめたと確信してほくそ笑む。

「中将、わたしが砲術士官だったのは昔のことです」

「五千人の無辜《むこ》の民をきみはその手で殺したのだ！」

クリスはデスクに手をついて、背の低い相手に視線をあわせた。

「ええ、そうです」

「ほう」

中将は革張りの椅子に背中を倒した。コブラがコブラを見るような目でクリスを見る。よそのテリトリーからやってきたのか……このテリトリーを侵しにきたのか……あるいはそうではないのか。

「わたしの情報員はきみの殺人欲求を見誤っていたようだな」

ちがう。しかしいまはクリスの殺人欲求について誤解を正すときではない。

「あなたの情報員は多くの点でわたしを見誤っていますわ。噂に聞くわたしのファイルがどれだけ正しいか、興味深いですわね」

地獄のような口から笑いが響いた。

「まちがえるな、きみはわたしの支配下にある。逆ではない。わたしはきみをおもちゃにするつもりはない。食べ物をおもちゃにしてはいけないと、母親から習っただろう」

「いいえ、母から習ったのは、人を食い物にしてはいけないということです。人は自由独立のまま統治するほうが楽しいと」

「くだらん言葉遊びだ」ボイングは引き出しに手をいれて、古めかしい回転拳銃を取り出した。「首枷をつけろ」

クリスは今朝、スパイダーシルク地のボディスーツを下に着てきた。アビーが用意していたものを深く考えずに身につけた。それが王女の日常だ。もし中将がクリスの胸を撃ったら、その結果に驚くだろう。しかし顔を撃たれれば死ぬ。

相手がどこを狙っているのかはわからない。

クリスが床に倒れるときは、うつぶせでデスクの下に倒れこむだろう。するとボイングはクリスの保護されていないところを撃つだろう。

ここまでに身体検査は受けなかった。制式拳銃は手の届くところにある。

クリスは選択肢を検討した。ボイングの目にそれらの選択肢が映って見えそうだ。

そのとき、電話が鳴った。

56

「首枷をつけろ」中将は要求した。

電話は鳴りつづける。デスクには赤と白の二つの電話機がある。鳴っているのは赤だ。

「電話に出たらどうですか」クリスは自分の椅子に腰かけた。

「首枷をつけろ。でないと殺すぞ」

言葉は荒々しく要求する。クリスはじっと見つめた。

「ご主人さまを無視していいのですか？」

「なにか言われるまえにきみはあの世行きだ」

それはたしかにそうだろう。

「電話に出ずにわたしを殺したら、あなたも夕方まで生きていないはずです」

「確信があるのか？」

「電話に出て、たしかめてみれば？」

それぞれの運命について議論するあいだ、ベルは二度鳴った。

中将は電話に手を伸ばした。拳銃はクリスにむけたままだ。クリスは微動だにしない。勝負は電話が決める。

もし負けと決まったら、そのときは全力でこの男を殺しにいくつもりだった。自分の腰のくびれに隠した拳銃に片手をそろそろと近づける。

「はい」中将は電話に出た。「はい、わたしです」

すぐに続けて、気をつけの姿勢になった。銃は持ったままだが、クリスにはむけていない。

「だいじょうぶです。ありがとうございます」そこから長い沈黙にはいり、相手の話を聞いている。「女の身柄の安全は確保しています。最終的な処置について選択肢を検討していたところです」

どうやらクリスはあの男の興味の対象になったようだ。彼がいま考えているのは、クリスが殺したことになっている息子のことだろうか、それとも彼女がさきほど殺したとされる五千人のことだろうか、あるいは……彼の命を救ったことだろうか。

「わかりました、そうします。ご長寿を」

中将は早口にそう言うと、ゆっくりと受話器をもどした。

「きみはとても幸運だな」

「おかげでいままで生き延びられましたわ」クリスは立ち上がった。

「帰っていい。帰船したらすみやかに出港してもらいたい」感情を欠いた声だ。血肉を失って骸骨になったかのようだ。

「船までの帰り道はどうすればわかるでしょうか」

「自分で探せ。グリーンフェルド星では高飛車な女に案内をいちいちつけない」

クリスは中将に背をむけようとしたが、そこに手が伸びてきた。

「さっきから手を伸ばそうとしていた拳銃をこちらにもらおう」

クリスはきっぱりと首を振った。このステーションを非武装で歩きまわるつもりはない。

「野蛮な兵士たちに気をつけるように命じることですね。わたしは簡単に倒されないと」

「部下になにを命じるかはこちらの勝手だ」

拳銃を持った中将の手は下がったままだ。クリスは背をむけた。油彩画のガラスに映る中将の姿を確認しながら、ドアへ歩きだした。拳銃の手はあいかわらず下がっている。クリスは、床に身を投げて回転しながら拳銃を抜く動作を脳裏で反復した。しかしやる必要はなかった。

ドアのところで振り返る。中将はぴくりとも動いていない。

「また会いましょう」クリスは声をかけた。

「それはないだろうな」中将は答えた。

クリスはさっとドアを抜けて、勢いよく閉めた。外で警備していた二人の兵士がその音に、あるいは突然あらわれたクリスに驚いて跳び上がった。このドアの奥にはいって自力で出てきた者は少ないのだろう。

「さようなら。楽しかったわ」

クリスは声をかけて、兵士たちが態勢を立て直すまえに次のドアへ行った。前室を出てそのドアも乱暴に閉める。はらわたが煮えくりかえっていたが、もう叩きつけるドアはない。

貨物エレベータのほうへむかったが、全力で駆け寄りたい欲求はあえて抑えた。案の定、エレベータには手で操作できるところがなかった。

（ネリー、音声命令で呼べる？）

（クリス、わたしはジャミングされています。完全で徹底的なジャミングです）

（どこから妨害されているかわかるつもりだけど）

（わかるのではなく、ちょっとだけそう思うのでしょう）コンピュータらしくない皮肉は、いつものネリーだ。

（ここがどこだかわかる？）

（まったく手がかりがありません。置き去りです。めちゃ迷子です）

（あなたは十二歳の少女と親しすぎるんじゃないかしら）

（ああ、お友だちのところにいたいです）

貨物エレベータがあるなら、近くに人が乗る通常のエレベータもあるはずだ。クリスは見当をつけて歩きだした。しかしなにも見あたらない。

かわりに、二人組の男に尾《つ》けられているのに気づいた。ステーションの隣の通路を歩いている。いや、両側にいる。

クリスは歩きつづけた。

次の交差点で左側の二人組がクリスのほうへ曲がってきた。クリスは足を早めようとして……すぐに立ち止まった。二人組が一枚のドアのまえを通過した直後に、そのドアが開いて、二人の水兵が出てきた。尾行の二人組に音もなく近づくと、警棒であっというまに気絶させた。そのうしろから兵曹長があらわれ、水兵二人を立たせたまま、クリスに合図した。

「こちらです、殿下」

「なぜあなたたちについていく必要があるの？」クリスは言いながらも、すでにそちらへ歩いていた。

「クレッツ艦長の命令でお迎えに上がりました。結婚式の写真を見ていただきたいとのことで。たいへんなスキャンダルです。次女が先に結婚したのです」

「艦長の娘がスキャンダルを起こしてはいけないわね」クリスは芝居めかして鼻を鳴らした。

「ご自分のことは棚に上げて？」

「ずいぶん馴れ馴れしいけど、どこかで会ったかしら？」

兵曹長に並んでから訊いた。たしかに見覚えがある。

「チャンス星で広場の防衛態勢を見学させていただきました。憶えておいでですか？　われらが代将でも攻めるのは無謀だとわかるほどでした」

兵曹長に案内されてはいったのは、灰色のペンキが塗られてパイプやダクトが這いまわる作業エリアだった。兵曹長は梯子を指さした。

「上、下？」クリスは訊いた。

「下です」

クリスは下りはじめた。兵曹長も続いた。水兵たちは残った。

「たしかあなたは旗艦の上級兵曹長だったはずね」

「そうです。しかし、あの出来事のせいで代将の不興をかいました。そしてスロボ艦長の命令でサプライズ号へ転属というわけです」

「スロボ艦長のことは残念ね」

「優秀な人々が何人も彼とともに失われました。だれのせいでそうなったのか、知りたいものです」兵曹長は不快げに言った。

その点での彼の見解はおなじだろうかとクリスは考えた。しかし口には出さず、梯子を下りつづけた。

やがて下りきってフロアに着いた。オートマチックライフルを持った二人の水兵がそのプラットホームを警備している。どうやらこの床はステーションの外殻らしい。

「ここから先は駆け足です」

隣に下りてきた兵曹長は、遠くまで伸びるキャットウォークをしめした。右も左も迫り上がっていくように見える。

クリスはそこを走りはじめた。

かなり長いこと走った。交差するキャットウォークもあったが、兵曹長がなにも言わないので直進した。背中をまっすぐ伸ばして走りたいが、たとえ小柄な男でもかがんで走らねばならないくらいに作業スペースは狭くて天井が低い。

やがて武装した二人の水兵が立つ交差点に出た。

「右へ」兵曹長の声が背後から飛んでくる。

クリスは水兵たちに笑顔を見せて、言われた方向に九十度曲がった。

「動く歩道などはないの？」背中が痛くなってきたクリスは尋ねた。

「警備隊その他と銃撃戦をしたいですか？」兵曹長は訊き返した。

「それが選択肢なのね。ネズミのように壁のなかを走るか、撃ちあいか」

「現状ではその二つです」兵曹長は他になにか言いかけたが、やめて走りつづけた。「そのひょろ長い背中で自分の教練相当の距離を走ったら、不満を言ってもいいですよ」

「水兵は不満を言う権利があるはずね」

「下級士官は対象外でしょう」

クリスは口を閉じて走りつづけた。

グリーンフェルド海兵隊の二人の兵士に守られた交差点を左折した。すると六人の海兵隊と水兵に警備されたプラットホームに出た。彼らに補助してもらいながら短い梯子を上がると……そこはあの広いメインデッキだった。

クリスは姿勢を正し、軍服の乱れをなおして、むきなおった。その先は下りのエスカレータで、桟橋に出る。桟橋には武装した水兵と海兵隊が歩きまわっている。彼らがなにをしているのかわからないが、なにか任務があるのだろう。無目的な動き方ではなかった。

兵曹長は栈橋の最初のデッキにクリスを案内した。警備された連絡橋を渡り、軍旗に敬礼して、乗艦の許可を求めた。クリスもおなじく伝統的な作法で乗艦し、副直士官に命じられた少尉によって士官室へ案内された。

士官室は混雑していた。

二面の壁がステーションの図面で占領されている。あとの二面はビリダス星の地図だ。艦長と少尉がそれらを見ていたが、クリスがはいってくると、声をかけて壁の表示を消した。

「秘密かしら？」

クリスが訊くと、ビッキーが答えた。

「グリーンフェルド連盟の内政はあくまでわたしたちの問題。あなたはかかわらないでもらいたいわ。そちらのクロッセンシルド中将はこの状況をひどく歪曲し、完全に誤った解釈をしていらっしゃるようね。あれほど飛躍した結論に到達するには何日もかかりそうだけど、そのうち棒高跳びのようにいっきに跳ぶようになるでしょう。そんな愚行の下でどう生き延びればいいのか」

「生き延びる方法なら、この数日間にあなたにじかに、包み隠さずに見せたと思うけど」クリスは抑揚を消した声で言った。

「たしかにそうね。でも父があなたをエディおじさまの魔手から救い出さなかったら、いったいどうなったかしらね」

「お父上に話を通してくれたの？」

「ええ。海軍は保安隊の知らない有線通信路を軌道エレベータにそって設置しているのよ。父はあなたに感謝していたわ。ロングナイフへの態度を考えなおすと」

「その言葉、約束と受けとっていいのかしら」

「そうではないでしょう。せいぜいあなたのすみやかな出港を許す程度よ」

「そのためには、またキャットウォーク走りをやらされるの？」

それを聞いてクレッツが軽く苦笑した。

「いつぞやサプライズ号に来たときとおなじ手段でワスプ号に帰ってもらっていい。そちらの長艇《ロングボート》が二番着陸船ベイに来ている」

ビッキーがどうしても見送りにいくと主張した。なのに歩く途中はほとんど無言だった。ロングボートのハッチに着いたところで、ようやく口を開いた。

「あなたをエデン星で殺さなくてよかったわ」ビッキーは言った。

「わたしもよ」クリスは同意した。

「あなたのひいおばあさんを巻きこんでごめんなさい。わたしは祖母を知らないのよ。父が母と別れるまで母の存在さえ知らなかった」

「おたがいに家庭では苦労するわね」

「友だちはいた？　いわゆる親友は？」ビッキーが訊いた。

「まああなたの場合、どこへ行くにもあの二人がくっついてくるのでは難しそうね」

「あの二人？」ビッキーは振り返って、うしろを早足でついてくる二人を見た。筋骨隆々の親友といえなくもない。「わたしが走ると止められるのよ。うるさいったらないわ。あなたは簡単に振り切れていいわね」

「こんな厄介事をかかえてるのに、男の子は気づきもしないのよね」

「ふーん、知らないくせに」

「厄介事はかかえてるわよ」

ビッキーは短く笑ったが、大きく息を吸って目をそらした。

「あなたのは厄介事じゃないでしょう」

「ちがうかもしれないわね」クリスは認めた。

ビッキーは両腕を広げた。クリスは心から抱擁した。

「いつかだれの命も危険にさらされていないときに会いたいわね。そして普通の女子の会話をしたい」ビッキーは言った。

「それはいいわね。女子の会話ってやったことがない」

「わたしもよ。本で読むかぎりは楽しそう」

クリスはこの抱擁をやめたくなかった。記憶にあるかぎり唯一の対等者との抱擁だった。しかしビッキーの目の隅に不安が巣くっているのがわかったし、クリス自身も早くワスプ号を出港させるべきだ。面倒なことになるまえにここから離れたい。

「きっとまた会いましょう」

「楽しみにしてるわ」ビッキーは答えた。

二人はそれぞれの方向へむかった。クリスはロングボートへ。乗りこむとすぐにハッチが閉まった。ビッキーは当面の難題らしいグリーンフェルド連盟の内政問題へ。

「体を固定してください」

ロングボートのパイロットが大きな声で警告し、クリスがすわってベルトを締めるやいなや発進した。

57

ロングボートは一Gのジグザグ航行でワスプ号へもどった。ステーションのレーザー砲台がここ数日で改良、調整された可能性を考えて、撃たれた場合の用心をしたのだ。しかし実際には撃たれなかった。

クリスがロングボートから下りるより先に、ワスプ号は桟橋から後退しはじめた。係留装置のクランプがはずれていく音を聞いて、しばらくはボート内にとどまったほうが安全と判断した。一Gで定速航行開始というドラゴ船長の放送を聞いてから、格納ベイを歩いて横切った。

ブリッジにはいると、ペニーに抱きしめられた。

「本当に心配しました」

次はアビーだった。

「わたしは心配していません。ロングナイフは排除不能ですから」

そう言いながらもしっかり抱擁した。

ジャックもそうしたかったようだが、言葉にとどめた。

「無事のお帰りでなによりです」

　ムフンボ教授まで迎えてくれた。しかしその歓迎内容は予想すべきだった。

「さて、これでようやく科学調査ができますな」

　クリスはスルワンに訊いた。

「この星系の訪問理由は、彼らのためにジャンプポイント・ガンマにはいることじゃなかったかしら」

「そんな噂も聞いたわねえ。大昔にどこか遠くで」

「じゃあ、ドラゴ船長、ジャンプポイント・ガンマへのコース設定にかかる時間は？」

「すでに設定してあるぜ」

「では行きましょう、船長。しばらく退屈な科学調査をするのもいい気分転換よ」

　船がコース変更するのが内耳の感覚でわかった。まばたきしてその不快感を消しながら、はたして何日耐えられるだろうかと考えた。だれも自分を殺しにこない日々に。

（ネリー、カウンターをスタートして。次に狙撃されるのは何日後か測るから）

（カウンターでは測れないほど短いかもしれませんよ、クリス）

訳者あとがき

〈海軍士官クリス・ロングナイフ〉シリーズは、この巻から新展開です。

前巻最終章に描かれたとおり、クリスは曾祖父のレイ王と軍統合参謀本部議長のクロッセンシルド大将と大喧嘩をして、もうあんたらの指示は受けけんと啖呵《たんか》を切ります。今後は自分のポケットマネーで買った船に、信頼する部下たちを乗せて、勝手に行動させてもらうと。

その船とは四巻で入手した小型貨物船……の姿をした元海賊船のワスプ号。乗り組むのは、やはり四巻で雇った設標船のクルー……のふりをした元海賊のドラゴ船長たち。

ワスプ号は一見すると人畜無害な貨物船ですが、ヌー社のドックで改修されて、強固なスマートメタル装甲と大口径のパルスレーザー砲を隠し、機関も強化されています。コンテナ列に見えるところは居住区に改装され、ジャック・モントーヤ大尉率いる海兵隊中隊と、新たに加わった科学者グループが乗り組んでいます。ついでに裁判官も。

クリス自身はいつものようにウェアラブル・スパコンのネリーを装着し、戦うメイドのアビーを連れていきます。

こうして一隻の船に科学力と武力と司法と王権を乗せ、無頼の世直し船として旅立ちます。むかう先は、人類宇宙の辺境であるリム星域からさらに外へ出た未踏のフロンティア！ クリス・ロングナイフの新たな戦いと冒険が待っています。

さて、今回は節目ということで、マイク・シェパードが書いているシリーズの全体像をあらためて概観しておきましょう。邦訳第一巻の訳者あとがきでご紹介したクリス・ロングナイフ・シリーズは七巻まででしたが、現在は次のように十二巻まで伸びています。

1 Mutineer (2004)『新任少尉、出撃！』(二〇〇九年)
2 Deserter (2004)『救出ミッション、始動！』(二〇一一年)
3 Defiant (2005)『防衛戦隊、出陣！』(二〇一一年)
4 Resolute (2006)『辺境星区司令官、着任！』(二〇一三年)
5 Audacious (2007)『特命任務、発令！』(二〇一四年)
6 Intrepid (2008) 本書
7 Undaunted (2009)
8 Redoubtable (2010)
9 Daring (2011)
10 Furious (2012)

11 Defender (2013)
12 Tenacious (2014)

この他に中篇が三本、シリーズ内作品として発表されています。シリーズは十二巻以降もまだまだ続き、十四巻までが版元と契約済みで、二〇一六年までに刊行予定です。

そしてじつは、スピンオフ・シリーズまで立ち上げられました。なんと敵役であるビッキー・ピーターウォルドの物語が独立して書かれることになったのです。その第一巻 *Target* が昨年刊行。こちらは三巻まで契約済みで、やはり二〇一六年までに順次刊行予定となっています。いつのまにか本国でも人気シリーズに成長していて、今後の展開が期待されます。

ここで一件訂正とお詫びがあります。前巻『特命任務、発令!』の終盤の修羅場で登場したトロイは、階級を大尉と訳していましたが、正しくは中尉です。彼は海兵隊なので、Lieutenant は大尉ではなく中尉に相当します。申しわけありません。本巻ではふたたび小隊の指揮を任されることになります。

さて、ウォードヘブン海軍に所属したまま独立性を高めて一国一城の主になったクリス。フロンティア星域でのその活躍はまだまだ続きます。お楽しみに!

訳者略歴　1964年生，1987年東京都立大学人文学部英米文学科卒，英米文学翻訳家　訳書『新任少尉、出撃！』シェパード，『トランスフォーマー』フォスター，『大航宙時代』ローウェル（以上早川書房刊）他多数

HM=Hayakawa Mystery
SF=Science Fiction
JA=Japanese Author
NV=Novel
NF=Nonfiction
FT=Fantasy

海軍士官クリス・ロングナイフ

王立調査船《おうりつちょうさせん》、進撃《しんげき》！

〈SF2015〉

二〇一五年六月　二十　日　印刷
二〇一五年六月二十五日　発行
（定価はカバーに表示してあります）

著者　マイク・シェパード
訳者　中《なか》原《はら》尚《なお》哉《や》
発行者　早川　浩
発行所　株式会社　早川書房

郵便番号　一〇一‐〇〇四六
東京都千代田区神田多町二ノ二
電話　〇三‐三二五二‐三一一一（大代表）
振替　〇〇一六〇‐三‐四七七九九
http://www.hayakawa-online.co.jp

乱丁・落丁本は小社制作部宛お送り下さい。送料小社負担にてお取りかえいたします。

印刷・中央精版印刷株式会社　製本・株式会社明光社
Printed and bound in Japan
ISBN978-4-15-012015-3 C0197

本書は活字が大きく読みやすい〈トールサイズ〉です。